MANDY BAGGOT

Winterzauber in den Alpen

GOLDMANN

Mandy Baggot

Winterzauber in den Alpen

Roman

Aus dem Englischen
von Andrea Fischer

GOLDMANN

Die englische Originalausgabe erschien 2024 unter dem Titel
»One Winter at the French Chalet« bei Boldwood Books Ltd, London.

MIX
Papier | Fördert gute Waldnutzung
FSC® C014496

Penguin Random House Verlagsgruppe FSC® N001967

1. Auflage
Deutsche Erstveröffentlichung September 2025

Neumarkter Straße 28, 81673 München
produktsicherheit@penguinrandomhouse.de
(Vorstehende Angaben sind zugleich
Pflichtinformationen nach GPSR.)

Umschlaggestaltung: UNO Werbeagentur, München
Umschlagmotive: Prisma by Dukas Presseagentur GmbH/Alamy Stock Foto;
Prochasson Frederic/Alamy Stock Foto; FinePic®, München
Redaktion: Lisa Caroline Wolf
KS · Herstellung: ik
Satz: Buch-Werkstatt GmbH, Bad Aibling
Druck und Bindung: GGP Media GmbH, Pößneck
Printed in Germany
ISBN: 978-3-442-49681-5

www.goldmann-verlag.de

Für die besten Freundinnen, die man haben kann:

Sue
Rachel
Karen
Jane
Michelle
Angela

Danke, dass ihr für mich da wart,
als es drauf ankam!

1.

London, Großbritannien

»Hier musst du eine Zahl eintragen!«

Ein DIN-A4-Blatt landete so plötzlich auf Orla Bradbees Schreibtisch, dass sie auf ihrem Bürostuhl zusammenzuckte.

»Mensch, Alan!«, rief sie und brachte schnell ihren Becher mit heißer Schokolade in Sicherheit, damit ihr Kollege mit seiner ungebremsten Energie ihn nicht umstieß und über die Weihnachtskarten kippte, die sie während der Arbeitszeit eigentlich gar nicht schreiben durfte.

»Los, schnell!«, forderte Alan und sah sich über die Schulter um. »Sharon sitzt mir im Nacken, sie hat zehn getippt, aber mit Insiderinformationen. Ich finde, sie dürfte gar nicht mitmachen.«

Orla hatte keine Ahnung, wovon er sprach. Sie schaute auf den Zettel. »Was ist das?«

»Ach, Orla, du hast die ganze Woche wieder nichts mitbekommen. Schäm dich!«

»Weil ich arbeite?«, fragte sie.

»Es ist Mitte Dezember«, sagte Alan, als würde das alles erklären. »Egal, es geht um die Schätzfrage, auf die schon alle hinfiebern: Wie viele Heroes aus der Sammelpackung von Cadbury bekommt Sonil auf einmal in den Mund?«

Orla schüttelte den Kopf. Was hatte Alan für ein Problem, dass er zu jedem besonderem Anlass ein Tippspiel organisieren musste? Im letzten Monat hatte er, angeblich als Aktion für den Männergesundheitsmonat November, angeregt, dass alle Kollegen Kresseköpfe mit Schnurrbartaussparungen pflanzten. Der größte gewann. Nach einem besonders anstrengenden Meeting hatte Orla so großen Hunger gehabt, dass sie die Kresse aus ihrem Topf gepflückt und gegessen hatte. Sie griff zu ihrem Stift. »Sonil feiert doch gar kein Weihnachten.«

»Das ist ja das Schöne daran«, beharrte Alan. »Cadbury's Heroes gibt es nicht nur zu Weihnachten, also ist das eine richtig gute Möglichkeit, sich zu integrieren, findest du nicht?«

Der Satz entbehrte komplett jeder Logik, aber Orla hatte keine Energie, um den Kollegen darauf hinzuweisen. Sie hatte ihrer sechzehnjährigen Schwester Erin versprochen, mit ihr nach der Arbeit einen extrem überteuerten Kaffee in einem Laden zu trinken, von dem ihre Mutter behauptete, er würde »die heutige Jugend ausnutzen« und »die Jugendlichen gegeneinander aufhetzen«.

Orla notierte eine Zahl auf Alans Zettel und reichte ihn zurück.

»Fünfzehn!«, rief er ungläubig. »Willst du nicht noch mal überlegen? Du hast bestimmt nicht an die langen Mini-Twirls gedacht.«

»Hör mal«, setzte Orla an, den Blick auf ihren Monitor gerichtet, »wenn du wirklich willst, dass ich eine Schätzung auf wissenschaftlicher Grundlage vornehme, müsste ich erst mal wissen, ob die Auswahl an Süßigkeiten rein zufällig erfolgt. Und wenn nicht, müsste ich wissen, wer sie auswählt, denn dann müsste der- oder diejenige absolut neutral sein, also auf keinen Fall Sonil selbst.«

Sie sah Alans Spiegelbild in ihrem Bildschirm und merkte, dass er nicht im Ansatz über dergleichen nachgedacht hatte. Nun, da sie ihn darauf hingewiesen hatte, war es sehr wahrscheinlich, dass er bald mit einer dicken Migräne nach Hause ging, um das Ganze noch mal zu überdenken. Schon verdrückte sich Alan, und Orla hätte gern einen kurzen Moment erleichtert durchgeschnaubt, doch schon klingelte ihr Handy. Erin. Was konnte ihre Schwester jetzt noch wollen, wo sie sich doch in weniger als einer Stunde trafen? Orla ging dran.

»Hallo!«

»Hey, Bro, glaubst du, mir würden blonde Highlights stehen?«

»Entschuldigung, wie hast du mich gerade genannt? Ich bin deine Schwester, kein Gangsta-Rapper.«

»Sag schnell! Ein Friseurtermin im Dezember ist genauso schwer zu bekommen wie ein Tisch im Club Class.«

Club Class war der neueste In-Laden, wo man sich abends sehen ließ. Bei ihrer Mutter hieß er »Titten und Arsch«, und Erin durfte nicht mehr hin, auch nicht mehr in ähnliche Etablissements, seit ihr heimlich gestochenes Tattoo auf dem Social-Media-Account des Clubs zu sehen gewesen war und die ehemaligen Bauarbeiterkumpel ihres Vaters ihn darauf aufmerksam gemacht hatten. Außerdem war sie erst sechzehn und durfte offiziell sowieso nicht rein.

»Erin, wir sehen uns in sechsundfünfzig Minuten, können wir dann darüber reden?«

»Ja oder nein?«

»Ich weiß es nicht.«

»Das stand nicht zur Auswahl. Ja oder nein?«

»Sind Highlights nicht teuer?«

»Gähn! Das war immer noch kein Ja oder Nein. Los, schnell!«

Orla hatte das Gefühl, an einer Gameshow im Fernsehen teilzunehmen, wo ihr gerade der Hauptpreis durch die Finger glitt.

»Und was ist, wenn's dir nicht gefällt?«, fragte sie. »Du bist an deine Frisur gewöhnt, oder? Du kennst sie, kommst damit klar. Ich will nicht sagen, dass dir eine Veränderung nicht stehen würde, aber wenn das so viel kostet und …«

Ein Piepston teilte ihr mit, dass das Gespräch beendet worden war. Erin hatte aufgelegt. Unhöflich, ja, aber nicht ungewöhnlich. Orla legte ihr Handy auf den Tisch und zuckte zusammen. Direkt hinter ihr stand ihre Chefin Frances. Deren Gesichtsausdruck verriet Orla, dass sie genug vom Gespräch mitgehört hatte, um verstanden zu haben, dass es nicht um die Arbeit gegangen war.

»Ich hoffe, ich störe nicht«, bemerkte Frances. Ihr Gesichtsausdruck wirkte leicht arrogant. So sah sie fast immer aus, seit Orla vor einiger Zeit bei der Zeitschrift angefangen hatte.

»Nein«, beeilte sie sich zu sagen. »Ein Werbeanruf. Echt nervig und hartnäckig. Ich musste wirklich energisch werden.«

»Und Frisurentipps geben«, bemerkte Frances. »Du warst viel zu freundlich.«

Orla lächelte nur und hoffte, dass Frances weiterging. Ihre Chefin hatte ein Blatt Papier in der Hand.

»Apropos freundlich …«, sagte sie.

O nein! Jetzt kam bestimmt ein Spendenaufruf für irgendeine Wohltätigkeitsgeschichte, und Orla hatte kein Bargeld mehr. Sie musste dringend an den Automaten.

»Du fliegst nach Frankreich. Morgen. Betrachte es als vorweihnachtliche Überraschung.«

»Was?« Der Satz war nicht ganz bei Orla angekommen.

»Könnte der Knüller des Jahres werden, vielleicht mit Live-Berichterstattung im Fernsehen, wahrscheinlich zwischen einem großkotzigen Politiker und irgendeinem Comedian, der für den guten Zweck einen lahmen Sketch aufführt. Könnte auch ein Flop werden, aber Roger findet es so spannend, dass er den Flug genehmigt hat, von daher ...«

Orla hatte immer noch nicht verstanden. »Hast du gesagt: morgen? Wohin in Frankreich? Wie lange? Also, ich hab den Artikel über die griechischen Otter noch nicht fertig.« Allerdings musste Orla zugeben, dass die Worte »Knüller des Jahres« durchaus ihr Interesse geweckt hatten.

»Ähm, Orla, vielleicht habe ich mich nicht deutlich genug ausgedrückt.« Frances beugte sich vor und kam ihr etwas zu nah. »Du sitzt morgen früh im Flieger. Diese Frau will unbedingt, dass du das Interview machst – schon seit drei, vier Wochen liegt sie mir damit in den Ohren. Sie kennt deinen Artikel übers Eisfischen. Aber heute Morgen kam der große Gamechanger. Die haben ein trächtiges Rentier, das in den nächsten Tagen wirft. Also, ich will ein Interview mit dem Mann, der nicht spricht, ich will Fotos und ein Video von dem vierbeinigen Kuscheltier, und das alles muss bis Heiligabend im Kasten und auf der Website sein. Hoffen wir, dass das Kleine in dem Moment rausflutscht, wo überall die Weihnachtsgeschichte vorgelesen wird! Wir brauchen die Klicks. Wir brauchen die Abos. Ich muss dieses Jahr mit etwas Positivem abschließen!«

Hatte Frances gerade einen Mann erwähnt, der nicht sprach? Schon klang das Ganze nicht mehr nach Pulitzer-

Preis. Es schien eher ein Auftrag für jemanden zu sein, der noch nicht so lange in der Redaktion war wie Orla.

»Du willst, dass ich so lange in Frankreich bleibe, bis ein bestimmtes Rentier kalbt?«, hakte Orla nach. »Was jeden Moment passieren kann, aber vielleicht auch erst Heiligabend? Das hieße ja, dass ich Weihnachten nicht zu Hause wäre. Da habe ich aber schon was vor.«

»Ja, ich weiß«, erwiderte Frances. »Genau das, was du jedes Jahr Weihnachten vorhast. Mal abgesehen von, warte kurz, war das 2019, als es bei euch diesen lächerlichen Truthahn im Teigmantel gab und das Essen zwei Stunden zu spät auf dem Tisch stand? Truthahn-Emoji, Tränen-vor-Lachen-Emoji, Wind-Emoji.«

Orla fiel die Kinnlade runter. Sie wusste, dass Frances stets bestens vorbereitet und bewaffnet in den Kampf zog, aber hatte sie tatsächlich Orlas weihnachtliche Social-Media-Posts der letzten Jahre gestalkt, um ihr unter die Nase reiben zu können, dass sie jedes Jahr dasselbe machte?

»Ich … ich weiß nicht, was ich sagen soll«, stotterte Orla. Sollte sie den Auftrag auf jemand anderen abwälzen?

»Gut«, sagte Frances. »Ich habe dir schon alles gemailt. Der Betreff lautet: ›Versau es nicht‹.« Sie wedelte mit einem Blatt. »Und jetzt hierzu.«

Sie legte das DIN-A4-Blatt auf Orlas Schreibtisch und nahm einen Stift aus dem Halter. Kamen jetzt noch mehr Informationen, die nicht in der Versau-es-nicht-Mail standen? Vielleicht Hintergrundinfos über das trächtige Rentier und diesen wortkargen Typen? Oder, besser noch, Frances lieferte ihr einen triftigen Grund, warum die Zeitschrift eine ihrer erfahrensten Journalistinnen so kurz vor Weihnachten nach Frankreich schickte.

»Das ist eine Tipprunde«, informierte die Chefin Orla. »Wie viele Heroes von Cadbury kann sich Sonil in den Mund stopfen, bevor er keine Luft mehr bekommt und der Notarzt gerufen werden muss?«

Orla schaute auf das Blatt. Rita hatte fünfundzwanzig geschätzt. Samuel sogar dreißig. »Aber das ist …«

»Noch ein bisschen gewagter als Alans Version, ich weiß. Und Sonil hat sich dieses Jahr einen Bonus verdient, wenn du weißt, was ich meine.«

Orla wusste nicht, ob sie angewidert sein, die Genialität ihrer Chefin bewundern oder sich Sorgen um Sonil machen sollte. Nun, viel wichtiger war gerade, dass sie einen Koffer für ihren Aufenthalt im Ausland packen musste …

Sie griff zu dem Stift. »Mit wie viel hast du ihn bestochen?«

»Pst, Orla, das ist ein unverschämter Verdacht!«

»Also, wenn ich einen Tipp abgeben und morgen früh nach Frankreich fliegen soll, brauche ich zumindest einen Anhaltspunkt.«

Frances' Gesichtsausdruck verriet, dass sie Orlas Anliegen abwog und überlegte, warum sie sie nicht *tout de suite* zum Flughafen schickte.

»Möglicherweise habe ich ihm zwanzig Prozent mehr geboten, als er bei Alans Tippspiel bekommt. Und ihm versichert, dass ein Rettungswagen bereitsteht. Mehr sage ich nicht.«

»Gut.« Orla schrieb ihre Schätzung in die Spalte neben ihren Namen. »Aber wenn ich in deiner Mail nicht alle Angaben zu dieser Reise finde, schreibe ich dir eine WhatsApp, die du mir umgehend beantworten musst.«

»Mach das«, sagte Frances. »Ich antworte. Aber wenn

mein Bruder erst mal den Baileys mit dem Geschmack des Jahres aufgemacht hat, kann ich nicht mehr für qualitativ hochwertige Antworten garantieren.«

Orla nickte in dem Wissen, dass dies leider das beste Angebot war, das sie bekommen würde.

2.

»Wie viele Kalorien hat noch mal ein Flat White?«

»Kaffee hat doch gar keine Kalorien, oder?«

Der Satz brachte Orla einen verächtlichen Blick von Erin ein, unter dem sie wahrscheinlich zur Salzsäule erstarrt wäre, wenn sie nicht zur Seite geguckt hätte. Sie sah sich in dem hochmodernen Café um, das prestigeträchtig glänzte und funkelte.

»Das war ernst gemeint.« Erins Blick flog über die Speisekarte auf ihrem Handy – hier gab es keine auf Papier, nur einen QR-Code zum Scannen. »Ich will mich in das neue Kleid in 34 quetschen, das ich im Moment noch nicht ganz zukriege.«

»Warum hast du es denn nicht einfach in 36 gekauft?«, fragte Orla.

»Bist du hundert wie Mum?«, gab Erin vorwurfsvoll zurück. »Warum soll ich das tun, wenn 34 so gut wie passt und Danica und Tania auch was in 34 gekauft haben, was farblich total gut zusammenpasst?«

Darauf wusste Orla keine Antwort. Sie hätte nie gedacht, dass der zehnjährige Unterschied zwischen ihrer Schwester und ihr so viel ausmachen würde, doch offenbar hatte sie kaum eine Vorstellung davon, wie sie sich mit Erin und deren

Generation unterhalten sollte, ohne dass sie wie Mary Berry klang, die von einem blühenden Garten schwärmte und wie gut dazu ein leckeres Trifle passte.

»Ich nehme nur einen Americano. Ohne Milch. Oooh, und wenn *du* zahlst, auch noch einen Schokomuffin.«

»Für mich dasselbe«, sagte Orla. »Willst du das direkt übers Handy bestellen? Dann gebe ich dir meine Kreditkarte zum Bezahlen und …«

»Schon passiert. Ich habe dein PayPal genommen.« Erin legte das Handy mit dem Display nach unten auf den Tisch.

»Aha«, machte Orla. Am liebsten hätte sie ihre Schwester gefragt, ob sie ihren PayPal-Account öfter benutzte, aber das war sicher nicht die beste Taktik, wenn sie das Ziel hatte, Erin auszuhorchen. Neben dem Süßigkeiten-Tippspiel, Frances' Frankreich-Mail und dem Kauf von 100 ml-Fläschchen im Drogeriemarkt hatte Orla nämlich eine Nachricht von ihrer Mutter bekommen, in der sie andeutete, Erin habe noch mehr als ihre Besuche im Club Class verheimlicht. Orla sollte herausfinden, was da genau zwischen ihrer Schwester und einem gewissen Typen lief, den sie über Instagram kennengelernt hatte.

»Und hast du schon den Truthahn bestellt?«, fragte Erin. Sie nahm ihr Handy hoch, schaute aufs Display und legte es wieder hin.

Ein kalter Schauer lief Orla über den Rücken. Sie war dieses Jahr nicht für den Truthahn der Bradbees zuständig. Das hatte sie letztes Jahr übernommen. Dieses Jahr war Tante Bren an der Reihe. Oder etwa nicht?

Erin brach in Lachen aus. »O Mann, dein Gesicht! Ich dachte gerade, du machst dir in die Hose! Hast du nicht, oder? Das tun alte Leute nämlich manchmal. Letztes Jahr

Weihnachten habe ich Tante Bren zehn Minuten lang mein Handy geliehen, und anschließend wurde ich wochenlang mit Werbung für Tena Lady geflutet.«

Das war nicht lustig. Aber es bot Orla die Gelegenheit, darauf hinzuweisen, dass sie dieses Jahr möglicherweise nicht rechtzeitig zum großen Mittagessen am ersten Feiertag, zum Bananennachtisch am zweiten und zum Eintopf an Silvester da sein würde.

»Also«, begann sie zögernd. »Wahrscheinlich bin ich dieses Jahr an Weihnachten nicht da.«

Wieder lachte Erin. »Was? Der Witz ist noch besser als die, die in den Weihnachts-Crackern sind. Nee, Blödsinn. Die Witze sind scheiße.«

»Das ist mein Ernst. Ich muss arbeiten.«

»Das musstest du sonst auch. Einmal hat Mum Vanillesoße über deinen Laptop gekippt, als du am Tisch gesessen und gearbeitet hast.«

Orla seufzte. »Dieses Jahr muss ich woanders arbeiten.«

»Damals warst du auch meilenweit weg.«

»Nein, ich meine, ich werde nicht im Land sein.«

Die Augen ihrer Schwester leuchteten auf wie der Stern von Bethlehem. »Du bist in einem anderen Land? In Dubai? O bitte, in Dubai!«

»Nein, ich bin nicht in Dubai.«

»Wo dann? Auf Bora Bora? Wenigstens in Thailand?«

»In Frankreich.«

»O mein Gott! Paris! Ja, das ist cool. Ich komme mit! Ich brauche noch Klamotten, Acrylnägel und einen Brazilian!«

»Erin …«

»Das muss ich gleich Burim erzählen. Ist doch bestimmt viel einfacher, nach Frankreich zu kommen als hierher, oder?«

Burim? War das der Typ, wegen dem sich ihre Mutter Sorgen machte? Orla musste Erins Begeisterung dringend einen Dämpfer verpassen. Nie im Leben konnte sie ihre kleine Schwester mitnehmen – außerdem flog sie nicht nach Paris –, aber vielleicht konnte sie diese kleine Fehlannahme von Erin ja ausnutzen …

»Ah, Burim. Von dem hast du mir noch gar nicht erzählt«, sagte Orla, während ihnen die Getränke und Muffins serviert wurden.

Erin sah ihr streng in die Augen. »Woher weißt du, dass Burim ein Mann ist?«

»Was?«

»Na, ich habe ja nicht ›David‹ gesagt, oder? Burim könnte auch ein Frauenname sein, wieso glaubst du also, dass er männlich ist?«

Orla unterschätzte immer wieder, wie blitzgescheit ihre Schwester war. Innerhalb eines Wimperschlags konnte Erin von einer verträumten Anbeterin rosafarbener Gegenstände zur konzentriertesten, spitzfindigsten Topanwältin mutieren, wenn sie sich verteidigen musste.

»*Ist* Burim denn eine Frau?«, fragte Orla.

»Willst *du* das wissen? Oder Mum?«

Erin war wirklich verdammt gut. Als Journalistin war Orla es gewohnt, Menschen Informationen zu entlocken, die diese nicht preisgeben wollten. Die Zeitschrift *Travel in Mind*, für die sie arbeitete, war eine Mischung aus *National Geographic* und *Time*, auch ein bisschen *Condé Nast Traveller*. Allerdings ging es in den meisten Artikeln von Orla aus dem vergangenen Jahr um Orte oder Tiere, nicht um Menschen. Sie war in das Herz der Heide gereist und auf den Gipfel des Königreichs der Tiere gestiegen und hatte dort einzigartige

Geschichten vorgefunden, durch die sich *Travel in Mind* von der Konkurrenz abhob. Wenn sie ihren Fokus mehr auf das trächtige Rentier als auf den Typ richtete, bewegte sie sich eher in ihrer Komfortzone.

»Du brauchst nichts dazu zu sagen«, ließ Erin sich vernehmen, nachdem Orla nicht sofort etwas erwidert hatte. »Ich habe Mums Nachricht gesehen.«

»Du liest Mums Nachrichten?«, rief Orla, und ein ganzer Strauß von Dingen, die sie ihrer Mutter über ihre Schwester geschrieben hatte, rieselte auf sie nieder wie ein Konfettiregen.

»Wer hat denn heutzutage keine App, die anderer Leute Nachrichten liest?« Erin verdrehte die Augen.

»Ich«, entgegnete Orla. »Weil das eine Verletzung der Privatsphäre ist.«

»Mum verletzt auch die Privatsphäre, wenn sie so tut, als würde sie sich Sorgen machen, weil ich eine Situationship mit jemandem habe.«

»Also *ist* Burim ein Mann.«

»Entschuldigung, kennst du überhaupt das Wort ›Situationship‹?«

»Ich weiß, was es bedeutet und dass es normalerweise nichts Platonisches ist. Außerdem weiß ich, dass meistens der Mann Schluss macht, der kurz vorher noch ›ML‹ geschrieben und dir eine gute Nacht gewünscht hat, und dann schreibst nur noch du: ›Guten Morgen‹, ›wyd‹, ›Alles okay?‹, ›Hab ich was falsch gemacht?‹. Und wenn du deine Selbstachtung wiedergewonnen hast und nach vorn sehen kannst, kommt manchmal noch ›Frohe Weihnachten‹ oder ›Frohes neues Jahr‹.« Orla musste tief durchatmen. Durch die gerade zitierten Sätze kamen viele Bilder in ihr hoch.

Erin war beeindruckt. »Genau das ist Marla schon mindestens siebenmal passiert.«

»Erin«, sagte Orla. »Mum macht sich Sorgen, dass du dich zu stark auf Burim konzentrierst statt auf die Schule.«

»Mum sollte nicht ständig ihre Nase in Sachen stecken, die sie nichts angehen, und sich mehr um Dad und sein Alkoholproblem kümmern.«

»Was?«

»Hm.« Erin nahm ihren Kaffeebecher. »Davon hat sie dir mit Sicherheit nichts erzählt, oder? Letzte Woche war er so blau, dass er die Stufen vor der Pommesbude runtergefallen und mit einer Gehirnerschütterung in der Notaufnahme gelandet ist.«

Orla wusste, dass ihr Vater am Wochenende gerne mal mit seinen Freunden einen trinken ging, daran war nichts auszusetzen. Das machte doch jeder, oder? Und wer war nicht schon mal ausgerutscht, wenn er feiern ging? Normalerweise passierte das, kurz bevor man einen Döner holte und dann mit dem Uber nach Hause wollte.

»Na ja, Keith übertreibt es gerne mal, wenn sie losziehen. Dann überredet er Dad, Sachen zu trinken, die er eigentlich nicht anfassen würde«, erinnerte Orla ihre kleine Schwester.

»Oh, sorry, hab ich vergessen zu sagen. Das war um zehn Uhr morgens. Da war Keith wahrscheinlich arbeiten. Das ist das, was unser Vater nicht mehr macht, seit er im Vorruhestand ist.«

Verdammt. Warum hatte ihre Mutter nichts davon erzählt? Das war doch viel wichtiger als ein Insta-Typ von Erin. Orla kam ein Verdacht: Vielleicht hatte ihre Mutter sie auf diesen Burim angesetzt, um von ihrem Vater abzulenken.

»Ich weiß, was du denkst«, flüsterte Erin wie eine Verschwörerin, die die Regierung stürzen will. »Du glaubst, Mum hätte dich damit beauftragt, mich über Burim auszufragen, um von der echten Scheiße abzulenken, die mit Dad abgeht.«

»Nein«, leugnete Orla sofort. »Natürlich nicht.«

»Ha!«, rief Erin. »Das glaubt dir nicht mal der Muffin auf deinem Teller.«

Wieso hatte sie schon wieder die Kontrolle über dieses Gespräch verloren? Statt etwas über Erin herauszufinden, hatte sie jetzt ein neues Problem am Hals und musste darüber hinaus am nächsten Tag nach Frankreich.

Erin biss in ihren Muffin und lächelte. »So, da Mum nicht ehrlich zu dir war, ist es wohl am besten, wir lassen das Thema und legen lieber gleich einen kleinen Zwischenstopp bei Primani ein. Ich brauche dringend so eine kurze Steppjacke mit Pelz. Perfekte Mischung aus Pariser Chic und Londoner Tristesse.«

Orla wusste nicht, was sie sagen sollte, und biss einfach von ihrem Muffin ab.

3.

»Danke, Orla.«

Erin hatte den Mund voll mit heißen, in Essig getränkten Pommes, die so sauer waren, dass Orla beim Zusehen das Wasser in die Augen schoss. Sie waren auf dem Weg von der Bushaltestelle zum Haus ihrer Eltern außerhalb von Ruislip. Eigentlich hatte Orla nicht vorgehabt, ihre Eltern zu besuchen, aber was Erin über ihren Vater erzählt hatte, machte ihr Sorgen. Auf keinen Fall würde sie nach Frankreich fliegen, ohne vorher nach dem Rechten zu sehen. Um mehr aus ihrer Schwester herauszubekommen, hatte sie bereits in eine Steppjacke mit Pelz, falsche Wimpern, ein Lippenstiftset von Kylie Jenner und die Pommes investiert …

»Versteh es als vorgezogenes Weihnachtsgeschenk, da ich ja vielleicht nicht hier bin«, sagte Orla und beobachtete, wie ihr Atem in der kalten Winterluft tanzte. Noch immer bestand die Möglichkeit, dass sie in null Komma nichts aus Frankreich zurück war – falls der Mann wirklich nichts zu sagen hatte und das Rentier frühzeitig niederkam. Sie musste recherchieren, wie lange die Trächtigkeit beim Ren normalerweise dauerte … Aber was war aus dieser Story herauszuholen? Im Moment klang sie deutlich eher nach Klatsch und Tratsch als nach Tierdokumentation. Und auf gar keinen Fall hörte es sich an, als könnte sie Orla zu dem Durchbruch verhelfen, der ihren Lebenslauf derart aufwertete, dass sie ihn an die *Time* mailen konnte.

»Wie? Heißt das, du hast keine anderen Geschenke für mich besorgt?«

»Erin!«

»War nur ’n Witz. Ich weiß, wie unorganisiert du bist. Und dass du dir fast in die Hose gemacht hast, als ich eben das mit dem Truthahn gesagt habe.« Ihre Schwester lachte sich scheckig.

Sie erreichten ihr Elternhaus. Es war vollkommen dunkel, als wäre niemand zu Hause. Das war nicht ungewöhnlich. Ihre Eltern waren so sparsam, dass sie lieber drei Pullover und Handschuhe übereinander anzogen, als die Heizung anzumachen, zwischen Mai und Oktober wurde jegliche unnötige Energie abgeschaltet. Doch an Weihnachten war alles anders. Da wurden draußen Lichterketten aufgehängt, und ihre Mutter gab alles, damit ihr Haus das Festlichste der ganzen Straße war.

»Sind die Lichter gar nicht an?«, fragte Orla.

»Ach.« Erin nahm sich eine Pommes. »Mum sitzt bestimmt mit ein paar Duftteelichtern da, die mehr gekostet haben, als wenn das Licht brennen würde. Bei Helen findet jeden Monat so eine Verkaufsparty statt, und Mum fühlt sich immer gezwungen, was zu bestellen, damit keiner glaubt, wir wären arm.«

Waren ihre Eltern arm? Hatten sie finanzielle Probleme, seit ihr Vater in den Vorruhestand gegangen war? Der goldene Handschlag hätte kräftig genug gewesen sein sollen, um sie bis ins Grab zu tragen, selbst wenn sie das hohe Alter der Queen noch überbieten sollten.

»Nein, ich meinte die Weihnachtsbeleuchtung«, erklärte Orla. »Es ist doch Dezember. Am 1. Dezember wird sie aufgehängt, egal, auf welchen Tag der fällt und wie das Wetter ist.«

»Tja, willst du, dass Dad hackedicht auf eine Leiter steigt und dann an einem blinkenden Schneemann baumelt?« Erin stieß das Tor auf. »Kommst du mit rein?«

Eigentlich hatte Orla keine Zeit. Vor dem Flug war noch so viel zu erledigen … Zum Beispiel nachsehen, wann genau es losging und wo sie eigentlich hinflog. Trotzdem machte sie einen Schritt nach vorn.

Erin hielt sie auf. »Noch ein paar Sachen, bevor wir reingehen. Frag nicht nach *Sky Sports*. Aber sprich Mum auf ihre Frisur an. Du musst sagen, dass sie schick ist, auch wenn es in Wirklichkeit aussieht, als hätte sie in die Steckdose gefasst. Und wenn Dad da ist, lass ihn … einfach schlafen.«

Der undurchdringliche Panzer ihrer Schwester bekam ein paar Risse, wie der Bildschirmschutz eines iPhones – man sah den Schaden, aber es hielt noch. Bevor Orla irgendwas erwidern konnte, marschierte Erin zur Haustür, die Pommes in der Ellenbeuge, schob den Schlüssel ins Schloss und drehte ihn.

Was Orla als Erstes auffiel, als sie in den Flur trat – abgesehen von der Dunkelheit –, war die Temperatur. Im Haus war es fast kälter als auf der Straße. Sie legte eine Hand auf die Heizung – höchstens lauwarm, aber immerhin nicht aus.

»Okay, also, viel Glück.« Erin warf sich noch eine Pommes in den Mund und stieg die Treppe hoch.

»Wie?«, fragte Orla. »Wo gehst du hin?«

»In mein Zimmer. Ich muss noch ein paar Leuten sagen, dass ich bald in Paris bin.«

Mist. Orla hatte noch nicht klargestellt, dass sie nicht nach Paris flog und dass Erin sie auf gar keinen Fall begleiten konnte.

»Warte, Erin, hör zu …«

»Ich schreib dir später.« Orla hörte nur noch Erins Nike-Air-Force-Turnschuhe die Treppe hochpoltern, dann schlug die Tür zu ihrem Zimmer zu.

»Erin! Hab ich dir nicht gesagt, dass du nicht mit der Tür knallen sollst?«

Als ihre Mutter Dana aus dem Wohnzimmer in den Flur kam, erschrak Orla. Sie wusste nicht genau, ob es eine Reaktion auf das Geschrei war oder auf die neue Frisur, die wirklich aussah, als hätte man einen Pudel mit Russell Brand gekreuzt. *Schick, schick*, sie musste sagen, dass es schick aussah …

»Oh, Orla, was machst du denn hier?« Ihre Mutter legte eine Hand auf die Brust, als sei Orlas Auftauchen ebenso abwegig, als würde jemand mit einem Lotto-Gewinnlos vor der Tür stehen.

»Dein Haar sieht super aus«, bemerkte Orla etwas zu schnell.

»Das kommt von deiner Schwester, richtig? Wo ist sie? Ich will mit ihr nämlich ein Wörtchen über Dads Lieblingsbierglas sprechen.«

»Sie … telefoniert«, erwiderte Orla, um Erin in Schutz zu nehmen, denn ihre Mutter sah aus, als würde sie jeden Moment nach oben stürzen.

»Klar, was auch sonst?«, gab sie zurück. »Man müsste das Gerät schon chirurgisch von ihrer Hand entfernen; so eng ist sie damit verwachsen.«

Ihre Mutter verschwand durch die Wohnzimmertür, als

sei das Gespräch damit beendet. Dann rief sie nach hinten: »Kommst du mit, oder was? Ich will die Tür nicht offenlassen.«

Orla holte tief Luft und folgte ihrer Mutter. Doch als sie das Wohnzimmer betrat, verschlug es ihr die Sprache. Es sah völlig anders aus als bei ihrem letzten Besuch vor vier Wochen. Es war praktisch leer. Verschwunden war die große Anrichte, in der das Porzellan ihrer Großmutter untergebracht gewesen war; es fehlte die Chaiselongue, die ihre Mutter auf einer Antiquitätenmesse gekauft und wiederaufbereitet hatte – und wo war der DVD-Spieler?

»Tu nicht so förmlich, Orla, setz dich hin«, befahl ihre Mutter.

Aber wohin? Auf den letzten vorhandenen Stuhl oder neben ihre Mutter auf den Zweisitzer, den sie noch nie gesehen hatte? Was war hier los?

»Mum«, begann Orla und entschied sich für den Stuhl. »Wo sind die ganzen Möbel hin?«

»Meinst du den alten Schrank und die uralten Teller von deiner Großmutter?«

»Ja.«

»Die haben zu viel Platz gebraucht! Wenn Bren uns besucht und alle da sind, ist es so eng wie in einer Sardinenbüchse!«

»Aber, Mum …«

»Und das Sofateil, das ich vor *Jahren* gekauft hatte, war schon ganz zerschlissen.«

»Du hattest es aufbereiten lassen.«

»Das war eine schlimme Geldverschwendung. So, jetzt sag mal, muss ich dieses Jahr wieder ein Trifle von Waitrose holen oder reicht auch einer von Bird? Ich dachte, wir könnten die ein bisschen vermischen und Himbeeren dazutun.«

»Mum«, sagte Orla noch einmal. »Was ist hier los?«

»Ich weiß nicht, wovon du redest«, entgegnete ihre Mutter und betastete ihre neue Frisur. »Was hast du gegen Himbeeren? Ist das vielleicht das neueste Triggerwort für die Midlife-Crisis, oder was?«

Orla hatte keine andere Wahl, sie musste zur Sache kommen. Sie wusste, dass ihre Mutter gern einen Bogen um schwierige Themen machte, doch nun, da sie mit eigenen Augen gesehen hatte, dass es Probleme gab, konnte sie nicht länger um den heißen Brei herumreden.

»Mum, Erin sagt, dass Dad ein Alkoholproblem hat. Und egal, was du erzählst, du hast die Anrichte *und* die Chaiselongue geliebt. Ich frage dich noch mal: Was ist hier los?«

Ihre Mutter öffnete den Mund, um etwas zu sagen, und Orla rechnete mit der nächsten Tirade. Doch es kam nichts. Stattdessen saß ihre Mutter da, den Mund geöffnet, und schwieg. Das war noch schlimmer.

4.

Orla konnte an einer Hand abzählen, wie oft sie ihre Mutter hatte weinen sehen: bei drei Beerdigungen und einem sehr heftigen Elterngespräch an Erins Schule. Dana Bradbee war nicht nah am Wasser gebaut. Doch noch bevor Orla aufstehen und Anstalten machen konnte, ihre Mutter in den Arm zu nehmen, rannen ihr Tränen über die Wangen. Dabei hatte Orla absichtlich gezögert, sich zurückgehalten, denn sie wusste, dass offensiv zur Schau gestellte Zuneigung bei ihrer Mutter am ehesten dazu führte, dass sie dichtmachte. Deshalb hatte sie ihr lieber eine Tasse Tee gekocht. Neben dem Wasserkocher stand eine Flasche Baileys. Orla war versucht, einen Schuss in den Tee zu geben, aber Alkohol war wohl gerade nicht die beste Idee. Außerdem erinnerte er sie an Frances und Frankreich. Wie sollte sie ihrer Mutter das jetzt beibringen? Vielleicht müsste sie den Auftrag ein bisschen höher hängen? Sodass es klang, als steckte mehr dahinter …?

»Bitte sehr.« Orla hielt ihrer Mutter den dampfenden Becher hin.

»Schon gut. Mach nicht so ein Theater.«

»Das ist nur eine Tasse Tee«, sagte Orla. »Kein Theater.«

»Ich hasse Tränen«, bemerkte ihre Mutter und wischte

sich mit einem Taschentuch über die Augen. »So eine Wasserverschwendung.«

»Tja.« Orla setzte sich neben ihre Mutter. »Manche Menschen finden, dass sie reinigen. Die negativen Gefühle herausspülen.«

»Quatsch.«

»Und«, hakte Orla nach, da sie nun einen Fuß in der Tür hatte. »Hat Dad wirklich ein Alkoholproblem?«

Ihre Mutter seufzte. »Ehrlich gesagt, weiß ich es nicht. Ich dachte, es wäre eine Phase, verstehst du? Dass er sich nach dem Projekt mit dem Gewächshaus und der kurzen Geschichte als Fahrer für Yodel langweilt, aber dann wurde allmählich das Geld knapp. Sicher, die Schönheitspflege deiner Schwester frisst ganz schön viel, aber ich lasse nicht zu, dass ein Kind von mir weniger hat als die anderen und deshalb fertiggemacht wird. Dafür verzichte ich selbst auf das eine oder andere. Den Luxus von Duftkerzen leiste ich mir zum Beispiel noch, aber damit unterstütze ich in erster Linie Helen, weißt du?«

Orla schluckte. Sie hatte keine Ahnung von der ganzen Geschichte gehabt. Warum hatte ihre Mutter nicht mal was erzählt, bevor es so schlimm geworden war? Oder hatte Orla Hinweise übersehen?

»Hast du mal mit Dad darüber gesprochen?«

»Bist du verrückt? Was glaubst du wohl, was er sagen würde? ›Ach, Schätzchen, ja, stimmt, ich überstehe den Tag nicht ohne einen Schluck Captain Morgan in der Früh, den Rest der Flasche tagsüber und einen letzten Whisky, bevor ich ins Bett gehe.‹« Dana seufzte. »Er will auch nicht wahrhaben, dass das Geld knapp ist. Er behauptet, es wäre nur eine Phase, und brummt dann irgendwas von Rentenzuwächsen.«

»Aber es wird doch nicht besser, wenn man es ignoriert! Das Problem verschwindet nicht von selbst.«

»Schön wär's.« Wieder seufzte ihre Mutter. »Ist nämlich schon schlimm genug, sich um eine hübsche Sechzehnjährige Sorgen zu machen, die gerade reif genug ist, um ausgenutzt zu werden.« Sie schaute Orla in die Augen. »Hast du sie gefragt? Nach dem Marokkaner?«

»Ist Burim Marokkaner?«

»Ah! So heißt er also!«

Orla hatte das Gefühl, ungewollt ein Geheimnis preisgegeben zu haben.

»Wohnt er in Marokko?«

»Keinen blassen Schimmer«, erwiderte ihre Mutter. »Nun mal ehrlich, er könnte ja sonst was behaupten: wo er wohnt, wie er heißt, nichts davon muss wahr sein. Ich habe gelesen, dass 85 Prozent der Männer auf Social Media bei ihren ersten drei Nachrichten lügen. Die lauten ›Hallo!‹, ›Wie geht es dir?‹ und ›Ich habe noch nie ein so schönes Mädchen gesehen wie dich‹. Alles Quatsch.«

Orla schluckte. Erinnerungen an ihre letzte Situationship gingen ihr durch den Kopf. Henry. Jemand, dem sie Monate ihres Onlinelebens gewidmet hatte. Auch so ein Fehlgriff. Das Daten hatte seine Unbeschwertheit verloren, war zu einem regelrechten Kampf geworden, in dem jeder der Feind war, selbst der Mensch, den man kennenlernen wollte. Wie sollte das funktionieren?

»Vielleicht könntest *du* mal mit deinem Vater reden.« Ihre Mutter hatte das Gespräch wieder mal gedreht.

»Ich?«, rief Orla, als sei die Vorstellung so verrückt, wie Muscheln mit Schale zu essen.

»Du konntest schon immer Ernstes freundlich verpacken.«

War das so? Sprach ihre Mutter von Auseinandersetzungen, oder meinte sie es generell? Orla fing an, ihre gesamte Persönlichkeit zu hinterfragen.

»Ich glaube, ich bin nicht gerade die Richtige dafür«, erwiderte sie.

»Jetzt red nicht wie so eine Fernsehansagerin.«

»Nein, aber ich bin nicht ständig hier, so wie du, und ich muss morgen weg …«

»Du musst was?«, rief ihre Mutter. Fast wäre ihr der Tee auf den Schoß gekippt.

Orla hatte es ihr eigentlich schonender beibringen wollen. Sie seufzte. »Ich habe einen sehr kurzfristigen Auftrag bekommen und …«

Ihre Mutter riss die Augen auf und stellte den Teebecher auf einen Tisch, von dem es vorher drei gegeben hatte. »Das ist er, oder? Das ist der Auftrag, auf den du so lange gewartet hast. Der dich zur *Time* nach New York bringt! O Orla, was für eine tolle Nachricht! Unglaublich! Viel wichtiger als ein paar Glas zu viel oder Dads Beule am Kopf, denn das hat dir deine Schwester bestimmt auch erzählt.« Sie holte Luft. »Ich hab immer gewusst, dass du es irgendwann schaffst! Ich wusste es! Deine Schwester hat die Schönheit geerbt und du das Köpfchen! Das muss gefeiert werden!«

Sie sprang vom Sofa und machte zwei Schritte zum Kaminsims. Das zweifelhafte Kompliment überhörte Orla. Sie wusste, dass sie diese Interpretation ihrer Mutter geraderücken musste, bevor sie sich in ihr festsetzte. Denn nach dem ersten Lesen der E-Mail war diese Reise nach Frankreich genau das Gegenteil von einem Auftrag, der ihren Karrierechancen Auftrieb geben würde. Tatsächlich hatte er das Potenzial, zum Albtraum zu werden. »Mum, das ist nicht …«

»Guck mal!«

Ein Schalter wurde betätigt, und rund um die Familienfotos und eine Kunstharzente, die Erin im Kindergarten gebastelt hatte, erstrahlte eine Lichterkette mit kleinen weißen Birnchen. Orla schaute hinüber.

»Ich weiß, das sieht unspektakulär aus«, sagte ihre Mutter. »Aber die Kette hat verschiedene Programme. Es gibt neunundzwanzig Einstellungen! Keine Ahnung, warum es nicht dreißig sind, ist halt so. Ach, Orla, ich bin so stolz auf dich. Dass du jetzt auf dem Weg nach oben bist, macht alles ein klein bisschen leichter. Vielleicht rufe ich morgen früh beim Arzt an und frage, ob er mal mit deinem Vater sprechen kann, vielleicht kann er ihm vorschlagen, dass er mal durchgecheckt werden muss, um von da an die Wurzel des Problems zu kommen.«

»Das ist eine gute Idee, Mum. Aber dieser Auftrag, der ist …«

»Ja, erzähl! Also, wenn du das überhaupt darfst. Aber wenn nicht, dann sieh zu, dass du die Erlaubnis bekommst und beim Weihnachtsessen bis ins kleinste Detail darüber berichten kannst. Bren gibt nämlich immer noch damit an, dass die Tochter ihres Patensohns in Cambridge studiert. So lange, wie Bren schon davon redet, müsste das Mädchen längst ihren Abschluss haben.«

Nach dem Satz wusste Orla, dass sie das Weihnachtsessen dieses Jahr auf gar keinen Fall verpassen durfte, egal, wie lange das Rentier zum Kalben brauchte.

5.

Saint-Chambéry, Frankreich

Jacques Barbier bemerkte es immer, wenn er beobachtet wurde. Vielleicht lag das an seinem Überlebensinstinkt. Ob der Beobachter gute oder schlechte Absichten hatte, spielte erst mal keine Rolle. Jegliche Aufmerksamkeit von jemandem, der selbst nicht gesehen werden wollte, war ein Grund zur Wachsamkeit. Im Gang dieses kleinen Supermarkts mit angeschlossenem Café erlebte er das nicht oft. Normalerweise war dies ein Ort, wo Jacques sich sehr gut aufgehoben fühlte. Doch jetzt spürte er nicht nur Blicke auf sich, sondern hörte auch Geflüster. Darauf gab es für ihn nur eine Reaktion. Er nahm eine Dose Tomaten aus dem Regal, schnellte herum und reckte sie, als wollte er sie nach vorn schleudern.

Die Ladenbesitzerin Delphine schrie auf, und Gérard neben ihr, der Besitzer der einzigen Bar im Ort, ließ eine Packung *jus de pomme* fallen. Der Apfelsaft sickerte heraus, doch statt sich hinzuhocken und sich darum zu kümmern, stand Jacques reglos da und starrte die beiden an. Sie erwiderten seinen Blick mit einem feierlichen Gesichtsausdruck, der ihm verriet, dass er tatsächlich Gegenstand ihres Geflüsters gewesen war.

»Willst du mit der Tomatendose nach uns werfen?«, fragte Gérard schließlich. »Wenn ja, könntest du bitte nicht auf mein linkes Knie zielen? Meine Arthrose macht mir gerade wieder schwer zu schaffen.«

Jacques schaute auf die Dose in seiner Hand und fragte sich, was er sich dabei gedacht hatte. Er war nicht im Wald, und die beiden waren keine Bären. Es waren zivilisierte Menschen. Menschen, die immer nett zu ihm gewesen waren, seit er hier vor nun zwei Jahren mit nur einem Rucksack, aber jeder Menge psychischem Ballast angekommen war. Er stellte die Dose an ihren Platz zurück und schaute in seinen Einkaufskorb. Was hatte er sich gedacht, als er die Waren hineingelegt hatte? Brot, okay. Käse, auch gut, aber er hatte nicht auf die Sorte geachtet. Müsli, nein; er mochte es zwar, doch es hatte zu viel versteckten Zucker. Was daneben lag, war noch schlimmer, eine bestimmte Sorte Plätzchen. Quadratisch und auf einer Seite dick mit Schokolade überzogen. Fast konnte er sie schmecken. Er nahm sie aus dem Korb und betrachtete sie, als seien sie sein neuester Feind.

»Ist das jetzt deine Waffe?«, fragte Gérard. »Die ist schon besser. Damit geht nicht so viel kaputt. Keine anderen Lebensmittel … oder Menschen.«

»Niemand wirft hier mit irgendwas!« Delphine wollte sich nach dem Saft bücken, der Gérard aus der Hand gefallen war. Doch Jacques sah, dass ihre Bewegung nicht flüssig war, dass sie beim Vorbeugen leicht stockte. Hatte sie wieder Probleme mit der Hüfte?

Bevor Delphine die Packung aufheben konnte, hatte Jacques schon seinen Korb abgestellt und kam ihr zuvor.

»Den bezahle ich natürlich«, erklärte er und reichte ihr den Apfelsaft.

»Das ist nicht nötig«, beeilte sich Delphine zu sagen. »Ich kippe den Rest weg. Kein Problem.«

»Ich habe gesagt, dass ich ihn bezahle«, beharrte Jacques. Er nahm Delphine den Karton ab, und bevor sie weiter protestieren konnte, setzte er ihn an und trank den restlichen Inhalt.

»Ich weiß wirklich nicht, was heute los ist«, bemerkte Gérard, als Jacques fertig war und die leere Packung in seinen Korb legte. »Als würden sie durchdrehen, sobald die Weihnachtsbeleuchtung eingeschaltet wird.«

Jacques brummte. Er musste nicht an das alljährliche Einschalten der festlichen Lichter erinnert werden. Von hier bis zu seinem Haus und noch weiter hingen genug Plakate und Poster. Hinter ihm wohnte nicht mal jemand, trotzdem hingen dort Zettel an Bäumen, vielleicht für den Fall, dass eine Waschbärfamilie vorbeikam.

»Hoffentlich wollen alle meine *Sablés de Noël* probieren«, sagte Delphine. »Ich habe über tausend gebacken.«

Jacques lief das Wasser im Mund zusammen. Etwas Gutes hatte das Einschalten der Weihnachtsbeleuchtung vielleicht doch: Es gab wieder Delphines selbst gebackene Mürbeteigplätzchen – manche mit Zuckerguss, andere mit Schokolade in allen Variationen, verziert mit Nüssen oder Zuckerware. Er allein könnte die tausend Stück verputzen.

»Hebst du mir ein paar auf?«, fragte er.

»Tut mir leid, ein paar Leute haben schon versucht, mich zu bestechen, damit ich ihnen welche zurücklege, aber du kennst die Regeln. Ich verkaufe sie erst, wenn das Band bei der feierlichen Eröffnung durchgeschnitten wird.«

»Dann muss ich wohl ohne auskommen«, erwiderte Jacques und bog in den nächsten Gang ein. Er versuchte sich zu erinnern, weshalb er den Weg ins Dorf auf sich genommen hatte.

Kurz bevor er sich wegdrehte, bekam er mit, wie Gérard Delphine mit dem Ellenbogen anstieß. Diesmal beschloss er, es zu ignorieren und Lebensmittel mit längerem Haltbarkeitsdatum einzupacken, damit er während der Weihnachtszeit nicht so oft herkommen musste.

»Bist du nicht dabei?«, rief Delphine. Jacques hörte ihre Schritte auf dem klebrigen Boden hinter sich. Sie wurden schneller.

»Warum sollte ich mir was ansehen, was ich nicht mag?«, fragte er.

»Aber dieses Jahr gibt es zum ersten Mal mein alkoholfreies Weihnachtsbier«, verkündete Gérard und kam ihm ebenfalls hinterher. »Und ich kann genauso wenig wie Delphine mit ihren Mürbeteigplätzchen sagen, wie lange mein Vorrat reicht.«

Jacques zuckte mit den Schultern. »Dann muss ich darauf eben auch verzichten. Kann ich jetzt bitte in Ruhe einkaufen?« Er eilte durch den Gang. Die Schokokekse würde er wieder ins Regal stellen, wo sie hingehörten.

»Aber du kannst doch nicht wegbleiben!«

Ihm fiel die Dringlichkeit in Delphines Ton auf. Er drehte sich um. Als würde ihr klar, dass sie zu laut und aufdringlich gewesen war, senkte sie den Kopf und schob die Hände in die Taschen ihrer Schürze.

»Warum muss ich denn unbedingt dabei sein?«, fragte Jacques.

»Delphine meinte nicht, dass du da sein *musst*«, beeilte sich Gérard zu erklären. »Nur, dass ja jeder aus dem Dorf und den Nachbardörfern da ist. Und Pierre aus Bousie … der kommt extra mit seinen weltberühmten Stelzen!«

Jetzt wusste Jacques nicht, ob er lachen oder weinen sollte.

Nur in dieser Gegend von Frankreich wurde damit geprahlt, dass jemand angeblich weltberühmt für seine Stelzen war. Es würde furchtbar werden. Es war immer in vielerlei Hinsicht furchtbar – von den schief gesungenen Liedern bis zum Axtwerfen. Gerade bei Letzterem regte er sich immer besonders auf, weil Luc wirklich keine Ahnung hatte, wie man eine Axt richtig schleuderte.

»Ich glaube, in meiner Fantasie habe ich mir schon ausgemalt, was ich vielleicht verpassen könnte. Aber danke, dass ihr an mich gedacht habt.« Jacques wollte weiter.

»Das Rentier!«, stieß Delphine aus.

Was hatte er hier zu suchen? In und um sein Haus herum war genug zu tun. Warum hatte er sich heute fürs Einkaufen entschieden statt für Arbeit und Abgeschiedenheit? Jacques drehte sich wieder um.

»Was?«

»Delphine!«, mahnte Gérard seine Freundin.

»Wir erwarten ein Rentier. Heute Abend, zur Feier«, erklärte sie.

»Und ihr und der Rest des Festkomitees guckt wieder zu, wie die Dorfkinder ihm für ein paar Euro an den Ohren ziehen und ihm Möhren in die Nase schieben?«, fragte Jacques.

»Nein«, versicherte Delphine ihm. »Außerdem hatten wir letztes Jahr nur das Schaf, das alle beißen wollte.«

»Ich hab wirklich zu viel zu tun«, sagte Jacques mit Blick auf die Uhr.

»Es muss versorgt werden«, fuhr Delphine fort.

»Dann ist eine Weihnachtsfeier wirklich der letzte Ort, wo es sein sollte.«

»Es bekommt ein Junges!«, verkündete Delphine.

Ihre Worte hallten zwischen den Mehlpackungen, Götterspeisepäckchen, Biskuitböden und essbaren Gold- und Silberkügelchen wider.

»Was?«, fragte Jacques.

»Delphine, lassen wir Jacques in Ruhe einkaufen, und wenn er Lust hat, heute Abend zu kommen, können wir immer noch …«

»Es kann jetzt kein Junges bekommen. Wer auch immer der Eigentümer des Rentiers ist, er lügt euch an«, unterbrach Jacques ihn. Trotzdem konnte er nicht leugnen, dass sein Interesse geweckt war. Delphine verwechselte schnell mal was.

»Das stimmt nicht«, sagte die Ladenbesitzerin im Brustton der Überzeugung. »Das Baby, das Junge … wie auch immer man das nennt …«

»Kalb«, warf Jacques ein.

»Das kommt angeblich sehr bald«, schloss Delphine.

Argwöhnisch sah Jacques sie an. Sie hatte die Hände aus der Schürze genommen, ihre Finger rangen miteinander. Jacques' Blick ging zu Gérard.

»Weißt du was davon?«, fragte er den Barbesitzer.

»Ähm … ich …«

Gérard wirkte sichtlich nervös. Irgendwas stimmte nicht. Aber wenn auch nur ein Fünkchen Wahrheit hinter dem Gerücht steckte, wollte Jacques mehr darüber erfahren.

»Rentiere kalben im Sommer«, erklärte er den beiden. »Im Mai oder Juni. Nicht im Dezember.«

Delphine schüttelte umgehend den Kopf. »Ich habe keine Ahnung von Familienplanung im Tierreich, aber ich kann dir versichern, dass hier heute Abend ein trächtiges Rentier eintrifft, das deine Hilfe braucht, und …«

»*Meine* Hilfe?«, hakte Jacques nach.

»Wolf, außer dem Tierarzt in Grenoble bist du der Einzige hier, der sich mit Tieren auskennt.«

Wolf. *Le loup*. So wurde er hier manchmal genannt. Anfangs war es ein Beiname gewesen, den er bekommen hatte, weil er verrückt war, seltsam, ein Einzelgänger. Ein Mann, der in die Berge gezogen war und dort in einem Zelt lebte, bis er sein eigenes Holzhaus baute. Allmählich, fast als gewöhnten sie sich langsam an sein plötzliches Auftauchen, wurde sein Name dann wohlwollender, mit weniger Häme ausgesprochen. Jacques seufzte. Trotzdem hielt er sich von Dorffesten fern und schätzte seine Ruhe. Ein trächtiges Rentier im Dezember jedoch weckte sein Interesse. Wenn es kein Wunder war, dann zumindest ungewöhnlich.

»Und Gérard kann bestimmt Hilfe gebrauchen, wenn plötzlich alle in die Bar stürmen, oder?«, sagte Delphine.

»Ich … ähm … ja«, bestätigte der Wirt.

Jacques traf eine Entscheidung. »Ich komme. Für zwei Stunden, maximal. Und ich helfe dir, Gérard. Ich gucke mir dieses Rentier an. Mehr nicht.« Dann marschierte er durch den Gang davon.

»Das Band wird um sechs Uhr durchgeschnitten!«, rief Delphine ihm nach.

Er bereute es schon jetzt.

6.

Flughafen Gatwick, London

»Und, was meinst du? Black Opium? Oder Good Girl?«

Orla fragte sich, ob sie wirklich wach war oder in einem irren Albtraum gefangen, aus dem sie wie immer von ihrer Nachbarin mit dem Take-That-Fimmel geweckt würde, die jeden Wochentag um halb sieben deren Songs durchs Haus dröhnen ließ. Unvorstellbar, dass sie um zwei Uhr nachts aufgestanden war. Nie im Leben konnte sie sich am letzten Abend bereiterklärt haben, Erin mitzunehmen, damit ihre Eltern in Ruhe Krisengespräche führen konnten. Und schon gar nicht konnte sie Frances überredet haben, einen zweiten Platz im Flugzeug zu genehmigen. Doch tatsächlich stand Erin neben ihr. Und wedelte mit zwei Parfümteststreifen vor Orlas Nase herum.

»Ich … keine Ahnung«, war die einzige Antwort, die Orla herausbrachte. Sie brauchte dringend einen Kaffee, aber wenn sie das sagte, würde Erin zu Starbucks wollen, und in Erins Welt reichte kein einfacher Americano, bei ihr mussten irgendein Sirup, Schokolade oder der Geschmack der Saison mit hinein, den das Café gerade bewarb. Und so kosteten zwei Kaffee gern mal so viel wie ein relativ großzügiges Weihnachtsgeschenk für eine nahestehende Person …

»Mensch! Du bist nicht zu gebrauchen! Wie spät ist es?«

Erin griff nach einem dritten Parfümflakon und einem Teststreifen.

»Viertel vor gleich kannst du was erleben?« Orla wunderte sich über ihre aggressive Antwort.

»Das war fast witzig«, erwiderte Erin. »Finde ich gut, die Orla um halb vier. Nur dass sie sich nicht zwischen zwei Parfüms entscheiden kann.« Sie seufzte. »Und bei Burim ist es erst halb fünf, also kann ich ihn auch nicht fragen. Außerdem kann er auf die Entfernung ja nichts riechen, er würde nur nach der Marke gehen und einfach die teuerste wählen.«

Inzwischen pochte es laut in Orlas Kopf – der Umgebungslärm, ihre angestaute Energie und die wahllosen Informationsfetzen über die bevorstehende Reise, in der ihre Mutter den Freifahrtschein zu Orlas Traumjob sah, zu einem Penthouse in Manhattan und der Nummer von Michelle Obama …

Sie flogen nach Grenoble und sollten dort von einem Fahrer abgeholt werden, der sie in ein Dorf namens Saint-Chambéry bringen würde. Es war so klein, dass es nur ein winziger Punkt auf der Landkarte war. Dafür zogen sich um den Punkt jede Menge Linien, das Symbol für eine bergige Gegend und dichte Waldflächen. In dem Dorf schienen sich Fuchs und Hase gute Nacht zu sagen. Nicht dass Orla etwas gegen abgelegene Orte gehabt hätte. Als Journalistin für »Tierwelt und Anthropologie« war sie schon an vielen skurrilen Orten gewesen, von einem Leuchtturm mitten im Meer – Heim einer Familie, die das zylindrische Nest nicht einmal verlassen hatte – bis zur Übernachtung bei Bibern in Alaska. Seit sie für den Verlag arbeitete, waren ihre Artikel auf Platz zwei der Zugriffe gestiegen, übertroffen nur noch von den Posts mit Promi-Nachrichten, und Orla wollte unbedingt die Nummer eins werden. Nicht leicht in einer Welt, in der allein Klatsch, Tratsch und Ruhm Aufmerksamkeit garantierten. Aber wenn ihre Artikel zum beliebtesten Content der Zeitschrift würden, müsste da doch noch was zu holen sein. Dann müsste sie ihrer Mutter keine Halbwahrheiten mehr erzählen, nur weil die auf irgendwas stolz sein wollte, weil sie sowohl emotional als auch finanziell harte Zeiten durchmachte.

»Vielleicht nehme ich beide«, sagte Erin. »Und das hier für Burim.« Sie hatte einen silbernen Flakon in Form eines Roboters in der Hand.

In finanziell knappen Zeiten gab man kein Vermögen für ein Parfüm aus, auch nicht zu Flughafenpreisen. Woher hatte Erin überhaupt das Geld, wenn sie sich nicht gerade in Orlas PayPal hackte?

»Stell die mal zurück, wir gehen zu … zu Starbucks«, schlug Orla vor.

»Echt?«, rief Erin aufgeregt und beeilte sich, die Parfümflaschen zurückzustellen. Fast hätte sie dabei einen Stapel Kartons von Dior umgekippt. »Ich hab extra nicht gefragt, weil wir gestern schon Kaffee getrunken haben, und ich weiß, dass dich die ganzen Optionen bei Starbucks stressen.«

Eher der Preis dieser Optionen. Hoffentlich kosteten sie weniger als drei Flakons Designerparfüm – falls Sir Keir Starmer die Lebenshaltungskosten nicht noch mal erhöht hatte, während Orla auf dem Weg zum Flughafen war.

»Hey«, Orla stieß ihre Schwester an. »Ich bin nicht hundert wie Mum.«

Kurz darauf sog Erin an einem Strohhalm, der in einem Getränk steckte, das mit »bio« anfing und auf »cino« endete, während Orla einen einfachen, aber sehr guten und dringend benötigten Filterkaffee trank.

»So, jetzt erzähl mal, wohin wir fliegen!« Erin nahm den Trinkhalm aus dem Mund. Auf ihren Lippen, die sie auf der Flughafentoilette nachgezogen hatte, lag eine dünne Schicht Sahne. »Was gibt's da für Nachtclubs? Welche coolen Ecken muss man gesehen haben, die ich auf Insta zeigen kann, damit Tania und Danica neidisch werden?«

Orla hatte vergessen, dass Erin noch weniger über diese Reise wusste als sie selbst. Sie hatte ihrer Schwester nur erzählt, dass es nicht nach Paris ging. Was würde sie von der ländlichen, ja, ursprünglichen Umgebung halten?

»Also, es geht nach Frankreich, ja? In die Heimat von Mbappé und … hmm … der ganzen guten Schokolade und … hmm … Chanel.«

Vielleicht musste Erin noch nicht so genau wissen, wie weit entfernt von der Zivilisation sie wirklich sein würden. Möglicherweise war es genau das, was ihre Schwester gerade brauchte. Eventuell gab es nicht mal durchgängig 4G. Sie hätten mal Zeit zum Runterkommen, Tage, in denen man sich ganz auf die Umgebung einlassen könnte.

»Es wird auf jeden Fall ein Abenteuer«, versicherte Orla ihrer kleinen Schwester.

»Aber ich muss mich nicht mit … mit Schlamm einreiben, damit mich die Tiere vor Ort als ihresgleichen akzeptieren, oder?«

In Namibia bei den Warzenschweinen hatte Orla das tatsächlich getan, doch zu Hause bisher nichts davon erzählt. Das konnte nur bedeuten, dass …

»Du hast meinen Artikel gelesen«, sagte Orla, und die Überraschung war ihr anzuhören. »Über die Warzenschweine.«

»Chill mal!« Erin verdrehte die Augen. »Vielleicht hab

ich den mal kurz überflogen, nachdem ich gelesen hatte, wie es mit den *Love-Island*-Teilnehmern aus der letzten Staffel weiterging.«

Also *nach* dem Promitratsch, nicht davor. Trotzdem war Orla erleichtert, dass Erin noch an anderen Themen als Mode, Marken und tätowierten Männern interessiert war.

»Und?« Orla trank einen Schluck Kaffee.

»Ich dachte, du bist irre. Ich würde mich niemals für irgendwas mit Schlamm einreiben.« Erin sog an ihrem Halm. »Aber wenn du unterwegs bist und so komische Sachen machst, find ich das echt krass.«

Orla freute sich über das Lob.

»Du weißt, dass ich das nicht negativ meine, oder? Also, krass wie in …«

»Ich bin nicht hundert wie Mum«, erinnerte Orla ihre kleine Schwester. »Ich weiß, wie du das gemeint hast. Und du kannst ja was dafür tun, dass du selbst mal krasse Sachen machst.«

»Ah, das tu ich schon, keine Sorge«, erwiderte Erin.

»Echt? Läuft es gut auf dem College?«

»Haha, sehr witzig.«

Das war kein Witz gewesen. »Nein, ich meine, ich weiß ja, dass es hart ist, aber du kannst immer zu mir kommen.«

»Du hattest ganz andere Fächer als ich, und es ist schon sehr, sehr lange her bei dir, oder?«

Nun, so lange auch wieder nicht. Sicher gab es zwischen den Schwestern einen Altersunterschied von zehn Jahren, aber nicht von mehreren Jahrzehnten. Außerdem hatte Orla nicht von Fächern gesprochen. Für sie war das College eine intensive Zeit des Lernens und schwieriger sozialer Entscheidungen gewesen, die es abzuwägen und zu bewältigen galt, eine Zeit des Übergangs vom Teenager zur Erwachsenen. Es hatte viel zu verarbeiten gegeben.

»Ich fand es nicht leicht damals«, bemerkte sie und schlang die Hände um den Kaffee.

»Nicht? Hattest du nicht immer nur Bestnoten?«

»Nur in einem Fach«, erwiderte Orla.

»Und in den anderen bist du durchgefallen?« Erin lachte.

»Nein, aber es gibt Lehrer, die großen Wert auf Leistung und Ergebnisse legen und dabei vergessen, dass hinter allem ein Mensch steht.«

Das war die Überzeugung, die Orlas Wirken zugrunde lag. Sie suchte nach Gründen für bestimmtes Verhalten – bei Tieren wie bei Menschen, nach dem Warum und dem Warum nicht –, auch wenn es manchmal gar keine eindeutige Antwort gab. Was wirklich zählte, war die Seele einer Sache, nicht die Ergebnisse, denn die richteten sich nach Wünschen und Erwartungen.

»Studierst du mich?«, fragte Erin. »Für einen Artikel?«

Orla schüttelte den Kopf. »Quatsch. Red keinen Blödsinn.«

»Denn rein äußerlich wäre ich wirklich ein super Covermodel, findest du nicht?« Erin zog eine Schnute, die Sahne von ihrem Bio-sonst-was-cino noch immer auf der Oberlippe.

Orla wollte antworten, doch ihre Schwester kam ihr zuvor: »Wir nehmen besser unsere Getränke mit und gucken mal auf die Anzeigetafel. Wollen den Flug ja nicht verpassen.« Erin stand auf, den Becher in der Hand, und griff nach dem Rollkoffer.

Und so beendete Erin Bradbee das Gespräch übers College. Orla seufzte. Nun, sie hatte noch genug Zeit, um darauf zurückzukommen.

7.

Saint-Chambéry

»Du weißt, was als Nächstes passiert, oder?«, flüsterte Erin. »Wir werden in eine Holzhütte gesteckt, bekommen heiße Schokolade, und alle sind nett, aber dann kippt die Stimmung, und der freundliche Mann mittleren Alters lässt seine Maske fallen. Wir werden abgemurkst wie dieses Frettchen hinter mir, und dann enden wir als Schneemumien.«

Als das ziemlich ungewöhnliche Gefährt, in dem sie saßen, über eine Spurrille in der Straße rumpelte, stieß Erin einen unterdrückten Schrei aus. Vielleicht lag auf der Hutablage tatsächlich der Kadaver eines toten Tieres, doch Orla konnte nicht ausschließen, dass es sich um einen schlichten Schal handelte, auch wenn die Fakten dagegen sprachen. Bisher war alles nach Plan verlaufen. Am Flughafen waren sie von Gérard abgeholt worden, so wie es in Frances' E-Mail gestanden hatte, und jetzt befanden sie sich auf dem Weg nach Saint-Chambéry, wo sie in einem kleinen Hotel namens »Delphine« wohnen würden. Dort angekommen, hatte Orla die Aufgabe, über das trächtige Rentier zu berichten und den Mann zu treffen, der eine besondere Bindung zu dem Tier aufgebaut hatte. Sie hoffte, dass sich hinter der »besonderen Bindung« eine eigene Art des Kommunizierens verbarg. Den Navajo-Code, mit dem sie schon zu tun gehabt hatte, fand sie absolut faszinierend. Jedenfalls hatte Frances geschrieben:

> Ich stelle mir eine Mischung aus Vincent von *Lost* und Rudolph dem Rentier vor. Der Typ vielleicht so wie Ian Somerhalder? Der heilige Dreiklang: herzerwärmend, kompetent und sexy.

»Pst«, machte Orla zu ihrer Schwester und betrachtete die Umgebung, froh über die Weihnachtsmusik, die Gérard vor mehr als einer Stunde angestellt hatte.

»Pst?«, flüsterte Erin empört zurück. »Es ist eiskalt! Ich habe *null* Internetempfang, und der freundliche Barbesitzer/Postbote/Knecht Ruprecht, oder wie auch immer er sich nennt, bringt uns noch um. Hier. An diesem superkalten Ort.«

Orla sah ihre Schwester an, die neben ihr auf der Rückbank dieses seltsamen dreisitzigen Vehikels eingequetscht war, während ihre Koffer im Fußraum neben dem Fahrer verstaut waren. Hatte sie wirklich Angst? Erin biss auf ihren Acrylnägeln herum, und Orla musste sich mal wieder in Erinnerung rufen, dass ihre Schwester trotz all ihrer Großtuerei immer noch sehr jung und ihr Zuhause momentan nicht der tröstliche Zufluchtsort war, der es sein sollte. Vielleicht konnte Orla hier in Frankreich eine gute große Schwester sein und ihr ein wenig Sicherheit geben.

»Alles gut, Erin«, sagte sie ruhig. »Ein Mörder würde uns als Allerletztes in den Ort bringen, wo er wohnt. Wir fahren genau dorthin, wo wir hinmüssen.«

»Woher willst du das wissen? Es könnte doch sein, dass er in die komplett andere Richtung fährt. Sieht doch alles gleich aus! Guck!« Erin legte die Handflächen an die Fensterscheibe, als sei sie in einer durchsichtigen Kiste eingeschlossen.

Orla sah hin, und der Anblick war spektakulär: hoch aufragende Tannen, so weit das Auge reichte, eine Straße, die sich wie eine weiße Schlange durch den dichten Wald wand, mit Schnee betupfte zerklüftete Berge, im Nebel verhüllte Gipfel. Der Inbegriff des Winterwunderlands. Still und schlicht, doch Orla wusste, was sich hinter einem stillen, schlichten Anblick verbergen konnte. Vielleicht ging es nicht so sehr um den Wortlaut ihres Auftrags, sondern mehr darum, was sich daraus machen ließ …

»Ich weiß das«, sagte sie zu Erin, »weil ich die Strecke auf Google Maps verfolge.«

»Hast du Empfang?« Die bevorstehende Ermordung hatte ihre Schwester schon wieder vergessen.

Orla beugte sich leicht vor. »Wie lange noch, bis wir ankommen, Gérard?«

»*Vingt minutes.*« Der Fahrer machte eine kurze Pause. »*Désolé.* Ich spreche besser Englisch. Es sind zwanzig Minuten. Es müssen zwanzig Minuten sein, ich muss nämlich noch sehr viel tun vor der Eröffnung.«

»Was für eine Eröffnung?« Jetzt beugte sich auch Erin vor. »Das klingt nach einem Event. Gibt's ein Event? Mit rotem Teppich?«

»Erin, bist du angeschnallt?«, fragte Orla.

»Ja.« Zum Beweis zog ihre kleine Schwester an ihrem Gurt.

»Mein Teppich ist blau«, antwortete Gérard. »Nicht rot.«

»Entschuldigung, Gérard, meine Schwester wollte nur wissen, um was für ein Event es sich handelt«, erklärte Orla, während das Fahrzeug weiterholperte.

»Gibt's da auch einen DJ?«, hakte Erin nach.

»Es ist die erste Vorweihnachtsveranstaltung in Saint-Chambéry: die Fête zum Einschalten der Weihnachtsbeleuchtung. Wir essen. Wir tanzen. Wir trinken selbst gebrautes Bier. Alle sind glücklich.«

Erin ließ sich in ihren Sitz zurückfallen und verschränkte die Arme vor der Brust. »Nicht alle. Ich nicht. Klingt lahm.«

»Also, ich habe Essen, Trinken und Tanzen verstanden.« Orla stieß ihre Schwester an. »Und ich habe die Kreditkarte der Firma dabei.«

»Echt?« Erins Laune besserte sich schlagartig.

Das stimmte zwar, aber Orla durfte sie nur sparsam einsetzen, lediglich für lebensnotwendige Ausgaben, die sie alle belegen musste. Doch das brauchte Erin nicht zu wissen.

»Ich glaube, uns wird diese Fête gefallen, Gérard«, versicherte Orla. »Sehr sogar. *Très beaucoup.*«

»Na, dann hoffe ich, dass es genug Plätzchen gibt«, brummte Gérard. »Wir haben nur einen Gast erwartet.«

Orla hatte tatsächlich niemanden auf dieser Seite des Ärmelkanals vorgewarnt, dass sie in Begleitung käme, und sie hoffte, dass es keine Probleme geben würde. Welches Zimmer Frances ihr auch gebucht hatte, es passte sicher noch jemand rein, der ein Meter dreiundsechzig groß war und Kleidergröße 34 trug – also fast.

»Jetzt sind wir da«, verkündete Gérard knapp zwanzig Minuten später. »Dies ist die Ortsgrenze von Saint-Chambéry. Da vorn sehen Sie das Luxushotel. Und auf der Linken ist das Outletzentrum und die Mall.«

»Wo?«, rief Erin, deren Sicherheitsgurt keine hektischen Bewegungen zuließ.

Orla wusste, dass Gérard sie aufzog, aber ihr war auch klar, dass das bei Erin nicht gut ankommen würde. Sie hatten das Ziel noch nicht erreicht, und trotzdem hatte sie schon Bedenken, dass es nicht leicht mit Erin werden würde.

»Ha, das war ein Witz!« Gérard brach in Lachen aus. Das Lenkrad schien unkontrolliert nach links und rechts zu schlagen.

Erin wurde still. Die schlimmste Art von Nichtbeachtung, die Orla kannte. Eine angesäuerte, schlecht gelaunte Erin war immer noch besser als die stumme Erin, die grübelte, statt herumzuschreien. Jetzt war Beschwichtigen angesagt.

»Keine Sorge«, flüsterte sie ihrer Schwester zur. »Ich meine, ich muss natürlich arbeiten, aber wenn dieses Dorf wirklich so tot ist wie ein Friedhof, dann können wir mal in die nächste Stadt fahren und abends ausgehen.«

»Die nächste Stadt ist Grenoble«, warf Gérard ein. »Die Strecke haben wir gerade hinter uns.«

Erin rutschte auf ihrem Platz herum und drehte sich komplett zur Scheibe, als würde sie auf eine Mauer gucken statt auf eine verschneite Stadt. Da Orla ahnte, dass sie im Moment nichts sagen konnte, was ihre Schwester aufmuntern würde, schaute sie aus dem anderen Fenster, vor dem nach und nach die ersten Häuser erschienen. Die meisten waren aus Holz, sie glichen Chalets, teilweise auf Pfählen. An den Traufen hingen Lichterketten, Laternen verbreiteten bernsteinfarbenes Licht entlang dem kaum wahrnehmbaren Übergang von Straße zu Gehweg. Jetzt waren auch Menschen zu sehen, die, wie Burritos in dicke Mäntel, Mützen und Handschuhe gewickelt, in den Ort liefen. Vor der Abfahrt in England hatte Orla zwar die Wettervorhersage gecheckt, dennoch fragte sie sich nun, ob die Sachen, die sie dabei hatte, dick genug waren. Ein Seitenblick auf ihre Schwester bestätigte ihr, dass Erin Leggings trug, die vielleicht zu einem britischen Herbst passten, nicht jedoch zu Minustemperaturen in den Alpen.

»*Oh là là*, da ist eine Straßensperre«, bemerkte Gérard und kam mit dem Fahrzeug schlitternd zum Stehen.

»Eine Straßensperre?«, wiederholte Orla. Ein kurzer Blick durch die Windschutzscheibe offenbarte eine alte Holzschranke mit orange blinkenden Warnleuchten und zwei offiziell wirkende große Männer, die mitten auf der Straße standen. Polizisten? Was war hier los? »Gab es einen Unfall?«

»*Non*«, antwortete Gérard. »Das ist wegen der Weihnachts-Fête. Heute dürfen keine Autos auf den Dorfplatz. Ich dachte, wir wären noch früh genug, aber …«

»Aber?« Orla hoffte, dass sie ihrem Ziel schon sehr nah waren und ihr Fahrer einen Plan hatte.

»Aber das Flugzeug hatte ja Verspätung«, erinnerte Gérard sie. »Schon in Ordnung. Ich stell den Wagen hier ab, dann gehen wir zu Fuß.«

»Zu Fuß?«, rief Erin, als habe er von einem Marathon gesprochen.

»Ich glaube nicht, dass man in diesem Schnee einen Koffer hinter sich herziehen kann«, bemerkte Orla, die das Entsetzen ihrer Schwester gut verstehen konnte. Es war eiskalt. Sie musste erst wissen, wie lang die Strecke war, bevor auch nur eine Autotür geöffnet wurde. »Ähm, Gérard, wie weit müssen wir denn zu Fuß gehen? Wir haben nämlich …«

In dem Moment schleuderte der Wagen herum wie in einem wilden Straßenrennen. Orla wurde gegen Erin gedrückt, die Worte wurden ihr aus dem Mund gerissen.

»Das ist nicht weit«, erwiderte Gérard, der sich allem Anschein nach in Charles Leclerc verwandelt hatte. »Ihr habt doch gute Wanderschuhe dabei, *non*?«

Der Wagen schoss über den glatten Boden und raste auf die hohen Kiefern zu. Warum Orla das Bedürfnis verspürte, nachzusehen, was sie an den Füßen trug, wusste sie selbst nicht. Mit ihren normalen Sneakern würde sie es wohl nicht schaffen, wenn »nicht weit« länger als ein Laufsteg war …

»Orla«, presste Erin durch aufeinandergebissene Zähne hervor. »Mir wird schlecht.«

O nein! Unvermittelt musste Orla an einen Kirmesbesuch denken, als ihre Schwester acht oder neun gewesen war. Nachdem Erin auf den Karussells wild durchgeschüttelt worden war, hatte sie mehrere Jahre unter Reiseübelkeit gelitten, und Orla hatte Popcorn von da an mit anderen Augen gesehen. Aber aus solchen Problemen war Erin doch rausgewachsen, oder?

»Anhalten!«, verlangte Orla. »Erin, atme ganz tief und langsam durch.«

»Ich … ich versuche ja, den Wagen anzuhalten … Aber das … klappt nicht.« Gérard klang leicht panisch; Erin hatte täuschende Ähnlichkeit mit einem gebleichten Betttuch. Es gab nur noch eins zu tun.

Orla griff nach der Handbremse und zog sie an. Der Wagen brach seitwärts aus, und plötzlich stand etwas im Weg, groß und schwarz. Orla wusste nicht, was sie tun sollte: die Handbremse loslassen oder Gérard ins Lenkrad greifen. Erin stieß einen Schrei aus, und dann …

Wumms.

Es gab einen lauten Aufprall, einen harten Zusammenstoß, dann stand das Auto still, und Orla fiel auf, wie ruhig es auf einmal war. Der Motor tuckerte im Leerlauf. Von Erin hörte sie nur noch panisches Atmen, und Gérard wirkte benommen und schien nicht genau verstanden zu haben, was passiert war. Darüber hinaus hatte Orla das Gefühl, etwas stimme nicht. Das dunkle Hindernis. Hatten sie etwas angefahren? Oder jemanden? Sie drückte die Tür auf, ohne auf die Kälte draußen zu achten.

Knirschend versanken ihre Sneaker im mehrere Zentimeter hohen Schnee, doch sie merkte es kaum, da sie die Umgebung absuchte.

»Hallo!«, rief sie. »Ist da jemand?«

Sie sah nichts als Schnee, Bäume und die Bergspitze in der Ferne. So weit fort von der Zivilisation konnten sie nicht gerutscht sein. Und wohin war die dunkle Erscheinung verschwunden? Auf einmal spürte Orla die Kälte. Sie drang unter ihre offenbar nicht ausreichende Steppjacke.

»Où est votre chapeau?«, fragte eine Männerstimme.

Orla fuhr zusammen und legte die Hand auf die Brust.

»Vous n'avez pas de gants?«

Das bisschen Französisch, das Orla beherrschte, reichte so gerade zum Austausch von Höflichkeiten und für »Gibt es hier Eis?«. Beides passte gerade nicht so gut. Sie drehte sich um, und in der kalten Luft verschlug es ihr den Atem. Vor ihr stand ein Riese: groß, breitschultrig und schwarz gekleidet, von der Wollmütze bis zu den dicken, schweren Stiefeln. Um das Gesicht hatte er etwas gewickelt, sodass man nur seine Augen sah. Groß, tief und dunkelbraun starrten sie Orla an.

»Parlez-vous anglais?« Sie wusste nicht, wieso ihr der Satz wieder eingefallen war, aber ihre ehemalige Französischlehrerin wäre stolz auf sie gewesen.

»Ja, ich spreche Englisch«, antwortete der Mann. »Ich

habe Sie gefragt, wo Ihre Mütze und Ihre Handschuhe sind. Ohne kann man hier bei diesen Temperaturen nicht rausgehen. Vielleicht im Dorf, auf dem Platz, bei den Menschenmassen heute Abend, aber ganz bestimmt nicht hier.«

Orla hatte eine Mütze und Handschuhe dabei. In ihrem Koffer. Aber nicht auf dem Kopf und an den Händen. Doch das war gerade egal, schließlich konnte jemand verletzt sein …

»Was?«, fragte der Mann, vermutlich, weil sie verwirrt aussah. »Verstehen Sie mein Englisch nicht?«

»Doch, ich … Ich dachte nur, das Auto hätte jemanden angefahren und …«

»Ja«, antwortete der Mann. »Es hat mich angefahren.« Mit den Worten ging er an ihr vorbei zur Fahrerseite des Wagens.

»Entschuldigung, wie bitte?« Orla folgte ihm. »Aber Sie … Sie stehen ja noch.«

»Genau«, erwiderte der Mann, als Gérard ausstieg. »Seltsamerweise kann ich das, seit ich ungefähr ein Jahr alt bin. Ich staune auch immer wieder darüber. Und dass es mir gelingt, einen Fuß vor den anderen zu setzen! Dieser Gleichgewichtssinn!« Er sagte etwas auf Französisch zu Gérard, der darauf antwortete. Orla hatte keine Ahnung, worüber sie sprachen; sie verstand nur hin und wieder *»oui«* und einen Namen – Jacques.

»Aber wir haben Sie angefahren«, unterbrach Orla das Gespräch. »Ich habe den Zusammenstoß gehört und …«

Die beiden Männer lachten und unterhielten sich weiter in ihrer Muttersprache. Offenbar fanden sie den Unfall urkomisch. Allmählich stieg die Kälte in Orla hoch.

»Na schön!«, rief sie. »Dann sind Sie eben unhöflich!

Und nicht verletzt! Zeigen Sie bitte meiner Schwester und mir den Weg zum Hotel, in dem wir übernachten!«

Die beiden lachten noch lauter; allmählich ging es Orla auf die Nerven.

»Okay, gut, danke fürs Mitnehmen bis kurz vor das Ziel und für den gratis Höllenritt am Ende, jetzt kommen wir auch allein zurecht.« Sie riss die hintere Tür auf. »Komm, Erin, wir gehen.«

»Orla«, murmelte Erin mit belegter Stimme.

Der Geruch. Der Anblick. Orla brauchte keine Erklärung, trotzdem presste Erin hervor: »Ich hab mich übergeben.«

8.

Auch wenn Orla groß getönt hatte, dass es kein Problem wäre, durch die winterliche Einöde zum Hotel zu gelangen, war ihr immer noch nicht ganz klar, was hier gerade vor sich ging. Schnee drang in ihre Sneaker, ihre Füße fühlten sich an wie der Trinkhalm in einem Slush Puppie, und ihr Gehirn schien auch nicht richtig zu funktionieren. Denn wenn es das täte, hätte sie längst ein Wort darüber verloren, dass Erin, mit Erbrochenem auf ihrer Jacke, von einem Fremden auf dem Rücken getragen wurde. Doch sie sagte nichts. Es war, als müsse sie jegliche Energie darauf verwenden, in dieser Umgebung zu überleben. Und das hätte sie wissen müssen. Sie war keine Anfängerin, wenn es um Reisen an klimatisch herausfordernde Orte ging. Sie konnte es nur auf den Mangel an Vorbereitungszeit schieben. Nicht ihre Schuld.

»Leben Sie noch?«

Die Frage kam von dem Fremden, der ihre Schwester huckepack trug.

»Ich … weiß auch nicht«, stotterte Orla. Was war das für eine Antwort? Offensichtlich war ihr Gehirn schon fast eingefroren.

»Ha! Gut so. Immerhin scheint Ihnen klar zu sein, dass man auf diesem Berg jederzeit sterben kann.«

»Was?«, stieß Erin aus.

Sie hatte bis jetzt geschwiegen, selbst als der Typ sie mit einem Arm aus dem Auto gehoben hatte.

»Sie haben nicht die passende Kleidung an für dieses Wetter«, wiederholte er.

»Ja!«, rief Orla. »Verstanden! Aber wir hatten keine Ahnung, dass der Mann, der uns vom Flughafen abholt, am Ende die Kontrolle über sein Fahrzeug verliert und einen Unfall baut, sodass wir bei diesem Wetter zu Fuß laufen müssen.«

Gérard war im Auto geblieben. Er trug Skiunterwäsche, zwei Pullover und eine Thermojacke und hatte einen Flachmann aus dem Handschuhfach gezaubert. Er war weitaus besser vorbereitet als sie. Eigentlich war bereits ein Fahrzeug unterwegs, um Gérard abzuschleppen und sie mitzunehmen, aber der Fremde hatte ihnen eingeschärft, dass sie auf keinen Fall stehen bleiben dürften. Also waren sie losgestapft Richtung Dorf, das nach seiner Einschätzung nur rund eine Meile entfernt lag. Wenn das Auto auftauchte, würden sie es anhalten.

»Ah«, sagte der Mann und marschierte voran, als hätte er keine junge Frau auf dem Rücken. »Sie gehören zu den Leuten, die allen anderen die Schuld an der Lage geben, in der sie sich befinden.«

»Was? Nein, tue ich nicht! Ich …«

»Sie werden sauer«, bemerkte er leicht belustigt, während Orla versuchte, mit seinen langen Schritten mitzuhalten.

»Wenn Sie denken, dass das sauer ist, liegen sie wirklich weit daneben, glauben Sie mir!«

»Ich irre mich nie«, erwiderte er. »Dann schauen wir mal.«

»Moment, warten Sie doch …«

»Sie ist schon ziemlich sauer«, bemerkte Erin, das Gesicht halb in der Kapuze seiner Jacke vergraben, die Arme um den Hals des Fremden. »Dann klingt sie immer wie ein Politiker, der lügt, um seinen Arsch zu retten.«

Der Mann lachte über Erins Bemerkung, und Orla spürte, wie ihr Körper vor Verärgerung kribbelte. Sein Lachen war nicht unattraktiv, aber übertrieben. Er tat so, als wäre Erin eine Comedienne und hätte gerade den besten Spruch überhaupt abgeliefert.

»Also, wo ist jetzt das Auto, das uns abholen soll, und wo ist das Dorf?! Die Straßensperre war doch gar nicht so weit entfernt … Wir sind doch keine hundert Meter weit geschlittert!«

Der Mann blieb stehen und drehte sich zu ihr um.

»Stampfen Sie jetzt noch mit den Füßen auf?«, fragte er. »Und schreien Sie, bis es schallt? Oder heulen Sie gleich? Buhuhu!«

Er hatte eine Stimme aufgesetzt, als würde man mit einer Dreijährigen über ihren Lieblingsteddy reden. Wie unverschämt war dieser Froschfresser eigentlich? Und warum war sie überhaupt hier? Eigentlich müsste sie im Büro sitzen, im Warmen, und zusehen, wie Sonil sich einen Schokoriegel nach dem nächsten in den Mund stopfte, bis er fast daran erstickte! Orla war hier, weil ihre Chefin es angeordnet hatte. Und sie buchstäblich keine andere Wahl hatte, als ihre Schwester mitzunehmen. Weil ihr Vater Probleme mit dem Rentnerdasein und womöglich mit Alkohol hatte und das Geld knapp war. Weil das Universum ihr im Moment keine Pause gönnte, sondern ihr ein verdammtes trächtiges Ren vorsetzte!

»Jetzt bin ich sauer!«, brüllte Orla. »Stinksauer! Verdammt stinksauer! Ich hab hier überhaupt nichts verloren!« Sie stieß einen kindischen Schrei aus, den sie selbst befremdlich fand. Er wurde tatsächlich von den Bergen zurückgeworfen. Orla atmete schwer und hörte das laute Klopfen ihres Herzens, das die Wuthormone verarbeitete, die gerade freigesetzt worden waren.

»Gut.« Der Mann nickte. »Die Wut hält Sie warm. Aber wir dürfen nicht stehen bleiben.«

Er drehte sich um und marschierte weiter. Moment mal, was? Hatte er Orla mit Absicht gereizt, damit ihr nicht mehr so kalt war? Wer war dieser Typ? Bevor sie länger darüber nachdenken konnte, merkte sie, dass sie sich in Bewegung setzen musste, weil sie sonst zu weit zurückfiel. Sie versuchte zu laufen, im Schnee leichter gesagt als getan. Ihr Puls kam auf Touren.

»Wissen Sie, wo das Hotel Delphine ist?«, fragte Orla, als sie den Mann mit Erin auf dem Rücken wieder eingeholt hatte.

»*Hotel* Delphine?«, gab er zurück.

»Ja«, sagte Orla. »Da wohnen wir.«

»Es gibt kein Hotel Delphine«, antwortete er.

»Was?«, stieß Erin aus.

»Genau: was?«, wiederholte Orla.

»Das haben Sie doch gehört: Es gibt kein Hotel Delphine. Es gibt eine Delphine, sie ist die Inhaberin des Dorfladens. Das ist die einzige Delphine in Saint-Chambéry. Sind Sie sicher, dass Sie hier richtig sind?«

Es gab verschiedene Antworten auf die Frage, und Orla wurde immer ratloser, was sie zurückgeben sollte. Auch wenn Frances es oft überstürzte, wenn sie eine Sensation witterte, sorgte sie normalerweise immer dafür, dass ihre Mitarbeiterinnen ein Dach über dem Kopf hatten.

»Ich … weiß es nicht.« Jetzt geriet Orla wirklich ins Schwimmen. Nicht wegen des Zielorts – schließlich hatte Gérard sie wie geplant abgeholt –, sondern wegen allem, was damit verbunden war. Während sie automatisch einen Fuß vor den anderen setzte, schielte sie zu ihrer Schwester hinüber. Wie ein Häufchen Elend klammerte die sich am Rücken des Mannes fest. Orla musste sich um Erin kümmern. Das Wohlergehen ihrer Schwester stand an erster Stelle, egal, wie ihr Auftrag lautete.

»Keine Sorge«, sagte der Mann, jetzt weniger herablassend. »Es ist bestimmt alles in Ordnung. Delphine wird schon wissen, wo sie Sie unterbringt.«

Ein klein wenig Aufmunterung von diesem Kerl, der den Zusammenprall mit einem Auto überstanden hatte wie Ironman.

»Aber wenn nicht, habt ihr echt ein Problem.«

Na, super.

9.

Idiotes. Genau das waren die beiden. Noch zwei Touristen, die wegen der heimeligen Weihnachtsatmosphäre und dem Skilaufen nach Saint-Chambéry gekommen waren, wo es deutlich erschwinglicher war als in Aspen. Bei der momentanen Kälte konnten sie von Glück sagen, wenn sie es überhaupt auf die Pisten schafften, ohne dass der eiskalte Wind ihre Adern platzen ließ und ihre Lunge von innen gefror. Wusste Delphine, dass die beiden kamen? Sie hatte nichts davon erzählt, obwohl ihr klar war, was er von Fremden hielt, dass er die touristische Seite von Saint-Chambéry mied, sich so gut er konnte raushielt. Und wo blieb Milo mit dem Abschleppwagen? Inzwischen hatten sie das Dorf erreicht, trotzdem musste Gérard ja abgeschleppt werden. Jacques sah sich unter den Gästen um und hievte das Mädchen auf seinem Rücken hoch, damit sie nicht runterrutschte. Ob Delphine noch im Laden war? Oder stand sie schon an der Bude und verkaufte ihre Plätzchen?

»Wow, da ist ja ein Feuer!«, rief das Mädchen auf seinem Rücken.

»Genau«, bestätigte Jacques. »Davor setzen wir die Touristen, die zu leicht angezogen sind, zum Auftauen. Und wenn das nicht funktioniert, zerstören wir jeden Beweis, dass sie jemals hier waren.«

Er spürte, wie das Mädchen erschauderte, und bereute seinen Tonfall und die Worte augenblicklich. Seit wann war er so grob und gemein?

»So«, sagte er und schritt auf die orangeroten Flammen zu, die in den Nachthimmel züngelten. »Wärmen wir dich mal auf.« Er sah sich über die Schulter um. Wo war die andere Engländerin? In der rasch anwachsenden Menschenmenge hinter dem bronzefarbenen Absperrband konnte er sie nirgends entdecken. Dieses dämliche Band! Die Leute taten so, als sei es eine religiöse Ikone; die Besucher verneigten sich fast davor. Lächerlich!

»Ähm … ich muss meine Jacke verstecken«, stieß das Mädchen aus. Es klang, als würden ihre Zähne klappern.

»Was?«

»Ich hab mich drauf übergeben«, erklärte sie. »Das ist gottlos.«

»Ich weiß zwar nicht, was das bedeuten soll, aber deine Mutter hat das das wirklich sehr gründlich abgeputzt, bevor ich dich aus dem Auto geholt habe.«

Für Jacques war das Irrsinn: in der Kälte zu stehen und eine Packung feuchter *mouchoirs* herauszuholen, um die Jacke noch kälter zu machen. Ohne fremde Hilfe wären diese beiden jetzt schon in der Notaufnahme. Ironie der Geschichte, dass die viele Kilometer entfernt war …

»Meine Mutter!« Das Mädchen lachte.

»Habe ich einen Witz gemacht?«, fragte er.

»Orla ist nicht meine Mutter« antwortete sie. »Klar, sie sieht steinalt aus, aber sie ist meine Schwester. Mit mir haben meine Eltern damals gar nicht mehr gerechnet. Meine Mutter behauptet immer, schuld wäre der Urknall, und dann weiß keiner, ob sie über Physik redet oder was anderes meint.

Ich kann nur hoffen, dass es ein wissenschaftlicher Begriff ist.«

Jacques verstand nicht, was das Mädchen da quasselte, aber es war gut, dass sie überhaupt wieder sprach. Er hatte sich Sorgen gemacht, weil sie in Gérards Wagen so blass und still gewesen war.

»Willst du runter?«, fragte er, als er in einen nicht ganz so vollen Bereich kam.

»Wenn keiner auf meine Jacke guckt«, lautete die Antwort.

Jacques ließ das Mädchen seinen Rücken hinuntergleiten und griff nach ihrem Arm, als sie die Turnschuhe im Schnee aufsetzte. Sie schwankte leicht, wirkte etwas unsicher. »Alles gut?«, hakte er nach.

»Glaub schon«, antwortete sie, nicht gerade überzeugend.

Wo war bloß ihre Schwester? Und wo das trächtige Rentier, das ihm versprochen worden war? Allmählich kam ihm der Verdacht, dass die ganze Geschichte ein Trick war, um ihn an einem der geschäftigsten Abende des Jahres ins Dorf zu locken. Jacques war inzwischen klar, dass er sich besser integrieren musste, aber alte Gewohnheiten waren nun mal schwer zu ändern, und tief in ihm verborgen gab es immer noch diese dunklen Erinnerungen …

»Bleib da stehen!« befahl Jacques dem Mädchen. »Am Feuer. Beweg dich nicht. Bin gleich wieder da.«

Er würde ihr etwas Heißes zu trinken besorgen, dann ihre Schwester aufstöbern, die er offenbar verloren hatte. Warum machte er sich überhaupt Gedanken? Für nichts von alldem war er verantwortlich. So hatte er es gewollt, als er hergezogen war: nur er, sein Hund Hunter und der Berg. Jacques näherte sich mit großen Schritten dem Stand, an dem Kaffee und ein alkoholisches Getränk verkauft wurden, das genauso schlecht schmeckte, wie es roch, und das er deswegen nur einmal probiert hatte. Da rempelte ihn jemand von der Seite an.

»Oh!«

Die Frau drohte hinzufallen. Jacques reagierte schnell und zog sie an sich, bevor sie gegen die Menschen kippte, die bei den Heißgetränken Schlange standen. Es dauerte einen Moment, bis er sie wiedererkannte: die Engländerin, nach der er suchte.

»Sie!«, rief er. »Was machen Sie hier? Und warum kann kein Tourist aufrecht im Schnee stehen?«

»Sie haben mich umgerannt«, erwiderte sie. »Und jetzt zerquetschen Sie meinen Arm. Lassen Sie mich los!«

Jacques tat, wie ihm geheißen. Kurz stand sie da, dann verschwanden ihre Sneaker in einem Schneehaufen, und wieder verlor sie das Gleichgewicht. Er hielt sie abermals fest.

»Schon gut!«, wies sie ihn zurück, stellte sich schnell auf sichereren Boden und richtete sich auf. »Kein Problem.«

Das sah nicht so aus; sie wirkte verstimmt. Ihre Brauen zogen sich über ihren großen blauen Augen zusammen. In ihrem schulterlangen blonden Haar hingen Eiskristalle. Ihr Blick wurde eindringlich, dann besorgt.

»Wo ist Erin?«

»Wer?«

»Meine Schwester«, erklärte sie. »Der Mensch, den Sie auf dem Rücken getragen haben und der jetzt nicht mehr da ist. Sie haben sie doch nicht alleingelassen, oder?«

»Immer mit der Ruhe«, antwortete Jacques. »Ihr geht's gut. Sie wollte einen Kaffee. Ich habe gerade …«

Sofort setzte sich die Frau in Bewegung und schlängelte

sich durch die dichter werdende Menge. Jacques schnalzte mit der Zunge und folgte ihr. Es war am besten, die beiden wieder zusammenzuführen. Dann konnte er zu Delphine und ihr den ganzen Mist übergeben. Doch als er zu der Stelle hinüberschaute, wo er die Kleine abgesetzt hatte, war sie nicht mehr da. *Merde*.

»Und, wo ist Erin?«

Ihre blauen Augen blickten ihn vorwurfsvoll an.

»Direkt da drüben.« Jacques wies vage in eine Richtung. Gleichzeitig suchte er die Gesichter um sich herum ab. Wo war das Mädchen mit der Steppjacke? *Los, Jacques!* So ging das nicht. Menschen in der Menge aufspüren, Gesichter erkennen, das war doch eine seiner großen Stärken! Er musste schnell darauf zurückgreifen, bevor die Engländerin nachhakte.

»Wo: da drüben?«

»Ähm, nicht weit.« Wo war sie nur? Sicher, es war voll im Dorf, aber man kam immer noch gut durch. Jacques mit seiner Erfahrung musste locker in der Lage sein, eine Touristin in der Menge auszumachen.

»Wie weit?«

»Nur noch ein kleines Stück weiter.« *Los, Jacques! Such sie. Streng dich an!*

»Hier geht es nicht weiter«, antwortete die Frau, mittlerweile sehr besorgt. »Da ist das Band.«

Merde. Merde. Wo war das Mädchen? Warum war sie weggelaufen? Er hatte sie dort abgesetzt, wo es warm war. Damit sie wieder zu sich kam. Hier würde doch niemand …

»Vielleicht hat jemand sie mitgenommen.« Ihre Worte waren fast ein Flüstern. Als würde es wahr werden, wenn sie zu laut sprach.

»Nein«, entgegnete Jacques im Brustton der Überzeugung. »Nicht hier. Saint-Chambéry ist ein sehr freundlicher Ort.«

»Das könnte man über jeden Ort behaupten. Nur weil er freundlich wirkt, heißt das noch lange nicht, dass dort nichts Schlimmes passiert.« In ihrer Stimme war die Panik nun deutlich zu hören. Sie holte ihr Handy heraus. »Mein Gott! Gibt's hier irgendwo mal Internetempfang? Ich muss sie anrufen! Ich muss sie finden!«

»Kein Grund zur Panik«, versicherte ihr Jacques.

»Ach, nein? Seit ich hier bin, bin ich in einen Verkehrsunfall geraten, musste bei eiskalten Temperaturen wandern, und jetzt ist meine Schwester verschwunden! Ich würde sagen, ich hätte schon Grund zur Panik gehabt, als ich aus dem Flieger gestiegen bin!«

»Orla?«

Als Jacques die Stimme hörte, lief eine Welle der Erleichterung durch ihn hindurch. Da stand sie, einen dampfenden Becher in den Händen.

»O Erin! Gott sei Dank! Ich dachte, dich hätten die Wölfe geholt oder noch was Schlimmeres.«

»Nimm mich nicht in den Arm!«, rief sie und hielt den Becher dicht vor den Oberkörper, um jeden Kontakt zu vermeiden.

»Okay.« Jacques klatschte in die behandschuhten Hände. »Ihr habt euch wiedergefunden. *Du* hast was Warmes zu trinken. Ich bin jetzt weg, sonst verwandelt sich Gérard noch in eine Eisskulptur.« Jacques wandte sich zum Gehen. Er musste herausfinden, wo zur Hölle Milo blieb.

»Moment noch!«, rief die Frau. »Wo finde ich … Delphine?«

Jacques drehte sich um. »Da drüben. Der Laden.« Er wies auf das Geschäft und machte sich dann auf den Weg. Er konnte es nicht erwarten, dass dieser Abend ein Ende nahm.

10.

Delphines Dorfladen, Saint-Chambéry

»Bitte nehmt noch ein Plätzchen, sonst verkaufe ich sie am Stand!«

Orla und Erin standen in dem kleinen Lebensmittelladen, in dessen Ecke offenbar ein Café untergebracht war. Die gesamte Inneneinrichtung war aus Holz, von den Balken unter der Decke über die Regale mit Haushalts- und Geschenkartikeln – kleine Honigtöpfe, Seife, Rehmilch –, bis hin zu den Cafétischen und -stühlen. Typisch alpenländisch.

»Kann ich noch zwei haben?«

»Einen, Erin«, sagte Orla, als ihre Schwester nach den wirklich lecker duftenden Plätzchen griff, die Delphine auf einem Holztablett an ihnen vorbeitrug. Endlich hatten sie die alte Frau aufgespürt, und Orla hatte ihre Schwester und sich vorgestellt. Delphine war eine zierliche Frau von Ende sechzig. Sie hatte kurze dunkle Haare mit wenigen grauen Strähnen und trug eine große Brille, die ihr ständig die Nase hinunterrutschte. Außerdem war sie immer in Bewegung, konnte nicht stillstehen oder -sitzen. Das war völlig in Ordnung, aber da die Schwestern gerade erst angekommen waren, wäre ihnen etwas mehr Ruhe lieb gewesen.

»Ich hab aber Hunger!«, klagte Erin, jetzt wieder mit etwas mehr Farbe im Gesicht.

Die Kalorien von Starbucks waren ja wieder rausgekommen …

»Ich weiß«, antwortete Orla. »Ich dachte bloß, wir könnten hier in einem Lokal essen gehen oder so.«

»Oh!«, rief Delphine, und die Brille rutschte ihr wie auf ein Stichwort die Nase runter. »Es gibt nur zwei Gaststätten in Saint-Chambéry, und die haben beide heute Abend geschlossen. Wegen der Fête.«

Natürlich. Orla zwang sich zu einem Lächeln und stellte sich vor, wie Frances vorm Kamin saß, einen Baileys trank und durch TikTok scrollte …

Erin nahm zwei Plätzchen und schob sich einen komplett in den Mund. »Die sind der Hammer.«

»Könnten Sie mir helfen?«, fragte Delphine Orla. »Und ein paar Kartons mit nach draußen bringen?«

»Ich nehme einen«, erbot sich Erin, verschlang den zweiten Keks und legte die Hände um eine Kiste.

Orla runzelte verwundert die Stirn. Der Kaffee, den ihre Schwester getrunken hatte, schien sie nicht nur innerlich aufgewärmt, sondern auch ihr Temperament geschürt zu haben. Vielleicht sollte sich Orla auch einen gönnen …

»Könntest du die Tür aufmachen?«, fragte Delphine. »Ich komme mit diesem Tablett nur durch, wenn ich seitwärts gehe.«

»Kein Problem.« Erin bahnte sich mit der Kiste ihren Weg und drückte den Rücken gegen die Holztür mit dem Glaseinsatz. Als sie draußen war, spürte Orla, dass Delphine noch etwas sagen wollte.

»Ich möchte nicht unhöflich sein«, setzte die alte Frau an, »aber wir haben nur mit einem Gast gerechnet.«

»Ich weiß«, beeilte sich Orla zu sagen. »Dafür entschuldige ich mich. Normalerweise nehme ich meine Schwester nicht mit auf Geschäftsreise, aber in letzter Minute gab es einen … einen familiären Notfall und, na ja, der ganze Auftrag kam so kurzfristig, dass ich …« Sie beendete den Satz nicht, sondern griff ebenfalls zu einem Karton.

»Dass Sie?«, wiederholte Delphine.

»Ach, nur … Ich wollte nur sagen, dass ich normalerweise länger als vierundzwanzig Stunden Zeit habe, um eine Reise vorzubereiten und …«

»Ich stehe seit fast sechs Wochen mit Ihrer Zeitschrift in Kontakt«, unterbrach Delphine sie. »Es war wirklich schwierig, überhaupt eine Antwort von irgendwem zu bekommen.«

»Oh, ähm, dafür entschuldige ich mich, aber jetzt bin ich ja hier und kann es kaum erwarten, das Rentier zu sehen.«

»Und Wolf«, ergänzte Delphine.

»Einen Wolf? Ui, ich hab mit meiner Schwester Witze über Wölfe gemacht. Gibt es hier wirklich welche?«

»Wolf ist ein Mann. Ich habe Ihrer Chefin von ihm erzählt.« Delphine schnalzte vorwurfsvoll mit der Zunge und schüttelte den Kopf. Ihre anfängliche Freundlichkeit ließ nach.

»Ah, ja, der Mann, der nicht spricht.« Orla lächelte. »Unter diesen Vorzeichen habe ich noch kein Interview geführt, aber ich werde es natürlich versuchen …«

»Gut«, unterbrach Delphine sie und lächelte wieder einnehmend. »Heute Nacht könnten Sie bei mir schlafen. Morgen bringe ich Sie zu Wolf. *Allez!*«

»Sorry, wie bitte?«, fragte Orla, als Delphine sich durch die Tür drückte und dann nach rechts wandte.

»Entschuldigung, ich habe keine Zeit, die Leute frieren und haben Hunger.«

Das waren die letzten Worte, die Delphine für Orla übrig hatte, dann war die alte Frau in der Nacht verschwunden.

»Dieser Ort ist krass!« Erin machte eine ausholende Handbewegung. Orla und ihre Schwester hatten sich am Feuer wiedergetroffen. Die Fête war jetzt offiziell eröffnet.

Wie sich herausgestellt hatte, war Gérard nicht nur der Inhaber der einzigen Bar in Saint-Chambéry, sondern auch der Bürgermeister des Dorfs, und die Feier konnte erst beginnen, nachdem er aus dem Auto geborgen worden war, er einen Cognac bekommen und das Bronzeband durchgeschnitten hatte. Danach klang Akkordeon- und Gitarrenmusik durch die Nacht, ein Feuerwerk wurde gezündet, und der Ort, der an ein Ensemble von Lebkuchenhäusern erinnerte, versank in einem fröhlichen Stimmengewirr. Ihre Ankunft war holprig gewesen, aber nun erkannten Orla die winterliche Magie, die hier herrschte. Man hätte das Dorf für eine Weihnachtskarte fotografieren können. Das Feuer bildete den Mittelpunkt, aber südlich davon befand sich ein schneebedeckter Platz mit Kopfsteinpflaster und einem Brunnen in der Mitte, aus dem an wärmeren Tagen sicher das Gebirgswasser sprudelte. Dort standen Bänke, mit Lichterketten geschmückte Tannen und eine große Schubkarre, die die Leute besonders wichtig zu nehmen, ja geradezu zu verehren schienen. Orla hatte sich vorgenommen, ihre Gastgeberin danach zu fragen. Außerdem gab es eine hübsche kleine Kirche, auf deren Turm ein Stern leuchtete. Orla drehte sich zu ihrer kleinen Schwester um, die zu den weihnachtlichen Klängen eines Akkordeons herumhüpfte, als stände sie in der ersten Reihe eines Stormzy-Konzerts … Damit hatte Orla nicht gerechnet, denn normalerweise beschwerte sich Erin über alles, das ihr auch nur ansatzweise nicht in den Kram passte.

Allerdings trank sie auch ihren dritten Kaffee. Wer wusste schon, wie stark der war? Erin war eher an die Version mit mehr Sahne als Koffein gewöhnt. Vielleicht musste Orla ein Auge darauf haben, wie viel ihre Schwester zu sich nahm, und ihr vorschlagen, auf Wasser umzusteigen.

»Ich habe ein paar Fotos gemacht«, erzählte Erin. »Von dem Mann mit der lustigen Mütze, der das komische kleine Klavier spielt, das Luft einzieht und ausbläst. Und vom Weihnachtsbaum. Und von dem Mann auf Stelzen. Und vom Würstchenstand.«

In der Hand hielt Orla immer noch ihren Hot Dog. In einem knusprigen Baguette lag eine dicke, lange Bratwurst, gewürzt mit Knoblauch und Kräutern, darauf karamellisierte Zwiebeln. Orla hatte noch nie etwas so Leckeres gegessen.

»Ich will die Fotos Burim schicken«, erklärte Erin. »Aber ich habe kein Netz. Also, hier gibt's weder WLAN noch 4G. Und wenn ich mich nicht bald bei ihm melde, ruft er den Rettungsdienst.«

»Bei Delphine haben wir bestimmt WLAN. Wir brauchen nur das Passwort.«

»Ähm, ich glaube, ich muss jetzt rüber und mich darum kümmern«, sagte Erin mit Blick auf ihr Display. »Ich darf damit nicht länger als sechs Stunden warten.«

»Warum nicht?«

»Welchen Teil von ›Er ruft den Rettungsdienst‹ hast du nicht verstanden? Das war kein Witz. Einmal hat er einen Krankenwagen gerufen, als ich im Club Class war und mich nicht bei ihm gemeldet habe. Burim meinte, egal, mit welchem Typen ich geredet hätte, der würde einen Krankenwagen brauchen, wenn er mit ihm fertig wäre. Oooh! Guck mal! Der Weihnachtsmann!«

Während Erin Fotos von einem Mann im roten Mantel auf Skiern machte, biss Orla von der Wurst ab und versuchte, das Stückchen sowie Erins Information zu schlucken. Burim schien ein kleiner Kontrollfreak zu sein. Ihre Mutter machte sich zu Recht Sorgen. In den nächsten Tagen musste sie unbedingt noch mehr über Burim herausfinden. Sie kannte sich aus und wusste nur zu gut, dass das, was Männer online schrieben, etwas ganz anderes war als das, was sie wirklich dachten und taten. Sie war nicht dumm; selbst *sie* fand, dass jemand, der einem wochenlang Nachrichten über jede Kleinigkeit in seinem Leben schrieb, auf jeden Fall mehr als eine Situationship wollte. Wie sollte eine Sechzehnjährige das verkraften, wenn schon eine Sechsundzwanzigjähre Probleme damit hatte?

»Aah, Sie haben sich ein Würstchen von Pierre geholt.«

Delphine schien etwas ruhiger geworden zu sein. Sie hielt einen dampfenden Becher in den Händen.

»Die sind sehr gut«, erwiderte Orla und zeigte auf den Rest ihres Baguettes.

»Ja, ja«, gab Delphine zurück. »Ich habe ihm gezeigt, wie man sie macht. Im ersten Jahr schmeckten sie noch … Aber jetzt … Ach, mir fehlen die Worte dafür. *Dégueulasse*. Ungenießbar.«

Orla verlor den Appetit und sah sich nach einem Mülleimer um.

»Und Sie haben eine sehr große Familie?«, fragte Delphine und nippte an ihrem Becher.

»Wie bitte?«

»Sie sagten, Sie hätten einen familiären Notfall. Da habe ich mich gefragt, wie groß Ihre Familie ist.«

»Ah. Also, außer meiner Schwester und mir sind es nur meine Mutter und mein Vater.«

»Lassen sie sich scheiden?«, wollte Delphine wissen.

»Nein ... nicht, dass ich wüsste.«

»Halten Sie nichts von Scheidung?«

»Ich ... ich habe keine Meinung dazu ...«

»Weil Sie noch nie verheiratet waren?«

»Ähm, nein, aber ...«

»Also waren Sie verheiratet?«

Das ging Orla ein bisschen zu weit. Es fühlte sich an, als würde Delphine sie aushorchen. Außerdem war es ein persönliches Thema, und Orla war zu klug, um jemanden, von dem sie bisher lediglich Plätzchen bekommen hatte, in so intime Details einzuweihen.

»Sind Sie denn verheiratet?«, fragte Orla zurück.

»Ich?«

»Ja.«

»Jetzt nur noch mit meinem Supermarkt«, antwortete Delphine.

»Ich bin auch nur mit meiner Arbeit verheiratet«, sagte Orla.

»Ah. Sie wollen keine eigene Familie.« Man hörte Delphine die Enttäuschung an.

Delphine sprach es aus wie eine Tatsache, keine Frage. Es war, als würde Orla, nur weil sie noch nicht verheiratet war, für den Rest ihres Lebens eine alte Jungfer bleiben, die strickte und sich um ihre Katzen kümmerte. Dabei wollte sie in ihrem Beruf glänzen und einen Partner, der sie darin bestärkte. Dass sie beide eigene individuelle Ziele hatten, aber auch gemeinsame. Und ob sie Kinder wollte, wusste sie noch gar nicht. Es war schon schwer genug, einen Mann zu finden, der lange genug blieb, um herauszufinden, ob sie eher Team Pizza oder Team Burger war – von weitergehenden Entscheidungen ganz zu schweigen. Orla hatte jedoch nicht vor, mit einer Fremden, die sie gerade erst kennengelernt hatte, diese Gedanken zu teilen. Sie brauchte ein anderes Thema.

»Was hat es mit der Schubkarre auf sich?« Sie wies auf das Gartengerät mitten auf dem Platz.

»Womit?«

»Mit der Schubkarre! Mit diesem Holzteil auf Rädern, das alle bestaunen und anfassen.«

»Ah! Das ist eine *brouette*. Die gehört hier in Saint-Chambéry zu unserer Dorfkultur. In grauer Vorzeit haben unsere Vorfahren diesen Ort mit eigenen Händen erbaut. Mit den hölzernen *brouettes* haben sie Werkzeug, Steine und Holz transportiert. Wir gedenken ihrer in der Weihnachtszeit und mit einem Fest im Sommer. Wann immer wir Hilfe brauchen, wenden wir uns an die *brouette*. Das älteste Exemplar steht in der Kirche. Draußen leidet das Holz zu stark unter der Witterung.«

Orlas Radar klickte wie ein Geigerzähler, der giftige Substanzen anzeigt. Das klang schon brauchbarer: eine kleine Gemeinde mit leicht schrägen Traditionen, die einen Gegenstand verehrte, den man im nächsten Baumarkt kaufen konnte. Vielleicht ließ sich daraus etwas Vernünftiges basteln.

Delphine trank einen Schluck aus dem Becher und seufzte zufrieden. »Ah, der *vin chaud* ist dieses Jahr wirklich gut.«

»Das ist Wein?«, rief Orla. »Ich dachte, Sie trinken Kaffee!«

»Bei uns in Saint-Chambéry ist etwas mehr drin als nur

Wein«, erklärte Delphine. »Wir geben immer noch einen guten Schuss *crème de cassis* hinzu. Durch die Johannisbeeren, den Alkohol und die Gewürze wird einem schnell richtig warm.«

Während Orla den kleinen braunen Pappbecher in Delphines Händen betrachtete, breitete sich ein unangenehmes Gefühl in ihr aus. Die alte Frau war nicht die Einzige, von der sie angenommen hatte, sie würde Kaffee trinken … Orlas Blick fand Erin, die sich mit manischem Grinsen gegen ein aufrecht im Schnee stehendes Snowboard lehnte. Sie nahm sich nicht die Zeit, sich bei ihrer Gastgeberin zu entschuldigen, sondern verschwand wortlos.

11.

Als sie an diesem Morgen aufwachte, fühlte sich Orla wie Heidi. Es mochten französische Berge sein, auf die sie von ihrem Fenster im Zimmer über Delphines Café blickte, doch die Umgebung vermittelte eindeutig Schweizer Atmosphäre, von den weißen Gipfeln bis zu den chaletähnlichen Häusern ringsherum. Sie befand sich in einem großen, luftigen Raum, in dem Ruhe und Frieden geherrscht hätten, wenn sie mehr Schlaf bekommen hätte. Tatsächlich hatte sie Erin zu einem Kaffee überreden müssen, um die Wirkung von mindestens drei Bechern Glühwein abzumildern, und dann hatte es gefühlt Stunden gedauert, sich ins WLAN einzuwählen. Erin hatte fünfundfünfzig Nachrichten auf dem Handy gehabt. Zweiunddreißig waren von Burim, worüber ihre Schwester hocherfreut war. Stolz erklärte sie, er wäre »so übel drauf«. Zweiunddreißig klang in Orlas Ohren übertrieben, doch dann erinnerte sie sich an die Aufregung und das Kribbeln im Bauch, wenn sie eine neue Nachricht von Henry bekommen hatte. Er hatte ihr Fotos aus der Buchhandlung geschickt, in der er arbeitete – die in Stoff gebundenen Klassiker, die sie so verehrte, die großen Werke von Lewis Carroll in seinen schönen Händen. Es war anders gewesen als bei den übrigen Männern. Sie hatten etwas gemeinsam – zumindest hatte Orla das geglaubt …

Ihr Handy machte ebenfalls ein Geräusch: eine iMesssage, nichts von Insta. Orla nahm das Handy von der Fensterbank und schaute aufs Display. *Mum.* Wenn sie den Namen ihrer Mutter im Handy sah, wurde ihr normalerweise warm ums Herz und sie fühlt sich umsorgt, wurde sogar ein bisschen wehmütig. Doch heute war sie befangen. Am Vorabend hatte sie eine Nachricht rausgeschickt, in der stand, dass Erin und sie gut in Frankreich angekommen seien (Autounfälle, das eiskalte Klima und Erins Besäufnis hatte sie lieber unerwähnt gelassen) – was sollte da jetzt kommen? Es gab nur eine Möglichkeit, das herauszufinden. Orla tippte die Nachricht an und las.

> Dad hat Grandmas Verlobungsring verkauft. Mir fehlen die Worte. Falsch: Ich verkneife mir die Worte. Im Moment weiß ich nicht, ob ich ihm helfen soll oder einfach zusehe, wie er sich ins Grab säuft. Wie spät ist es in Frankreich? Hast du schon Froschschenkel gegessen? Achte darauf, dass Erin nachts ihre Zahnspange reintut. Mach dir keine Gedanken um mich.

»Mach dir keine Gedanken um mich« schrieb ihre Mutter immer als Witz unter ihre Nachrichten, aber heute wollte er nicht so recht zünden. Orla *machte* sich Gedanken. Über ihre Mutter *und* ihren Vater. Ihr Daumen schwebte über der Tastatur. Sie überlegte, ob sie zurückschreiben oder anrufen sollte.

»Wie viel Uhr ist es?«

Erins Stimme ließ Orla zusammenfahren. Ihr Handy fiel

auf den Holzboden. Es durfte nicht kaputtgehen! Schon jetzt hatten sie kaum Kommunikationsmöglichkeiten, da konnten sie die wenigen, die ihr blieben, nicht auch noch verlieren. »Keine Ahnung. Ich …«

Orla hob ihr Handy auf, das glücklicherweise unversehrt war, und schaute auf die Uhr. »Gleich acht.«

»Wirklich?«, fragte Erin, als würde die Antwort alles verändern.

»Sagt wenigstens mein Handy.«

»Ja, aber ist das die französische oder englische Zeit?« Erin hüpfte aus dem Bett, das Handy bereits in der Hand.

»Keine Ahnung.«

»Wie viele Stunden ist Frankreich denn vor England? Oder ist es dahinter?«

»Eine«, antwortete Orla selbstsicher. »Eine Stunde vor.«

»Ah, das ist dasselbe wie in … Ooh, da muss es neun Uhr sein, ich habe nämlich gerade mein Morgenfoto bekommen.«

Ein breites Lächeln legte sich auf das Gesicht ihrer kleinen Schwester. Mit großen Augen und vom Schlaf zerzausten Haaren schaute sie auf das Display ihres Handys. Erin versank in einer anderen Welt, vielleicht auch nur in einem anderen Land, jedenfalls schien sie nichts mehr mitzubekommen, auch nicht die Kälte im Zimmer. Als Orla Erins knappe Schlafanzughose musterte, die angesichts des kleinen Heizlüfters beziehungsweise der Klimaanlage über dem Fenster kaum angemessen war, hätte sie fast selbst gezittert.

»Er isst wieder Avocado«, erklärte Erin, die Augen immer noch aufs Handy gerichtet. »Er ist total besessen von Avocados. Er schickt auch immer das Emoji.«

Orla nahm sich vor zu googeln, ob das Avocado-Emoji

noch eine andere Bedeutung hatte. Es gab immer eine zweite Bedeutung. Man ging davon aus, eine nette, unverbindliche Unterhaltung mit einem netten Typen zu führen, und in Wirklichkeit offenbarte er viel Tiefergehendes über sich – und seine Vorstellung von dir –, als man sich hätte ausmalen können. Als Orla herausfand, dass das Taco-Emoji nicht hieß, dass sie in ein mexikanisches Restaurant eingeladen wurde, hatte sie sich so aufgeregt, dass sie am ganzen Körper bebte.

»Kann ich mal sehen?« Orla trat näher heran.

»Uh! Nein!« Entsetzt drückte Erin das Handy fest an ihre Brust. »Warum soll ich dir ein Foto von meinem halbnackten Kerl zeigen?«

»Halb nackt?!«

»Schon gut, Mum, beruhige dich. Er hat die Sachen an, in denen er schläft. Also, eine Unterhose von Lacoste.«

Schickte Erin Burim ähnliche Fotos? Schnappschüsse von dem, was sie im Bett trug? Von dieser minimalistischen Schlaf-Shorts? Oder von noch weniger? Orla musste cool bleiben.

»Okay«, sagte sie. »Na ja, wenn er dir irgendwann ein Foto schickt, auf dem er angezogen ist, kann ich ja vielleicht mal … mal gucken, wie er so aussieht.«

»Warum?«

»Weil es schön wäre, den Jungen zu sehen, der dir jede Minute schreibt … und dir ein Lächeln ins Gesicht zaubert.«

»Das tut er wirklich«, erwiderte Erin mit einem noch breiteren Grinsen.

Der Gesichtsausdruck ihrer Schwester glich nun dem des kleinen Mädchens, das Sandwiches mit Essigchips für ihre Barbie-Partys vorbereitet hatte. Verschwunden war die

Maske, die sie in letzter Zeit auf gefühlt allen Social-Media-Posts zeigte. War das gut oder schlecht? Henrys Nachrichten hatten bei Orla auch immer große Freude ausgelöst. Er hatte davon gesprochen, sich mit ihr zu treffen. Wer schrieb so was, wenn er es nicht ernst meinte?

»Und er ist so schön.« Erins Finger tippten auf dem Handy herum, ihre Acrylnägel klackerten auf dem Bildschirmschoner wie eine altmodische Schreibmaschine.

Bevor Orla irgendwas dazu sagen konnte, klopfte es kurz an der Tür, dann wurde sie aufgerissen. Ohne eine Aufforderung abzuwarten, kam Delphine hereingerauscht.

»*Bien!* Ihr seid wach!«, verkündete sie.

»Und nicht angezogen!« Erin hüpfte schnell unter die Bettdecke.

»Frühstück gibt's unten im Café«, sagte Delphine, griff zur Fernbedienung der Klimaanlage und richtete sie auf das Gerät. »Euer Tisch ist der mit der Winteriris. Trinkt ihr Tee oder Kaffee?«

»Kaffee«, antwortete Erin schnell.

»Könnte ich Tee bekommen?«, fragte Orla.

»Ich mache Kaffee«, gab Delphine zurück und legte die Fernbedienung auf die massive Fensterbank zurück.

»Gibt es auch Avocado?«, erkundigte sich Erin.

»*L'avocat*«, übersetzte Delphine. »Die wurde praktisch von den Franzosen erfunden.«

»Ah, das ist gut! Dann kann ich Fotos machen.«

»Wir haben aber keine«, verkündete Delphine.

Orla sah, wie ihre Schwester in sich zusammensank.

»Könnte ich bestellen, mit der nächsten Lieferung, wenn ihr wollt.«

Erin lächelte ihre Gastgeberin an. »Ja, bitte.«

»*Bien*«, sagte Delphine. »So, in einer halben Stunde wird das Frühstück abgeräumt, dann bringe ich euch zu Wolf.«

»In einer halben Stunde?«, rief Erin entsetzt.

»Delphine, wir hatten noch keine Zeit zu duschen oder …«

Bevor Orla ihren Satz beenden konnte, zog Delphine die Tür zu und war so plötzlich verschwunden, wie sie aufgetaucht war.

»Verdammt«, sagte Erin und krabbelte aus dem Bett. »Wenn es gut läuft, brauche ich zweiundvierzig Minuten zum Fertigmachen.«

Während ihre Schwester den Inhalt ihrer Kulturtasche auf dem Nachttisch auskippte, hoffte Orla inständig, dass sie nun nicht zweiundvierzig Minuten auf einen Kaffee warten musste, dem sie einen Tee vorgezogen hätte.

12.

Jacques' Haus, außerhalb von Saint-Chambéry

Draußen war es immer noch bitterkalt. Als Jacques' Wecker um fünf Uhr geklingelt hatte, hatte er kurz überlegt, laufen zu gehen, doch nach einem Blick auf das Thermometer und ins Gesicht seines Huskys Hunter hatte er sich für ein Indoor-Workout entschieden. Und so schaute er nun aus dem Fenster seines Dojos beziehungsweise Fitnessraums auf die kalte Landschaft und konzentrierte sich darauf, sich in den Gymnastikringen zu halten. *Frieden. Innere Ruhe. Kraft durch Stille. Die Vergangenheit vergessen.* Sobald sein Gehirn das Wort »Vergangenheit« wahrnahm, bebte seine Körpermitte. Er hasste das. Ja, es wäre leicht, diesen Satz aus seinem Kopf zu streichen, wenn er dieses Workout machte, das sowohl den Körper als auch den Geist stärken sollte, aber wenn man sich nie seinen Dämonen stellte, war auch kein Raum für eine positive Entwicklung.

Hunter winselte, und sofort war Jacques abgelenkt; als der Hund sogar von seiner Decke aufstand und zum Haupthaus hinüberwollte, verlor er komplett die Konzentration. Das machte Hunter immer dann, wenn sich jemand dem Haus auf weniger als fünfzehn Meter näherte. Nur dass das nicht sein konnte. Wenn zu dieser frühen Morgenstunde Wanderer unterwegs sein sollten, bei diesem Wetter, dann wären sie verrückt. Jacques konzentrierte sich wieder, zog den Bauch ein, spannte den Körper an …

Hunter bellte, einmal. Dann zweimal kurz. Das konnte doch nicht sein, oder? Jacques atmete noch einmal tief durch, dann ließ er die Ringe los, nahm sein Handtuch und wischte den Oberkörper ab.

»Was ist denn, mein Junge?«, fragte er den Hund. Hunter lief vor dem Fenster auf und ab, hielt kurz inne, rannte weiter. Jacques legte dem Tier die Hand auf den Kopf und kraulte es, doch Hunter reagierte nicht. Offenbar wollte er gerade nicht gestreichelt werden. Er war deutlich konzentrierter als Jacques an den Ringen.

Hunter bellte wieder im selben Rhythmus, doch der weiße Schnee und das Grauweiß des wolkenverhangenen Himmels machten es Jacques unmöglich, etwas zu sehen. Er griff zu seinem Fernglas.

Und während Hunter weiterbellte, erkannte sein Herrchen endlich, was der Hund längst gespürt hatte: Aus der Ferne näherte sich ein Fahrzeug.

* * *

»Ich kann meine Wangen nicht mehr fühlen!«, jammerte Erin.

»Ich habe dir doch gesagt, dass du dir einen Schal ums Gesicht wickeln sollst«, rief Orla.

»Was?«

»Ich habe gesagt …«

»Was? Ich kann dich nicht verstehen, wenn du einen Schal vor dem Mund hast!«

Was für ein Mist! Es war so kalt, wie Orla es noch nie erlebt hatte. Warum Erin und sie in einem traktorähnlichen Gefährt saßen, das mehr Schnee aufzuwirbeln schien, als dass es irgendeinem Ziel näher kam, wusste sie nicht. Aber offenbar war es Delphines Transportmittel der Wahl, und Orla und ihre Schwester hatten heute Vormittag nicht viel zu sagen. Für das Frühstück hatten sie ungefähr acht Minuten Zeit gehabt. Orla hatte sich mit dem Kaffee den Mund verbrannt, weil sie ihn so schnell trinken musste. Und so lecker die frisch gebackenen Croissants auch waren, hatten die beiden Schwestern kaum Zeit gehabt, sie zu genießen, da ihre Wirtin sie nicht in Ruhe ließ, sondern drängte, sie sollten so viele Lagen wie möglich anziehen, sich etwas vors Gesicht machen und nach draußen kommen.

Trotz der extremen Kälte war die Landschaft atemberaubend. Delphine war mit ihnen durch einen Kiefernwald und an einem gefrorenen See entlanggefahren, jetzt ging es einen steilen Hang hinauf, der kein Ende zu nehmen schien. Der Motor des Gefährts klang, als würde es jeden Moment mit einem lauten Knall liegen bleiben. Am meisten störte Orla, dass sie vor dieser Reise nicht genug recherchiert hatte. Recherche war eigentlich ihre Stärke. Normalerweise versuchte sie, so viel wie möglich über die Gegend herauszufinden, die sie erwartete – vom Gelände bis zum örtlichen Verwaltungssystem. Hier hatte sie nichts dergleichen getan, dabei würde sie gleich auf einen Mann, der nicht sprach, und ein trächtiges Rentier treffen, und mit beidem hatte sie keinerlei Erfahrung. Wenn man von Ghosting absah …

»O mein Gott! Ist das ein Wolf?«, rief Erin und krallte sich mit ihren Acrylnägeln in Orlas Schulter. Sie trug zwar Handschuhe, weil Orla ihre Schwester dazu gezwungen hatte, trotzdem tat es weh. Dann sah sie den Grund für

Erins Panik: ein Tier mit grauweißem Fell, das bellend auf sie zustürmte. Konnten Wölfe bellen? Warum wusste sie das nicht? Doch, sie wusste es. Sie war mal bei Wölfen in Russland gewesen. Es waren höchst missverstandene Tiere, die gegenüber Menschen normalerweise nicht aggressiv waren. Wenn möglich, gingen sie ihnen aus dem Weg, anstatt mit angriffslustigem Blick auf sie zuzurasen.

»Wolf ist in der Nähe«, rief Delphine, um den Motor zu übertönen.

»Ich weiß!«, schrie Erin. »Das sehe ich! Und er kommt immer näher! Ich will hier raus!«

Erin steckte Orla mit ihrer Panik an. Auch wenn das Fahrzeug nicht annähernd schnell genug für ein Straßenrennen war, wäre es nicht klug, wenn Erin in den Schnee springen würde. In Orlas Kopf drängten sich verschiedene Flucht-oder-Kampf-Szenarien.

»Kannst du Wolf sehen?«, rief Delphine. »Dann musst du sehr gute Augen haben!«

»Der ist doch da vorn!«, kreischte Erin und drückte sich an Orla. »Total aggressiv!«

Delphine lachte und stellte den Motor in den Leerlauf. Der Traktor wurde leiser und langsamer, das Tier kam immer näher.

»Orla! Der beißt mich gleich! Ich will kein Blut verlieren, und eine Narbe will ich schon gar nicht!«

»Glaubst du, der Hund ist ein Wolf?« Delphine machte den Traktor aus.

»Er sieht jedenfalls wie einer aus! Ein ganz böser! Orla!«

»Delphine, könntest du uns bitte versichern, dass wir nicht jeden Moment attackiert werden?«, sagte Orla so ruhig wie möglich.

»Attackiert?« Delphine stieg aus. »Das englische Wort kenne ich nicht.«

Das Tier setzte zum Sprung an und landete mit einem gewaltigen Satz auf Orlas Schoß. Erin stieß einen Schrei aus, der durch das gesamte Tal scholl, und Orla erstarrte, das vierbeinige Monster auf sich. Sie sah ihm in die Augen. Mit langer Zunge hechelnd schaute es zurück, und während das Herz in ihrer Brust hämmerte, fragte sie sich, wer sich als Erstes bewegen würde. Offensichtlich weder das Tier noch sie. Ein Pfiff gellte durch die Luft, und der Wolf beziehungsweise Hund wurde noch stiller als Orla. Sein Atem war kaum noch wahrzunehmen, er hatte die Schnauze fest geschlossen. Ein zweiter Pfiff in einer anderen Tonlage und in einem anderen Rhythmus folgte, und der Hund sprang auf den schneebedeckten Boden und machte Sitz, die Pfoten erhoben, als würde er betteln.

»Ooh, Hunter, möchtest du ein Leckerli? Ich habe Plätzchen dabei.«

Orla beobachtete, wie Delphine ihre Handschuhe auszog und eine Hand in die Jackentasche schob.

Erneut wurde gepfiffen, diesmal so schrill, dass Erin vom Traktor in den Schnee fiel.

»Alles in Ordnung?« Sofort sprang Orla hinunter und eilte ihrer Schwester zu Hilfe.

»Nein! Ich liege im Schnee! Jetzt ist alles nass!«

»Hier, Hunter, aber pass auf, dass dein Herrchen das nicht sieht«, sagte Delphine und verstreute die Plätzchen auf dem Boden. Da wurde das Gepfeife nur noch lauter. Es war so durchdringend, dass Orla sich am liebsten die Ohren zugehalten hätte.

»Das soll aufhören!«, stöhnte Erin und wischte sich den Schnee von der Jacke.

Delphine rief etwas auf Französisch und gestikulierte herum. Da entdeckte Orla vor dem strahlend weißen Berg im Hintergrund eine dunkle Gestalt. Groß, breitschultrig, etwas unheimlich. Der Mensch hob den Arm, dann erklang der nächste Pfiff, und diesmal reagierte der Hund. Er sprang auf, machte kehrt und rannte durch den Schnee zurück.

»Das ist Wolf«, sagte Delphine.

»Du hast gesagt, es wäre ein Hund!«, rief Erin mit klappernden Zähnen.

»Nicht der Hund«, erklärte Delphine. »Der Mann! *Là-bas*! Da!«

Orla schaute zu der Gestalt hinüber. Das also war der Mensch, den sie interviewen sollte. Selbst aus der Entfernung war er eindrucksvoll, und sofort hatte Orla das Gefühl, dass ihre schlechte Vorbereitung sich noch rächen würde, schlimmer, als jeder Hund sie beißen konnte.

»Ist das seine Art zu kommunizieren? Mit Pfiffen?«

»*Comment cela?* Wie meinen Sie das?«

»Der Mann. Der kann doch nicht sprechen. Wurde mir jedenfalls gesagt«, versuchte Orla zu erklären.

»Ah ... nun ... Also, er ist ein Mann weniger Worte, aber ... laute Pfiffe können auch viel sagen, oder?«, erwiderte Delphine.

Bildete sich Orla das ein, oder wich Delphine ihr irgendwie aus?

»Was machen wir jetzt?«, fragte Erin. »Abgesehen von erfrieren?«

»Wir gehen zu Fuß weiter«, verkündete Delphine. »Der Traktor schafft es nicht den Berg hoch, von daher ...«

Der Satz schwebte zwischen ihnen, es folgte keine weitere Erklärung. Orla wartete darauf, dass Erin sich über die mangelhaften Transportmittel beschwerte, doch ihre Schwester setzte sich klaglos in Bewegung. Orla hatte das Gefühl, die Kontrolle verloren zu haben, und das mochte sie überhaupt nicht. Sie war nicht nur draußen in der Kälte, obwohl es selbst eine unerfahrenere Journalistin geschafft hätte, sich was aus dem Ärmel zu schütteln. Zu allem Überfluss hatte sie auch noch eine arglose Jugendliche bei sich. Es konnte alles verdammt in die Hose gehen. Doch da Erin losmarschierte, blieb Orla keine Zeit zum Überlegen. Sie hatte wohl keine andere Wahl, als ihrer Schwester zu folgen.

13.

Nach einem strammen fünfminütigen Marsch erreichten sie atemlos ein großes Holzhaus mit einer dazugehörigen Scheune, die einzigen Gebäude weit und breit. Das Haus hatte große Fenster mit Läden, ansonsten wies nichts auf den Menschen hin, der dort zu wohnen schien: kein Auto, keine Mülltonnen, keine Pflanzen, überhaupt nichts Persönliches. Selbst der Hund war verschwunden. Wenn er nicht auf Orlas Schoß gesessen hätte und ihre Ohren nicht immer noch von den Pfiffen summten, hätte sie gedacht, das Haus sei verlassen. Doch aus einem kleinen Schornstein stieg eine Rauchfahne, woraus sie schloss, dass es drinnen einen offenen Kamin gab. Und ein Kamin bedeutete Wärme, oder?

»Worauf warten wir noch?« Erin stampfte mit den Füßen. »Dass der Hund seine Meinung ändert und uns doch noch frisst?«

»Ich nehme an, dass Wolf uns gleich hineinbitten wird. Er weiß, dass wir da sind«, sagte Delphine ungerührt. Sie stand da, als warte sie auf den Bus.

»Es ist aber kalt!«, klagte Erin. »Und ich muss aufs Handy gucken.«

Orla hatte mitbekommen, dass ihre Schwester unterwegs

unentwegt aufs Handy gesehen hatte, so dringend konnte das also nicht sein, aber was die Kälte anging, musste sie ihr zustimmen.

»Wir haben eine Tradition in Saint-Chambéry«, erklärte Delphine. »Man betritt ein Haus erst, wenn man dazu eingeladen wird.«

»O Mann, das erinnert mich gerade leicht an *Vampire Diaries*«, bemerkte Erin.

»Okay«, sagte Orla. »Das ist alles schön und gut, aber es ist furchtbar kalt und …«

Man hörte ein Summen, und Delphine klatschte in die Hände. »So, jetzt wurden wir eingeladen. Kommt!«

Schnell legte Delphine die letzten Meter zum Haus zurück. Erin ging zu Orla und stieß sie an.

»Was ist das für ein Scheiß?«, flüsterte sie. »Ich bin total durcheinander, wer oder wo jetzt der Wolf ist, mir ist eiskalt, und das Croissant klebt mir noch am Gaumen, weil ich es so schnell essen musste.«

»Ich weiß«, sagte Orla. »Alles nicht ideal. Aber wenn ich erst mal das Interview mache, bekomme ich hoffentlich ein besseres Gefühl dafür, was der Clou an dieser Story ist. Der Verlag hätte mich nicht hergeschickt, wenn die Geschichte nicht viel Traffic auf der Website generieren würde.« Und auch wenn das Timing nicht das Beste war, konnte Orla jetzt vor Ort sicherstellen, dass alles nach Plan verlief, sowohl für *Travel in Mind*, als auch für ihre Karriere. Ein weiterer Punkt auf ihrem Lebenslauf, mit dem sie es bei der *Time* versuchen könnte …

»Wie bitte willst du jemanden interviewen, der nicht redet? Erklär mir das mal«, sagte Erin.

»Nun ja«, erwiderte Orla, »vielleicht kann er seine Antworten aufschreiben. Niemand hat gesagt, er wäre auch noch blind.«

»Das ist doch verrückt! Ist das überall so, wo du hinfährst? Ich kann mich nämlich an deine Fotos aus den Emiraten erinnern, da gab es in den Hotels Kronleuchter und Auslegeware von Balenciaga.«

»Aber das war eine Reportage über Konsumismus und den Gender Pay Gap«, sagte Orla. »Eigentlich hätte Austin das schreiben sollen, aber der … der wollte mehr Honorar dafür.« Normalerweise übernahm Orla nicht die Aufträge von Kollegen, doch in dem Fall hatte sie eine Ausnahme gemacht. Sie hatte ihren Horizont erweitern, eine andere Seite ihres Schreibens erkennen wollen. Es ging um den größeren Zusammenhang. Ein kleines Opfer für den langfristigen Gewinn …

Erin lachte. »O Gott, mir ist so kalt, dass ich schon glaube, du wärst lustig.«

»Komm«, drängte Orla. »Gehen wir rein und fangen an, dann können wir heute Nachmittag was Schönes machen.«

»Können wir Pringles essen?«

Orla ging zu der eindrucksvollen Haustür, die leicht angelehnt war, und drückte dagegen. Sofort war der Hund wieder da. Er trabte durch einen holzvertäfelten Flur, nun eher freundlich als aggressiv.

»Hallo«, sagte Orla und streckte vorsichtig die Hand aus. Vielleicht ließ er sich ja streicheln.

»Wir sind in der Küche!«, drang Delphines Stimme zu ihnen herüber.

Der Hund ging vor, und Erin folgte ihm. Orla sah sich um und registrierte Details. Das Holz, aus dem das Haus gebaut war, vermittelte einen ersten Eindruck von Wärme, dennoch fühlte es sich hier irgendwie kalt an. Auch wenn der Wohnbereich nicht weiß oder steril war, fehlte ihm jede persönliche Note. An den Wänden hingen Bilder, aber es waren Drucke, die aussahen, als seien sie als Dreierset in einem Geschäft wie Habitat gekauft worden. Nirgends gab es Fotos, nirgends persönliche Gegenstände, die vielleicht über ein, zwei Generationen vererbt worden waren. Alles war zweckmäßig: ein Fernseher, ein Holzofen, der gegenüber einem großen cognacbraunen Ledersofa bullerte, auf dem nicht ein einziges Zierkissen lag. Daneben stand ein leerer Couchtisch, ohne Zeitschriften, Untersetzer oder sonstigen Krimskrams.

»Was für eine geniale Kaffeemaschine!«, rief Erin und ging in den Küchenbereich. Es sah aus, als wollte sie ein Foto machen.

»Hässliches Teil«, sagte Delphine wegwerfend. »Sieht aus wie ein Raumschiff.«

»Die ist total geil!«, begeisterte sich Erin. »Ist das hier Kaffee?« Sie nahm einen Becher von der Arbeitsfläche.

»Ja«, antwortete Delphine. »Aber den hab ich traditionell mit dem Wasserkessel gemacht.«

Erin zog ein langes Gesicht. »Warum?«

»Weil das Raumschiff nicht funktioniert.«

Orla sah auf. Ein großer, dunkelhaariger Mann war hereingekommen, einen Stoß Holzscheite unter dem Arm. Er ging an ihnen vorbei in den Wohnbereich. Sie erkannte ihn auf den ersten Blick: *Jacques*.

»Sie sind das!«, rief sie. »Was machen Sie hier?«

»Wohnen«, entgegnete er. »Und was machen Sie hier? Wieder bei zweistelligen Minusgraden durch die Gegend laufen, ohne die passende Kleidung?« Er betrachtete sie von oben bis unten. »Immerhin haben Sie heute mehrere Schichten an.«

Orla spürte, dass sie rot wurde. Woher wusste er, was sie noch alles drunter trug?

»Wir sind hier, um einen Wolf zu treffen«, erklärte Erin. »Keinen richtigen, sondern einen Mann, der nicht spricht. Wohnt der hier auch?«

»Außer mir trinkt keiner diesen Kaffee«, meldete sich Delphine zu Wort und hob das Tablett mit den Bechern hoch. »Wärmen wir uns erst mal auf!«

»Delphine«, sagte Jacques, legte das Holz in den Kamin und stützte die leeren Hände in die Hüften. »Was ist hier los? Gestern die Sache mit dem trächtigen Rentier, und jetzt erzählst du Leuten, ich könnte nicht reden?«

»Moment mal, was?«, rief Erin.

»Sie sind der Typ, der nicht spricht?«, fragte Orla.

»Jetzt verstehe ich gar nichts mehr.« Erin nahm einen Kaffee vom Tablett, das Delphine den Schwestern vor die Nase hielt.

»Sie können doch reden«, stellte Orla das Offensichtliche fest. Warum tat sie das? Sie verlor gerade den Aufhänger für ihren Auftrag!

»*Café*?« Delphine marschierte durch den offenen Wohnbereich und bot Jacques beziehungsweise Wolf das Tablett an.

»Nein, Delphine. Ich will keinen Kaffee. Ich will wissen, was hier los ist! Es gibt kein Rentier, und in meinem Haus sind Fremde!«

»Es gibt kein Rentier?«

Orla hatte nicht gemerkt, wie laut sie gesprochen hatte. Sie war nun nicht mehr verwirrt, sondern sauer. Hier schienen viele Fehlinformationen im Umlauf zu sein, die nicht auf ihre mangelnde Recherche zurückzuführen waren, nein, es ging um die Fakten in der ultrakurzen Kurzanweisung, die sie bekommen hatte. Hier zu sein, war reine Zeitverschwendung, es gab weitaus Besseres, was sie jetzt tun könnte! Zum Beispiel, sich um ihre Familie kümmern!

»*Non*«, sagte Delphine bestimmt. »*Non*. Es gibt ein Rentier. Es kommt.«

»Wenn es trächtig ist, hätte ich gedacht, dass es schon längst hier ist«, bemerkte Erin.

»Ach, ja?« Jacques entfernte sich vom Kamin und riss Delphine das Tablett aus den Händen. »Es kommt ein trächtiges Rentier nach Saint-Chambéry? Wie denn? Mit FedEx?«

Erin lachte. »Das war lustig.«

»Ich weiß nicht, warum ihr euch alle so aufregt«, sagte Delphine leichthin. »Das Rentier hat Verspätung. Was soll ich dazu sagen? Es gibt manches in diesem Dorf, das ich nicht unter Kontrolle habe. Zum Beispiel, ob mir das Zimtmüsli geliefert wird, das ich für diese Saison bestellt habe. Oder Gérards Schwäche für eingelegtes Gemüse. Oder Madame Voisin.«

Alle schwiegen, als warteten sie darauf, dass Delphine ihre Ausführungen abschloss. Doch es kam nichts mehr.

»Und diese Leute?«, fragte Jacques schließlich, setzte das Tablett auf dem Couchtisch ab und wedelte, wie Orla fand, ziemlich unhöflich in ihre Richtung. »Warum sind die hier?«

»Bro, wir haben Namen«, meldete Erin sich zu Wort. »Und die kennst du auch.«

»Habt ihr schon miteinander Bekanntschaft gemacht?«, fragte Delphine erstaunt.

»Wir haben ihn gestern angefahren«, erklärte Erin.

»Aber es ist alles gut mit ihm«, fügte Orla hinzu. »Sieht man ja, alles gut.«

Und je öfter sie das beteuerte, desto mehr wurde ihr bewusst, dass Jacques tatsächlich gut aussah, im wahrsten Sinne des Wortes. Tja, das letzte Mal war schon länger her, und natürlich reagierte ihr Körper, wenn er aus der Eiseskälte zu einem prasselnden Kaminfeuer kam. Es war wirklich ziemlich warm hier drin.

»Hat Gérard dir nicht erzählt, dass er einen Autounfall hatte?«, fragte Jacques Delphine.

»Nein!«

»Tja«, sagte er und nahm einen Becher vom Tablett. »Noch mehr Geheimnisse in Saint-Chambéry. Welch Überraschung.«

So ging das nicht. Im Moment hatte Orla das Gefühl, dass es mehr Gründe für sie gab, *nicht* hier zu sein als andersherum.

»Okay«, begann sie. »Vielleicht müssen wir uns mal ganz offiziell vorstellen. Ich heiße Orla Bradbee und arbeite für die Zeitschrift *Travel in Mind*. Ich habe den Auftrag, ein Interview mit jemandem zu führen, der Wolf heißt und nicht sprechen kann. Dabei soll es um ein trächtiges Rentier gehen. So. Ist irgendwas davon richtig, oder soll ich das nächste Taxi zurück zum Flughafen nehmen?«

Delphine schnaubte verächtlich. »Es gibt keine Taxis in Saint-Chambéry.«

»Und Gérard hat seine Fahrkünste ja schon unter Beweis gestellt«, bemerkte Erin.

Keine dieser Erwiderungen brachte Orla einer Antwort näher. Genau das wollte sie sagen, aber sie war nicht schnell genug.

»Sie sind Orla Bradbee?«

Jacques sprach ihren Namen aus, als würde er ihn kennen. Unwillkürlich erschauderte Orla, ohne zu wissen, warum.

»Ja«, bestätigte sie. »Haben Sie mit jemand anderem gerechnet? Ich bin wohl buchstäblich die Einzige, die verrückt genug ist, im Dezember in ein Flugzeug zu steigen. Und meine Schwester mitzunehmen.«

»Oi! Bei dir klingt es, als hättest du mich nicht lieb!«

Irgendetwas in Jacques' Gesichtsausdruck ließ Orla keine Ruhe. Seine dunkelbraunen Augen wirkten überschattet, in seinem Kiefer zuckte es. Er sah sie an, schien aber an etwas anderes zu denken; es war, als wollte er sich überzeugen, dass es sie wirklich gab. Schließlich holte er tief Luft und wandte sich an Delphine.

»Ich weiß nicht, was das soll, Delphine, aber ihr müsst jetzt gehen. Alle.«

»Moment. Was?«, rief Erin. »Wir sind gerade erst gekommen! Mit einem Traktor. Und Ihr Hund hat uns quasi angegriffen. Es ist eiskalt draußen. Und der Kaffee schmeckt furchtbar, obwohl Sie eine Maschine haben, die bei Starbucks stehen könnte. Und meine Schwester hat Ihnen noch keine einzige Frage gestellt! Und … draußen ist es eiskalt, hab ich das schon gesagt?«

»Jacques, wir sind deine Gäste. Und du bist Franzose. Du musst gastfreundlich sein.« Delphine stolperte leicht über ihre Worte.

»Ich habe Kaffee gemacht und dafür gesorgt, dass Hunter euch nicht zerfleischt. Ich weiß nicht, was ihr noch erwartet. Ihr habt euch nicht mal angemeldet! Du weißt, wie ich so was finde, Delphine.« Er funkelte die alte Frau böse an.

»Sie haben recht«, sagte Orla schließlich. »Wir verschwinden. Die ganze Geschichte ist reine Zeitverschwendung. Komm, Erin!«

»Was?«, rief ihre Schwester. »Ich will nicht schon wieder raus in die Kälte!«

»Richtig! Und, Jacques, du kennst meinen Traktor! Der braucht Zeit, um abzukühlen, bevor ich ihn wieder anlassen kann«, fügte Delphine hinzu.

»Das ist mir egal.« Orla vergewisserte sich, dass der Reißverschluss ihres Mantels bis oben zugezogen war. »Ich habe noch niemanden erlebt, der so wenig gastfreundlich ist, und ich war schon an vielen Orten. Danke für den Kaffee. Komm, Erin!«

»Orla, was machen Sie da?«, rief Delphine.

Orla marschierte Richtung Tür. Sie hatte nur noch eins im Kopf: so schnell wie möglich hier rauszukommen, und wenn sie dafür zu Fuß ins Dorf zurückstapfen musste. Klar, sie wusste, dass das eine längere Strecke war, aber die würde sie schon irgendwie schaffen. Sie war in härteren Gegenden gewandert als in ein bisschen Schnee in Frankreich …

Als sie die Tür erreichte, gab es ein lautes Klicken. Sie betätigte die Klinke, doch sie bewegte sich nicht. Orla versuchte es erneut, diesmal mit mehr Kraft. War das keine normale Tür? Warum hatte sie kein Schlüsselloch, in das man einen Schlüssel stecken konnte? Orla umklammerte den Griff, rüttelte daran, immer wieder, in der Hoffnung, dass die Tür sich öffnete.

»Die geht nicht auf. Egal, wie heftig Sie daran reißen.«

Orla drehte sich um. Vor ihr stand Jacques.

»Wenn es mal brennt, dürfte das ein Riesenproblem sein«, entgegnete sie.

»Wenn eine Lawine abgeht, ist es eher ein Vorteil«, antwortete Jacques.

»Und was muss ich tun, um rauszukommen?«, fragte Orla, mittlerweile frustriert und genervt. »Funktioniert das über einen Fingerabdruck? Oder wird das Auge gescannt?«

»Beides«, bestätigte Jacques. »Aber die Funktionen habe ich deaktiviert.«

Orla stutzte. War das wirklich sein Ernst?

»Ich will hier raus«, erinnerte sie ihn.

»Ich dachte, Sie wollten ein Interview mit mir machen.«

»Nein, die Zeitschrift, für die ich arbeite, möchte das. Ich will im Moment nur eins, nämlich Sie vollkommen vergessen.«

Der letzte Satz kam deutlich härter und harscher heraus, als sie beabsichtigt hatte. Normalerweise würde sie sich bei jemandem, mit dem sie zusammenarbeiten musste, schnell entschuldigen, doch die Worte wollten ihr nicht über die Lippen. Und Jacques schwieg ebenfalls, richtete seine dunklen Augen auf sie, als sei es jetzt an ihr.

Dann lachte er. So laut und unerwartet, dass Orla erschrak. Er hörte gar nicht mehr auf, so als wäre ihre Bitte, gehen zu dürfen, der Höhepunkt einer Comedyshow.

»Tut mir leid«, sagte er schließlich. »Ist nur, weil Sie erst gar nichts sagen und dann explodieren. Das ist lustig.«

Jetzt verlor Orla auch noch den letzten Nerv. »Sie glauben, ich wäre explodiert? Dann kommen Sie offensichtlich nicht viel vor die Tür.«

»*Non*«, stimmte er zu. »Sie sehen ja, dass ich eine komplizierte Tür habe.«

Okay, der war gut. Und leider konnte Orla nicht verhindern, dass man es ihrem Gesicht ansah. Sie versuchte, sich das Grinsen zu verkneifen.

»Ich entschuldige mich«, sagte Jacques. »Dafür, dass ich ein unhöflicher Gastgeber war. Darf ich bitte einen besseren Kaffee als Delphine machen?«

Er klang aufrichtig und sah ihr in Erwartung ihrer Antwort tief in die Augen. Vielleicht schwieg sie besser.

»Ah, jetzt fällt Ihnen nichts mehr ein.« Er nickte. »Vielleicht schreiben Sie die Frage, die Sie mir stellen wollen, lieber auf?«

»Warum haben Sie eine superteure Kaffeemaschine, die nicht funktioniert?«

»Ist das Ihre Frage?« Er hob die Augenbraue.

»Sie haben nicht gesagt, dass Sie nur eine Frage beantworten«, gab Orla zurück. »Meine Schwester hat lediglich gesagt, dass ich Ihnen noch nicht eine einzige Frage gestellt hätte.«

Er nickte. »Stimmt.«

»Und?« Orla verschränkte die Arme vor der Brust, kam sich aber sofort lächerlich vor und ließ sie wieder sinken.

»Und deshalb … bringe ich die teure Kaffeemaschine wieder zum Laufen, und dann schauen wir mal.«

Das klang, als sei dies hier das Maximum, was rauszuholen war. Die Aussicht, bei diesem Wetter zu Fuß zurück ins Dorf zu laufen, war eh nicht gerade die beste.

»Okay«, antwortete Orla. Außerdem sah der Mann wirklich nicht schlecht aus …

14.

Orla Bradbee saß an seinem Küchentisch. Warum hatte er sie nicht sofort erkannt, als er sie am Vorabend getroffen hatte? Warum war er nicht auf die Idee gekommen, dass sie es war, als sie ihm ihren Vornamen genannt hatte? Vielleicht, weil es schon rund achtzehn Monate her war, dass er zuletzt ein Foto von ihr gesehen hatte, und es nur ein winziges Bild neben ihrem Artikel über Fischwilderei in Rumänien gewesen war. Im wahren Leben hatte sie helleres Haar, und sie war kleiner. Er konnte sich erinnern, dass er in ihrer Reportage über Zimbabwe ein Bild gesehen hatte, auf dem sie neben einem Nashorn stand, doch sie konnte nicht größer als ein Meter sechzig sein. Dass Jacques sage und schreibe dreißig Zentimeter größer war, gab ihm in seinem eigenen Zuhause ein unbehagliches Gefühl. Und zum ersten Mal seit langer Zeit war er nervös. Wie verrückt war das denn?

Ungefähr so verrückt, wie die Kaffeemaschine zu benutzen, die er hasste und schon lange versuchte loszuwerden. Wie ein verzauberter Talisman weigerte sie sich zu verschwinden oder kam wieder zurück. Seine Überzeugungen verboten es ihm, etwas wegzuwerfen, das noch funktionierte und einen Wert hatte, zumindest für andere.

»Das ist ein guter Kaffee«, bemerkte Orla und trank seinen Macchiato. »Jetzt hält Erin hoffentlich mal zehn Minuten lang den Mund, bevor sie den nächsten will.«

»Ich habe die beiden in den Kinoraum geschickt. Das schenkt uns vielleicht eine Stunde.«

»Hier gibt es einen Kinoraum?«

Jacques nickte. »Aber ich benutze ihn nie.«

»So wie die Kaffeemaschine?«

Er lächelte. »Ganz schön viele Fragen für jemanden, der noch nicht mal mit dem offiziellen Interview angefangen hat.«

»Und Sie stehen noch.«

»Gibt es eine Vorschrift, dass man nur Menschen befragen darf, die sitzen?«

»Ich glaube nicht, dass *ich* mich bereit erklärt habe, Fragen zu beantworten.«

»Okay«, sagte er. »Dann sollten wir wohl erst mal ein paar Grundregeln festlegen.«

»Ähm, *ich* bin diejenige, die das Interview führt.«

»In meinem Haus.«

»Das war nicht meine Entscheidung. Ich bin nur hier, weil meine Chefin mir das aufgetragen hat. Und weil eine Wahnsinnige mich mit dem Traktor hergefahren hat.«

»Sie wollten gar nicht hierher?«

Orla zuckte mit den Schultern. »Ist nur ein Job.«

»O-kay.« Ihre Bemerkung gefiel ihm überhaupt nicht. Ganz im Gegenteil, sie wurmte ihn. Er hatte Orlas Reportagen über so viele unterschiedliche Kulturen, Königreiche, Lebensweisen und Zivilisationen gelesen, und nicht einmal hatte er das Gefühl gehabt, sie gehöre zu den Leuten, die das, was sie taten, als »nur ein Job« bezeichneten. Andererseits war ein Interview mit ihm lange nicht so spannend wie das Gespräch mit einer Frau, die schon mit Kamelen in der Wildnis gelebt hatte.

»Tut mir leid«, sagte Orla. »Das war unhöflich und verletzend. So meinte ich es nicht. Ich bin mir sicher, dass Sie sehr interessant sind, nur habe ich normalerweise mehr Zeit und kann ein Projekt gründlich vorbereiten. In diesem Fall habe ich erst vorgestern von dem Auftrag erfahren, deshalb fühle ich mich nicht so recht in meinem Element.«

»Geht uns beiden so«, erwiderte er.

»Also, mal abgesehen vom Schnee würde ich sagen, dass Delphine die größte Naturgewalt hier in der Gegend ist.«

»Das sehen Sie richtig.«

»Wollen Sie sich denn jetzt hinsetzen, oder …«

Er lächelte und ließ das Schweigen am Ende ihres Satzes wirken. Mit dem Rücken zur Küchenzeile wartete er. Er hatte gern etwas im Rücken.

»Also, Grundregeln«, sagte er.

»Okay, wie wäre es damit: Ich stelle die Fragen, und Sie beantworten sie? Anschließend könnte ich ein paar Fotos machen und bin wieder weg. So lange, bis das trächtige Rentier auftaucht. Also … wie lange wohnen Sie hier schon?«

Jacques lächelte wieder. »Sie wissen auch, dass es kein Rentier gibt, oder? Weder trächtig noch sonst was.«

»Was?« Orla hob den Kopf von ihrem elektronischen Notizblock, auf dem sie angefangen hatte zu schreiben.

»In dieser Gegend gibt es keine Rentiere. Und Rentiere kalben nicht im Dezember. Das ist eine nette Weihnachtsgeschichte, die Delphine sich aus irgendeinem Grund aus den Fingern gesogen hat, die aber leider nicht wahr ist.«

»Nehmen Sie mich gerade auf den Arm?«, fragte Orla. »Denn das ist alles andere als lustig.«

Jetzt wirkte sie besorgt. Wirklich besorgt. Und er wusste nicht, was er sagen sollte.

»Wirklich, ist das Ihr Ernst? Hier gibt es keine Rentiere? Überhaupt keine? Und sie können nicht trächtig sein?« Orla sprang auf und hielt sich den Kopf. »Das ist ein Witz, oder? Das muss ein Witz sein, denn … sonst weiß ich nicht, was ich tun soll.«

»Ja.« Er sprach es aus, bevor er sein Gehirn eingeschaltet hatte.

»Sie haben einen Witz gemacht. Sie meinen, hier gibt es doch Rentiere, und zumindest eins davon ist trächtig?«

»Ja, das war ein Witz«, gab er zurück. »Natürlich war das ein Witz. Ich meine, Delphine hat gesagt, es käme ein trächtiges Rentier, und wie Sie schon sagten, ist Delphine eine Naturgewalt. Wenn sie etwas sagt, dann stimmt es auch.« Er schluckte. Warum log er Orla an? Der gesunde Menschenverstand sagte ihm, dass diese ganze Sache ein Fake war, angefangen beim Rentier bis zu dem Umstand, dass Orla Bradbee in seinem Haus war, dennoch spürte er, dass die Geschichte für sie in diesem Moment wahr sein musste.

Sie atmete vor Erleichterung tief durch und schien sich ein wenig zu fangen. Dann griff sie wieder zu ihrem elektronischen Stift und Block und notierte sich etwas.

»Hören Sie«, setzte Jacques an und entfernte sich von der Küchenzeile. »Ich weiß nicht genau, warum die Zeitschrift *Travel in Mind* mich zum Gegenstand eines Artikels machen will, aber …«

»Sie kennen die Zeitschrift, für die ich schreibe?«, unterbrach Orla ihn.

»Den Titel haben Sie doch eben genannt«, erwiderte er. »Kurz bevor Sie zur Haustür gestürmt sind.«

»Und den haben Sie sich gemerkt? Bei dem ganzen ›Stürmen‹?« Sie malte Gänsefüßchen in die Luft.

Er lächelte und schüttelte den Kopf. »Was soll ich sagen? Ich passe halt gut auf.«

Sie sah ihn an, als würde sie über diese Information nachdenken und anhand seines Gesichtsausdrucks oder vielleicht anhand seiner Körpersprache bewerten, ob er die Wahrheit sagte. Das tat er … auch wenn mehr dahintersteckte.

»Um ehrlich zu sein«, fuhr Orla fort, »gehe ich davon aus, dass meine Chefin etwas mehr Interesse an einem hochträchtigen Rentier kurz vor Weihnachten hat als an Ihnen, vor allem, weil Sie nun doch sprechen können.« Sie überlegte. »Nichts für ungut.«

»Schon okay«, gab er zurück. »Das sehe ich genauso. Ein trächtiges Rentier wäre ein weitaus interessanteres Thema als ich.«

War es das jetzt? War es ihm so leicht gelungen, sich diesem Interview zu entziehen? Indem er zugab, dass sein Leben wenig Berichtenswertes enthielt, vergleichen mit dem eines wilden Tiers, von dem er nicht mal glaubte, dass es auftauchen würde? Auf der Feier am Vorabend war Delphine seinen Fragen nach dem fehlenden Rentier ausgewichen.

»Nachdem das klargestellt ist«, begann Orla, »gehe ich angesichts des fehlenden Rentiers besser auf Nummer sicher.«

Offenbar war er doch noch nicht aus dem Schneider.

»Und, was möchten Sie denn über mich wissen?«, fragte er.

»Zuerst mal, warum Sie sich nicht hinsetzen.«

Jacques lächelte. »Sie wollten wissen, wie lange ich schon hier wohne, oder? Das sind jetzt etwas über zwei Jahre.«

»Woher kommen Sie ursprünglich?«

»Wissen Sie, wie Rentiere das mit ihren Babys machen? Also, dann fange ich besser ganz von vorne an …«

»Beantworten Sie meine Frage bitte ernsthaft! Oder halten Sie es für einen Witz, dass ich hier bin?«

»Glauben Sie mir, da Sie und Ihre Schwester die Einzigen sind, die außer Delphine und Hunter im letzten Jahr in diesem Haus waren, ist das kein Witz für mich.« Er schluckte. Selbst das war schon eine Information, die er eigentlich nicht teilen wollte. Sein Leben war seine Privatsache. So sollte es auch bleiben. Dass Delphine jemanden in seine vier Wände eingeladen hatte, ohne an die Folgen zu denken, wurmte ihn. Sie kannte seine Situation vielleicht nicht in vollem Umfang, doch sie wusste genug. Nur mit wenigen Menschen zu tun zu haben war der einzige Weg, die Sicherheit seiner Familie zu gewährleisten. Andererseits war Orla eine Reporterin, die er bewunderte, mit der er sich durch ihre Artikel verbunden fühlte, die Geschichten schrieb, auf die er sich immer freute … und auch das wusste Delphine.

»Sie reden also schon mit anderen Menschen, leben aber sehr zurückgezogen?«

Jacques zuckte mit den Schultern. »Wir können Covid-19 die Schuld daran geben, wenn Sie möchten. Der traumatischen Erfahrung, im Haus eingeschlossen zu sein. Klingt das besser als ›Er hasst Menschen‹?«

»Sie hassen Menschen?« Sie notierte es sich tatsächlich.

»Nein, Orla, das war ein Witz. Ich lege Wert auf meine Privatsphäre. Und soweit ich weiß, gibt es kein Gesetz, das das verbietet.«

»Okay«, sagte sie, stand auf und nahm ihr digitales Notizbuch. »Das funktioniert hier einfach nicht. Vor allem hat man mir gesagt, Sie hätten eine besondere Verbindung zu einem Rentier aufgebaut, dabei ist es gar nicht da. Ich dachte, da wäre vielleicht ein Thema, dem ich auf den Grund gehen könnte.«

Verdammt. Sie würde gehen. Aber hatte er genau das nicht noch vor wenigen Minuten gewollt? Er hatte wirklich kein Interesse an einem Interview. Warum sollte er? Seine Privatsphäre war ihm ja nicht ohne Grund wichtig. Aber hier war Orla Bradbee … die gerade zusammenpackte und jetzt zum zweiten Mal zur Haustür gehen würde, nachdem er so feindselig gewesen war.

»Warten Sie, Orla!«, sagte er, als sie das Pad in ihren Rucksack steckte.

»Warum?«, fuhr sie ihn an. »Wollen Sie sich etwa weigern, auf den Zauberknopf zu drücken, mit dem man die Haustür öffnet? Es gibt ein Gesetz, das verbietet, jemanden gegen seinen Willen festzuhalten.«

»Das würde ich niemals tun«, entgegnete er.

»Gut, dann ist das ja geklärt. Also, es war nett, Sie kennenzulernen, aber ich hole jetzt meine Schwester aus dem Kinoraum und …«

»Säckchen-Weitwurf«, sagte er schnell.

»Was?«

»Tut mir leid, Sie sind neu in Saint-Chambéry, Sie brauchen Kontext.« Er seufzte. »Heute Abend findet im Dorf ein Säckchen-Weitwurf statt. Seitdem ich hier bin, werde ich jedes Jahr gezwungen, daran teilzunehmen, weil ich, nun ja, weil ich der amtierende Meister bin, also wenn Sie Lust haben, sich das anzusehen …« Er hielt inne, um sich klarzumachen, was er da gerade erzählte und wie verrückt das war, doch sein Mund plapperte einfach weiter. »Dann beantworte ich alle Fragen, die Sie haben.«

Er konnte selbst nicht fassen, dass er das gesagt hatte … zu einer Frau, die berufsmäßig Fragen stellte. Zu einer Frau, die bis zum Kern jeden Themas vordrang, mit dem sie sich beschäftigte. Er hielt den Atem an und hoffte halbwegs, sie würde sein Angebot ausschlagen.

»Egal, welche Frage ich stelle?«, hakte sie nach.

Er nickte. »Mein Angebot.«

»Okay«, antwortete sie. »Aber das ist Ihre letzte Chance.«

Seine letzte Chance? An einem Interview teilzunehmen, dass er weder bestellt hatte noch wollte? Er öffnete den Mund, um das zu sagen, doch irgendwas veranlasste ihn, es sich anders zu überlegen.

»Verstanden«, antwortete er.

15.

Saint-Chambéry

»Burim sagt, bei ihm sind es vierzehn Grad, und er will nicht, dass ich friere. Er meint, wenn ich mit ihm zusammen wäre, würde ich nie frieren. Wenn ich mit ihm zusammen wäre, wäre alles perfekt.«

Allmählich merkte Orla, dass Burim das Wort »perfekt« ziemlich oft benutzte. Erin hatte ihm ein Foto der Crêpes geschickt, die sie zum Mittag gegessen hatte, und die waren »perfekt«. Außerdem hatte sie für ihn das Schneemobil vor Gérards Bar fotografiert, nachdem Burim innerhalb von zwei Minuten dreimal »Was machst du gerade?« geschrieben hatte, weil Erin seine Nachrichten mal zehn Minuten nicht beantwortet hatte – und natürlich war das Schneemobil auch »perfekt«. Dieser intensive Austausch erinnerte Orla stark an die Gespräche mit Henry. Er hatte ihre Insta-Storys immer gelikt und kommentiert. Das Foto einer Toilette, die sie auf ihren Reisen hatte benutzen müssen, deutete er positiv um … Oft war ihm auch ein zweideutiger Kommentar eingefallen. Das fehlte ihr. Es fehlte ihr, dass sich jemand für ihren Tag interessierte. Es war nicht dasselbe, wenn ihre Mutter so etwas wie »hab dich lieb, mein Engel« auf Facebook schrieb, nachdem Orla von dem Schafe scherenden Cowboy berichtet hatte. Sie musste die Sache mit Burim angehen.

»Gibt es in dieser Bar wirklich Wurfsäckchen, oder sind die erfunden wie das Rentier?«, fragte Erin.

»Keine Ahnung«, erwiderte sie und legte die Hände um den Becher mit Glühwein, den Gérard ihnen aufgedrängt hatte, als sie in seine gemütliche Kneipe gekommen waren, die an eine Almhütte erinnerte. »Glaubst du, das Rentier ist erfunden?«

»War das nicht dein erster Gedanke, als du den Auftrag angenommen hast?«, fragte Erin, als sei sie die ältere und erfahrenere Schwester.

Orla schluckte. Auf dem Hocker vor dem Kamin zu sitzen, an dem die Gäste ihre Hände wärmten, gab ihr das Gefühl, ein Kind auf einem Hochstuhl zu sein. Sie hatte überhaupt nichts hinterfragt. Das hatte Frances gar nicht zugelassen. Oder war ihr die Kombi aus wortkargem Mann und Rentier in dem Moment gar nicht so schlimm erschienen, weil das Drama ihrer Familie alles überschattete? Bei ihrer Schwester hatte Orla jedoch keine andere Wahl, als die Erwachsene zu sein.

»Ich glaube nicht, dass das Rentier erfunden ist«, erwiderte sie mit ein wenig mehr Zuversicht, als sie wirklich empfand.

»Nicht?«, fragte Erin. »Weil dir das ein Wolf versichert hat? Ein echter, sexy aussehender, aber alter Typ? Ich meine, er ist nicht Ryan Gosling, aber ich würde ihn nehmen.«

Orla bemühte sich, das Positive aus dem Satz zu picken, und ihre Wangen glühten wie die Kohlen im Kamin.

»Ich glaub's nicht! Du findest ihn sexy!«, rief Erin und übertönte die fröhliche Weihnachtsmusik in der Kneipe.

»Was? Nein! Ich weiß nicht mal, von wem du redest«, stammelte Orla. »Aber egal, aus welchem Grund sollte sich Delphine so was ausdenken?«

»Tja, vielleicht änderst du ja deine Meinung über sie, wenn ich dir erzähle, welchen Film sie heute im Kinoraum sehen wollte«, bemerkte Erin und durchbohrte die Orangenscheibe in ihrem Getränk mit dem beigefügten Cocktailspieß. »Für alle anderen ist sie eine nette, fürsorgliche Ladenbesitzerin, aber in Wirklichkeit trinkt sie den Kaffee so stark, dass er ihr die Darmwand zerfressen muss, und guckt *Reservoir Dogs.*«

»Den Film hat doch jeder mal gesehen«, gab Orla zurück. Aber irgendwas an Erins Behauptung verriet ihren journalistischen Instinkten, dass hier möglicherweise etwas nicht stimmte.

»Sie hat den Film schon siebzehnmal gesehen. Hat sie mir gesagt. Sie kennt ihn auswendig! Das war echt gruselig. Es war das erste Mal, dass ich am liebsten gesagt hätte, laut FSK dürfte ich den noch gar nicht sehen. Also, wenn du mich fragst, ob sie in der Lage ist, irgendeinen Blödsinn über ein Rentier zu erfinden, dann sage ich: ja, und es könnte sogar sein, dass sie hinter allen ungeklärten Raubüberfällen in Frankreich steckt.«

Orla grinste und schüttelte unbewusst den Kopf. Manchmal war sie begeistert davon, wie die Gedanken ihrer Schwester sich überschlugen. Es erinnerte sie daran, wie ihre eigene Fantasie in dem Alter gewesen war. Damals hatte sie geglaubt, dass sie alles schaffen konnte, dass die Welt ihr zu Füßen lag. Wann hatte sich das geändert? Sie schluckte. Beruflich hatte sie eine gute Position erreicht, daraus musste sie jetzt nur eine sehr gute machen. Und was Beziehungen anging – na ja, es gab Wichtigeres.

»Ah, da kommt sie«, verkündete Erin. »Die Madame mit der dicksten Knarre.«

»Pst!«, machte Orla.

Sie schaute zur Tür hinüber. Delphine trug einen großen Karton herein.

»Ziemlich heftig, wenn das Rentier da reingequetscht ist, mit dickem Bauch und so«, sagte Erin kichernd.

Orla kam der Verdacht, dass Erin nicht die alkoholfreie Version des Glühweins bekommen hatte, wie von Gérard versprochen.

»Ah, ja, hab vergessen, dass es das Rentier gar nicht gibt.«

»Sei leise!«, zischte Orla.

»Wenn es nicht existiert«, fuhr Erin fort, »müssen wir dann zurück nach Hause? Denn ich habe zwar gesagt, dass es hier kalt und ziemlich beschissen ist, aber zu Hause ist es auch kalt und noch beschissener, von daher …«

»Erin, mach dir keine Sorgen wegen zu Hause, ja? Ich weiß jetzt Bescheid, ich kümmere mich darum.«

Orla schluckte wieder. Sie musste noch auf die Nachricht ihrer Mutter reagieren. Ihr Vater hatte irgendwas Wertvolles verkauft. Das war *wirklich* unverzeihlich. Wo fing man da an? Orla wollte trotz allem nicht, dass Erin das Gefühl hatte, zu Hause wäre es kalt und beschissen. Das eigene Zuhause sollte immer warm und einladend sein, ein sicherer Hafen, auf den man sich verlassen konnte. Allerdings hatte Orla von dem Moment an, als die kleine Erin auf der Welt gewesen war, abhauen wollen, in die große weite Welt. Nicht, weil es zu Hause nicht mehr sicher gewesen wäre, sondern weil sie schon immer Fernweh gehabt hatte und, je älter sie wurde, nur schwer verstehen konnte, warum ihre Mutter sich damit zufrieden gab, am Rand von London zu hocken. Als in jeder Ecke Pampers-Pakete für Erin standen, hatte die zehnjährige Orla Nadeln in eine Weltkarte auf der Innenseite ihrer

Kleiderschranktür gepinnt. Sie wollte alles sehen. Überallhin. Das eigene Zuhause sollte eine Zuflucht sein, sollte auf einen warten und einen auffangen, wenn man fiel.

»Wir können noch nicht nach Hause«, entschied Orla.

»Selbst wenn es hier kein Rentier gibt.« Was redete sie da? Wann hatte sie das beschlossen? Dennoch konnte sie sich nicht bremsen. »Denn wo Orla Bradbee ist, ist auch eine Geschichte.«

»Müsste es nicht eigentlich andersherum sein?«, fragte Erin.

»Hast du mal meinen Artikel über den Mann gelesen, der ausschließlich Suppe isst?«

»Ist das ein Witz?«

Orla schüttelte den Kopf und rückte auf dem Barhocker herum. »Nein. Ich bin mal nach Südamerika geflogen, um mir ein bestimmtes Wetter-Phänomen anzusehen. Es nennt sich Catatumbo-Gewitter.«

»Cata-was?«

»Catatumbo. Aber als ich dort ankam, sagten mir die Einwohner, dass es mindestens in den nächsten drei Monaten kein Gewitter mehr geben würde, weil es sehr trocken gewesen sei. Also saß ich da mitten in Venezuela in einem Restaurant und fragte mich, woher ich eine Story bekommen sollte, und in der Nähe hockte ein alter Mann und aß Suppe.«

»Das ist doch nicht interessant.« Erin schnaubte verächtlich. »Danica isst nur Hula-Hoops-Chips, ich schwöre.«

»Er hat fünf Teller leergegessen. Einen nach dem anderen. Ich konnte den Blick nicht von ihm abwenden. Ich dachte, warum isst jemand fünf Teller Suppe in einem Restaurant, in dem es so viele leckere Sachen gibt?«

»Und wie hast du daraus eine Geschichte gemacht?«

»Ich habe mich beim Kellner nach ihm erkundigt, und der nannte mir seinen Namen und sagte, er würde jeden Tag zur selben Zeit zum Essen kommen. Also ging ich am nächsten Tag wieder hin und sah, dass er genauso viele Teller Suppe aß wie am Vortag. Da habe ich mich mit ihm unterhalten.« Orla trank einen Schluck.

»Und, was hat er gesagt?«, fragte Erin.

»Dass er jeden Tag einen Teller Suppe für jeden Menschen essen würde, den er in seinem Leben verloren hätte. Seine Mutter, seinen Vater, seine beiden Brüder und seine Frau. Und das würde er für den Rest seines Lebens so machen.«

Orla schluckte, bevor sie weitersprach. Sie hatte Luis nie vergessen, und besonders herzerwärmend fand sie die Tatsache, dass viele Gäste, nachdem ihre Geschichte erschienen war, das Restaurant besuchten und mit ihm zusammen zu Mittag aßen. So hatte Luis nun Freunde aus aller Welt.

Erin war lange still. Schließlich sagte sie: »Ich glaube nicht, dass Dad ein Bier für jeden trinkt, den er verloren hat.«

»Nein«, sagte Orla und seufzte.

»Aber das wird doch wieder mit ihm, oder?«

Ihre kleine Schwester sprach sonst fast nie so offen über Gefühle, also durfte Orla sie keinesfalls vor den Kopf stoßen.

»Natürlich!«, sagte sie schnell. »Sicher wird das wieder mit ihm. Was anderes lässt Mum gar nicht zu. Du weißt doch, wie sie ist! Sie wird ihm sagen, dass sich was ändern muss, und so ist es dann. Und ich bin ebenfalls dran, habe ich ja gesagt.«

Sie hätte gerne die Finger hinterm Rücken gekreuzt, denn in Wirklichkeit hatte sie nicht mehr als eine vage Hoffnung. Dabei wünschte sie es sich so sehr.

»Säckchen-Weitwurf!«

Delphines Ruf platzte in die gemütliche Atmosphäre. Sie knallte zwei pralle Säckchen in Hufeisenform zwischen die Becher auf den Tisch. Und schon war sie wieder weg. Ohne eine Erklärung oder weitere Bemerkungen verteilte sie die seltsam geformten Gegenstände auf den Tischen. Orla stand auf und nahm sich ein Säckchen.

»Moment! Warte!« Erin hielt ihr Handy hoch. »Ich will Burim ein Foto schicken. Bin gespannt, was er zu der seltsamen Form sagt.«

Ah, klar. Orla durfte nicht vergessen, dass nicht nur ihre Eltern eine Krise hatten, sondern dass es auch kein Rentier für ihre potenziell profitable Jahresendstory im *Travel in Mind* gab und dass ihre Schwester in der Kennenlernphase mit einem Marokkaner war, dessen Alter sie nicht kannte und der ihr Fotos von sich in Unterwäsche schickte.

»Ähm, Erin …«

»*Bonsoir*.«

Neben ihr stand Jacques. Orla begriff nicht, wie ein so großer Mensch mit einer dermaßen breiten Brust sich unbemerkt hatte nähern können. In seinem dunkelblauen langärmeligen Pulli und einer schwarzen Jeans sah er ganz besonders heiß aus. Sein Bart war offenbar frisch getrimmt, und seine tiefen dunkelbraunen Augen waren auf Orla gerichtet. Sie merkte, dass sie mit den Fingern über ihren kleinen Wurfsack strich.

»*Bonsoir*. Hallo«, sagte sie schnell.

»Ah!«, machte er. »Ihr habt Hufeisen. Nicht die beste Form, würde ich sagen, aber auch nicht die schlechteste.«

»Gibt es unterschiedliche Formen?« Erin setzte sich auf und suchte die anderen Tische ab.

»Ja, die verschiedenen Formen sind Symbole für die Geschichte des Dorfs: Wagenräder, Fünfecke in Form unseres Sees, Würstchen wie …«

»Aha«, beeilte sich Orla zu sagen, und Erin kicherte. »Wir haben's verstanden.«

»Gut«, entgegnete Jacques. »Dann müsst ihr euch jetzt in Bewegung setzen.«

»Hä?« Orla verstand nur Bahnhof.

»Die Säckchen werden in den Kamin geworfen«, erklärte er.

16.

Jacques beobachtete, wie Orla sich darauf vorbereitete, das hufeisenförmige Säckchen zu werfen. Trotz ihrer sehr überzeugt vorgetragenen Meinung, dieses Vorweihnachtsspiel sei eine »Gefahr für Leib und Leben«, engagierte sie sich immer stärker im Wettbewerb. Reglos stand sie da, ignorierte die verächtlichen Bemerkungen ihrer Konkurrenten in der dicht gefüllten Kneipe und wog das Säckchen in ihren Händen.

»Sie ist voll konzentriert«, flüsterte Erin ihm zu. »Und wird alles geben, um nicht zu verlieren. Nur, damit du Bescheid weißt.«

Ohne es richtig zu merken, waren die Schwestern und Jacques zum Du übergangen.

»So langsam begreife ich es«, erwiderte er.

»Und was hältst du davon, wenn sie dir die Krone abnimmt? Immerhin hat sie vorher noch nie mit so einem Sack geworfen. Schon gar nicht rückwärts über die Schulter in einen Kamin.«

»Willst du damit andeuten, dass ich ein schlechter Verlierer bin?«

»Du bist schließlich ein Mann, oder?«, sagte Erin, als würde das alles erklären. Dann tippte sie auf ihrem Handy herum.

Jacques schaute wieder Orla zu, die sich auf den Wurf vorbereitete. Sie holte weit aus, dann ließ sie das Säckchen los, das in hohem Bogen durch den Raum flog. Alle Blicke folgten ihm. Es drehte sich um die eigene Achse, klatschte auf den Rand der Feuerstelle und fiel zu Boden. Delphine trat auf die Bodenfliesen, damit es nicht zu einem Schwelbrand kam.

»Fünf Punkte!«, verkündete sie.

»Fünf nur?«, rief Orla. »Der war doch in den Flammen, ist nur wieder rausgesprungen.«

Die Leute raunten. Jacques wusste, dass Delphine nicht viel davon hielt, wenn ihre Entscheidung infrage gestellt wurde. Obwohl Orla recht hatte …

»Gérard!«, rief Delphine. »Was sagst du als Schiedsrichter?«

»Ich war nicht nah genug dran«, antwortete er.

»Ach, wir haben also einen Schiedsrichter, der nicht richtig zuguckt?«, bemerkte Orla.

Wieder wurde geraunt, und Jacques überlegte kurz, ob er einschreiten und dem Ganzen ein Ende bereiten sollte. Ihm war wirklich egal, ob er gewann oder nicht. Aber er wusste, dass der Wettbewerb Delphine viel bedeutete, ihr verstorbener Mann hatte ihn geliebt.

»Jetzt ist Philippe dran!«, verkündete Delphine.

»Moment mal! Was?«, rief Orla. »Es geht einfach weiter? Es steht doch noch gar nicht fest, wie viele Punkte ich bekommen habe.«

Jacques hatte genug gehört, um zu wissen, dass es Zeit zum Eingreifen war. Er ging um die Tische herum zu Orla.

»Du bist noch nicht dran«, empfing sie ihn. »Jetzt ist offenbar Philippe an der Reihe.«

»Ist mir klar«, antwortete Jacques. »Deshalb müssen wir ihm Platz machen. Er holt für seinen Wurf gerne weit aus.«

Kaum hatte er das ausgesprochen, erschien auch schon Philippe auf der Bildfläche und wärmte sich für seinen Versuch auf.

»Hast du meinen Wurf gesehen?«, fragte Orla, als sie mit Jacques in sicherer Entfernung stand. »Ich habe die Feuerstelle getroffen.«

»Du bist sehr ehrgeizig«, bemerkte er.

»Was soll das denn heißen?«, erwiderte sie ein wenig vorwurfsvoll.

»Na ja, bis gestern wusstest du noch nicht mal, dass es dieses Spiel gibt, und jetzt musst du offenbar unbedingt die Beste darin sein.«

»Sagt der Mann, der mir erzählt hat, wie viele Weitwurf-Kronen er gewonnen hat, seit er hier lebt.«

»In Saint-Chambéry gibt es nicht besonders viel zu tun. Wie du selbst schon gemerkt hast.«

»Da bin ich nicht so sicher«, sagte Orla. »Seit ich hier bin, hatte ich noch keine ruhige Minute für mich. Ich muss ja einen Artikel schreiben, ohne dass es einen seltsamen Mann oder ein Rentier gäbe.« Sie sah ihm ins Gesicht. »Gibt es zufällig irgendwas Symbolisches, das dich an eine verlorene Liebe oder so erinnert?«

Sofort traten die Geräusche in der lärmigen Kneipe in den Hintergrund und wurden in Jacques' Kopf von weißem Rauschen abgelöst. *Verlorene Liebe. Zerbrochenes Herz. Schlaflose Nächte. Das absolute Nichts*. Es war jetzt zweieinhalb Jahre her, dass Katie ihre Beziehung beendet hatte. Und er wusste, dass es allein seine Schuld gewesen war. Er hatte ihr alles gegeben, was er konnte, doch sie hatte Dinge gewollt, die für ihn nicht möglich waren. Dinge, von denen er nicht mal wusste, ob er sich jemals damit auseinandersetzen könnte.

»Und ich würde gerne wissen, ob ich dich Jacques oder Wolf nennen soll. Das ist mir nämlich immer noch nicht klar.«

Innerlich schüttelte er sich, äußerlich ließ er sich nichts anmerken. »Wolf ist nur ein Name, den sie mir hier gegeben haben, als ich ankam.«

»Warum?«, fragte Orla.

Er zuckte mit den Schultern. »Keine Ahnung.«

»Na, komm«, hakte sie nach. »Man vergibt doch so einen Spitznamen nicht ohne Grund.«

»Ich kann nicht für andere Leute sprechen.«

»Das ist doch nur eine Ausrede«, gab Orla zurück. »Wenn ich das Interview mit dir führe, möchte ich ehrliche Antworten.«

»Hast du nicht schon damit angefangen?«, fragte er.

»Mitten in einem Wurfsäckchen-Krieg? Ich bin ein Profi.«

»Wow, okay«, sagte Jacques lächelnd. »Du nimmst das wirklich ernst.«

»Nicht so ernst wie Delphine mit ihrer laxen Auslegung der Regeln, die offensichtlich *sie* allein bestimmt.«

»Wolf! Wolf! Wolf!«

Offenbar war nun Jacques an der Reihe.

»Du hast Cheerleader«, bemerkte Orla mit spöttischem Lachen. »Oh, ich habe gar nicht mitbekommen, wie Philippe geworfen hat.«

»Nicht so gut wie du«, antwortete Jacques.

Als er seine Position einnahm, hielt er die Luft an und schloss die Augen. Warum hatte er das Gefühl, dass es dieses Jahr wichtiger war als in anderen? Eigentlich war es ihm egal. Er machte nur mit, weil es Delphine etwas bedeutete. Und so nervtötend sie auch sein konnte, als er hergekommen war, hatte sie ihn mit offenen Armen empfangen und nicht in seiner Vergangenheit herumgestochert.

Er spielte mit dem Wagenrad-Säckchen in seiner Hand und versuchte, alles um sich herum auszublenden. Delphine bedeutete es viel, dass er mitmachte, nicht dass er gewann. Vielleicht war es an der Zeit, dass mal jemand anders auf dem Siegertreppchen stand. Er könnte ein bisschen weiter nach links werfen. Jacques holte Schwung und ließ das Säckchen los …

»Aua!«

»O Gott, sie brennt! Hilfe! So helft doch!«

17.

»Hast du dir wirklich nicht wehgetan?«

Ungefähr zum fünften Mal erkundigte sich Jacques danach, und Orla wusste nicht, ob sie sich mehr über ihn ärgerte oder über den großen Brandfleck am Ärmel ihrer Jacke. Ja, Jacques' Säckchen hatte sie am Arm getroffen, wodurch ihr Ärmel Feuer gefangen hatte, aber es war ja keine Absicht gewesen und nicht so schlimm, dass sie sich auf dem Boden wälzen musste, um die Flammen zu ersticken. Delphine, die sich irgendwie verantwortlich fühlte, hatte ihnen Cognac gebracht und sie an den Tisch neben dem Weihnachtsbaum geführt, so weit wie möglich entfernt von einem weiteren potenziellen Desaster.

»Alles gut«, beruhigte Orla ihn. »Ich musste in Italien schon mal vor Lava weglaufen – *das* war schlimm.«

»Normalerweise passiert so was nicht«, bemerkte Jacques.

»Das glaube ich nicht«, sagte Orla. »Immerhin saß während des Wettkampfs eine Dame mit einem Feuerlöscher da.«

»Das ist Madame Voisin«, sagte Jacques, als würde das alles erklären.

»Und?«

»Sie braucht eine Aufgabe, sonst macht sie Dummheiten, was Delphine verhindern will.«

»Aha.« Orla trank einen Schluck Cognac, der sie angenehm wärmte. »Delphine scheint hier hinter allem zu stecken, was? Hinter diesem feurigen Wettkampf, hinter diesem Laden beziehungsweise Café beziehungsweise Übernachtung mit sehr kurzem Frühstück, hinter meiner Anwesenheit hier und dem nicht existenten Rentier …« Sie beendete den Satz nicht.

»Du glaubst immer noch nicht, dass es kommt«, stellte Jacques fest.

»Du denn? Wenn du ganz ehrlich bist?«

Sie sah ihm in die Augen, lauerte auf ein zögerndes Flackern. Normalerweise konnte sie gut beurteilen, ob jemand die Wahrheit sagte oder nicht.

»Ich kann mir nicht vorstellen, dass Delphine mich absichtlich täuschen würde«, antwortete Jacques.

»Aber vielleicht mich.«

»Delphine ist ein guter Mensch. Warum zweifelst du daran?«

Das war eine gute Frage. Woher kam dieser Argwohn, mit dem Orla in letzter Zeit der Welt begegnete? Lag es an der Geschichte mit Henry?

»Ich … Keine Ahnung«, gestand sie.

»Also, ich kenne sie schon etwas länger und muss sagen: Eigentlich hat sie immer gute Absichten.«

»Nur nicht, wenn sie der Meinung ist, dass ich beim Säckchen-Werfen übergetreten bin.«

»Bist du ja auch«, versicherte Jacques grinsend.

»Aber höchstens mit dem kleinen Zeh«, gab Orla zu.

»Und du bist im Finale, von daher …«

Ja, so verrückt war es hier. Sie war ins Finale eines Säckchen-Weitwurfs eingezogen.

»Ist wahrscheinlich besser, wenn ich dir ein paar Fragen stelle, bevor ich in den nächsten Tagen Säckchen-Werfen trainieren muss. Was gibt es zu gewinnen? Bargeld oder eine richtige Krone?«

»Ist das deine Frage?«

Langsam wurde es ein Running Gag zwischen ihnen, doch Orla musste allmählich wirklich mit der journalistischen Arbeit beginnen, wenn sie aus dieser Reise irgendwas Produktives mitnehmen wollte. Selbst wenn sich das trächtige Rentier nur als Weihnachtsmärchen entpuppen sollte, würde man von ihr erwarten, dass sie mit etwas Verwertbarem zurückkam. Im Moment ging Orla in jeder freien Sekunde das Gespräch durch, das sie im Herbst mit Frances geführt hatte und in dem ihre Chefin nachdrücklich auf das Budget hingewiesen hatte. War *Travel in Mind* in finanziellen Schwierigkeiten? War ihre Stelle in Gefahr, wenn diese Story nicht funktionierte? Es war das Eine, Größeres und Besseres zu wollen – wie Orlas Traum, für *Time* zu arbeiten –, doch etwas ganz anderes, wenn man schnell das sinkende Schiff verlassen musste. Sie trank noch einen Schluck Cognac.

»Das habe ich dich schon mal gefragt: Warum wirst du ›Wolf‹ genannt?« Sie schloss beide Hände um ihr Glas.

Er zuckte mit den Schultern. »Wen interessiert das?«

»Also, mir ist klar, dass ›Wolf‹ sehr männlich und stark klingt, aber willst du mir wirklich weismachen, dass du nicht den Grund wissen wolltest, wenn das Dorf dich beispielsweise ›Butterblümchen‹ oder so nennen würde?«

Wieder zuckte er mit den Schultern. »Was glaubst *du* denn, warum sie mich Wolf nennen?«

Mit der Frage im Kopf betrachtete sie ihn eingehend.

»Also, es ist jedenfalls kein Name, den ich dir in Bezug auf dein Äußeres geben würde.«

»Nein?«

»Wölfe sind stark, ja, aber sie sind drahtig, nicht groß und schwer, so wie ein … ein Bär.«

Warum hatte sie das denn gesagt? Ein Bär! Und warum war ihr Blick, als sie »groß und schwer« sagte, über seinen gesamten Körper gewandert, von den dunklen Haaren über die kräftigen, breiten Schultern bis zum Oberkörper in dem eng sitzenden Sweatshirt?

»Ein Bär«, wiederholte er mit einem Anflug von Belustigung.

Zumindest brummte er nicht. Obwohl sie irgendwie fand, dass das sogar attraktiv wirken könnte. Was stimmte nur nicht mit ihr? Sie schaute auf den Cognac in ihrem Glas, als sei der an allem schuld.

»Was hast du denn für einen Spitznamen?«, erkundigte sich Jacques.

»Gar keinen«, antwortete sie, ohne mit der Wimper zu zucken.

Er sah sie an und schwenkte die Flüssigkeit in seinem Glas, als würde sein Gehirn in Reaktion auf ihre Antwort etwas Ähnliches tun. »Du lügst.«

»Was? Warum glaubst du das?«

»Das *glaube* ich nicht. Ich weiß es.«

Das konnte er nicht wissen. In ihrem ganzen Leben hatte sie nur einen einzigen Spitznamen gehabt, und den hatte ihr Vater ihr gegeben. Orla Orange. Das hatte begonnen, als sie noch klein war und das Wort »orange« wie ihren Namen mit nur angedeutetem R ausgesprochen hatte. Das war albern. Sie schluckte. Der Cognac erinnerte sie an einige Probleme, denen sich die Familie Bradbee stellen musste.

»So, wie lautet er nun? Dein Spitzname«, hakte Jacques nach.

»Hast du nicht gehört?«, beharrte sie. »Ich habe keinen.«

»Und ich habe dir gesagt, dass das nicht sein kann.«

Sie lächelte, gewann ein wenig Kontrolle zurück. »Und dass du in der Frage so beharrlich bist, lässt mich vermuten, dass dich das irgendwie … triggert.«

Jetzt lächelte er. Es sah nett aus. Ein leicht neckisches Lächeln.

»Und?«, fragte Orla, als sie nicht sofort eine Antwort bekam.

»Jetzt weiß ich ganz genau, dass du einen Spitznamen hast.«

Warum hatte sie das Gefühl, über den Tisch gezogen zu werden? Wie schaffte es dieser Mann, ihr das zu vermitteln? Abgesehen von Erin ließ Orla sich nie in einem Gespräch unterkriegen, es sei denn, es war Teil ihrer Strategie. Es war an der Zeit, die Spielchen zu beenden. Orla hob ihre Tasche hoch, holte ihr digitales Notizbuch heraus und nahm den Stift aus der Halterung.

»Alter?«, fragte sie.

»Was würdest du schätzen?«

»Ich würde sagen, Mitte dreißig.«

»Was?«

»Single. Eindeutig. Lebt mitten im Nirgendwo in einer der härtesten Bergregionen Frankreichs, allein mit seinem Hund als Gefährten in einem schicken Holzhaus, das … Ich glaube, ich schreibe ›das an den Film mit dem Panikraum erinnert‹.« Sie schrieb, so schnell sie konnte. »Keine Fotos von Verwandten oder Freunden. Keine Bücher. Minimaler

Kontakt mit der Gemeinde, und selbst der scheint ihm unangenehm. Integriert sich vielleicht, um sich gesellschaftlichen Normen anzupassen oder um den Leuten ein bisschen entgegenzukommen, damit sie ihn nicht mit Fragen zu seiner düsteren Vergangenheit konfrontieren. Könnte Einzelkind sein, vielleicht sogar Waise?«

Orla wusste nicht, was schneller war, ihr Stift auf dem Pad oder ihre Lippen, die ihre Gedanken aussprachen.

»Okay, das reicht.« Jacques stand auf.

»Was?«, rief Orla. »Du hast gesagt, wenn ich heute Abend herkomme, würdest du mir alle Fragen beantworten.«

»Das war vorher.« Er nahm seine Jacke von der Rückenlehne des Stuhls und zog sie an.

»Vor was? Bevor du meine Lieblingsjacke angekokelt hast? Bevor du abweisend wurdest?«

Er drehte sich zu ihr um, machte einen Schritt auf sie zu und versperrte ihr den Blick. »Bevor du damit angefangen hast, dich über meine Lebensweise lustig zu machen.«

Sie merkte, dass er wütend war. An seinem Hals pulsierte die Schlagader, seine Pupillen waren geweitet, hinter den zusammengepressten Lippen waren die Zähne vermutlich aufeinandergebissen.

»Das … das stimmt nicht. Ich habe nur …« Orla hielt inne. »Von dir kommt ja rein gar nichts.«

»Und, was machst du dann, Orla?«, fragte er. »Wenn jemand dir nichts gibt?«

Die Art, wie er sie ansah, verletzte sie mehr als jedes brennende Wurfsäckchen. Seine dunklen Augen waren eine Mischung aus Feuer und Granit – glühend vor Wut und unerbittlich wie Stein. Sie wusste nicht, wie sie auf seine Intensität reagieren sollte.

»Überraschung!«

Orla fuhr zusammen, und Jacques zuckte ebenfalls, als ihm jemand von hinten auf die Schultern schlug. Es war ein junger Mann, vielleicht achtzehn, neunzehn, mit dunklen Haaren, hinten und an den Seiten kurz, am Scheitel lang.

»Ho, Dude, alles gut? Du zitterst ja«, sagte der Fremde zu Jacques.

»Liegt am Cognac«, gab der schnell zurück. »Und an deinem Anblick. Was machst du hier?«

»Na, du kennst mich doch.«

Offenbar war das die einzige Antwort, die der junge Typ geben wollte.

»Und diese wunderbare Frau kennt mich noch nicht«, sagte er zu Orla. »Sollte sie aber. Hallo, ich bin Tommy.« Er hielt ihr die Hand hin.

»Orla«, stellte sie sich vor und griff zu.

»*Enchanté.*« Er hauchte einen Kuss auf ihren Handrücken.

»Orla«, sagte Jacques. »Darf ich vorstellen? Mein Bruder.« Er holte tief Luft und sah ihr, immer noch durchdringend, in die Augen. »Da geht sie hin, deine Einzelkindtheorie.«

18.

»Wer ist die Frau?« Tommy stellte eine Bierflasche vor Jacques und schlug ihm auf den Rücken.

Auch wenn der Wurfsack-Wettkampf an diesem Abend vorbei war, waren noch viele Stammgäste in der Bar, die die Happy Hour ausnutzten. Auf Tommys Frage wanderte Jacques' Blick durch den Raum zu Orla, die gerade Madame Voisin vorgestellt wurde. Vielleicht war jemand, der mehr redete als alle anderen, eine gute Ablenkung für sie.

»Was machst du hier?«, fragte Jacques seinen Bruder, nahm das Bier und trank schnell einen Schluck.

»Ich habe zuerst gefragt.«

»Sie ist niemand«, erwiderte Jacques.

»Ho, das ist heftig.«

Ja, das war heftig, und es beschäftigte ihn immer noch, welche Schlüsse Orla über ihn aus dem Ärmel geschüttelt hatte. Diese Vorurteile passten überhaupt nicht zu dem Bild, das er sich von ihr als Journalistin gemacht hatte. Schließlich antwortete er seinem Bruder: »Das ist eine Frau, die Delphine hergeholt hat, um … na ja, um über Saint-Chambéry und die ganzen verrückten Bräuche zu schreiben, die es hier zur Weihnachtszeit gibt.«

»Ah, also kein Date von dir.« Tommy setzte sich.

»Nein«, erwiderte Jacques fest.

»Nein?«

»Was willst du hier, Tommy?« Sein Bruder war ohne jede Vorwarnung in Saint-Chambéry aufgetaucht. Damit Jacques gar nicht erst die Gelegenheit bekam, ihm zu sagen, er solle wegbleiben.

»Warum fragst du das immer wieder? Das klingt, als würdest du dich nicht freuen, mich zu sehen, oder so.«

»So meine ich das nicht. Ich dachte nur, du wärst Weihnachten bei Dad.« Jacques wusste immer gern, wo sich seine Verwandten aufhielten. Das vermittelte ihm ein klein wenig Sicherheit. Wenn er wusste, wo sie waren, konnte er im Fall eines Falles schnell reagieren.

»Na, also, Dad will nach Hawaii.«

»Was?« Auch davon hatte Jacques noch nie was gehört.

»Zu seiner neuesten Freundin, die auf sein Gelaber im Netz reingefallen ist und höchstwahrscheinlich die Flucht ergreift, sobald sie seinen zurückweichenden Haaransatz sieht. Es sei denn, er zeigt ihr früh genug seine Kontoauszüge.«

Jacques schüttelte den Kopf. Seit seine Mutter die Familie vor gut fünf Jahren verlassen hatte, hatte sich ihr Vater auf den Single-Markt gestürzt, offenbar mit wenig Interesse daran, jemand Besonderen kennenzulernen, sondern eher mit der Vorstellung, so viele Frauen wie möglich in jedem Winkel der Welt zu treffen. Er behauptete, rundum zufrieden mit dem Verlauf seines Lebens zu sein, aber da hatten Jacques und Tommy so ihre Zweifel.

»Und Mom und Jonathan?«, fragte Jacques.

»Keine Ahnung. Seitdem sie sich das letzte Mal gemeldet hat, habe ich nicht mehr mit ihr gesprochen.«

»Tommy …«

»Was? Du kannst hier leben, ohne mit ihr zu reden, aber ich muss den Kontakt zu ihr halten, oder was? Nein.«

Auch wenn es jetzt bereits fünf Jahre zurücklag, als ihre Mutter verkündet hatte, sie würde gehen – Tommy war da erst dreizehn gewesen –, doch der Schock, die Wunde, der Schmerz, mit alldem hatte er immer noch zu kämpfen. Jacques war nicht da gewesen. Er hatte nicht da sein können. Auch wenn er wusste, dass seine Anwesenheit nichts am Ergebnis geändert hätte, gab er sich die Schuld daran.

»Und Jonathan ist ein Arsch«, fügte Tommy hinzu.

»Das wissen wir nicht.«

»*Ich* weiß es. Jeder, der in seinem Alter Videos von Mädchen postet, die zu Tate McRae Playback singen, muss dringend behandelt werden.«

»Du stalkst ihn also immer noch auf Social Media«, bemerkte Jacques.

»Das gehört zu meinen Vorsätzen für ein besseres Leben. Ich guck mir Sachen an, die mich ermutigen. Ich kann nichts dafür, wenn mich das bescheuerte Verhalten von anderen Leuten und die Erkenntnis ermutigt, dass ich vielleicht tief gesunken bin, die aber auf jeden Fall noch tiefer.«

Wenn Tommy dem Mann, den ihre Mutter geheiratet hatte, auf TikTok folgte, bedeutete das auch, dass ihre Mutter ihm noch etwas bedeutete.

»Hey, was ist denn jetzt mit der Frau da?«, fragte Tommy und trank einen Schluck Bier.

»Habe ich doch gesagt«, erwiderte Jacques. »Sie schreibt über das Dorf.«

»Ja, das habe ich kapiert«, gab Tommy zurück. »Das erklärt aber nicht, warum du ständig zu ihr rüberguckst. Es sei denn, du guckst zu Madame Voisin. Find ich gut, was sie mit ihren Haaren gemacht hat. Das hat so was von … Perlgrau.«

Jacques schüttelte den Kopf und blieb cool. Er führte wieder das Bier an seinen Mund. Er hatte nicht zu Orla rübergeschaut. Tommy versuchte bloß, ihn zu irgendeinem Geständnis zu bewegen, obwohl es nichts zu gestehen gab. Sein Bruder hatte immerhin ein paar Dinge von ihm gelernt, auch wenn der Schüler den Meister nur selten übertraf.

»Da gibt es keine andere Geschichte, Tommy«, versicherte er seinem kleinen Bruder.

»Ich frag vielleicht mal Delphine. Sie hat mich noch nicht entdeckt … Moment, verdammt, nein, jetzt habe ich sie angeguckt, und sie kommt rüber … mit … Hey, was ist das für eine Göttin neben ihr?«

Jacques schaute quer durch die Kneipe. Tatsächlich kam Delphine auf ihn zu, begleitet von Erin.

»Jacques, sehe ich okay aus?« Tommy fuhr sich mit den Fingern durch die vorne hochstehenden gewellten Haare.

»Was?«

»Mann, ej, komm! Sieht das okay aus? Ich hatte auf der ganzen Strecke von deinem Haus hierher einen Helm auf.«

»Was? Du warst schon am Haus? Und bist mit meinem Motorrad gefahren?«

Jacques hatte keine Zeit, um sich aufzuregen. Delphine und Erin gesellten sich zu ihnen.

»Thomas!«, rief Delphine und stellte sofort vier Fragen auf Französisch. Sie nahm ihn in die Arme und zerzauste seine Haare, bis nichts mehr von seiner Frisur übrig war. Jacques wusste, dass sein Bruder niemals auf all die Fragen antworten würde und dass Tommy seit fünf Jahren kaum noch französisch sprach. So war das, wenn der französische Teil der Familie verschwand.

»Alles in Ordnung?«, fragte Jacques Erin, während sein Bruder versuchte, Delphines Aufmerksamkeit von sich abzulenken und seine Frisur zu retten.

»Sieht aus, als müssten wir ausziehen«, berichtete Erin und wies auf die beiden Koffer rechts und links von ihr.

»Was?«, fragte Jacques.

War das Orlas Reaktion auf das Interview? Wollte sie wirklich gehen? Kurz hatte er Schuldgefühle.

»Ja!«, verkündete Delphine und sah Jacques an. »Ungünstigerweise bekomme ich ausgerechnet jetzt neue Fenster in meinem Gästezimmer. Du weißt doch, wie lange ich schon darauf warte, und morgen kommen sie endlich. Deshalb müssen Orla und Erin bei dir wohnen. Ich bin mir noch nicht sicher, wie die Fenster geöffnet werden sollen. Soll man sie nur kippen oder ganz aufmachen können? Jetzt ist es kalt, aber im Sommer wird es sehr warm da oben.«

Jacques' Kopf brummte, so schnell kamen die Informationen von Delphine. Die Frauen reisten gar nicht ab? Was war mit den Fenstern? Moment, hatte sie gerade gesagt, die beiden würden bei ihm einziehen?

»Hallo, ich bin Tommy.«

»O-kay …« Erin musterte Tommy von oben bis unten, als verberge sich hinter seiner Begrüßung irgendein Trick.

»Mit diesen perfekten Fingernägeln solltest du keine schweren Sachen tragen. Ich bringe dein Gepäck schon mal nach draußen und stelle es in den Pick-up meines Bruders, ja?« Tommy bemächtigte sich ihrer Koffer.

Was war hier los, verdammt noch mal? Sein Bruder wollte

offenbar bei ihm wohnen, und jetzt bekam er auch noch zwei Hausgäste dazu? Jacques brauchte Zeit für sich allein, für sich und Hunter, das schien niemand zu verstehen. Während Tommy und Erin aufstanden, das Gepäck nahmen und sich auf den Weg Richtung Ausgang machten, wandte sich Jacques an Delphine.

»Delphine, ich kann keine Gäste in meinem Haus gebrauchen. Das weißt du.«

Konnte er schon. Theoretisch. Man hatte ihm versichert, dass es in Ordnung war. Aber wenn man nur seinem eigenen Instinkt vertraute, der einem immer sagte, es sei besser, sich von Menschen fernzuhalten, statt ein Risiko einzugehen, war das nur schwer zu ändern.

»Jacques, was soll ich bitte tun? Sollen sie in den Gängen meines Supermarkts schlafen? Oder soll ich Gérard fragen, ob sie sich zu seinen Bierfässern in den Keller legen können? Du bist hier der Einzige, der Platz hat.«

»Madame Voisin hat auch Platz. Letzten Sommer hat sie die gesamte obere Etage ihres Hauses an Yoga-Schüler vermietet«, erinnerte Jacques sie.

Delphine warf ihm einen ihrer berühmten Blicke zu, und noch bevor sie etwas gesagt hatte, wusste er, dass er in dieser Situation keine Wahl hatte.

»Jacques, ich bitte dich nie um etwas. Es sind nur ein paar Tage, dann können sie wieder zu mir … also, wenn die Fenster bis dahin alle drin sind.«

Das klang alles andere als überzeugend. Aber was war die Alternative? Jacques gehörte nicht zu den Menschen, die eine Szene machten. Außerdem war schon Tommy da. Ein Risiko war und blieb ein Risiko, unabhängig von den Multiplikatoren. Außerdem würde er jemandem helfen, der ihm geholfen hatte. Es gab nur noch eine Sache, die er klarmachen musste, bevor er sich einverstanden erklärte.

»Gut«, sagte er, »aber wenn ich Gäste im Haus habe, brauche ich einen fixen Termin, wann das trächtige Rentier aufkreuzt. Für den Fall, dass ich das auch noch unterbringen muss.«

Er warf Delphine einen Blick zu, der ihr hoffentlich vermittelte, dass er jetzt keine weiteren Halbwahrheiten hören wollte. Er wusste, wie sie unter Druck reagierte. Sie redete schneller, füllte die Gesprächslücken, und ihr Gesichtsausdruck wechselte so schnell wie ihre Lippen sprachen. Doch nichts davon passierte jetzt. Ihre Antwort wirkte selbstsicher.

»Mir wurde gesagt, der Transport des Rentiers hätte sich aufgrund der extremen Kälte verzögert.«

»Von woher kommt es denn? Ich glaube nämlich, der Tierarzt in Grenoble wäre besser …«

»Soll ich Orla und Erin auch zu dem Tierarzt nach Grenoble schicken?«, unterbrach Delphine ihn. »Eigentlich dachte ich immer, Saint-Chambéry wäre ein Ort, wo Menschen … oder Tiere … ohne Vorbehalt willkommen sind.«

Was sollte er dazu noch sagen?

Er nickte. »Okay.«

»Gut«, erwiderte Delphine. »Aber ich würde sicherstellen, dass Tommy und Erin weit entfernt voneinander untergebracht werden. Der Blick von Tommy erinnert mich an den von Hunter, wenn er ein Kaninchen sieht.«

19.

Jacques' Haus, außerhalb von Saint-Chambéry

»Hallo, Mum.«

Bewacht von Hunter, saß Orla in Jacques' Küche. Die anderen waren im Wohnzimmer. Sie konnte hören, wie Erin und Jacques' kleiner Bruder über den Holzofen lästerten, den Jacques in Gang zu bringen versuchte. Wie war sie plötzlich in diese seltsame Wohnsituation geraten?

»Oh, hallo, Orla, mein Schatz. Ich weiß, dass ich gesagt habe, du sollst dir keine Gedanken um mich machen, aber jetzt habe ich mir Sorgen um euch gemacht. Es ist doch keine Sturmfront im Anzug, oder?«

Orla schluckte. Ihre Mutter klang so weit entfernt. Sie hatte schon an viel abgelegeneren Orten als Frankreich mit ihrer Mum in England telefoniert, daher wusste Orla, dass dieses Gefühl auf die schwierige Situation zu Hause zurückzuführen war. »Nein«, sagte sie. »Nur Hurrikan Erin.«

»O Gott, wo ist sie jetzt wieder reingeraten?«

»Jedenfalls nicht in das Kleid in Größe 34«, entgegnete Orla. »Aber bei diesem Wetter ist das wohl eher positiv.« Sie schaute aus dem Fenster. Der Himmel war dunkel, doch der strahlend weiße Schnee ließ alles leuchten, von Jacques' Pick-up bis zur schroffen Bergkulisse. »Ist kein Schneesturm hier, aber schon ziemlich kalt.«

»Ihr braucht Kerzen«, mahnte ihre Mutter. »Die wärmen noch ein bisschen, wenn die Heizung den Geist aufgibt.«

»Ist bei euch die Heizung ausgefallen?«, fragte Orla alarmiert.

»Zeitweise. Dad will Terry fragen, ob er mal danach gucken kann. Ich habe ihm gesagt, wenn das Geld dafür nicht mehr reicht, verkaufe ich seine Golfschläger, so wie er den Schmuck meiner Mutter versetzt hat. Der Lügner gibt das noch nicht mal zu! Behauptet, ich hätte ihn verbummelt, als wäre ich nicht zurechnungsfähig oder so!«

Orla hörte die Erregung in der Stimme ihrer Mutter. »Mum, nicht weinen.«

»Ruhig Blut! Ich weine nicht. Für diesen Mann werde ich keine Träne mehr vergießen.«

Orla lehnte sich gegen den Küchenschrank und verschob das Handy am Ohr. Hunter hob aufmerksam den Kopf. »Ach, Mum.«

»Mach dir keine Sorgen! Alles wird super. Na ja, vielleicht nicht super, aber okay.«

»Konntest du schon mit dem Arzt sprechen?«

»Ja, Schatz, hab ich gemacht.«

»Und, was meinte er?«

»Er meinte, er könnte mir Anti-Depressiva verschreiben.«

»Was?«, stieß Orla aus.

»Ich habe Nein gesagt. Erst mal. Aber wer weiß, ist vielleicht doch das Beste.«

»Nein, Mum! Was hat er zu Dad gesagt? Wegen des Trinkens?«

»Er meinte, solange Dad keine Hilfe will, bekommt er auch keine.«

Orla schloss die Augen und holte tief Luft. Dies war ein

Albtraum – nein, schlimmer als das. Sie schlug die Augen wieder auf. »Ist Dad in der Nähe?«

»Ja, aber nicht wirklich da. Sondern im Alkoholrausch. Ist noch vor dem Ende der Sendung eingeschlafen, die er unbedingt gucken wollte.«

»Weck ihn mal!«, sagte Orla. »Ich will mit ihm sprechen.«

»Nein, Orla. Den kriege ich jetzt nicht wach. Den könnte nicht mal eine Blaskapelle wecken.«

»Also, es muss jemand mit ihm reden. So kann es nicht weitergehen! Es geht ihm nicht gut, dir dadurch auch nicht, und … ich will nicht, dass Erin in so eine Situation zurückmuss.« Orla schluckte, als sie Erins Lachen im Wohnzimmer hörte.

»Das Mädchen hat kaum eine Minute Zeit für uns. Sie würde nicht mal merken, wenn sich euer Vater in King Charles verwandelt hätte.«

»Das stimmt nicht«, erwiderte Orla. »Sie bekommt viel mehr mit, als du glaubst.«

»Wie denn? Sie hängt ständig am Handy und schreibt diesem Marokkaner. Was hast du eigentlich über den rausgefunden?«

»Ich hatte noch nicht viel Gelegenheit, sie nach Burim zu fragen. Ich arbeite hier, Mum.«

Geschickt hatte ihre Mutter das Gespräch von ihrem Vater weggelenkt. Was sollte Orla tun? So weit entfernt?

»Mum, ich möchte mit Dad sprechen. Richte ihm bitte aus, dass ich ihn morgen anrufe und dass er nüchtern sein soll, wenn er ans Telefon geht.«

»Er wird nichts davon halten, dass ich über ihn geredet habe, ganz und gar nicht«, seufzte ihre Mutter.

»Ist mir egal«, gab Orla zurück. »Dann ist das halt so.«

Hunter gab ein Geräusch von sich und stand auf. Er ließ die Zunge hängen und hechelte. Orla merkte, dass Jacques in die Küche gekommen war, während ihre Mutter am Telefon erneut protestierte.

»Mum, ich muss auflegen. Morgen spreche ich mit Dad. Vergiss nicht, ihm das auszurichten. Und … mach dir keine Sorgen, ja? Das wird schon alles wieder.«

Sie bekam einen Kloß im Hals, verabschiedete sich schnell und beendete das Gespräch. Dann zwang sie sich zu einem demonstrativen Lächeln und tätschelte Hunters Kopf.

»Eltern!« Orla seufzte übertrieben und hoffte, das würde alles erklären.

Jacques zog die große Kaffeemaschine nach vorn und öffnete den Schrank darüber.

»Hast du den Holzofen zum Laufen bekommen?«, erkundigte sie sich.

»Klar! Hast du etwa gedacht, das schaffe ich nicht?«

»Doch, ich hab nur … keine Ahnung … Ich bin wohl davon ausgegangen, dass …« Sie verstummte. Der Kloß in ihrem Hals war zu einem Wackerstein auf ihrer Brust geworden.

»Hör mal, Orla, ich wollte mich entschuldigen. Wie ich reagiert habe … das war nicht in Ordnung.«

Sie schüttelte den Kopf und versuchte, ihre Gefühle in den Griff zu bekommen. »Nein, das war auch meine Schuld. Ich war unprofessionell, und was ich zu dir gesagt habe, das war, keine Ahnung, albern.«

»Ist alles in Ordnung?«, fragte er. »Mit deinen Eltern?«

»Doch«, versicherte sie schnell. Zu schnell. »Nein, eigentlich … haben sie gerade Probleme, und das ist schwierig.«

»Wollen sie sich trennen?« Jacques drückte verschiedene Knöpfe auf der Maschine.

»Nein!«, rief Orla entgeistert. Dann dachte sie über seine Frage nach. Würden sie das vielleicht doch tun? Denn die Situation tat keinem von beiden gut. Bloß, wenn man so lange verheiratet war, konnte man dann nicht jedes Problem bewältigen, ohne die Hoffnung aufzugeben?

»Meine Eltern haben sich getrennt«, erklärte Jacques.

»Oh, das tut mir leid«, erwiderte Orla.

»Ach, muss es nicht«, antwortete er. »Manche Menschen sind nicht dafür gemacht, für immer zusammen zu sein. Egal, was sie sich mal versprochen haben.«

»Leben beide in Frankreich?«, erkundigte sie sich.

Jacques schüttelte den Kopf. »Nein, wir kommen ursprünglich aus Kanada. Aus dem französischen Teil. Die Eltern meiner Mutter stammten aus Frankreich. Die Eltern meines Vaters waren Kanadier.«

»Und da ist er jetzt hergekommen? Aus Kanada? So eine weite Strecke?«

Jacques lächelte. »Ja, aber so, wie ich meinen Bruder kenne, ist er vor mindestens einer Woche zu dieser Reise aufgebrochen. Er hat sich schon immer gern treiben lassen. Es würde mich nicht wundern, wenn unser Vater nicht mal mitbekommen hätte, dass Tommy das Land verlassen hat.«

»Gestern warst du noch ein Einzelgänger mit einem treuen Hund als Gefährten, und heute ist das ganze Haus voll«, bemerkte Orla.

»Darunter zwei Jugendliche, die von mir verlangen, dass ich diese bescheuerte Kaffeemaschine wieder zum Laufen bekomme, obwohl sie bisher nicht zweimal denselben Kaffee gemacht hat.«

Orla grinste über Jacques' unübliche Offenheit und den Anflug von Humor.

»Soll ich sie mir mal ansehen?«, bot sie an.

»Ja, gern! Ich dachte schon, du fragst gar nicht mehr.« Er lächelte wieder.

»Okay.« Orla musterte das Gerät wie einen Gegner in der Wrestling-Arena. »Kann ja nicht so schwer sein.«

»Also, sie hat vorher jemand anderem gehört, ich habe nie ein gutes Arbeitsverhältnis zu ihr aufgebaut.«

»Wollen wir das methodisch angehen? Oder soll ich einfach auf jeden Knopf drücken und gucken, was passiert?«

»Ist das dein Ernst?« Jacques klang leicht schockiert.

»Du hattest bisher offensichtlich noch keine bessere Idee, von daher …«

Orla drückte auf einen Knopf nach dem anderen, und plötzlich erwachte die Kaffeemaschine zum Leben, surrte und zischte, spuckte und dampfte an Stellen, aus denen eigentlich kein Dampf kommen sollte. Orla fluchte.

»Ich will mich nicht noch mal verbrennen! Halt sie an!« Sie drückte auf weitere Knöpfe und versuchte zu unterbinden, was sie in Gang gesetzt hatte.

»Das hast *du* doch gemacht!«, rief Jacques und zog an einem Griff.

Die Maschine vibrierte so heftig, dass sie fast über die Arbeitsfläche wanderte. Spontan stürzten beide zum Stecker, um ihn zu ziehen. Orla rammte Jacques' Schulter. Es war, als prallte sie gegen eine Mauer.

»Orla, ist alles gut? Das tut mir total leid!«

»Schon gut«, antwortete sie und hielt sich lachend den Arm. »Halt einfach die Maschine an!«

Er zog den Stecker, und das Gerät gab einen letzten Dampfstoß von sich. Schaum landete auf Jacques' Nasenspitze.

»Du siehst aus wie die Schneemänner auf Delphines

Plätzchen, die sie heute Abend verkauft hat!« Orla musste noch mehr lachen.

»Echt?« Jacques betastete den Schaum, wischte ihn ab und schmierte ihn Orla auf die Wange.

»He! Das ist ekelig!« Schnell entfernte sie den Klacks aus ihrem Gesicht.

»Lass das!« Jacques machte einen Schritt nach hinten.

»Was denn?« Sie kam näher.

»Ich warne dich, Orla: Lass es!«

Nichts liebte sie mehr als eine Herausforderung. Ganz besonders, wenn ihr jemand sagte, sie solle etwas *nicht* tun. Orla stürzte sich auf Jacques und wollte ihre verschmierten Finger an seinem Bart abwischen, doch unversehens landete sie mit dem Rücken auf dem Tisch, und ihre Hand schwebte so über ihrem Kopf, dass sie Jacques nicht erreichen konnte. Wie war sie in diese Position gelangt? Und wieso schaffte es dieser Mann, sie lediglich an einem Handgelenk festzuhalten? Wo war seine andere Hand? Irgendwo meinte sie, sie zu spüren, dann wieder nicht. Orla war vorübergehend außer Gefecht gesetzt.

»Was machst du da?«

»Das kann ich dir nicht verraten.«

Er war nah, aber berührte sie nicht, mit Ausnahme von seiner Hand auf ihrem Handgelenk, doch sie spürte seine Nähe. Ihr Magen zog sich zusammen.

»O-kay …«, brachte sie hervor. »Und … wie geht es jetzt weiter?« In ihrer Fantasie entstanden verschiedene Szenarien, und bei den meisten waren deutlich weniger Kleidungsstücke am Start. Was dachte sie da bloß? Seit sie diesen Mann kennengelernt hatte, tat er nichts anderes, als sich über sie lustig zu machen!

»Das hängt ganz von dir ab«, erwiderte Jacques mit einem schiefen Grinsen, das ihr direkt in den Unterleib schoss.

»Ist das so was Ähnliches wie die versperrte Haustür?«, fragte Orla. Ihr Hals wurde noch trockener. »Weil ich dachte, wir wären uns einig, dass das etwas seltsam war.«

»Ich nehme den Druck von deinem Ohr, wenn du mir versprichst, den Schaum nicht an mir abzuwischen.«

Er drückte auf ihr Ohr? Warum merkte sie das nicht? Jetzt konzentrierte sie sich vor allem darauf, warum sie seine Berührung nicht spürte.

»Wow! Okay. Ich mache schnell die Augen zu und tu so, als hätte ich nichts gesehen!«, erklang plötzlich Tommys Stimme.

Jacques sprang vom Tisch zurück, als hätte jemand eine Granate in die Küche geworfen … oder wollte ihm Schaum ins Gesicht schmieren.

»Tommy«, sagte Jacques. »Wir haben gerade …«

»Ja, ja«, gab Tommy zurück. »Schon kapiert. Ich bin achtzehn, Bro. Aber ehrlich, vor Hunter?«

Erst als der Hund winselte, merkte Orla, dass sie immer noch mit dem Rücken auf dem Tisch lag. Sie stützte sich auf, den Schaum an der Hand.

»Hmm …« Tommy nickte ihr zu, während sie die Hand vom Körper abgewinkelt hielt. »Ich möchte gar nicht wissen, was das ist.«

20.

»O mein Gott!«, stöhnte Erin, die, alle viere von sich gestreckt, auf einem großen Doppelbett in einem schlichten, unpersönlichen Zimmer lag. »Das ist so viel schöner als bei Delphine!«

»Delphines Zimmer hatte aber Charakter«, bemerkte Orla und stellte ihren Koffer in einen der großen Kleiderschränke, der eine ganze Wand einnahm.

»Das war doch vollgemüllt mit Krimskrams! Unter dem Bett habe ich eine Marionette gefunden. Eine Marionette! Überleg mal, wie gruselig das ist. Ich habe ein Foto von ihr gemacht und es Burim geschickt. Er meinte, die sähe aus wie ein totes Baby.«

Orla rieb sich die Augen und setzte sich auf den kleinen Teil des Bettes, der noch für sie frei war. Auf einmal war sie absolut erschöpft.

»Ich glaube eh nicht an die Geschichte mit den neuen Fenstern«, sagte Erin und scrollte auf ihrem Handy herum.

»Hm?«

»Delphines Geschichte mit der Doppelverglasung«, erklärte Erin, als spräche sie mit einem Vorschulkind. »Das ist doch Blödsinn. So wie das Rentier.«

Allmählich war Orla an einem Punkt angelangt, an dem

das Wort »Rentier« sich wie ein Codewort für einen Exfreund oder eine neue Droge anfühlte.

»Ich muss mir einen Plan zurechtlegen«, sagte sie und gähnte ungewollt.

»Was für einen Plan?« Erin zog die Beine an und drehte sich zu Orla um.

»Einer, bei dem eine ordentliche Geschichte für mich rausspringt, die ich meiner Chefin vorlegen kann, Rentier hin oder her. Denn je früher ich das tue, desto eher sind wir hier weg.«

»Aber … wir sind doch gerade erst angekommen«, sagte Erin. »Und dieses Haus ist doch viel besser. Es hat WLAN, das sogar funktioniert, ein viel größeres, cooleres Bett und …«

»Du weißt schon, dass das kein Urlaub ist, Erin, oder?«, unterbrach Orla ihre Schwester. »Dies ist mein Job. Und eigentlich warst du nicht mal eingeplant.«

»Huh. Okay.«

Orla hatte nicht so streng sein wollen. Ihre kleine Schwester hatte schon genug um die Ohren, ohne dass sie von ihr angegiftet wurde. Immerhin wartete zu Hause in England die Ehekrise ihrer Eltern auf sie.

»Tut mir leid«, entschuldigte sich Orla. »War nicht so gemeint. Ich hab doch gesagt, ich bin müde. Das ist alles.« Sie ließ sich nach hinten fallen und drehte den Kopf so, dass sie Erin ansah. »Was hältst du von Jacques' Bruder?«

»Tommy?« Es klang, als gäbe es eine große Auswahl an Brüdern, von denen Erin einen aussuchen musste.

»Ja, ich meine, er ist schon dein Typ, oder?«

»Nein.«

»Aber er hat doch so fluffiges Haar, wie du es magst.«

»Früher vielleicht mal. Als ich ungefähr dreizehn war. Egal, jetzt habe ich ja Burim.«

»Aber Burim ist in Marokko.«

»Was?«

»Burim lebt doch in Marokko, oder?«

Erin setzte sich auf. »Wie kommst du darauf?«

»Weil Mum meinte, er wäre Marokkaner.«

»Ich wusste, dass sie mir nicht zuhört.« Erin klang verärgert. »Ich habe ihr einmal von Burim erzählt. Wollte ich gar nicht, nicht richtig jedenfalls, aber ich dachte, keine Ahnung, ich rede mal ein bisschen über ihn. Aber anscheinend hat sie nicht mal richtig zugehört!«

Orla setzte sich ebenfalls auf. »Aber wenn er kein Marokkaner ist, was …«

»Mehr fällt dir dazu nicht ein?« Erin schlug in das Kopfkissen. »Keine Ahnung, warum das wichtig ist, aus welchem Land er kommt. Er mag mich. Das müsste doch reichen! Es sei denn, ich bin so unsympathisch, dass meine eigene Familie nicht versteht, dass ein so hotter Typ wie er was von mir will.«

»Nein, Erin, so ist das doch nicht! Natürlich nicht! Du bist wunderschön, innerlich wie äußerlich. Mum ist einfach so, sie macht sich Sorgen, und Burim ist nun mal weit weg und …«

»Also wäre es ihr lieber, wenn ich einen von den Gnomen knalle, die immer in einer Dunstwolke tropischer Früchte vor H&M stehen und vapen?«

»Ich glaube, niemand hat von knallen gesprochen.«

Orla schluckte. Hatte Erin etwa Sex im Kopf? Sie war sechzehn. Natürlich dachte sie daran. Auf einmal war Orla furchtbar überfordert. Welchen Rat konnte sie schon geben.

Ihre letzte intime Begegnung hatte mit jemandem stattgefunden, der auf einer Halloweenparty in Berlin als Sträfling verkleidet gewesen war und den sie nicht mal nach seinem Namen gefragt hatte.

»Also, Burim und ich haben darüber geredet, und wir wollen es beide. Eigentlich sprechen wir die ganze Zeit darüber.«

»Na klar.« Orla seufzte. »Aber Erin, es könnte doch sein, dass …« Sie hielt inne.

»Was?«

»Ich mache mir nur Gedanken, von wegen Internetbekanntschaften. Meistens engagiert sich da einer mehr als der andere.«

»Und du glaubst, das wäre ich?«

»Na ja, du kannst dich schon in Sachen reinsteigern.«

Erins Lippen wurden zu einem gepressten Strich, dann stieß sie aus: »Du hast gerade gesagt, ich wäre zwanghaft.«

»Nein« entgegnete Orla. »Ganz und gar nicht. Aber Männer können sehr … viel erzählen. Sie entwerfen wunderschöne Bilder von all den Dingen, von denen man träumt, und in Wirklichkeit bist du vielleicht gar nicht die Einzige für sie. Wenn man im wahren Leben jemanden kennenlernt, ist das anders.« Orla schluckte. Falls sie wirklich so dachte, warum fiel sie dann immer wieder auf diese Situationships bei Instagram rein? Die traurige Wahrheit lautete, dass die Typen, die sie bisher im wahren Leben getroffen und mit denen sie eine Beziehung gehabt hatte, schneller von der Bildfläche verschwunden waren als die, mit denen es im Internet losging. Sie hatte weit weniger über Menschen gewusst, mit denen sie tatsächlich Körperflüssigkeiten ausgetauscht hatte, als über die Männer in ihren DMs.

»Ach so«, machte Erin und sprang fast aus dem Bett. »Das ist was anderes, ja? Du meinst, ein Lügner kann dich nicht genauso gut anlügen, wenn er dir bei einer Portion Chickenwings gegenübersitzt, als wenn er mit den Daumen Nachrichten schreibt?«

»Also, das würde ich nicht sagen …«

»Ich weiß mehr über Burim als über irgendjemanden sonst. Ich weiß, welche Zahnpasta er am liebsten mag, ich weiß, wie viele Cousinen und Cousins er hat und wie sie heißen, ich weiß, dass er dienstags immer Pizza isst und donnerstagsabends boxen geht. Ich weiß das, weil er mir alles erzählt und sich für mich interessiert. Warum soll es nicht wahr sein, nur weil wir uns noch nie getroffen haben?«

»Erin, das habe ich nicht gesagt …«

»Ich will nicht mehr darüber reden«, sagte ihre Schwester mit fester Stimme. »Und ich gehe jetzt ins Badezimmer und ziehe mich um.«

»Erin …«

Orlas letzter Versuch, das Gespräch nicht abreißen zu lassen, wurde mit einem Türenknallen quittiert. Sie hatte das Gefühl, momentan in jedem Bereich ihres Lebens alles falsch zu machen. Sie rollte sich zur Bettkante hinüber, stand ebenfalls auf und ging ans Fenster. Der Blick auf den Schnee, so weich und makellos und gleichzeitig unglaublich fest und hart, erinnerte sie ein wenig an das Leben mit seinen unterschiedlichen Facetten. Es kam ihr vor, als sei es allein ihre Aufgabe, diese Schichten abzutragen oder wieder anzulegen.

Auf einmal ging im anderen Teil des Holzhauses ein Licht an. Es war ein Schlafzimmer, ähnlich dem von Orla, mit großem Bett und nichtssagender Einrichtung. Hunter tauchte auf. War das das Zimmer von Jacques? Bevor Orla sich entschließen konnte, zurückzutreten oder die Vorhänge zuzuziehen, war er da, nur in Shorts, sonst nichts. Sie schluckte und beobachtete, wie er eine Brille aufsetzte und Hunter streichelte, dann rollte sich der Hund in einem Körbchen in der Ecke zusammen, und Jacques nahm ein Buch von einem Stapel auf dem Nachttisch. Er hatte tatsächlich Bücher. Er las. Irgendwie hatte sie lesende Männer immer attraktiv gefunden. Orla sah zu, wie er sich auf die Bettkante setzte, die gestählten Bauchmuskeln deutlich erkennbar. Offenbar war er sofort in seine Lektüre versunken. Sie musterte seinen Körper gründlich. Als sie daran dachte, was in der Küche passiert war, musste sie schlucken. Er hatte sich entschuldigt, sie war wegen ihrer Eltern leicht neben der Spur gewesen, und plötzlich hatte sie rücklings auf dem Küchentisch gelegen, während er irgendeinen Voodoo mit ihrem Ohr vollführte. Doch die eindrücklichste Erinnerung war das Gefühl, dass ihr jemand nah gewesen war. Ein attraktiver Mann, zumindest in körperlicher Hinsicht, denn seine Sturheit war überhaupt nicht anziehend, sondern machte es ihr schwer, ihrem Auftrag nachzukommen. Er war ihr so nah gewesen, dass sie seinen Atem auf der Haut gefühlt hatte.

Schlagartig drehte sich Orla um, griff nach den Vorhängen und zog sie zu. Denn während sie die Gedanken hatte schweifen lassen, hatte Jacques von seinem Buch aufgeschaut und sie gesehen.

21.

»Tommy, geh da nicht dran. Die funktioniert nicht richtig. Das weißt du doch.«

»Aha, das hast du also gestern Abend mit Orla in der Küche gemacht? Die Maschine repariert?«

Jacques honorierte weniger die hochgezogene Augenbraue seines Bruders als Tommy erneuten Versuch, die Kaffeemaschine zum Laufen zu bringen. Er musste das Ding wirklich ein für alle Mal aus der Küche werfen. Warum behielt er sie überhaupt noch? Gut, er mochte Orla einen Grund genannt haben, aber wenn er ehrlich zu sich war, lag es daran, dass sie Katie gehört hatte.

»Das hast du falsch verstanden.« Jacques holte zwei Becher aus dem Schrank und stellte sie zur Seite.

»Was? Das mit der Maschine? Oder das mit Orla?«

»Beides.«

»Klar«, sagte Tommy. »Und ich glaube dir beides nicht. Du warst heute Morgen um fünf Uhr wach und hast Holz gehackt.«

»Das ist mein normaler Tagesablauf«, gab Jacques zurück. »Es gibt Menschen, die machen so was.«

»Stimmt das, Hunter? Oder lügt er uns beide an? Hm?«

Jacques schüttelte den Kopf. Tommy fing an, den Hund

mit einem Geschirrtuch zu ärgern, bis der völlig aufgeputscht war und sich wie wild im Kreis drehte. Jacques hatte nicht gerade gut geschlafen, und als der Smarthome-Bildschirm ihm sagte, dass es draußen wärmer war als in den letzten zwei Wochen, war er losgezogen und eine Runde gelaufen.

»Guten Morgen, *bonjour* und so.« Erin kam in die Küche getänzelt und steuerte direkt auf die Kaffeemaschine zu.

»*Bonjour, ma chérie*«, antwortete Tommy, richtete sich auf und legte das Geschirrtuch auf die Arbeitsfläche.

»Hast du gerade auf meine *Kirschen* angespielt?«, rief Erin entrüstet. »Das geht eindeutig zu weit.«

»Was?«, fragte Tommy.

»Tommy hat nur ›Guten Morgen, meine Liebe‹ zu dir gesagt«, übersetzte Jacques.

»Hm«, machte Erin. »Schlechter Witz, wenn man bedenkt, dass wir auf ein Rentier warten.«

Sie wich Tommy aus, nahm einen der Becher, die Jacques aus dem Schrank geholt hatte, stellte ihn unter die Maschine, drückte auf zwei Knöpfe, und das Gerät machte sich an die Arbeit.

»Ich glaub's nicht!«, rief Tommy. »Wie hast du das denn geschafft?«

»Was denn?«, fragte Erin.

»Dass das Teil richtigen Kaffee in einen Becher spuckt, ohne dass es vorher alle nassspritzt oder gar nicht reagiert. Eins ist so schlimm wie das andere, jedenfalls ist der Kaffee nie da gelandet, wo er hinsollte.«

Erin zuckte mit den Schultern. »Alltagskompetenz, würde ich sagen.« Ihr Handy gab ein Geräusch von sich, und sie drehte es mit dem Display nach unten.

»Okay, Jacques, ab heute ist Erin für den Kaffee zuständig«, verkündete Tommy. »Ich trinke übrigens sehr viel Kaffee.«

»Hab ich schon gemerkt«, erwiderte sie.

»Ja? Na, was würdest du denn sagen, was ich nehme?«

»Nach deinem ständig hohen Energielevel zu urteilen, einen dreifachen Espresso.«

Unwillkürlich musste Jacques lachen, und die beiden schauten zu ihm hinüber, während er am Tisch Scheiben vom Brot abschnitt.

»Wow, du hast die Kaffeemaschine gemeistert *und* meinen Bruder früh am Morgen zum Lachen gebracht. Super Leistung«, sagte Tommy.

Erins Handy gab wieder ein Geräusch von sich.

»Du scheinst sehr begehrt zu sein«, bemerkte Tommy. »Vielleicht fragt gerade das Universum an, ob du das mit der Erderwärmung klären kannst.«

Erneut plingte das Handy.

»Wow«, sagte Tommy. »Entweder gehst du gerade viral, oder du hast einen Stalker.«

»Ich schreibe mir gerade mit jemandem. Schon seit drei Monaten.«

»Hört sich an, als ob er derjenige ist, der das ganze Schreiben übernimmt. Jacques, wo sind die Eier?«

»Mist!«, rief Jacques. »Ich wollte doch gestern welche von Delphine mitbringen.«

»Was ist denn mit deinen Hühnern?«, fragte sein Bruder.

»Es ist kalt, Tommy. Sie sind in der Scheune. Im Winter legen sie nicht.«

»Du hast Hühner?«, fragte Erin.

»Ja.« Jacques legte die Brotscheiben in einen kleinen Korb. »Orla liebt Hühner.«

»Echt?«, sagte Jacques. Das war interessant. Ein Mensch, der viele unterschiedliche Tiere in jedem Winkel der Welt gesehen hatte, mochte normales Nutzgeflügel?

»Unsere Mutter macht immer Witze darüber, dass Orla irgendwann eine alte Hühnerfrau wird, keine Katzenfrau, wenn sie nicht heiratet.«

Erins Handy meldete sich schon wieder.

»Stell das aus! Das nervt«, sagte Tommy.

»Ein bisschen wie deine Stimme«, giftete Erin zurück.

»Morgen!«

Orla kam in die Küche, und Hunter bellte fröhlich.

»Guten Morgen«, erwiderte Jacques.

Sie trug Jeans und einen cremefarbenen Pullover. Ihre Haare hatte sie heute offen gelassen; sie reichten ihr bis knapp über die Schultern. Es war ein anderer Look als der vom Vorabend, als sie im Pyjama aus dem Fenster geschaut hatte. Kurz hatte er geglaubt, dass sie zu ihm hinübersah, doch wahrscheinlich hatte sie nur den Mond betrachtet.

»Wenn du Kaffee willst«, begann Tommy, »macht Erin dir welchen. Falls sie nicht gerade eine Nachricht an Kim Jong-un schickt, um ihn davon abzuhalten, auf den Knopf zu drücken.«

Erins Handy plingte kurz zweimal nacheinander.

»Siehst du!«, sagte Tommy, als sei das der Beweis.

»Hör nicht auf ihn«, warf Erin ein. »Er redet mehr Mist als Barney Walsh in *Gladiators*.«

»Keine Ahnung, wer das ist.«

»Hast du vielleicht Kopfschmerztabletten?«, fragte Orla in Jacques' Richtung.

»Hast du Kopfschmerzen?«

»Deshalb frage ich nach den Tabletten.«

»Ja«, sagte er. »Komm mal mit!«

»Darf man die nicht in der Küche nehmen?« Sie schaute ihn verwirrt an.

Jacques grinste und winkte sie von der zischenden Kaffeemaschine, Erins Handy und dem Gezanke von Erin und Tommy weg. Er führte Orla den Flur hinunter zur Tür seines Fitnessraums.

»O-kay …«, sagte sie und folgte ihm hinein. »Mit so was habe ich jetzt nicht gerechnet. Sieht aus wie ein privates Gym … nur ohne Gewichte. Sind das Ringe?« Ihr Blick fiel auf die Sandsäcke und die Kampfsportausrüstung an den Wänden. Dennoch war es kein klassisches Studio. Yogamatten und Sitzbälle für Achtsamkeitsübungen lagen bereit.

»Willkommen in meinem Dojo«, sagte Jacques und verbeugte sich vor ihr.

»Aha, du machst also Karate?«

Er schüttelte den Kopf. »Nein.«

»Taekwondo?«

»Nein.«

»Judo?«

»Nein.«

»Hm, langsam gehen mir die Kampfsportarten aus.«

»Was ich hier mache, hat keinen richtigen Namen«, erklärte Jacques. »Ich gehe einfach hier rein, wenn ich Ruhe brauche. Oder wenn ich Kopfschmerzen habe.« Er wies auf eine weiche Matte auf dem Boden. »Setz dich!«

»Ich bin nicht zum ersten Mal in einem Dojo«, erklärte Orla und ließ sich auf den Boden sinken. Sie verschränkte die Beine und schien es sich bequem zu machen.

»Nein?« Das wusste er natürlich. Sie hatte Sumo-Ringer interviewt.

»Ich habe letztes Jahr Sumo-Ringer interviewt. Das ist ein

total verrückter Beruf. Wusstest du, dass sie nicht Auto fahren dürfen? Seit ein Ringer einen schlimmen Unfall hatte, haben sie es allen verboten.«

»Das wusste ich nicht.« Wusste er wohl. Aus ihrem Artikel. Jacques setzte sich hinter sie.

»Was machst du da?«

»Deine Kopfschmerzen behandeln.«

»Also, eine Nurofen würde mir schon reichen.«

»Schließ die Augen!«

»Du stellst aber nicht wieder was mit meinem Ohr an?«

In sich hineinlächelnd, legte er die Fingerspitzen rechts und links an ihren Hals. Okay, das hatte er nicht richtig durchdacht. Die Wölbung unter ihrem Kinn zu berühren, ihre weiche Haut zu spüren, das Kribbeln in seinem Nacken … Er riss sich zusammen. »Hast du die Augen zu?«

»Ist das die Voraussetzung?«

»Nun ja, du weißt ja, dass ich dich gestern Abend auf den Tisch gelegt habe, also kann ich auch bewirken, dass du die Augen zumachst, wenn du nicht hören willst.«

»Wow«, machte Orla. »Soll das so was wie eine Drohung sein? Schon gut, ich mache sie zu.«

Jacques atmete langsam ein, dann drückte er mit Zeigefinger und Daumen leicht auf ihren Trapezmuskel. Er konzentrierte sich, atmete gleichmäßig, verstärkte den Druck.

»Au«, machte Orla.

»Pst.«

»Hast du mir gerade das Reden verboten?«

»Tut es wirklich weh?«, fragte Jacques. »Oder fühlt es sich einfach anders an?«

* * *

Wer war dieser Mann? Und was machte er für seltsame Dinge mit ihr? Seltsam und gleichzeitig sinnlich. Das Wort »sinnlich« war so lange nicht mehr in Orlas Wortschatz aufgetaucht, dass sie sich schon fragte, ob es aus dem Wörterbuch gestrichen worden war. Tat seine Berührung wirklich weh? Nein. Sie war intensiv, aber gleichzeitig prickelnd und angenehm. Und die Anspannung an ihrer Schädelbasis ließ tatsächlich nach.

»Dieser Raum ist der persönlichste im ganzen Haus«, bemerkte sie.

»Orla, du sollst die Augen zumachen.«

»Hab ich. Ich bin tatsächlich dazu in der Lage, mich an Dinge zu erinnern, die ich vor höchstens drei Minuten gesehen habe.«

»Was meinst du mit ›persönlich‹?«

»Hier drin sind Gegenstände. Die du benutzt.«

»Im Rest des Hauses sind auch Gegenstände, die ich benutze.«

»Aber die hat jeder: Tisch, Stühle. Die blöde Kaffeemaschine.« Orla überlegte. »Dieser Raum ist etwas Besonderes, denn hier drin befinden sich Gegenstände, die dir wichtig sind. Du machst nicht gerne das, was alle tun. Fotos sind hier leider trotzdem keine.«

»Sind dir Fotos wichtig?«

Mit dieser Frage hatte sie nicht gerechnet, dennoch hatte sie eine Antwort parat. »Dir offensichtlich nicht.«

»Fotos sind nur Erinnerungen auf Papier«, erwiderte Jacques.

»Findest du? Siehst du sie dir nicht gern an?«

»Vielleicht brauche ich keine Bilder hinter Glas, um mich zu erinnern.«

So hatte Orla das noch nicht gesehen.

»Ich frage dich mal was«, sagte Jacques. »Wenn du jemanden für deine Zeitschrift interviewst, verwendest du dann für den Artikel deine kompletten Aufzeichnungen?«

»Wie meinst du das?«

»Na ja, ich finde, es gibt Dinge, die man macht oder die andere Leute sagen, die einem von selbst im Gedächtnis bleiben, ohne dass man sie aufschreiben muss.«

Orla dachte an Luis, der Teller um Teller für seine verlorenen Liebsten aß. Um sich an seinen Gesichtsausdruck und die Traurigkeit in seiner Stimme zu erinnern, um sich in die Gaststätte zurückzuversetzen, hatte sie nicht auf ihre Notizen zurückgreifen müssen. Diese Details waren es gewesen, die ihre Geschichte so eindringlich machten. Storys erwachten durch Geräusche, Gerüche und Gefühle zum Leben, nicht allein durch Fakten. Das durfte sie nie vergessen.

»Du hast bestimmt viele Fotos zu Hause«, bemerkte Jacques.

»Bilder von Menschen, die mir wichtig sind, machen mich glücklich.«

»Sehe ich anders.« Orla spürte, wie seine Finger vorsichtig ihren Nacken hochwanderten.

»Bei mir ist das so.«

»Lächeln denn die Menschen, die dir wichtig sind, auf diesen Bildern?«

»Natürlich!«

»Dann ist es ihr Lächeln, das dich glücklich macht. Um ihr Lächeln zu spüren, brauchst du keinen Beweis auf Papier. Du fühlst es. Du kennst es.«

Und während seine Finger ihren Haaransatz am Hinterkopf massierten, war es nicht mehr ihr Kopf, der wehtat.

Seine Worte, ausgesprochen mit dieser tiefen, leicht rauen Stimme, glitten plötzlich bis zum verschlossenen Tor ihres Herzens und verlangten Zugang. Er hatte recht. Alles, was er gerade gesagt hatte, war vollkommen wahr.

Dann ließ Jacques sie plötzlich los, und sie riss die Augen auf. Er ging zum Fenster. Orla beobachtete, wie er die Hände in die Hüften stemmte, den Oberkörper reckte. Sie hätte gerne in seinen Kopf geschaut. Jacques Barbier hatte etwas Tiefgründiges, eine emotionale Intelligenz, die er aus irgendeinem Grund verbarg. Artikel hin oder her, solange sie hier war, wollte sie herausfinden, was diesen Mann zu dem machte, der er war.

»Heute ist es wärmer«, bemerkte er mit Blick nach draußen. »Immer noch Minusgrade, aber wir könnten rausgehen.«

»Kann man hier irgendwohin, außer nach Saint-Chambéry, ohne dass man ewig mit dem Auto unterwegs ist?« Orla stand auf.

»Du brauchst eine Story, oder? Für den Fall, dass das Rentier nicht auftaucht.«

»Genau.«

»Ich hätte da vielleicht was«, sagte er. »Falls du Stiefel dabeihast.«

»Hab ich«, bekräftigte sie.

»Gut.« Jacques nickte. »Dann zieh dich an.«

22.

»Tommy fährt doch nicht mit Erin Motorrad, oder?«

Bevor Orla die Jugendlichen allein zurückließ, wollte sie Tommy und ihre Schwester noch mal ermahnen, keinen Blödsinn zu machen. Doch sie hatte die Gelegenheit verpasst, weil sie sich noch zweimal hatte umziehen müssen, nachdem Jacques ihr gesagt hatte, es sei immer noch minus vier Grad. Und so waren die zwei im Kinoraum verschwunden. Jetzt war Orla mit Jacques draußen, schon weit von seinem Haus entfernt, stapfte durch den Schnee schroffen Bergwänden entgegen und hoffte inständig, sie nicht überqueren zu müssen.

»Doch, auf jeden Fall«, erwiderte Jacques.

»Was? Nein, dann müssen wir umkehren. Oder Tommy anrufen.« Sofort drehte sie um und überlegte, was sie als Erstes tun sollte.

»Entspann dich, Orla«, sagte Jacques. »Deshalb hast du immer Kopfschmerzen. Das Motorrad ist eingesperrt. Tommy kennt die Kombination vom Schloss nicht.«

»Okay.« Orla atmete tief durch. Damit war eine Fahrmöglichkeit ausgeschlossen. Auf die andere mochte sie Jacques gar nicht ansprechen.

»Außerdem ist Tommy … vernünftig. Er hat nur eine große Klappe.«

»Ah, okay.« Orla wusste nicht, warum ihre Wangen reagierten, als hätten sie auf dem Grill gelegen.

»Hast du nicht darüber nachgedacht? Zwei Jugendliche allein im Haus?«

»Nein, ich meine, doch, habe ich. Ich dachte nur eher, dass sie sich vielleicht streiten oder gegenseitig die Augenbrauen abrasieren, bevor sie auf … nun ja … auf andere Ideen kommen.« Orla seufzte. »Und Erin hat ja diese Situationship auf Insta, die sie offenbar sehr beschäftigt.«

»Aha.«

»Unsere Mutter macht sich tatsächlich ein bisschen Sorgen deswegen. Sie hat mich gebeten, mehr herauszufinden, und ich weiß nicht genau, wie ich das anfangen soll.«

»Weil du keine Erfahrung hast mit … Wie hast du das genannt? Eine Situation?«

»Eine Situationship.«

»Was ist das genau?«

»Das weißt du nicht?«

»Ein Phänomen auf Social Media?«, fragte Jacques. »Das habe ich nämlich nicht.«

»Du hast kein Social Media?«

»Nein.«

Orla konnte es nicht glauben. Sie hatte noch nie jemanden getroffen, der nicht irgendwo einen Account hatte, auch wenn er ihn schon länger nicht mehr benutzte. Wenn sie jemanden online kennenlernte, informierte sie sich automatisch an anderen Stellen über die Person, um zu sehen, ob alles zusammenpasste. Das war gesunder Menschenverstand.

»Bist du gar nicht bei Facebook?«

»Wieso ist das so schwer zu glauben?«

»Wie kommunizierst du sonst mit anderen Menschen?«

»Ich rufe sie an. Ich schicke ihnen eine SMS. Manchmal schreibe ich auch einen Brief.«

»Du schreibst Briefe?«

Sie war wirklich schockiert. Und musste an Noah aus *Wie ein einziger Tag* denken.

»Was ist also eine ›Situationship‹? Eine romantische Beziehung?«

»Ähm, nicht richtig. Es ist eine Onlinebeziehung, bei der man sich viel schreibt, also, jeden Tag, und vielleicht geht man irgendwann einen Schritt weiter und lernt denjenigen im wahren Leben kennen.«

»Also als hätte man einen Partner oder eine Partnerin.«

»Ähm, ja …, aber … nein, weil man das erst ausdrücklich schreiben muss.«

Jacques blieb stehen und sah Orla an. Sein Gesichtsausdruck verriet ihr, dass er nicht richtig begriff, was sie ihm erklärte. »Man schreibt also ständig hin und her, jeden Tag, lernt den anderen auch kennen, aber ist nicht in einer exklusiven Beziehung?«

Orla nickte. »Genau.«

»Weil man es nicht ausgesprochen hat?«

»Hauptsächlich.«

»Und warum macht man das nicht?«

»Weil beide Angst haben, das kaputtzumachen, was zwischen ihnen ist.«

Vielleicht war ihre Antwort zu schnell gekommen. Sie musste sich in Erinnerung rufen, dass sie aus Erins Perspektive sprach, nicht aus ihrer eigenen. Sie hatte Henry nie die entscheidenden Fragen gestellt: *Was ist das zwischen uns? Ist das exklusiv? Schreibst du dir auch mit anderen Frauen?* Andererseits hatte er sie auch nie danach gefragt.

»Ich würde unser Gespräch gerne zurückdrehen und das Wort noch nie gehört haben.« Jacques ging weiter.

»Tja, so sieht Dating heutzutage aber aus.« Orla folgte ihm.

»Wie kann man das Dating nennen, wenn es hauptsächlich Hin- und Herschreiben auf Social Media ist?«

»Hm … keine Ahnung.«

»Gibt es jemanden, mit dem du so eine Situationship hast?«

Orla schluckte. »Nein. Nicht mehr.«

»Aber du hast das mal gemacht?«

»Ist schon länger her.«

»Und wie lange macht man dieses Hin- und Herschreiben, ohne sich zu treffen?«

»Hm, manchmal ein paar Wochen.« Orla schluckte wieder. »Aber manchmal auch … ein paar Monate.« Mit Henry hatte sie das knapp fünf Monate durchgezogen.

»Monatelang! Nur Getippe? Das verstehe ich nicht.«

»Tja, ich weiß ja nicht, wie das hier in der französischen Einöde abläuft, aber in England ist das quasi das Einzige, was die Leute machen können, wenn sie jemanden finden wollen.« Und manchmal fehlte es Orla sogar. Jemanden zu haben, der sich jeden Tag nach ihr erkundigte, der sich um sie zu sorgen schien, der etwas Nettes schrieb, Teil ihres Tages war. Doch nun, da sie es gegenüber Jacques laut ausgesprochen hatte, hörte es sich wirklich ziemlich erbärmlich an. Vielleicht wechselte sie besser das Thema. Sie wusste gar nicht genau, wohin sie gingen.

»Und, wo führst du mich hin?«

»Zu einer Höhle«, erwiderte er und legte einen Schritt zu.

»Ah«, machte Orla.

»Magst du keine Höhlen?«

»Ich habe nichts dagegen. Das letzte Mal war ich in einer Höhle in Ungarn bei einer Kolonie Nymphenfledermäuse.«

»Hatten die lang andauernde Beziehungen oder Situationships?«

Sie lächelte. »Sehr witzig.«

»Komm!«, sagte Jacques. »Ist nicht weit.«

23.

Als sie die Höhle erreichten, fror Orla nicht mehr und war leicht atemlos. Sie hatte geglaubt, relativ fit zu sein, doch nichts konnte einen auf verschneites bergiges Gelände vorbereiten. Die Höhle war nicht viel mehr als ein schmaler Spalt in einem grauen Felsen. Ungewollt war Orla enttäuscht. Zumindest kam nun die Sonne durch die Wolken und vertrieb die Kälte ein wenig. Sofort sah die Umgebung nicht mehr ganz so karg und schroff aus.

»Komm her, Orla, setz dich zu mir!«, rief Jacques und winkte sie zu sich.

»Sitzen?«, wiederholte sie. Vielleicht war das Wetter jetzt etwas weniger menschenfeindlich, aber von Campingstühlen und einer Picknickdecke waren sie noch weit entfernt.

»Komm!«, ermutigte er sie. »Ich habe Käse mitgebracht.«

Kaum hatte er das Wort ausgesprochen, zog sich ihr Magen vor Erwartung zusammen. Sie ging zu ihm auf einen Felsen, wo kein Schnee lag, und hockte sich neben ihn. Dann bestaunte sie den unglaublichen Blick ins Tal. So gerade konnte sie das Dach von Jacques' Haus erkennen und weiter unten, hinter dem Wald, die ersten Häuser und den Kirchturm von Saint-Chambéry.

»So«, sagte Jacques. »Wenn ich dir jetzt dieses Stück Käse gebe, musst du ganz still und leise dasitzen.«

»Man muss Käse schweigend essen?«, fragte Orla. »Ist das Tradition in Saint-Chambéry?«

»Bitte, Orla, das ist zu deiner eigenen Sicherheit.«

»Zu meiner eigenen *Sicherheit*?«, rief sie etwas lauter. Das Echo warf den Satz zurück. Orla wiederholte ihn noch mal im Flüsterton. »Zu meiner eigenen *Sicherheit*?«

»Du bist Reporterin. Du bist um die ganze Welt gereist und hast viele verschiedene Situationen erlebt. Es besteht immer eine gewisse Gefahr, wenn du an einem neuen Ort bist, oder?«

»Ja, aber normalerweise weiß ich, was auf mich zukommt, bevor es so weit ist.«

»Still und leise«, wiederholte Jacques und gab ihr ein in Alufolie gewickeltes Päckchen. »Hol ein Stück heraus, halt es von dir weg und decke den Rest zu.«

»Wie soll ich es weghalten? Auf Armeslänge Abstand?«

Sie stellte sich die Vorführung eines Falkners vor, bei der der Käse als Köder für einen wilden französischen Adler diente, der gleich aus den Lüften hinabgleiten und das Futter nehmen würde, möglicherweise auch ihre ganze Hand.

»Still und leise«, mahnte Jacques noch einmal. Er hatte bereits einen Klumpen cremigen Bries zwischen den Fingern, der so lecker roch, dass Orla ihn lieber selbst gegessen hätte, anstatt irgendwen oder -was damit zu ködern.

Sie kniff ein Stückchen vom … war das Camembert? … ab und hielt es zwischen Daumen und Zeigefinger nach links. Wie lange sollte sie warten? Sie traute sich nicht, Jacques danach zu fragen, sie sollte ja still und leise sein …

Dann hörte sie etwas. Ein Rascheln. Ein Kratzen? Auf

jeden Fall tat sich etwas, und das Geräusch kam näher. Am liebsten hätte Orla in die entsprechende Richtung geschaut, doch etwas hielt sie davon ab. Sie verharrte reglos, und dann … streifte etwas ihre Hand. Der Wunsch, sich zu bewegen, war ungeheuer groß, aber sie riss sich zusammen. Nur ihre Augen huschten hin und her. Als das Lebewesen nach ihrer Hand schnappte, sah sie es: ein Silberfuchs. Er war direkt neben ihr, das Käsestück zwischen den Lefzen. Fast hätte Orla Luft geholt und etwas zu Jacques gesagt, aber sie wollte das Tier nicht erschrecken. Ihr Gesäß war inzwischen taub vom Sitzen, und je mehr sie sich einschärfte, sich nicht zu rühren, desto mehr drängte es sie danach.

Da kam ein zweiter Fuchs zu ihr marschiert, blieb vor ihr stehen und stupste gegen das Alufolienpäckchen auf ihrem Schoß.

»Oh … hallo«, flüsterte Orla.

»Pass auf, dass er sich nicht die Alufolie schnappt!«, mahnte Jacques.

Sie sah, dass er in beiden Händen Käse hatte und zwei Füchse seine Finger abschleckten. Es war einer der lustigsten, aber auch zauberhaftesten Anblicke, die sie je erlebt hatte. Sie nahm das Käsepäckchen, befreite es von der Alufolie und zwackte ein Stück Käse ab.

»Bitte sehr«, sagte sie leise und hielt dem Fuchs die Hand hin.

Anfangs wirkte das Tier argwöhnisch und machte zögernde Schritte rückwärts. Es hinterließ seine Spur im Schnee. Doch Orla behielt ihre Hand ebenso unter Kontrolle wie ihre Nerven, und nach ungefähr einer Minute kam der Fuchs wieder auf sie zu. Statt sich den Käse zu nehmen und zu verschwinden, berührte er ihre Hand mit der Schnauze, leckte dann darüber und probierte zaghaft den Käse.

»So, jetzt können wir reden«, sagte Jacques und gab »seinen« Füchsen Nachschub.

»Hast du sie gezähmt?«, wollte Orla wissen.

»Die sind nicht zahm«, erwiderte er. »Kein Wildtier ist zahm, es sei denn, es wurde dazu gemacht und kennt es nicht anders.«

»Aber du fütterst sie regelmäßig?«

Er schüttelte den Kopf. »Nur hin und wieder. Wenn ich nach ihnen sehe. Wenn das Wetter schlecht ist und sie Probleme haben, in ihrem Lebensraum Nahrung zu finden.«

»Und du weißt, dass sie Käse mögen.«

»Ich füttere ihnen auch andere Sachen, aber bei diesem Geruch kommen sie immer aus der Höhle.«

»Deshalb sind wir hier«, sagte Orla. Der Fuchs schnappte sich ihren restlichen Camembert. »Leben sie da drin?«

»Ja, aber nur, wenn das Wetter so schlecht ist wie in den letzten Tagen«, antwortete Jacques.

»Füchse mit so einem hellen Fell habe ich noch nie gesehen.«

»Sie sind nicht richtig silbern, nicht richtig schwarz, nicht richtig blau. Eine Mischung von allem.«

»Sie sind wirklich schön.« Orla musste ein Bild für ihren Artikel machen. Nur war ihre Hand mit Käse verschmiert. Sie griff trotzdem in die Jackentasche und holte ihr Handy heraus.

»Was machst du da?«

»Ein Foto. Wenn du deinen Käse nach da hältst, dreht sich der eine Fuchs um, dann bekomme ich seinen Kopf besser mit den anderen beiden drauf.«

»Nein«, entgegnete Jacques.

»Sie sind doch jetzt ganz ruhig, das wäre ein guter Zeitpunkt. Bevor der Käse alle ist.«

»Du machst hier kein Foto.«

»Aber du hast mich hergebracht, um mir Material für einen Artikel zu geben, oder?«, fragte sie. »Man weiß doch, dass die Leute erst auf die Fotos gucken und dann den Artikel lesen. Die Story wird nicht so oft angeklickt, wenn keine Fotos dabei sind.«

Jacques sah sie einfach nur an. Sein intensiver dunkler Blick traf ihren und ließ ihn nicht mehr los. Orla stand ihm in nichts nach. Sie sagte nichts mehr, sondern ließ ihren Blick sprechen. Diesen Typen würde sie kleinkriegen. Wenn gestarrt wurde, gewann sie immer. Bloß … hier wurde es schwer. Er gab nicht nach. Tatsächlich schien sein Blick mit den verstreichenden Sekunden intensiver zu werden, und sie verspürte den Drang zu blinzeln. Das war ätzend. Orla hatte das Gefühl, die Kontrolle zu verlieren. Irgendwann hielt sie es nicht mehr aus. Sie stieß ein unzufriedenes Knurren aus und senkte den Kopf. Die Füchse stoben auseinander.

»Verdammt.« Orla stand auf. »Das war deine Schuld. Jetzt sind sie weg.«

»*Meine* Schuld«, wiederholte Jacques kopfschüttelnd. »Du hast mir gerade gesagt, die Menschen interessierten sich mehr für Bilder als für Worte. Dabei bist *du* die Autorin.«

»Ich habe nicht gesagt, dass sie sich *mehr* dafür interessierten. Das habe ich ganz bestimmt nicht gesagt. Ich habe gesagt, sie würden zuerst auf die Bilder gucken, ganz besonders im Netz. Und der Auftritt dort ist sehr wichtig. Wenn die Zeitschrift im Internet nicht präsent ist und die Werbeeinnahmen nicht ausreichen, gibt es kein Budget für die

Printausgabe, und ich bekomme nur noch Aufträge, für die ich nicht weit reisen muss. Das wäre das Aus für Reportagen über abgelegene, unerforschte Orte.« Angesichts des Drucks, den Frances wegen des Rentierartikels ausübte, konnte es sogar sein, dass die Printausgabe komplett eingestellt wurde.

»Aber wir haben doch darüber gesprochen: Die Gefühle, Geräusche, Gerüche und Momente, die du beschreibst, prägen sich viel tiefer ein als Fotos.«

»Die meisten Menschen brauchen aber einen visuellen Reiz, der sie als Erstes anspricht. Der funktioniert wie ein Stichwort, damit man sich darauf einstellen kann, was als Nächstes kommt.«

»So wie bei diesen Situationships?«

»Vielleicht.«

»Aber das ist ja kein persönlicher Moment. Kein Innehalten, um hinzusehen, zu fühlen und zu genießen. Nur ein Bild, und dann geht es mit dem nächsten Thema weiter.«

Jacques lutschte den Käse vom Finger, als äße er ein erotisches Fondue.

»Ich befürchte, du verstehst es nicht«, sagte Orla.

»Deine Zeitschrift? Oder diese Art, mit Menschen umzugehen?«

»Beides.« Sie schob die Hände in ihre Jackentaschen.

»Dann erklär es mir!«

Seine Aufforderung überraschte sie; Orla wusste nicht, was sie sagen sollte.

»Was soll ich dir erklären?«

»Was du denkst.«

Sie schluckte. Sie war wirklich ratlos. Warum nur? Weil sie nie darum gebeten wurde, etwas zu erklären. Es war ihre Aufgabe, andere zu befragen. Das war ihr Job. So machte sie es bei ihren Eltern und Erin. So hatte sie es bei Henry gemacht.

»Ich glaube, es ist besser, wenn wir nicht zu lange unterwegs sind, auch wenn dein Bruder vernünftig ist«, sagte sie. »Jetzt habe ich die Füchse vertrieben, und es gibt nicht mal ein Beweisfoto, dass sie überhaupt hier waren, von daher …«

»Orla …«

»Bilde ich mir das ein, oder fängt es gerade an zu schneien?«

»Wenn du befürchtest, dass du Fragen *beantworten* musst, statt sie zu stellen, wechselst du das Thema.«

»Das ist normal für eine Journalistin.«

»Ich habe dich aber nicht als Journalistin gefragt.«

Er sah sie mit seinen dunklen, seelenvollen Augen an. Sie schienen eine ganz eigene Sprache zu haben, die ihr gesamter Körper offenbar nur zu gern übersetzen wollte. Und Jacques forderte sie heraus, in sich zu sehen. Ihr Herz sprechen zu lassen. Es machte ihr Angst.

»Tja, dann habe ich vielleicht … einfach keine Antworten«, erwiderte sie mit leiser Stimme.

Sie wandte sich ab und ging den Weg zurück, über den sie gekommen waren.

24.

Auf dem gesamten Heimweg hatte Orla über Belangloses geredet. Jacques begriff es einfach nicht. Dieser Frau gelang es, mit ihren Reportagen Biotope und das Leben von interessanten Persönlichkeiten für andere nahbar zu machen, doch als er sie gebeten hatte, ihm ihre Gedanken und Gefühle zu schildern, schien sie *Angst* zu bekommen. Das passte nicht zu dem, wie er sie sich vorgestellt hatte. Dazu die stressbedingten Verhärtungen in ihren Schultern, die er beim Massieren gespürt hatte. Das alles zeichnete kein besonders gesundes Bild von ihr. Als sie nach Hause gekommen waren, hatte Orla Erin und Tommy mit einem Lächeln begrüßt und ihnen kurz von den Füchsen erzählt, dann war sie im Gästezimmer verschwunden und hatte die Tür zugemacht. Das war schon über eine Stunde her, und während Erin und Tommy an den entgegengesetzten Enden des Sofas saßen, sich gegenseitig YouTube-Videos zeigten und Hunter ärgerten, hatte Jacques das Geschirr vom Frühstück abgewaschen und sich den Kopf darüber zerbrochen, wie er seine Gäste den Rest des Tages unterhalten sollte. Er trocknete den letzten Teller mit dem Geschirrtuch ab und stellte ihn in den Küchenschrank.

»Könnte ich mir deinen Pick-up leihen?«

Im Mantel stand Orla in der Küche.

»Zum Fahren?«, fragte Jacques.

»Was soll ich denn sonst damit anstellen?«

»*Du* willst den fahren?«

»Warum ist es so kompliziert, hier in der Gegend irgendwas zu machen? Warum gibt es immer so viele Fragen?«

»Ich glaube, genau das habe ich dich auch schon mal gefragt«, gab er zurück.

»Also, kann ich mir das Auto nun leihen oder nicht?«

»Nein.«

»Warum nicht?«

»Weil du die Gegend hier nicht kennst.«

»Tja, ich habe aber bei Gérard auf der Rückbank gesessen, der sein ganzes Leben lang hier rumgefahren sein muss, und sicherer als er fahre ich bestimmt.«

»Schwer genug, dass ich deiner eigenen Sicherheit zuliebe Nein sagen muss.«

Sie wurde sauer. Das konnte er an ihrem Gesicht und ihrem Körper ablesen. Es sah aus, als wüsste sie nicht, was sie mit ihren Armen anfangen sollte. Sie ähnelten denen einer Vogelscheuche.

»Aus irgendeinem Grund scheinst du viel Wert auf Sicherheit zu legen. Bei den Füchsen. Beim Auto. Bei dieser Smarthome-Festung, die du gleichermaßen liebst und hasst.«

Okay, Orla hatte den Nagel ziemlich auf den Kopf getroffen, was Jacques' Gefühle für das Haus betraf. Doch er ließ sich nichts anmerken. »Wer möchte sich denn nicht sicher fühlen?«

»Ich gerade«, antwortete sie. »Weil ›sicher‹ keine Verkaufszahlen bringt, und weil ich Fotos, Videos oder *sonst was* brauche, um einen Artikel zu schreiben, bis entweder dieses Rentier auftaucht oder ich keinen Bock mehr auf Warten habe und den nächsten Flug nach Hause nehme.«

Ihr Atem war schneller geworden. In ihrem Blick lag eine Mischung aus Besorgnis, Frust und Verärgerung.

»Na gut«, sagte Jacques. »Ich hole schnell meine Jacke.«

»Wie? Kann ich den Pick-up doch haben?«

»Nein«, erwiderte er und ging in den Flur. »Aber ich fahre dich, egal wohin.«

»So meinte ich das nicht«, setzte Orla an. »Ich weiß nämlich nicht, wo ich hinwill, und wenn jemand dabei ist, verliere ich den Fokus. Und du hast bestimmt eine ganze Menge zu tun und gar keine Zeit für mich.«

»Hat hier gerade jemand was von Ausflug gesagt?«, rief Tommy.

Zusammen mit Erin war er plötzlich wieder da.

»Orla muss Fotos machen«, begann Jacques. »Und ich will mir Delphines Fensterprojekt mal genauer angucken.«

»Gibt es bei ihr immer noch diese heißen Weihnachts-Milchshakes?«, fragte Tommy.

»Wenn sie nicht eh schon auf der Touristenkarte stehen, macht sie dir bestimmt gern einen«, sagte Jacques.

»Mir hat sie noch nie einen heißen Milchshake angeboten«, bemerkte Erin bedauernd.

»Soll ich dir verraten, wie man Delphine für sich einnimmt?«, fragte Tommy.

»Ich weiß nicht, ob ich es ertrage, deine Baggersprüche für jemanden zu hören, der alt genug ist, um deine Oma zu sein«, erwiderte Erin.

»Dann musst du leider auf den samtigen, schokoladigen, karamelligen, heißen Milchshake mit braunem Zucker und

Honig verzichten. Ah, hab ich schon gesagt, dass er auf der Zunge zergeht?«

»O Mann!«, rief Erin. »Wenn er nicht wirklich so gut ist, wie es sich anhört, dann rasiere ich dir hinterher die Augenbrauen ab. Ich schwöre!«

»Na ja, das letzte Mal, als ich einen hatte, ist jetzt auch schon wieder zwölf Monate her.«

»War's das jetzt mit den Ausreden?«

»Nein, ich vertraue Delphine. Sie lässt mich nicht im Stich. Ich würde meine Augenbrauen nämlich gern behalten.«

»Gut«, sagte Orla. »Dann fahren wir alle rüber. Toll. Ich hole meinen Laptop.«

Sie verließ die Küche und hoffte, dass der Sarkasmus in ihren Worten niemandem entgangen war.

25.

Saint-Chambéry

Orla stand vor der *brouette* und machte ein weiteres Foto. Wie bekam man es hin, eine Schubkarre besonders wirken zu lassen? Immerhin sah sie schon etwas weihnachtlicher aus als beim letzten Mal. Um die Griffe waren Lamettaschlangen gewickelt, und darin lagen jetzt noch mehr Geschenke, außerdem stand jetzt rechts und links je ein Tannenbaum, der vor goldenen Sternen, blitzenden Eiszapfen und Nikoläusen nur so funkelte. Eine Erinnerung daran, dass Weihnachten näher rückte.

Orla nahm einen der schlichteren Anhänger an der etwas größeren Tanne in die Hand, ein geschnitzter Stall mit Krippenszene. Er erinnerte sie an eine Krippe, die sie als Kind in der Schule gebastelt hatte. Ihr Vater hatte ihr dabei geholfen. Er war immer ein zupackender Mann gewesen. Eher ein Macher als ein Redner. Seine Taten sagten mehr als Worte. War das einer der Gründe, warum er jetzt Probleme hatte? Weil ihm die Arbeit, ein richtiges Hobby, der Sinn im Leben fehlte?

Orla ließ den Anhänger los und holte das Handy wieder aus ihrer Tasche. Zuerst drückte sie aufs Display, dann hielt sie sich das Gerät ans Ohr und wartete auf die Verbindung. Während der Klingelton erscholl, sah sie sich im Dorf um. Vor den Häusern und Geschäften lagen jetzt auf jeden Fall mehr Geschenke. Bunte Girlanden hingen an den Dachvorsprüngen, Lichterketten schmückten Fenster, und der Duft von Tannengrün, Pfefferminz und Lebkuchengewürz schien in der Winterluft zu liegen.

»Hallo!«

Die Stimme ihres Vaters am anderen Ende verwirrte sie kurz, doch sie sammelte sich schnell.

»Hallo, Dad. Ich bin's ... Orla.« Sie wusste nicht, warum sie meinte, ihren Namen nennen zu müssen, aber zu spät. Hatte ihre Mutter angekündigt, dass sie anrufen würde?

»Hallo, Schätzchen. Ich dachte, du bist in Spanien.«

Orla runzelte die Stirn. »Ich bin in Frankreich, Dad.«

»Ah, dann hab ich das verwechselt. War jedenfalls ein Land, wo ich noch nicht war. Na ja, du warst in vielen Ländern, wo ich noch nicht war. Ist alles in Ordnung?«

Nein, hätte sie gern gesagt. *Ich mache mir nämlich Sorgen um dich.* Sie brauchte es nur auszusprechen. Aber dann müsste sie ihre Gefühle offenbaren.

»Ja, alles gut hier.« *Kein trächtiges Rentier. Ich wohne bei einem Verrückten, der Füchse mit Käse füttert. Erin ist wahrscheinlich nur noch eine Insta-Nachricht davon entfernt, etwas Unanständiges per Video zu schicken.*

»Wetter ist in Ordnung?«, erkundigte sich ihr Vater.

»Doch. Na ja, es ist superkalt. Aber heute ist es ein paar Grad wärmer, also schon besser.«

»Das ist schön, Schätzchen.«

»Und wie geht es dir?«, fragte Orla. »Alles in Ordnung?«

Warum konnte sie das einfach nicht? Bei ihrer Mutter hatte sie sich wie jemand gegeben, der das Problem in null Komma nichts lösen würde, und jetzt stand sie hier und redete genauso um den heißen Brei herum wie alle anderen.

»Alles gut hier. Wolltest du mit Mum sprechen? Ich meine nur, weil du mich auf dem Handy anrufst.«

»Nein, ich wollte mit dir sprechen, Dad.« Sie holte tief Luft und trat in den Schnee. »Ich … ich mache mir Sorgen um dich.«

Ihr Magen zog sich zusammen wie eine Feder, die gespannt werden musste. Am anderen Ende herrschte ohrenbetäubendes Schweigen.

»Dad? Bist du noch da?«

»Ja, ich bin hier. Du hast mit deiner Mutter gesprochen, oder?«

»Mum macht sich auch Sorgen um dich.«

»Ach ja? Oder macht sie sich mehr Sorgen, nicht genug Geld für die Kerzen zu haben, mit denen unser Haus wie der letzte Puff riecht?«

Orla war sprachlos. Noch nie hatte sie ihren Vater so reden hören. Sie wusste nicht genau, wie sie reagieren sollte.

»Wenn ich zu Hause bin, meckert sie nur rum. Tu dies nicht, Dalton, tu das nicht, Dalton. Wenn du dies machst, lass das sein. Würde ich furzen, würde sie sich über die Tonart beschweren. Und hast du schon gehört, dass sie mir vorwirft, den Schmuck ihrer Mutter versetzt zu haben? Ich habe keine Ahnung, was *sie* damit angestellt hat, aber ich war es nicht!«

»Sie macht sich Sorgen, dass du zu viel trinkst, Dad.«

»Das hat sie erzählt, ja? Sie weiß, dass ich die Nase voll hab von ihrem Gemecker, und denkt, dann lässt sie dich mal machen?«

»Dad …«

»Mir geht's gut, Orla. Spitze. Wem es nicht gut geht, ist deine Mutter. Sie hockt nur noch zu Hause und spioniert

Erin hinterher, als wäre sie ein Detective vom FBI. Das arme Mädchen kann nicht mal mehr kacken gehen, ohne dass deine Mutter wissen will, ob sie Erfolg hatte.«

Jetzt war Orla verwirrt. Versuchte ihr Vater gerade, den Spieß umzudrehen, weil er ein stolzer Mann war, der seine Probleme nicht zugeben wollte? Oder war an seinen Beschwerden über ihre Mutter doch was Wahres dran? Sie hatte sich so sehr in die Idee hineingesteigert, so viel wie möglich über Erin und Burim herauszufinden, und machte sich Gedanken um Erins Studium, aber das konnte man ja noch unter elterlichen Sorgen verbuchen. Während Orla nachdachte, nahm sie die Hintergrundgeräusche in der Leitung wahr.

»Wo bist du, Dad?«

»Warum? Willst du das deiner Mutter erzählen?«

Sie seufzte. »Nein, interessiert mich nur.«

»Ich bin mit Greta im Bus.«

Wer war Greta? Der Name sagte Orla nichts.

»Und bevor du jetzt bei FBI-Agentin Dana Bericht erstattest«, fuhr ihr Vater fort: »Greta ist ein Irischer Wolfshund, der gleich beim Tierarzt auf Diabetes untersucht wird.«

Orla wusste nicht, was sie mit dem Satz anfangen sollte. Warum war ihr Vater mit einem Hund, der nicht ihm gehörte, mit den öffentlichen Verkehrsmitteln unterwegs zum Tierarzt?

»Ich verstehe nur noch Bahnhof …«

»Deine Mutter ist der Mensch, mit dem du reden solltest«, fuhr ihr Vater fort. »*Sie* hat sich mit all ihren Freundinnen zerstritten, außer mit Helen. *Sie* macht den ganzen Tag nichts, außer an anderen rumzumäkeln. *Sie* hockt nur noch zu Hause rum und wirft anderen vor, Dinge zu tun, die sie nicht getan haben.«

Orla war ratlos. Wer von beiden sagte nun die Wahrheit? Und warum sollte einer von beiden sie überhaupt anlügen?

»Hör zu, Schätzchen, ich muss auflegen. An der nächsten Haltestelle muss ich raus, da ist der Tierarzt. Aber meld dich mal wieder, ja? Ruf mich an, wenn du mich brauchst. Tschüs, Schätzchen!«

Orla hatte keine Möglichkeit, noch etwas zu sagen, schon hatte ihr Vater aufgelegt, und sie war verwirrter als zuvor.

26.

»Delphine, wir müssen reden.«

Jacques passte den rechten Augenblick ab, nachdem Delphine an der Supermarktkasse in aller Seelenruhe ihre Kunden abgefertigt und sich dann im Café ums Bedienen gekümmert hatte. Dabei waren alle ihre Angestellten da. Als ihr nichts Besseres mehr einfiel, hatte sie großes Aufhebens um Tommy und Erin und die Zubereitung ihrer heißen Milchshakes gemacht. Jetzt fand sie keinen weiteren Grund mehr, dem Gespräch aus dem Weg zu gehen, das Jacques mit ihr führen musste.

»Ich weiß, was du sagen willst.« Delphine rückte ihre Brille zurecht und holte mehrere Schachteln mit Weihnachtspralinen aus dem Regal.

»Ah, wirklich?«

»Ja«, antwortete sie. »Du willst sehen, wie der Einbau der neuen Fenster im Gästezimmer vorankommt.«

»Stimmt«, bestätigte Jacques.

»Ich werde sie dir nicht zeigen«, sagte Delphine. »Denn mir ist klar, dass du ums Haus herumgegangen bist und schon selbst geguckt hast.«

»Delphine, der gesamte Bereich ist mit einer schwarzen Plane abgedeckt.«

»Warum wohl?«, fragte sie und stellte die Pralinen in ein anderes Regal. »Weil ich die Fenster austauschen lasse.«

Jacques schüttelte den Kopf. »Im Winter! Mitten in der schlimmsten Kältewelle seit Jahren.«

»Und jetzt taut es, also kommen die Fenster rein.« Sie griff zu mehreren Packungen mit Zimtschnecken. »Egal, wer weiß schon, wann wirklich der beste Zeitpunkt ist? Außerdem ist doch bekannt, dass es günstiger ist, wenn man die Fenster im Winter austauschen lässt.«

»Das klingt genauso abstrus wie die Geschichte vom Rentier, das trächtig ist, obwohl es das gar nicht sein kann«, bemerkte Jacques.

»Wolltest du darüber mit mir reden?«, fragte Delphine. »Bevor du draußen am Haus hochkletterst und unter die schwarze Plane guckst?«

Das hatte er wirklich überlegt. Kurz.

»Nein«, antwortete er. »Ich will wissen, was Orla Bradbee hier macht, Delphine.«

Die Zimtschnecken wanderten zurück ins Regal, und Delphine marschierte den Gang hinunter. »Die Regale sind so schlecht eingeräumt. Erinnere mich daran, dass ich Gérard nicht noch mal an das Gebäck lasse!«

»Delphine, du kannst diesem Gespräch nicht aus dem Weg gehen! Sie wohnt momentan in meinem Haus!«

»Ich weiß nicht, was du von mir hören willst«, zischte Delphine. »Sie ist hier, um eine Reportage über das Rentier zu schreiben, na ja, und über Saint-Chambéry.«

»Und über einen Mann, der nicht spricht?«

»Manchmal muss man die Dinge etwas aufhübschen, um die Medien auf sich aufmerksam zu machen.«

»Und wozu brauchst du so viel Aufmerksamkeit, Delphine?«, fragte er. »Sei doch ehrlich: Schon jetzt verbindet dich eine Hassliebe mit den Touristen. Möchtest du, dass noch mehr kommen? Du weißt, dass ich aus bestimmten Gründen außerhalb des Dorfes wohne und dass es einen Grund dafür gibt, warum *ich* keine mediale Aufmerksamkeit will.«

»Ich weiß nur, dass du niemals aus dir rauskommen wirst, wenn du es jetzt nicht tust.«

»Das ist ganz allein meine Entscheidung, Delphine. Nicht deine.«

Allmählich fing es in seinem Bauch vor Wut an zu brodeln. Jacques musste sich in Erinnerung rufen, dass Delphine etwas an ihm lag und sie seine Geheimnisse bewahrte, egal, was sie hier veranstaltete. Er schluckte seine Gefühle hinunter und konzentrierte sich auf die Fakten statt auf die möglichen Folgen.

»Wenn ich dir glauben soll, dass du auf diese Weise meinst, für das Dorf werben zu müssen, dann verrat mir mal, warum ausgerechnet die Journalistin Orla Bradbee herkommen musste!«

»Ach, Jacques!« Delphine schüttelte den Kopf, ein Lächeln auf den Lippen. »Warum stellst du mir diese Frage?«

»Aus demselben Grund, warum jeder Fragen stellt. Weil ich die Antwort wissen will.«

Sie drückte ihm eine Packung Weihnachtspralinen gegen die Brust. »Du kennst die Antwort längst. Du wusstest sie in dem Moment, als du sie erkannt hast.«

Auf einmal war sein Mund trocken, die Pralinenpackung verursachte ihm Beklemmungen.

»Aber der Klarheit halber werde ich es dir sagen«, erwiderte Delphine. »Seit ich dich kenne, ist sie der einzige

Mensch, an dem du jemals Interesse gezeigt hast. Nicht ein Essen mit einer Frau, das ich organisiert habe, nicht ein Bowlingabend, nicht eine einzige Frau, die ich für dich gesucht und dir vorgestellt habe, hat auch nur die geringste Veränderung in deinem Verhalten ausgelöst. Bis auf Orla. Jeden Monat, wenn du dir hier die Zeitschrift geholt hast. In den Tagen darauf, wenn du mir erzählt hast, wo sie wieder war und worüber sie geschrieben hat – diese Veränderung in dir!«

»Hör auf!« Jacques nahm die Pralinenschachtel und stellte sie zurück ins Regal. »Das ist doch verrückt.« Aber leugnen konnte er es nicht.

»Was ist daran verrückt? Wenn du über sie und ihre Abenteuer sprichst, erwachst du zum Leben! Das wünsche ich mir für dich, Jacques: dass du aus dem Haus herauskommst und wieder lebst. Jemanden mit ähnlichen Interessen kennenlernst. Wieder Anschluss findest.«

Als es ihm dämmerte, schüttelte er den Kopf. Delphine hatte Orla unter falschem Vorwand hergelockt, weil sie sich die verrückte Idee in den Kopf gesetzt hatte, dass er und Orla … Was taten? Dateten? Er war nicht dumm. Er wusste, dass Delphine versucht hatte, ihn zu verkuppeln, Abende in Saint-Chambéry organisiert und ihn mit der letzten frisch Geschiedenen hatte zusammenbringen wollen, aber noch nie hatte sie so viel Druck gemacht wie jetzt. Noch nie hatte sie dafür gesorgt, dass eine Frau auf Grundlage einer wilden Geschichte in ein Flugzeug stieg und herkam. Und das mit dem Anschlussfinden war nicht so leicht, als würde man einfach einen Schalter umlegen.

»Ich mag ihren Schreibstil«, sagte Jacques schließlich. »Mehr nicht.«

Delphine machte das Geräusch, das sie immer von sich gab, wenn sie frustriert war. Es war halb Schnauben, halb Pfeifen. »Ich spiele auch gerne mit Madame Voisin Karten, führe mich aber nicht plötzlich auf wie eine überglückliche Disneyprinzessin, wenn sie mal vorschlägt, eine Partie Bridge zu spielen.« Delphine marschierte durch den Gang zum Cafébereich.

»Das mache ich ja gar nicht.« Jacques folgte ihr.

»Für den aufmerksamen Menschen, den ich kenne, bist du ziemlich ahnungslos, wenn es um dich selbst geht. Gérard und ich haben beschlossen, dass du Unterstützung brauchst.«

»Gérard steckt also auch mit drin? Das hätte ich mir denken können.«

»So, nun weißt du Bescheid«, sagte Delphine, als sei das Gespräch beendet. Sie machte sich daran, über die Thekenflächen zu wischen.

»Und was soll ich deiner Meinung nach mit dieser Information anfangen?«, fragte er.

»Das weiß ich doch nicht, Jacques! So ist das mit den Menschen. Man kann ihnen *beistehen*, aber man kann auf nichts *bestehen*. Ich habe Orla hierhergeholt. Hoffentlich schreibt sie einen wunderbaren Artikel über das Rentier und dieses Dorf. Was sonst noch passiert, liegt ganz bei dir.« Delphine sah ihm in die Augen. »Aber vergib dir keine Gelegenheit, nur weil du zu stolz bist oder zu viel Angst hast, deine Chance zu ergreifen.«

Bevor er etwas erwidern konnte, marschierte Delphine ins Café und wandte sich einer ihrer Angestellten zu. Er holte Luft, und sein Blick wanderte zum leicht beschlagenen Schaufenster. Er erkannte Orla neben der *brouette*, wo sie Fotos machte. Ihre Haare wurden von einem wollenen Beanie gezähmt. Sie hatte ihn schon immer fasziniert. Irgendwie war es ihr gelungen, ihn durch ihre Artikel, durch ihre Ausdruckskraft an Orte zu bringen, wo er noch nie gewesen war, und wenn er eine Geschichte gelesen hatte, hatte er sich unbewusst gefragt, wie man so einen Job machen konnte. Was für ein Mensch reiste um die ganze Welt, um bedrohten Tierarten, abgelegenen Gemeinschaften und gewöhnlichen Menschen mit außergewöhnlichen Geschichten eine Stimme zu geben? Wer war Orla Bradbee? Was machte sie, wenn sie nicht schrieb? Er schüttelte den Kopf. Er war kein Stalker. Er hatte ihre Reportagen nicht an die Wand gehängt wie in einem Schrein, weil er verrückt nach ihr war, und dennoch hatte Delphine recht. Die Zeitschrift war jeden Monat ein Highlight für ihn. Orla war eine Frau, die er attraktiv fand. Und die unerreichbar für ihn war, eine Fantasie, die niemals wahr werden konnte. Doch jetzt war sie hier. Und egal, was er sich einredete, der Wunsch, mehr über sie zu erfahren, war stärker denn je.

»He, Jacques!«, rief Tommy durch das Café. »Du bezahlst die Milchshakes, oder?«

»Ja!«, rief er zurück. »Sag Delphine, sie soll sie bei mir anschreiben.« Er schaute zur Tür hinüber. Würde er das jetzt wirklich tun? Er holte tief Luft und tat den ersten Schritt.

27.

»Und, wie läuft das Fotoshooting?«

Orla zuckte zusammen. Sie war in Gedanken versunken gewesen, hatte sich den Kopf darüber zerbrochen, was nur mit ihren Eltern los war. Fast unbewusst hatte sie weiter Fotos von der symbolischen Schubkarre gemacht. Wie viele Bilder brauchte sie überhaupt davon?

»Ganz gut«, antwortete sie. »Versuche halt, mir das hier als Farbdruck in der Zeitschrift vorzustellen. Mit einer Schubkarre hatte ich es bis jetzt noch nicht zu tun.«

»Nein?«

»Am nächsten drangekommen bin ich wohl mit einem Interview in einer Rikscha.«

»Hauptsache, du stellst diese Schubkarre nicht um. Ich glaube, das wird mit öffentlichem Auspeitschen bestraft.«

»Wer sagt denn, die Franzosen hätten nichts für Traditionen übrig?« Orla zwang sich zu einem Lächeln.

»Hör mal …« Jacques ging zu ihr und schob die Hände in die Taschen. »Ich wollte mich für mein Verhalten entschuldigen. Bei den Füchsen. Ich hätte nicht versuchen sollen, dir meine Meinung aufzuzwingen.«

»Ach so, schon gut«, sagte Orla. »Ich hätte mich auch nicht so aufregen brauchen. Und nicht verlangen dürfen, dass du mir deinen Pick-up leihst. Ich meine, den zu fahren ist ja fast eine Extremsportart.«

Jacques lachte. »Vielleicht was für die nächste Winterolympiade.« Er überlegte kurz. »Aber jetzt im Ernst, das mit den Fotos. Ich habe ein Problem damit, und das hätte ich dir nicht aufdrücken sollen, wo du doch hier bist, um deinen Job zu machen.«

Er hatte sich entschuldigt. Das war unerwartet für jemandem, der sonst kein Blatt vor den Mund nahm. Noch eine unvorhergesehene Eigenschaft: zugeben zu können, wenn er übers Ziel hinausgeschossen war.

»Danke für deine Entschuldigung«, sagte sie. »Ich entschuldige mich ebenfalls, falls ich dir das Gefühl gegeben haben sollte, deine Sichtweise nicht zu verstehen, denn das tue ich.«

»Ja?«

»Ja, natürlich«, bekräftigte Orla. »Ich merke es, wenn ich die Privatsphäre von jemandem verletze, weil ich seine Geschichte erzähle, und ich weiß, wie das klingt, denn meine Aufgabe ist es ja gerade, Nachrichten zu verbreiten. Aber das tue ich nicht völlig gedankenlos. Es geht nicht immer nur um den Profit, und für mich ist es auf jeden Fall keine Sensationsgier.« Sie seufzte. »Aber manchmal habe ich nicht das letzte Wort, was die Überschrift betrifft, und meine Chefs neigen schon ziemlich zur Dramatik.« Orla atmete durch. »Wahrscheinlich will ich nur nicht, dass du denkst, mir wäre alles egal.«

Warum erzählte sie ihm das? Normalerweise teilte sie mit anderen nur das, was notwendig war. Sie veröffentlichte die Geschichten anderer Leute, nicht ihre eigenen. Warum sagte Jacques nichts? Schließlich sprach er doch.

»Vielleicht können wir das Berufliche vom Privaten trennen, dann funktioniert es.«

»O-kay …«, sagte Orla, leicht verwirrt.

»Ich weiß die perfekte Stelle. Komm!« Er stieß sie mit der Schulter an.

»Gibt es hier in der Nähe noch etwas anderes als dieses Dorf?«, fragte Orla.

»Allerdings.«

»Aber was machen wir mit Erin und Tommy?« Sie sah sich zu Delphines Café um.

»Hast du noch keine Bekanntschaft mit Delphines heißen Milchshakes gemacht?«, fragte Jacques. »Dafür braucht man mindestens eine halbe Stunde, den Rest bekommt man nur mit dem Löffel heraus. Und …«

Er verstummte. »Und was?«, fragte sie.

»Und ich habe Erin und Tommy mehr oder weniger erlaubt, dass sie zwei davon trinken dürfen. Und *pommes frites* essen. Und wenn Delphine *bûche de noël* gemacht hat, gibt es den sicher auch noch.«

»Was ist das?«

»Ein Kuchen, der aussieht wie ein Holzstamm, ist aber aus Schokolade.«

»Ah.« Orla nickte. »Wie ein Yule Log.«

»Das heißt, die zwei sind erst mal eine Zeit lang beschäftigt, und wenn sie mit dem Essen fertig sind, werden sie sich nicht mehr bewegen können.«

»Okay«, sagte Orla. »Und wo geht's hin?«

»An einen Ort, wo du Fotos machen kannst.«

28.

Sie waren in Jacques' Wagen gestiegen und hatten das Dorf in entgegengesetzter Richtung von seinem Haus verlassen, über eine Straße, die Orla noch nicht kannte. Nicht dass die Landschaft sofort anders gewesen wäre als rund um Saint-Chambéry, doch im Laufe der Fahrt bemerkte sie kleine Veränderungen. Sie ließen die karge Schroffheit der Bergkulisse hinter sich und drangen in gefälligeres Gelände vor – flacher und mit Bäumen bewachsen, die nicht aussahen, als würden sie nach den Wolken greifen, erste Hinweise auf ein Tal. Trotzdem war und blieb es ein Winterwunderland ohne eine Spur von Grün auf dem Boden, nur Eis und Schnee, so schön wie lebensfeindlich.

Nach einer Viertelstunde bog Jacques von der Straße ab und hielt abseits einer weiten Fläche, die einer Waldlichtung glich. Um die beiden herum war buchstäblich nichts, und als Orla den Sicherheitsgurt löste, fragte sie sich, wo genau sie hier Fotos machen sollte.

»Wir sind da!«, verkündete Jacques, als hätte er sie zur größten Attraktion der Welt gebracht. Er streckte die Arme aus, soweit es die beengte Fahrerkabine zuließ.

»Gibt es hier ein Event?«, fragte Orla. »Kommt immer pünktlich zur vollen Stunde eine Blaskapelle vorbei?«

»Das würde dich beeindrucken?« Er öffnete seine Tür.

»Käme auf die Bläser an.«

Warum hatte sie das denn gesagt? Sofort lief Orla rot an und zerbrach sich den Kopf, was sie schnell hinterherschieben konnte, um die Worte abzumildern.

»Mach deine Jacke gut zu«, mahnte Jacques und sprang aus der Kabine. »Hier ist es meistens fünf Grad kälter als in und um Saint-Chambéry.«

»Was? Du hast mich in noch größere Kälte gebracht?«

Er schloss seine Tür, und Orla blieb nichts anderes übrig, als am Reißverschluss ihrer Jacke zu zerren und sicherzustellen, dass die Druckknöpfe geschlossen waren, bevor sie ausstieg.

Sie landete auf harschem Schnee, nicht weich und pudrig, sondern von einer knirschenden Schicht überzogen. Sie war schon in vielen verschneiten Gegenden gewesen, aber dieses französische Bergdorf und seine Umgebung schienen ein ganz eigenes Mikroklima zu haben.

Jacques holte Ausrüstung von der Ladefläche des Pickups. War das ein Speer? Als er einen langen Metallgegenstand unter einer Plane hervorzog, der wie eine große Schraube aussah, kam der ihr entfernt bekannt vor. Er ging geradeaus, offenbar mit Bedacht, als würde er zählen, den Speer in der einen Hand, das Schraubenteil in der anderen. Orla lief ihm nach.

»Eisfischen!«, rief sie, als sie Jacques erreicht hatte.

»Gérard und ich legen abwechselnd Fallen aus«, antwortete er.

»Zählst du ab, wo sie sind?«

»Ja … achtundvierzig, neunundvierzig …«

»Was für Fische gibt es hier?«, fragte sie.

»Fünfzig, einundfünfzig … Alle möglichen.«

»Ja, aber welche genau?«

»Orla.« Jacques blieb stehen. »Ich beantworte deine Fragen gern, aber wenn du mich ständig ablenkst, während ich meine Schritte zähle, finde ich die Fallen nie.«

»’tschuldigung.«

Schweigend ging sie neben ihm und fragte sich, wie weit entfernt die Fallen ausgelegt worden waren, wie unterschiedlich lang die Schritte von Gérard und dem viel größeren Jacques waren, und ob die beiden eine unterschiedliche Zählweise hatten.

»So«, sagte Jacques. »Da wären wir.« Er stieß den Speer in den Schnee. »Jetzt wird gebohrt.«

»Ich weiß, wie das geht«, gab Orla zurück. »Und ich weiß auch, wie schwer es ist, den Bohrer zu drehen.«

»Alles nur eine Frage der Technik.«

»Das muss man zu zweit machen.«

Er lachte. »Das Teil kann man nicht zu zweit drehen.«

»Ich meinte ja nicht gleichzeitig«, entgegnete Orla. »Ich meinte, dass einer anfängt und der andere übernimmt, wenn der Erste keine Kraft mehr hat.«

»Mir geht die Kraft nicht aus«, bemerkte Jacques.

»Okay«, sagte sie. »Wir werden sehen.«

»Glaub mir«, erwiderte er. »Ich hab das schon öfter gemacht als du.«

»Klar«, sagte Orla. »Dann gucke ich einfach zu.«

»Nein«, widersprach Jacques. »Du machst Fotos, wenn wir sehen, was wir gefangen haben.«

Es dauerte ein wenig, bis Jacques mit dem Bohrer richtig vorankam. Es war, als würde man jemandem dabei zusehen, der mit größter Mühe eine riesige Weinflasche öffnete oder nach Öl bohrte. Orla hatte Fotos geknipst, doch wegen Jacques' dicker Kleidung konnte sie sich leider nur ausmalen, was seine Muskeln leisten mussten. Ihre Fantasie arbeitete auf Hochtouren.

»Komm her! Ich bin durchs Eis durch, jetzt suchen wir das Seil, ziehen es hoch und gucken, was wir gefangen haben.« Man hörte ihm seine Begeisterung an, und Orla trat an das Loch und schaute hinein. Es sah aus wie ein angeschmolzener Slush Puppie, ein graublauer Matsch.

Jacques trug dicke Handschuhe, mit denen er beherzt ins Eis griff. Orla wartete, die Kamera hoffnungsvoll gezückt. Während die Sekunden verstrichen, machte sie sich Sorgen um den Akku ihres Handys.

»Da ist was dran«, verkündete Jacques. »Aber ich glaube, es hängt fest.«

»O nein«, bemerkte Orla. »Dann müssen Gérard und du für euer Essen heute Abend doch noch bei Delphine einkaufen.«

»Nein«, stieß Jacques aus und legte sich flach auf den Bauch, eine Hand noch immer im Loch. »Jetzt kommst du zum Einsatz. Halt mal meinen Speer!«

Die Aufforderung löste ein völlig anderes Bild in Orla aus. Sie nahm den Holzstab mit der Metallspitze und zog ihn aus dem Schnee.

»Muss ich den Fisch erstechen?«, fragte sie.

»Nein«, beruhigte er sie. »Du musst nur das Loch damit größer machen. Wenn der Fisch, den wir gefangen haben, zu groß ist, passt er nicht durch das Loch.«

»Aha, also muss ich da reinstechen?«

»Nicht *in* das Loch, sondern an den Rand, ganz vorsichtig.«

Mit Jacques' Warnung im Ohr begann Orla, den Speer ins Eis zu bohren. Insgeheim fragte sie sich, ob sie ein schlimmes Eisbeben auslösen würde, wenn sie die ganze Schicht unter ihnen durchlöcherte.

»Ist gut«, sagte Jacques. »Nicht so zaghaft mit dem Eis.«

»Ich bin Engländerin, Jacques. Wir werden mit Geschichten von zugefrorenen Seen groß, die einbrechen, sobald man einen Fuß darauf setzt, und von Schwänen, die einen angreifen und den Arm brechen.«

»Bei euch leben Schwäne auf dem Eis?«

»Nein«, erwiderte sie lachend. »So reden überängstliche Eltern, die sich um alles Sorgen machen.« Sie stach heftiger ins Eis. »Besser so?«

»Ja, so ist gut. Noch ein bisschen fester. Okay, ich versuch noch mal, das Seil zu bewegen.« Er streckte wieder den Arm ins Wasser und zog. »Ja, jetzt löst es sich. Stoß noch einmal mit dem Speer rein, dann müsste das Loch groß genug sein.«

Orla schluckte, ihre Gedanken wanderten wieder davon. *Konzentrier dich!* »Hoffentlich lohnt sich das auch.«

»Ich denke schon. Vertrau mir!«

Wieder bohrte sie den Speer ins Eis, das jetzt tatsächlich leichter nachgab, und Jacques kniete sich hin, um am Strick zu zerren.

»Okay, jetzt kommt er«, sagte er.

»Wirklich?«

»Ja, und ich glaube, er ist nicht gerade klein.«

Allmählich packte Orla die Aufregung. Sie legte den Speer beiseite und griff zu ihrem Handy, um Fotos zu machen.

»Orla! Bist du so weit?«, rief Jacques.

»Ja, ja!«, erwiderte sie und versuchte, diesen beeindruckenden Berg von einem Mann, der etwas Schweres aus eisigen Tiefen hievte, nicht anzustarren. Wenn es nicht so kalt gewesen wäre, würde sie innerlich brodeln.

»Er kommt!«, rief er.

Konzentrier dich, Orla! »O mein Gott, was ist das denn?«

Mit einem letzten Ruck fiel Jacques rücklings in den Schnee, und auf ihm landete ein glitschiger, dicker brauner Fisch.

»Aaargh!«, schrie Orla und wusste nicht, was sie zuerst tun sollte: fotografieren, ein Video aufnehmen, den Fisch auf seinem Bauch beneiden oder Jacques zur Hilfe eilen. »Was soll ich tun?«

»Mach Fotos! Hab ich doch gesagt!« Lachend legte Jacques die Hände um den Fisch, damit er sich nicht bewegte.

Orla tat, wie ihr geheißen, machte ein Video und Fotos von dem sich windenden Tier und von Jacques, der es festzuhalten versuchte und irgendwas mit der Leine anstellte, an der der Fisch hing. Wie konnte man so sexy mit einem Wassertier ringen?

»Was ist das für eine Sorte? Sieht aus wie ein riesiger Hecht«, sagte Orla.

»Ja, das ist einer. So einen großen habe ich noch nie gehabt!«

»Achtung!«, rief sie. »Der wirkt groß genug, als könnte er dich fressen.«

»Hilf mir mal, Orla! Solange ich ihn festhalte, kann ich nicht aufstehen.«

Sie machte ihre Kamera aus und eilte zu Jacques. Das Tier sah aus, als stammte es aus grauer Vorzeit. »Was soll ich machen? Wo soll ich ihn halten? Den Fisch?« Wieder wurden ihre Wangen rot.

»Halt ihn einfach in der Mitte fest, dann versuche ich, aufzustehen.«

»Ugh«, machte Orla und legte die Hände um das Tier. Es zuckte heftig, sie musste kräftig zupacken, weil sie Angst hatte, es könnte sich losreißen und durch das Loch im Eis irgendwie wieder verschwinden. »Oh, schnell! Ich kann ihn nicht mehr halten!«

Jacques kam auf die Füße und übernahm. »Okay, gib mir den Speer.«

»Was hast du vor?«

»Ich werde ihn jetzt von seinem Elend erlösen.«

Weitere Fragen von Orla erübrigten sich. Sie griff nach dem Speer.

»So«, sagte Jacques. »Halt ihn fest, aber … guck in die andere Richtung.«

»Jacques, ich bin Journalistin.« Sie sah ihm in die Augen. »Es gibt nicht viel, was ich auf meinen Reisen noch nicht gesehen habe, glaub mir.«

Er hielt ihrem Blick stand. »Du hast aber noch nicht gesehen, dass ich ein Tier töte.«

Die Spannung zwischen ihnen stieg ins Unermessliche. Orla schluckte. Fast unbewusst wandte sie den Kopf ab, ohne den Griff um den Fisch zu lockern. Als sie spürte, wie der Speer zustach, hielt sie die Luft an, dann war es vorbei. Mit immer noch geschlossenen Augen merkte sie, wie der Fisch ihr aus den Händen glitt.

»Fertig«, sagte Jacques. Und fügte hinzu: »Das wird mir Gérard nie glauben.«

Orla schlug die Augen auf. »Der könnte sicher eine zehnköpfige Familie satt machen.«

»Wir könnten ihn grillen. Im Dorf. Damit ihn alle sehen.«

Damit ihn alle sehen. Da war neu für einen Mann, der sich am liebsten in seinem digital kontrollierten Smart-Home versteckt hielt.

»Ich kann mir vorstellen, was Delphine damit macht«, sagte Orla. »Sie brät ihn am Spieß neben dem Brunnen, gegenüber der Schubkarre.«

»Ho, besser nicht zu nah an der *brouette*. Das mögen die Ahnen von Saint-Chambéry gar nicht.«

»Aber es ist ja nicht die echte alte«, erinnerte Orla ihn.

»Glaubst du denn, die Schubkarre auf dem Dorfplatz wurde nicht vom Pastor geweiht? Dass es nicht jedes Mal eine große Feier gibt, wenn eine neue Karre aufgestellt wird?«

»Darüber muss ich noch mehr erfahren. Mit Füchsen, Fischen und Schubkarren kann ich vielleicht darüber hinwegtäuschen, dass es kein trächtiges Rentier gibt.«

Jacques lächelte. »Gut.« Er deutete auf den Fisch. »Mir ist schon klar, dass dieses Eisfischen nicht dasselbe ist wie in Oimjakon, aber es war ein guter Fang.«

Bei dem Wort »Oimjakon« verschlug es Orla den Atem, doch es gelang ihr zu lächeln und zu nicken, als sei nichts passiert.

»Sollen wir ihn zum Wagen tragen?«, schlug Jacques vor.

Sie nickte wieder. »Ja.«

Während er die ganze Ausrüstung einsammelte, blieb Orla stehen und fragte sich, woher er wusste, dass sie in der kältesten besiedelten Gegend der Welt gewesen war.

29.

Saint-Chambéry

»Was für ein Biest!«, rief Tommy später am Abend, als der Fisch dem gesamten Dorf vorgestellt und auf einen Spieß gesteckt worden war, der sich auf dem Dorfplatz über glühenden Kohlen drehte.

Man hatte das Tier empfangen, als sei ein König aus der Schlacht heimgekehrt. Als es sich herumgesprochen hatte, waren alle Anwohnerinnen und Anwohner zum Platz geströmt; Delphine hatte erklärt, es handele sich um eine Segnung der Vorfahren, und schon war ein weiteres Event in Saint-Chambéry geboren.

»Gérard meint, er hätte in seinem ganzen Leben noch keinen so großen Fisch gesehen«, sagte Jacques.

»Das glaube ich ihm«, erwiderte sein Bruder. »Das Ding da muss einen Wal unter seinen Vorfahren haben.« Er stieß Jacques an. »Du hast also versucht, Orla mit deinem Können beim Eisfischen zu beeindrucken.«

»Hast du Erin damit beeindruckt, dass du zwei heiße Milchshakes von Delphine trinken kannst?«

»Ich hab zuerst gefragt.«

Jacques schüttelte den Kopf. »Ich bin nicht darauf aus, andere zu beeindrucken.«

»Ich auch nicht«, pflichtete Tommy ihm bei. »Schon gar

nicht jemanden, der die ganze Zeit am Handy hängt, als wäre es ein Baby, um das man sich kümmern muss.«

»Verstehe ich.« Jacques trank einen Schluck Bier.

»Nein, im Ernst, wolltest du Orla mit dem Eisfischen beeindrucken?«

Jacques grinste. »Ich wollte ihr Material für ihre Reportage geben.«

»Nennen alte Menschen das jetzt so?« Tommy zwinkerte ihm zu.

»Das ist nicht witzig.«

»Ich mache auch keine Witze, Bro. Ist einfach schön, dass du dich wieder für jemanden interessierst, mehr nicht.«

Interessierte er sich? Wirklich? Oder lag das an der von Delphine forcierten Nähe? Jacques schüttelte fast automatisch den Kopf.

»Komm, das ist die erste Frau seit Katie, die du näher als einen Kilometer an dich heranlässt.«

Wieder schüttelte Jacques den Kopf, aber diesmal grinste er dabei. »Das stimmt nicht. Ich hatte Dates.«

»Ich weiß.« Tommy bohrte den Stiefel in den Schnee. »Meinst du, ich spreche nicht mit Delphine? Ich weiß alles über die Frau, mit der du *fast* in einem Restaurant in Grenoble essen warst. Und über die andere, mit der du *fast* Ski fahren warst.«

»Du bist nicht auf dem neuesten Stand«, bemerkte Jacques. »Es gab auch eine Wanderin, die ich vor Unterkühlung retten musste.«

»Ah, ja.« Tommy nickte. »Der hast du Decken und heißen Kaffee gebracht, aber sie nicht zu dir nach Hause eingeladen.«

»Tommy, wir waren fünf Meilen vom Haus entfernt! Sie

hatte keine Kraft mehr zu stehen, nicht mal, um von mir getragen zu werden. Es war am vernünftigsten, die Bergrettung zu rufen.«

»Am vernünftigsten«, wiederholte Tommy. »Immer der Vernünftige. Du klingst genau wie Dad.«

»Ha!«, rief Jacques. »Findest du es vernünftig, dass Dad nach Hawaii gegangen ist?«

»Nein«, stimmte Tommy ihm zu. »Aber ich glaube, dass Dad Mom ungefähr so hätte behandeln sollen, wie er jetzt andere Frauen behandelt, dann wäre sie nicht abgehauen.«

Das war eine bemerkenswerte Aussage seines Bruders, und sie war voller Leidenschaft. Abgesehen vom fröhlichen Treiben in Gérards Bar war jetzt nur noch das Prasseln der Flammen und das leichte Brutzeln des Fischs zu hören. Tommy sprach ungefähr so selten von seinen Gefühlen wie Jacques. Das machte man in der Familie Barbier einfach nicht. Lieber schweigen und wegsehen als Konfrontation und Gespräche.

»Mom ist Mom«, sagte Jacques schließlich.

»Was soll das denn heißen?« Tommy nahm einen Schluck aus der Bierflasche.

»Das soll heißen, egal, was Dad gemacht hätte, es hätte trotzdem nicht gereicht.« Jacques seufzte. »Sie wäre trotzdem abgehauen.«

»Das kannst du nicht wissen.«

»Ich weiß, dass man Dad keine Schuld an Moms Entscheidung geben kann.« Jacques knirschte mit den Zähnen. Dieses Gespräch handelte nicht nur von der Art und Weise, wie es mit seinen Eltern zu Ende gegangen war, sondern auch von ihm und Katie.

»Du nimmst ihn immer in Schutz«, bemerkte sein kleiner Bruder.

»Tommy, hör auf!«

»Womit? Darüber zu *sprechen*? Die Sachen auch mal offenzulegen?«

»Du willst reden?« Jacques lachte verächtlich und bereute es sofort.

»Ja, vielleicht will ich wirklich mal reden. Tun wir nämlich nicht, oder? Keiner von uns. Und meine Therapeutin sagt, dass unser Verhalten angelernt ist, oft unbewusst, schon seit der frühen Kindheit.«

»Du bist in Therapie?« Auch das wusste Jacques nicht. Sein Vater hatte es nicht erwähnt.

»Hey, Jacques, das Wort muss man nicht flüstern. Man braucht sich nicht dafür zu schämen.«

»Ich weiß. Ich hab nur … Es ist nicht …« Er wusste nicht, worauf er mit dem Satz hinauswollte.

»Ich finde es gut«, unterbrach Tommy ihn. »Dass sich mal einer anguckt, was mit mir ist, und mich dabei ernst nimmt, und dass sich jemand die Sachen anhört, über die ich reden will.«

Jacques war sprachlos. Und das verwirrte ihn.

»Dadurch sehe ich die Dinge anders, verstehst du? Ich sehe das Leben aus einer anderen Perspektive. Mir ist klar geworden, dass ich selbst entscheide, wie ich mich fühle und was ich denke, und dass ich mir nicht von jemand anderem sagen lassen muss, wie ich sein soll.«

Jacques schaute seinen Bruder an und begriff plötzlich, wie erwachsen er geworden war. Nicht nur vom Körperbau her, sondern auch innerlich. In Gedanken war Tommy immer noch sein kleiner Bruder, aber auch kleine Brüder wurden groß.

»Ich glaube, das ist gut.« Jacques legte Tommy die Hand auf die Schulter.

»Ich weiß, dass es gut ist. Und deshalb möchte ich dir zeigen, wie super es sich anfühlt, wenn man das eigene Leben unter Kontrolle hat.«

»Verstehe«, sagte Jacques. »Ich habe extra ein Zimmer im Haus, das mir hilft, mich zu erden und die Kontrolle zu behalten.«

»Ja«, gab Tommy zurück, klang aber alles andere als überzeugt. »Bloß lässt du nichts aus diesem Zimmer heraus. Es bleibt in den vier Wänden und wird nicht verarbeitet.«

»Macht man das im Therapieraum nicht genauso?«, fragte Jacques.

»Nein«, erwiderte Tommy. »Ich lasse alles Schlechte im Raum zurück und nehme neue, gute, positive Gedanken und Gefühle mit nach draußen. Das, was du aus deinem Dojo mitnimmst, ist die erneuerte Entschlossenheit, alles weiterhin zu verstecken. So ähnlich wie die Familienfotos.«

Jetzt wollte Jacques das Gespräch so schnell wie möglich beenden. Er nahm den Marinierpinsel vom Haken und strich den Fisch dick mit Öl ein.

»Ich weiß, dass Moms Auszug dich verletzt hat«, fuhr Tommy fort. »Und ich weiß, dass Katie dich noch mehr verletzt hat. Aber wir können andere Menschen nicht zwingen, sich auf bestimmte Weise zu verhalten. Wir können nur die Verantwortung dafür übernehmen, wie wir auf das reagieren, was das Leben für uns bereithält. Und ja, auch wenn ich glaube, dass Dad bei Mom Fehler gemacht hat, kann ich es nicht ändern. Ich kann nur entscheiden, es selbst besser zu machen.«

Achtzehn Jahre alt und klüger, als Jacques je gewesen war. Dennoch fiel ihm nichts darauf ein.

»Aber ich versteh schon, dass nicht jeder das gut kann.

Denk nur einfach mal dran, dich bei Orla nicht zu verstecken. Wenn du magst.«

»Kannst du mal den Fisch im Auge behalten?«, fragte Jacques. »Ich muss zu Gérard, wegen der Teller und so.«

»Ja, klar«, sagte Tommy.

Jacques konnte nicht schnell genug verschwinden.

30.

»Burim sagt, er hätte mal einen Fisch gefangen, der noch größer war als der«, verkündete Erin und stieß Orla an. Sie standen an einem Tapeziertisch, auf dem verschiedene Beilagen für den gegrillten Fisch aufgereiht waren: Baguettes, Käse, Delphines Plätzchen, Schalen mit Gemüse in Soße, Kartoffelsalat und andere Salate. In null Komma nichts hatte jeder etwas fürs Büfett gezaubert.

»Natürlich gibt es größere Fische als diesen Hecht«, erwiderte Orla. »Aber ich glaube nicht, dass man beim Eisfischen größere fangen kann.«

»Tja, Burim meinte, er hätte einen im Kosovo unter dem Eis gefangen.«

Gab es überhaupt zugefrorenes Gewässer im Kosovo? Warum hinterfragte sie das? War Burim ein Kosovare?

»Erin, glaubst du nicht, dass Burim es vielleicht … keine Ahnung … manchmal nicht ganz so genau nimmt mit der Wahrheit?«

»Du meinst, dass er mich anlügt?«

»Das habe ich nicht gesagt, bloß …«

»Warum sollte er bei einem Fisch lügen?«, fragte Erin und gab sich Gemüse auf ihren Pappteller. »Ich meine, zu welchem Zweck?«

»Keine Ahnung. Vielleicht, um interessanter zu wirken? Größer?«

»Du hast doch das Foto von ihm in der grauen Jogginghose gesehen. Kann der noch größer werden?«

»Okay, gut, das reicht.«

»Das sage ich vielleicht auch, wenn wir uns dann treffen.«

»Erin!«

»Was? Wir wollen uns nämlich treffen, weißt du? Das planen wir schon seit Ewigkeiten.«

»Erin …«

»Was?«

»Ich meine nur …«

»Was?«

»Das ist schon heftig, oder?«

»Reden wir noch über das Bild mit der Jogginghose?«

»Nein!« Orla seufzte. »Ich meine nur, ein Junge aus einem anderen Land.« Sie wusste immer noch nicht, woher er kam. »Dass einer von euch an einen Ort reist, wo er noch nie zuvor war.«

»Er würde gern nach England kommen, aber dafür braucht er ein Visum, und das ist kompliziert. In Wirklichkeit geht's um Vorurteile, glaube ich.«

»Woher kommt er denn, Erin? Du hast mir ziemlich ausführlich erklärt, woher er überall nicht kommt, aber noch nicht, woher er nun stammt.«

»Weil du dann urteilst«, sagte Erin. »Burim sagt, alle urteilen über ihn, wenn sie erfahren, woher er kommt.«

»Engstirnige Menschen vielleicht«, gab Orla zu. »Aber ich bin nicht engstirnig, oder?«

Ihre Schwester schüttelte den Kopf. »Du hast ihm noch keine Chance gegeben.«

»Wie soll ich das auch bitte tun, wenn ich ihn nicht kennenlernen kann, weil er in einem Land wohnt, dessen Bürger von den britischen Behörden überprüft werden müssen.«

»Siehst du!«, rief Erin. »Vorurteile!« Sie stellte ihren Teller ab und stampfte zu Gérards Bar.

»Erin, warte!«

Orla seufzte. Was war nur mit ihrer Familie los? Für die Außenwelt erhielt man die glückliche Fassade aufrecht, doch in Wirklichkeit sprach niemand miteinander, und wenn doch, verstand man sich falsch oder erzählte nur die Hälfte.

»Alles in Ordnung?«

Jacques erschien neben ihr, der Mann, der wie eine Art Superheld verehrt wurde, weil er den Fisch nach Saint-Chambéry gebracht hatte, als leide das Dorf unter einer akuten Hungersnot. Allein die zum Fisch gereichten Beilagen ließen erahnen, dass es hier in nächster Zeit sicher nicht zu einer Lebensmittelknappheit kommen würde.

»Ja, doch. Erin ist halt ein typischer Teenager, und ich bin eine nervige große Schwester, die von nichts eine Ahnung hat. Ihre Meinung, nicht meine.«

»Ist das alles?«, fragte Jacques mit angedeutetem Lächeln.

»Ja«, erwiderte Orla. »Das ist alles. Ich meine, es ist wirklich nichts, wenn man es im Kontext betrachtet und in Relation dazu, dass irgendwann eine Statue von dir neben der Schubkarre errichtet wird, um an den Tag zu erinnern, an dem du einen seltenen Riesenfisch ins Dorf gebracht hast.«

»Von einer Statue war bis jetzt noch nicht die Rede«, bemerkte Jacques.

»›Noch nicht‹ sind da wohl die entscheidenden Worte.«

Er grinste. »Findest du, die Statue sollte aus Bronze sein oder aus einem anderen Material?«

»Wie wäre es mit purem Gold?«

»Wir sind ein sehr bescheidenes Dorf«, erinnerte Jacques sie.

»Das sieht man an diesem Festessen, das einem Fischerkönig geziemt.«

»Was soll ich sagen? Wir sind ein bescheidenes Dorf, das sein Glück gerne teilt.«

Wieder die Gemeinschaft. Altmodische Werte. Orla sah das so oft in kleinen Orten, die sie überall auf der Welt besuchte. So war England auch mal gewesen, aber es schien sich immer weiter davon zu entfernen.

»Du denkst nach«, bemerkte Jacques.

»Ähm, ja, stimmt, eine Journalistin ist immer im Dienst. Sonst würde ich womöglich noch eine Sensation verpassen.«

»Hier.« Jacques gab einen Löffel eines schwarzen Gelees auf Orlas Tellerrand.

»Was ist das?«

»Eine Sensation«, antwortete er. »Madame Voisins berühmte Brombeer-Schlehen-Marmelade.«

»Okay … Ist sehr dunkel.«

»Sollte nicht jede Sensation eine düstere, mysteriöse Seite haben?«, fragte Jacques mit erhobenen Augenbrauen.

»Momentan bevorzuge ich Knüller mit weniger Überraschungsmomenten und deutlich mehr Planung.«

»Ach, aber dann wären wir nicht eisfischen gewesen und hätten nicht diesen herrlichen Abend mit dem ganzen Dorf.«

Orla dachte daran, wie sie Jacques zum ersten Mal begegnet war. Seine Gesichtszüge waren jetzt irgendwie verändert. Er sah immer noch unglaublich gut aus, auf seinem kantigen Kiefer lag ein Bartschatten, aber irgendwie war jetzt mehr Wärme und Weichheit in der Tiefe seines Blicks.

»Jetzt denkst du *und* starrst mich an«, sagte er.

»Oh, sorry, hab ich nicht gemerkt. Dass ich gestarrt habe, meine ich.« Sie steckte den Finger in den Marmeladenklecks und studierte dessen Konsistenz wie eine Kennerin. Um Jacques abzulenken, steckte sie den Finger in den Mund. Eine säuerliche Schärfe breitete sich in ihr aus.

»O Gott!«, rief sie mit offenem Mund. Auch ihr Finger fühlte sich an, als sei er in Brand gesteckt worden.

Jacques musste lachen. »Bist du wahnsinnig? Warum steckst du den Finger in den Mund?«

»Da … ist nicht nur … Brombeere und Schlehe drin … sondern auch … Chili! Das brennt!«

Sie bekam knallrote Wangen. In der Hoffnung auf Linderung streckte sie die Zunge aus.

»Ich wollte dir gerade sagen, dass du das nur in winzigen Portionen essen darfst. Du bist ja verrückt. Hier.«

Jacques hielt ihr ein Glas mit einer cremigen Flüssigkeit hin.

»Was ist das?«, fragte sie, fast ohne ihre Zunge zu bewegen.

»Honigwein mit Milch. Gérards Spezialität.«

»Nein!«, sagte Orla mit heraushängender Zunge. »Keine Spezialität … egal von wem!«

»Orla, komm! Ich weiß, wie scharf die Marmelade ist. Trink die Honigmilch.« Mit leichtem Nachdruck hielt er ihr das Glas hin.

Sie schüttelte den Kopf. So was hatte sie schon mal erlebt. In Mexiko hatte sie ihren schriftstellerischen Ambitionen zuliebe mal an einem Chili-Wettessen teilgenommen und knapp überlebt. Anschließend musste sie für kurze Zeit ein Antibiotikum nehmen.

»Orla …«

»Wenn du … mir noch mal irgendwas … in den Mund steckst, dann schreie ich!«

Brannte ihr Gesicht so, weil die Marmelade höllisch scharf war oder weil sie schon wieder eine anzügliche Bemerkung gemacht hatte, ohne es zu realisieren? Es war ihr egal; sie musste einfach Zen-Energie heraufbeschwören und die Ruhe bewahren.

»Madame Voisin baut ihre eigenen Chilis an«, erklärte Jacques und nickte.

»Das ist ja … schön.«

»Niemand weiß, in welche Kategorie sie gehören.«

»Was du … nicht sagst.«

»Man erzählt sich, dass sie ihre Chilis aus einer Pflanze züchtet, die ihr Großvater in den Siebzigern aus Afrika mitgebracht hat.«

Orla schüttelte den Kopf, denn das Brennen hörte nicht auf. Sie sah sich nach irgendwas um, das ihr helfen könnte, abgesehen von dem Getränk, das Jacques wie ein geliebtes Haustier streichelte. Seine Finger glitten außen am Glas hinab. Orlas Blick fiel auf den Boden. Schnee?

»Als Madame Voisin mal zu viel Marmelade auf ein Sandwich für Gérard getan hat, musste er eine Woche ins Krankenhaus.«

»Gut! Es reicht! Gib mir das Glas!«

Er brauchte es ihr gar nicht zu reichen, sie riss es ihm aus der Hand. Und trank es in einem Schluck leer. Schon besser. In ihrem Mund pochte es noch immer, aber etwas weniger heftig.

»Es tut mir leid«, sagte Jacques. »Ich hätte dir nicht so viel geben dürfen.«

»Ist nicht deine Schuld«, erwiderte Orla, nun wieder fähig, einen kompletten Satz am Stück zu sprechen. »Keine große Sache.«

»Du gehst sehr gut damit um.«

»Ist nicht mein erstes Chili-Rodeo«, antwortete sie mit einem Nicken.

Da Jacques das Visier heruntergelassen hatte, war jetzt der perfekte Augenblick, um ihn zu fragen, woher er wusste, dass sie am kältesten besiedelten Ort der Welt gewesen war.

»Heute Nachmittag, als wir eisfischen waren, da hast du gesagt …«

»Orla! Jacques! Kommt schnell!«, rief Delphine quer über den Platz und schwenkte die Arme wie ein aufgeregter Pfau.

»Entweder brennt es irgendwo, oder sie will uns irgendwas Tolles zeigen«, sagte Jacques zu Orla. »Ist derselbe Gesichtsausdruck bei ihr.«

»Na ja«, sagte Orla, »da niemand sonst aufspringt …«

»Das Rentier!«, rief Delphine. »Es ist da!«

31.

Orla konnte es nicht fassen. Obwohl das Rentier der einzige Grund für ihren Aufenthalt in Saint-Chambéry war, kam es ihr wie ein Weihnachtswunder vor, dass es jetzt tatsächlich aufgetaucht war und vor ihr stand.

»Ich habe noch nie ein echtes Rentier gesehen«, bemerkte Erin. »Sieht größer aus als auf den Weihnachtskarten.«

Tommy lachte. »Wenn du einen Elch sehen würdest, würdest du ausflippen. Die sind noch viel größer und auch gefährlicher.«

Orla beobachtete Jacques. »Was macht dein Bruder da?«, fragte sie Tommy.

Das Rentier stand hinter Delphines Café, wohin es auf Jacques' Bitte gebracht worden war, um es vor den neugierigen Blicken der Dorfbewohner zu schützen. Er schlich um das Tier herum wie ein Pilot ums Flugzeug, bevor er es in die Luft brachte. Orla rechnete damit, dass er jeden Moment mit einer Untersuchung des Rentierfahrwerks begann.

»Näher rangehen, als ich es tun würde«, antwortete Tommy.

Orla sah noch etwas länger zu. Erst strich Jacques über das Fell, dann trat er einen Schritt zurück und schätzte das Tier ab. Er fuhr mit der Hand an jedem Bein entlang nach unten, als handele es sich um ein antikes Möbelstück, das er zu kaufen gedachte. *Der Küchentisch.* Sofort kam ihr in den Sinn, wie Jacques sie darauf niedergedrückt und ihr Handgelenk festgehalten hatte. Wie würde es sich anfühlen, wenn seine Finger an ihrem Bein entlangfuhren? Das Lachen ihrer Schwester durchbrach ihre Gedanken.

»Hast du Angst vor dem Rentier?«, fragte Erin Tommy. »Das erzähle ich Burim.«

»Du redest mit deinem Freund über mich?«

»Ich schreibe ihm, dass so ein Spinner, mit dem ich hier festhänge, Schiss vor einem Rentier hat. Das findet er bestimmt wahnsinnig komisch.«

»Okay, wenn du ihn gern eifersüchtig machen willst.« Tommy schob die Hände in die Jackentaschen.

»Was meinst du damit?«

»Na ja, ich kann mir vorstellen, dass Burim einer von den Typen ist, die nicht wollen, dass ein anderer ihr Mädchen auch nur anguckt, schon gar nicht mit ihm spricht. Was hat er noch mal geantwortet, als du von dem Fußballer erzählt hast? ›Dann schreib doch dem Typen und nicht mir‹?«

Tommy setzte eine Art osteuropäischen Akzent auf, und Orla spitzte die Ohren, um aus dem Gespräch mehr über Burim zu erfahren.

»Hast du etwa meine Nachrichten gelesen?«, rief Erin.

»Wie soll man die denn nicht lesen?«, konterte Tommy. »Wenn du dein Smartphone mal nicht in der Hand hast, plingt es jede Sekunde mit einer neuen Nachricht.«

»Ja, und? Deshalb hast du doch nicht das Recht, die zu lesen! Und … und … Burim redet nicht so wie du eben!«

»Tja, ich finde, Burim ist ein Wichser!«

»Tja, ich finde, *du* bist ein Wichser!«

Das Rentier gab einen Laut von sich, als hätte jemand in ein Alphorn geblasen, und alle fuhren zusammen. Erin sprang zu Tommy, der sie in den Arm nehmen wollte. Als sie merkte, wie nah sie ihm war, schob sie ihn schnell von sich wie eine lästige Wespe.

Orla trat auf Jacques zu. »Alles okay?«, fragte sie. »Die Geburt steht nicht kurz bevor, oder?« Sie überlegte. »Ich meine, je eher das Junge kommt, desto eher kann ich natürlich zurück nach Hause, aber etwas näher an Weihnachten wäre günstiger für die Online-Klicks, außerdem springt dann vielleicht *Good Morning Britain* darauf an.«

»Alles gut«, sagte Jacques. »Und nein, das Junge kommt noch nicht.«

»Aber irgendwas stimmt nicht, oder?«

Sie merkte es an der Art, wie Jacques die Stirn runzelte und den Blick fest nach vorn richtete.

»Nein«, sagte er.

»Jacques, du weißt, dass ich Journalistin bin.«

»Ich muss mit Delphine sprechen.« Er kehrte dem Tier den Rücken zu.

»Worüber?« Orla lief ihm hinterher.

»Über das Rentier. Es … es muss versorgt werden.« Er marschierte zum Eingang des Supermarkts.

»Also stimmt wirklich was nicht mit ihm?«

»Doch, alles gut. Ich muss nur mit Delphine sprechen.«

»Okay, dann komme ich mit und stelle ihr ein paar Fragen zu seiner Herkunft. Woher hat sie es? Warum wurde es nach Saint-Chambéry gebracht?«

»Nein.« Jacques legte ihr eine Hand auf den Arm, damit sie stehen blieb.

»Warum nicht?« Orla sah ihm in die Augen.

»Weil … weil jemand bei Erin und Tommy bleiben muss, damit sie sich nicht gegenseitig umbringen.«

»Als wir sie letztens alleingelassen haben, hast du behauptet, Tommy wäre ein Gentleman, das wäre schon in Ordnung.«

»Orla, jetzt lass mich bitte mit Delphine sprechen.«

»Tu ich doch! Ich will nur dabei sein, um kein Wort zu verpassen. Vielleicht mache ich mir sogar Notizen.«

Er seufzte. »So läuft das nicht.«

»Warum nicht?«

»Weil …«

»Was verschweigst du mir?« So viel zum Thema, dieser Mann nahm kein Blatt vor den Mund und sprach immer frei heraus! Er machte gerade zu wie eine Auster mit Perle.

»Nichts.«

»Du lügst.«

»Okay, schon gut.«

Er hob die Hände, als würde er sich ergeben.

»Und?«, fragte Orla. »Ich warte. Oder legst du dir gerade eine Fake-Geschichte zurecht?«

»Es *könnte* sein, dass das Ren krank ist«, verkündete Jacques. »Okay. Ich wollte es nicht vor den Kindern sagen, aber Rentiere können eine Krankheit namens Fußfäule bekommen. Die kann sehr schlimm werden.«

Damit hatte Orla nicht gerechnet. »Oh … Na ja, können wir was dagegen tun? Ich muss nämlich was Herz*erwärmendes* schreiben, nichts Herz*zerreißendes*.« Sie dachte nach. »Aber natürlich steht die Gesundheit des Tieres an erster Stelle.«

»Gehst du dann bitte zu den Kindern? Und ich spreche mit Delphine und organisiere den Tierarzt?«

»Ja«, versprach Orla. »Und ich verrate Erin und Tommy nicht, dass du sie ›Kinder‹ genannt hast.«

»Gut.« Jacques nickte. »Bitte, fass das Rentier nicht an und … guck nicht zu genau hin.«

»O-kay …« Orlas Argwohn war geweckt. Das klang ein bisschen seltsam, aber sie wusste so gut wie nichts über Rentierkrankheiten. War Fußfäule ansteckend?

»Gut«, erwiderte er und marschierte los.

32.

»Delphine, ich muss mit dir sprechen.«

Sie stand hinter der Kasse. Aus irgendeinem Grund führte der gegrillte Fisch dazu, dass die Leute plötzlich alle in den Laden stürmten und einkaufen wollten, obwohl er um diese Zeit normalerweise geschlossen war.

»Hab gerade keine Zeit. Viel zu tun.« Sie tippte etwas in die vorsintflutliche Kasse und wandte sich an die Kundin: »Diese Plätzchen gibt es jetzt für zwei zum Preis von einem. Ich hole dir noch eine Packung.« Sie kam hinter dem Tresen hervor und verschwand in einem Gang.

»Delphine, du kannst mir nicht ewig aus dem Weg gehen.« Jacques lief ihr hinterher.

»Ich hab zu tun. Siehst du doch. Überall Leute. Die hast du mit deinem Fisch hergebracht.« Sie zog mehrere Plätzchenpackungen aus den Regalen, und weihnachtliche Spiralen fielen in Kringeln zu Boden.

»Und du hast ein Rentier hergebracht, das nicht trächtig ist«, verkündete Jacques.

»Woher willst du das wissen?«, rief Delphine. »Hast du … hast du es untersucht?«

»Ja.«

»Wie? Innerlich?« Delphine war entsetzt.

»Dafür brauchte ich es nicht innerlich zu untersuchen. Ich kann von außen sehen, dass da nichts ist. Ich kann auch sagen, dass da niemals etwas sein wird«, fuhr Jacques fort, während Delphine die Plätzchenpackungen wie Holzscheite auf ihrem Arm stapelte.

Sie schnalzte mit der Zunge. »Das glaube ich nicht. Woher willst du das wissen?«

»Weil«, sagte Jacques und nahm zwei Packungen vom Stapel, bevor sie runterfielen, »es männlich ist.« Er wartete darauf, dass Delphine in sich zusammensackte. Tat sie aber nicht. Sie machte einfach weiter, zog Lebensmittel aus den Regalen, türmte sie auf und brachte sie zur Kundin an die Kasse.

»Da irrst du dich«, gab sie zurück. »Ich weiß, dass du dich mit Tieren auskennst, aber du bist kein Experte für die Geschlechtsteile von Rentieren.«

»Delphine, ich kenne den Unterschied zwischen einem Weibchen und einem Männchen.«

»Tja … wie schon gesagt … du irrst dich.«

»Delphine, ich habe nachgesehen, und zwar gründlich, und gehofft, dass ich mich irre.«

Nun wurde sie langsamer, als sei das Gespräch so schwer wie die Lebensmittel, die sie umhertrug. Kurz sah es aus, als würde sie schwanken.

»Delphine, mach mal langsam«, befahl Jacques.

»Kann ich nicht«, entgegnete sie. »Wenn ich langsamer mache, bleiben die Sachen liegen, und wer erledigt es dann, wenn ich nicht mehr da bin?« Sie seufzte. »Gérard wohl kaum, der hat mit der Bar alle Hände voll zu tun. Madame Voisin auch nicht, die ist älter als ich. Und du schon gar nicht, du bist ja immer noch fest entschlossen, allein zu leben und dich nicht zu verändern.«

Ein Ausdruck huschte über das Gesicht seiner Freundin, den er noch nie zuvor gesehen hatte. Es war nicht Frust, es war eine tiefe Sorge, eine Beklommenheit, vielleicht sogar Angst. Ihr Blick löste etwas in ihm aus. Hier stimmte was nicht.

»Delphine«, sagte er sanft, ja, zögernd. »Was verschweigst du mir?«

Sie senkte die Stimme zu einem Flüstern. »Du musst das Rentier für mich trächtig machen.«

»Was?«

»Nicht so, wie du denkst! Sei nicht albern! Wofür hältst du mich?« Sie seufzte. »Du musst mir zuliebe dafür sorgen, dass Orla glaubt, das Rentier sei trächtig.«

»Also hast du *gewusst*, dass es ein Männchen ist? Dass es gar nicht tragend sein *kann*?«

»Ich wusste nicht mal, ob ich überhaupt ein Rentier bekomme!«

Jacques schüttelte den Kopf. »Delphine, du hast mich angelogen. Und Orla auch. Und zwar so, dass sie deswegen mit ihrer Schwester von England hierhergeflogen ist.«

»Ernste Zeiten erfordern ernste Maßnahmen.«

»Mein Liebesleben ist nicht ernst«, bemerkte Jacques.

»Nein«, pflichtete Delphine ihm bei. »Aber dass ich Krebs habe, schon.«

Jetzt begann er zu schwanken. Es war, als würde ihm jemand den Boden unter den Füßen wegziehen, würde die Fliesen herausreißen, und ein riesiges Loch täte sich unter ihm auf. Kurz war er unfähig zu reagieren, sein Gehirn verarbeitete die Information ungewollt. Hatte er sie richtig verstanden?

»Sag jetzt nichts!«, forderte Delphine, immer noch im

Flüsterton. »Hier sind Kunden, um die ich mich kümmern muss, und du hast ein Rentier zu versorgen. Denk dir bitte die bestmögliche Geschichte für Orla aus, und wenn das alles ist, was du für mich tun kannst.«

»Delphine, komm, ich … lass mich mal!« Er griff nach den Packungen, um die Freundin zu entlasten, ihr etwas abzunehmen, wenn auch nur das.

»Nein!«, sagte sie streng. »Mach nicht so einen Aufstand! Ich habe dir gesagt, was ich will. Heute ist nicht die Zeit zum Reden. Es sind viele Menschen in Saint-Chambéry unterwegs, und du hast so einen schönen Fisch geangelt, der diesen Abend für mich wieder zu etwas Besonderem macht.« Sie lächelte. »Und jetzt geh bitte zum Rentier und tu das, worum ich dich gebeten habe.«

Sie blieb nicht stehen, um seine Antwort abzuwarten, egal, wie die gelautet hätte.

33.

»Braucht man dafür nicht einen Pferdeanhänger?«, fragte Erin, als das Rentier eine provisorische Rampe hoch auf den Anhänger hinter Jacques' Pick-up geführt wurde.

»Nein, einen *Rentier*anhänger«, verbesserte Tommy.

»Halt's Maul, Blödmann«, fuhr Erin ihn an.

»Ich finde auch, dass das nicht ideal für die Fahrt zu deinem Haus ist«, bemerkte Orla, die zusammen mit Jacques das Tier zu überzeugen versuchte, die Holzplanken hochzugehen. Es schien die Hufe in den Boden zu stemmen.

»In Saint-Chambéry improvisieren wir. So läuft das hier«, antwortete er, legte eine Hand auf die Hinterhand des Rentiers und forderte es sanft zum Gehen auf.

»Das habe ich allmählich verstanden«, antwortete Orla. »Aber es ist trächtig *und* hat vielleicht Fußfäule. Ich möchte nicht, dass es unterwegs aus dem Ding fällt und sich verletzt.«

»Tja, und was schlägst du stattdessen vor?«, fuhr Jacques sie an. »Auf dem Tier zum Haus reiten?«

Sein Ton war scharf. Orla war leicht befremdet und schluckte, weil sie nicht wusste, wie sie reagieren sollte. Ehrlich gesagt hatte er schon schlechte Laune, seit er von dem Gespräch mit Delphine zurückgekommen war. Anschließend hatte er das Rentier noch mal von vorn bis hinten untersucht und seine Erkenntnisse laut mitgeteilt. *Guter Gesundheitszustand, abgesehen von der möglichen Fußfäule. Die Trächtigkeit scheint gut zu verlaufen. Es ist nicht lahm.* Orla hatte nicht genau gewusst, warum sie Letzteres wissen musste, solange das Tier nicht beim Großen Preis von Ascot mitlief.

Erst als das Ren wieder ein Geräusch von sich gab, wurde das befangene Schweigen unterbrochen.

»Es klingt unglücklich«, merkte Erin an.

»Es klingt wie du, wenn Burim mal dreißig Sekunden nichts geschrieben hat. Warte … zwanzig Sekunden … ne, genau genommen zehn«, sagte Tommy.

»Nur weil dir keiner DMs schreibt«, konterte Erin.

»Ha! Klar, bild dir das ruhig ein.«

»Seid ihr beiden jetzt mal leise?«, brüllte Jacques so laut, dass es ein Echo gab.

»Okay«, sagte Orla ruhig. »Wenn das so weitergeht, wird das Rentier ernsthaft überreizt sein.« Sie umklammerte das Halfter fester. »Ihr beide steigt jetzt vorne ein und seid still. Jacques und ich befördern das Rentier in aller *Ruhe* in den Anhänger, dann fahren wir los.«

Sie hatte nicht vor, um den heißen Brei herumzureden. Sobald Erin und Tommy außer Reichweite waren, würde sie Jacques fragen, wieso er sich vom selbstzufriedenen Fischerhelden in einen grimmigen Bären verwandelt hatte.

Sie zupfte leicht am Halfter. »Na komm, meine Hübsche!«

»Es bewegt sich nicht«, stellte Jacques fest. »Komplimente für sein Aussehen werden nichts daran ändern.«

»Tja, hast du vielleicht eine bessere Idee?«

»Ja! Wir machen ein größeres Barbecue und grillen es wie den Fisch!«

Orla schnappte nach Luft. »Das ist doch nicht dein Ernst! Du kannst doch kein … kein Rentier essen!«

»Warum nicht? Weil der Weihnachtsmann was dagegen hat?«

»Menschen essen kein Rentier!«

»Menschen essen alles, wenn sie genug Hunger haben. Das müsstest du wissen. Du bist weit gereist.«

»Okay, vielleicht stimmt das, aber … das hier ist trächtig! Niemand isst ein *trächtiges* Rentier!« Jetzt war der richtige Zeitpunkt gekommen, bevor er noch so einen albernen Vorschlag machte. »Was ist passiert, als du mit Delphine gesprochen hast?«

»Nichts«, antwortete Jacques. »Ich habe sie nach der Fußfäule gefragt, und sie hat gesagt, sie hätte jetzt keine Zeit. Es waren viele Kunden da, die ihr die reduzierten Plätzchen aus den Händen gerissen haben.«

Er sprach sehr schnell. Das tat er sonst nicht. Eins der Dinge, die Orla an ihm aufgefallen waren. Er nahm sich Zeit. Er wog ab. Er schwafelte nicht und schmückte nichts um des Redens willen aus.

»Warum lügst du mich an?«

»Was?«

»Irgendwas ist mit dir los. Das sehe ich.«

Sie schaute ihn unbeirrt an, beobachtete, wie er ihre Worte aufnahm, und wartete auf seine Reaktion. Doch statt das zu tun, womit sie rechnete – über Delphines Laden reden, vielleicht leugnen, dass er sich anders verhielt als sonst –, tat er etwas vollkommen Unerwartetes. Er sagte gar nichts. *Tat* nichts. Sein Gesichtsausdruck war irgendwie glasig, sein Blick leer. Es war, als wäre er gar nicht mehr da. Was sollte sie damit anfangen?

»Jacques?«, sagte sie zögernd.

Keine Antwort.

»Jacques!«, nun lauter.

Da holte er tief Luft, fast so, als wäre er unter Wasser gewesen. Farbe kehrte in sein Gesicht zurück, sein Blick wurde wieder wachsam, doch seine Hände zitterten. Orla wusste nicht, was sie sagen sollte, aber als er ihren Blick auffing und in seinem erkennbar Verwirrung stand, wusste sie, dass sie etwas sagen musste.

»Gut, wir müssen dem Rentier jetzt zeigen, wer der Chef ist. Los, komm.«

Sie lehnte sich leicht gegen das Tier, drückte es nach vorn und zupfte gleichzeitig am Strick, damit es einigermaßen professionell aussah. »Komm!«, sagte sie wieder.

»*Allez!*«, rief Jacques und schob von hinten.

Überraschenderweise beschloss das Rentier in dem Moment, seine Sturheit aufzugeben und sich zu bewegen. Es setzte einen Huf vor den anderen und begab sich auf den Anhänger.

»Das springt doch nicht raus, oder?«, fragte Orla, als Jacques den Strick aus dem Anhänger herausführte und hinten an seinem Pick-up befestigte.

»Wenn es das versucht, wird es sich wehtun«, gab er zurück.

»Ich weiß!«, rief Orla. »Deshalb mache ich mir ja Sorgen.«

Er band irgendeinen Zauberknoten und sah sie an. »Du sorgst dich jetzt schon um dieses Tier? Dachte, es wäre nur eine Story für dich.«

Sie wusste nicht, ob er die Frage ernst meinte und sich wirklich für ihre Antwort interessierte, oder ob das eine Anspielung darauf sein sollte, dass sie beim Schreiben die Gefühle außen vor ließ. Nun ja, sie hatte ihm tatsächlich erzählt, dass der Artikel wichtig für Klicks und Website-Aufrufe war.

»Ich schreibe über nichts, das mir nicht irgendwie nahegeht«, behauptete sie. »Das müsstest du eigentlich wissen, wenn du meine Geschichte über Oimjakon gelesen hast.«

So. Was würde er jetzt sagen? Der Satz schwebte zwischen ihnen in der kalten Luft wie ihre Atemwolken.

»Besser, wir bringen das Rentier jetzt nach Hause«, sagte er.

»Einverstanden.«

»Gut.«

»Okay.«

Sie wartete nicht darauf, dass er noch eine weitere nichtssagende Antwort gab, sondern wandte sich vom Anhänger ab und ging zur Beifahrerseite des Pick-ups.

34.

Jacques' Haus, außerhalb von Saint-Chambéry

Er wusste, dass er eine Episode gehabt hatte. Wie üblich hatte er nicht mitbekommen, was tatsächlich passiert war. Orla hatte kein Wort darüber verloren. Allerdings hatte sie ihren Artikel über Oimjakon erwähnt. Er hatte gemerkt, dass es ihm rausgerutscht war, als sie eisfischen waren, aber gehofft, dass sie es überhört hatte. Er hätte es besser wissen müssen. Sie war zu scharfsinnig. Keine Ahnung, was er tun sollte, wenn sie bei dem Thema nicht lockerließ. Er könnte sich etwas ausdenken. So wie er das bei dieser Rentier-Farce machte. Vielleicht blieb ihm gar nichts anderes übrig. Denn die Alternative war zuzugeben, dass Delphine sie irgendwie hatte verkuppeln wollen. Weil sie krank war. Im Moment hatte er keine weiteren Informationen, und das nagte an ihm. Wie schlimm war es? Ließ Delphine sich entsprechend behandeln? Sie war nie längere Zeit fort gewesen. Vielleicht war das ein gutes Zeichen, denn wenn es sehr schlimm war, musste man nach Grenoble. Jacques atmete durch. Aktuell konnte er nichts anderes tun als weitermachen, einfach nicht aufgeben.

Er gab den Code in den Pad am Scheunentor ein, öffnete es und führte das Rentier hindurch.

Olga folgte ihm. »O mein Gott!«, rief sie. »Du hast ja Hühner!«

»Ja.«

»Und so viele!«

»Dreißig.«

»Ich liebe Hühner!«, stieß sie aus, bückte sich und lockte die Tiere zu sich. »Ich hatte früher mal zwei Hennen.«

»Zwei?«

»Tja, ein Reihenmittelhaus in einem Londoner Vorort ist nicht gerade geeignet für eine ganze Legebatterie.«

»Wir lassen das Rentier heute Nacht hier drin und gucken dann morgen früh, wie das Wetter ist.« Zum Schutz der Hühner würde er es an einer langen Leine festmachen.

»Wie heißen die?«, fragte Orla.

»Wer?«

»Deine Hühner. Wie heißen die alle?«

»Du meinst, ich hätte den Vögeln, von denen ich Eier bekomme, Namen gegeben?«

»Bedeuten sie dir etwa nichts?« Orla richtete sich auf, die Hand auf der Brust. »Und du machst dich lustig über meine Sorge um ein Rentier, das wir gerade erst kennengelernt haben.«

Jacques schüttelte den Kopf. »Du bist verrückt. Na gut, dann gib ihnen doch Namen!«

»Allen dreißig?«

»Ich würde mal sagen, sie müssen sich in einer Reihe aufstellen, damit du sie auseinanderhalten kannst.«

»Soll das heißen, das kannst du nicht? Was bist du denn für ein Herrchen?«

Wieder schüttelte er den Kopf. Natürlich konnte er seine Hühner auseinanderhalten. Er erkannte jedes einzelne an seiner Zeichnung und an den kleinen Unterschieden, er hatte ihnen nur keine Namen gegeben. Das war ein bisschen so wie früher im Dienst. Man sammelte Informationen, aber blieb auf Distanz. Es war besser, nichts zu nah an sich heranzulassen.

»Okay, das da mit dem hellroten Fleck neben dem Schnabel heißt … Ginger.«

Unvermittelt lachte er auf. »Sehr fantasievoll.«

»Und das hier heißt … Baby, weil es kleiner ist als die anderen. Und das da ist … Scary, weil es echt gruselig aussieht.«

Er lachte wieder. »Benennst du meine Hühner etwa nach den Spice Girls?«

»Nein«, sagte Orla schnell. »Das da ist … Zayn.«

»Keins von denen wird nach einem Sänger von One Direction benannt!«

»Du weißt, wie viel es über deinen Musikgeschmack aussagt, dass du diese Bands kennst.«

»Ich würde behaupten, es sagt mehr über den von Tommy aus.«

»Vergib *du* einen Namen«, forderte Orla ihn auf.

Er schüttelte den Kopf. »Nein, ich finde es schön, wenn du sie taufst.«

»Dreißig sind ziemlich viele.«

»Dann geben wir besser erst mal dem Rentier einen Namen«, schlug Jacques vor.

Warum hatte er das gesagt? Das Rentier würde nicht hierbleiben. Im großen Ganzen war es völlig unwichtig.

»Wir? Oder ich?«, fragte Orla.

»Mich interessiert das Rentier nicht«, erinnerte er Orla.

»Das bezweifele ich.«

»Warum?«

Sie legte die Hand auf das Fell des Tiers. »Weil ich es sehe. Selbst wenn du glaubst, dass es keiner merkt. Bei Tommy. Bei den Füchsen. Bei Delphine.«

Er schluckte, und seine Sorge wurde wieder größer. Er konnte es ihr nicht sagen. Er musste es unter den Teppich kehren, bis er mehr wusste.

»Nennen wir sie Noble«, sagte Orla. »Weil Grenoble die nächste Stadt ist und, ja, weil sie eine edle Königin ist.«

»Find ich gut«, bekundete er und strich dem Tier übers Fell.

»Ja?«

»Hab ich doch gesagt.«

»Ich weiß. Wundert mich nur.«

»Warum?«

»Weil du sonst nicht zugibst, wenn du was gut findest.«

Er ließ das Rentier los und machte einen Schritt nach hinten. »Das stimmt nicht.«

»Normalerweise gibst du nichts über dich selbst preis.«

»Dasselbe könnte ich von dir behaupten.«

»Okay, ich erzähle dir was über mich, wenn du mir auch was von dir erzählst. Und damit meine ich nicht meine Lieblingschipssorte.«

»Ich mag die Original-Pringles. Bitte sehr.«

»Ich habe gesagt, nicht so was.«

»Was willst du dann hören?«

»Was Richtiges.«

Das Ganze wurde gerade tiefgründiger, darauf war er nicht vorbereitet. Er bekam schon eine Gänsehaut, wenn er nur in ihrer Nähe war.

»Ich dachte, wir wären uns einig, dass das Rentier die Story ist, nicht ich.«

»Ich glaube nicht, dass ich damit einverstanden war.«

Er seufzte. »Was willst du wissen?«

»Was mit dir los war, als wir Noble auf den Anhänger gestellt haben. Als du ganz still wurdest und die Luft angehalten hast und dein Blick ganz glasig wurde.«

Er biss sich auf die Lippe. Alles andere hätte er ihr lieber erzählt. Aber er wusste auch, dass sie nicht lockerlassen würde. Er ging zur Tür am hinteren Ende der Scheune, gab wieder einen Code ein und schob sie auf.

»Willst du was trinken?«, rief er.

»Was ist das?«, fragte Orla und folgte ihm durch die Scheune. »Eine geheime Bar?«

»Nein«, erwiderte er sachlich. »Das sind meine Erinnerungen.«

35.

Kaum trat Orla über die Schwelle, hielt sie die Luft an. Es war kein besonders großer Raum, aber an den Wänden standen Regale voller dicker Bände, wie Alben. Es mussten Hunderte sein. Die Rücken waren mit Namen und Daten beschriftet. Als Orla weiter ins Zimmer kam, holte Jacques aus einem Schrank eine Flasche mit einer Flüssigkeit, die wie Whisky aussah.

»Das kommt mir vor wie ein Bunker, in dem ich mal war, als ich über Prepper geschrieben habe. Nur mit mehr Büchern und weniger Waffen.«

»Ja, und die Waffen, die deine Prepper hatten, waren nicht die besten, glaub mir.«

»Also liest du *doch* meine Artikel!«

»Ja«, gestand er.

»Hast du das Magazin abonniert?«

»Ich hab es mir früher immer zu Delphine liefern lassen. Aber seit der Preiserhöhung und auch wegen der Nachhaltigkeit lese ich es jetzt online.«

Orla schüttelte den Kopf. »Du hast *alle* meine Artikel gelesen?«

»Ja. Und du bist deutlich besser als dein Vorgänger, der ganz versessen darauf war, überall Werbung unterzubringen.«

Auf einmal fühlte Orla sich nackt. Klar, sie wusste, dass Tausende ihre Reportagen lasen, aber zu wissen, dass er jedes Wort kannte, das sie geschrieben hatte … Das war wirklich ein sehr seltsames Gefühl.

»Ist das so was, das du wissen wolltest?«, fragte Jacques und reichte ihr eines der Gläser.

»Nun, ich hätte Ja gesagt, als wir neben einem Rentier inmitten von Hühnern standen, aber jetzt, da wir Whisky inmitten von Bücherregalen trinken, die gefühlt die gesamte Weltgeschichte enthalten, würde ich sagen, du willst mir wohl was anderes erzählen.«

Sie beobachtete, wie er einen Schluck Alkohol trank, als bräuchte er ihn, um fortzufahren. Vielleicht musste sie ihm auf die Sprünge helfen, ihr journalistisches Gespür übernehmen lassen.

»Warst du bei der Armee?«

»Nein.«

»Also sind in diesen Akten und Alben keine Informationen über Menschen, die du umgebracht hast?«

»Glaubst du, so was würde ich tun?«

»Nein … Keine Ahnung. Was steht denn da drin? Und warum sind sie hier und nicht im Haus?«

Er seufzte. »Das sind alles Menschen, in die ich mich im Laufe der Jahre verwandeln musste. Die Akten beinhalten Informationen, die mich und meine Familie schützen. Es sind Erinnerungen an die Person, die ich war, wenn ich eine bestimmte Rolle spielte.«

»Verschiedene Identitäten.« Orlas Blick wanderte zu den dicken Aktenordnern hinüber. »Warst du ein verdeckter Ermittler?«

Das würde die ganze Smart-Home-Geschichte und die

Codes an den Türen erklären. Auch die fehlenden persönlichen Gegenstände im Rest seines Hauses. Er war jemand, der es gewöhnt war, Dinge – und Menschen – auf Abstand zu halten.

»Ich … ich war bei der Polizei.«

»Hier? Oder in Kanada?«

Er schüttelte den Kopf. »In Belgien.«

»Aha …«

»Ich war gut in meinem Job«, sagte Jacques. »Sehr gut.« Er holte Luft. »Manche fanden, ein bisschen zu gut.«

»Du hast dir Feinde gemacht«, tippte sie.

Er nickte. »Wenn man sich richtig auf ein Agentenleben einlässt und Leute umgarnt und sie überzeugt, dass man ihr Waffenbruder ist, werden sie extrem sauer, wenn sie herausfinden, dass alles gelogen war und sie den Rest ihres Lebens dafür büßen müssen.«

Allmählich begriff sie. Er war ein Mann weniger Worte, weil er sonst nicht überlebt hätte. Er hatte viele Geheimnisse bewahrt. Er war immer auf der Hut, weil er nicht wusste, wie er sich sonst verhalten sollte.

»Mir wurde eine neue Identität angeboten, aber wozu? Man kann nun mal kein neues Gesicht bekommen, und die Leute auf der anderen Seite sind echt mächtig. Sie haben weltweit Beziehungen.«

»Verstehe.« Orla nickte und trank einen Schluck Whisky.

»Ja?«

»Im Großen und Ganzen«, schränkte sie ein. »Aber nicht die Folgen, die das hatte. Noch immer hat?«

»Ich bin nicht mehr in Gefahr. Sagen meine Vorgesetzten jedenfalls. Menschen sind ins Gefängnis gewandert. Sind gestorben. Die Organisation war im Umbruch, am Ende haben die Leute sich selbst verkauft.«

»Aber du hältst dich bis heute versteckt«, hauchte Orla.

»Ja, denn woher soll ich wissen, ob ich wirklich sicher bin? Was passiert, wenn eines Tages ein Patenkind oder ein Cousin zweiten Grades von einem Mann, den ich hinter Gitter gebracht habe oder der tot ist, Vergeltung will? Solche Menschen geben nie auf. Was glaubst du, warum ich an diesem Ort lebe? Was glaubst du, warum ich Angst habe, wenn Tommy mich besucht? Warum ich keine Gäste will?« Er trank sein Glas aus.

»Du hast dich selbst ins Gefängnis gesteckt.«

Ihre Worte schienen durch den Raum zu schweben, aber erreichten sie auch ihr Ziel? Jacques umfasste sein leeres Glas und sah hinein. Dieser Mann war unter seiner Vergangenheit lebendig begraben. Kein Wunder, dass er hier war, an diesem verlassenen Ort, nur sporadisch in das pittoreske kleine Dorf fuhr, ohne sich voll einzubringen und ohne mehr als oberflächliche Beziehungen einzugehen.

»Ja«, sagte er schließlich, nickte nachdrücklich und seufzte. »Das hat meine Freundin auch gesagt, bevor sie mich verlassen hat.«

Er hatte eine Ex-Freundin. Natürlich hatte er das. Er hatte ihr ja gesagt, dass er nicht wusste, was eine Situationship war. Er hatte was Ernstes mit jemandem gehabt. Auf einmal war Orla eifersüchtig und wollte mehr darüber wissen. Auch wenn sie keine journalistischen Instinkte brauchte, um zu ahnen, dass sie Gefahr lief, das Gespräch auf Grund zu fahren und das Thema gründlicher wegzusperren als diesen Raum, wenn sie zu viel Druck machte.

»Wann … war das?«, fragte sie vorsichtig.

»Wann sie gegangen ist? Oder wann ich angefangen habe, mich selbst wegzuschließen?« Jacques schaute von seinem Glas hoch und stellte es in ein Regal neben mehrere Kästen.

»Erzähl nur das, was du erzählen willst. Nicht mehr. Nur das, was du magst.«

Er seufzte und lehnte sich gegen einen Schrank. »Ich will dir eigentlich gar nichts erzählen. Ich möchte niemandem irgendwas erzählen, aber …«

»Aber …?«

»Keine Ahnung.« Er schüttelte den Kopf. »Das ist wie mit deinen Artikeln, oder? Was ist das Leben dieser Menschen wert, wenn ihre Geschichten nicht mit anderen geteilt werden? Ich meine, die Orte, an die du reist, die Menschen, die du dort triffst, die Tierreiche, in die du dich begibst – niemand wüsste groß was darüber, wenn du nicht davon erzählen würdest.« Jacques sah Orla an. »Wenn deren Leben nichts mit anderen zu tun hätte, wie könnten sie das Denken der Welt ändern, ermutigen oder inspirieren?«

Er sah ihr tief in die Augen. Orla zitterte innerlich, ohne dass man es ihr angesehen hätte. Seine Worte berührten etwas in ihr, das sie schon lange verdrängt hatte. Ihre Leidenschaft, Unbekanntes und Unausgesprochenes zu entdecken. Beispielsweise Menschen, die in einer sich schnell verändernden Welt Ungewöhnliches taten, Tiere, die fast ausgestorben waren, die sich hartnäckig anpassten und überlebten, also Phänomene, die entstanden, weil Menschen versagt hatten, Phänomene, die daraus erfolgten, dass es Menschen gab, und die darin eine Strafe der Götter sahen. Was sie hatte erreichen wollen, drehte sich nicht um Webseiten-Aufrufe oder Absatzzahlen, sondern um viel, viel mehr.

»Du gibst diesen Menschen eine Stimme, Orla«, fuhr Jacques fort. »Und damit gewährst du allen, die deine Artikel lesen, einen Einblick in etwas Wertvolles, du schenkst ihnen eine Geschichte. Das ändert, was sie tun, oder macht sie dankbar für das, was sie haben. Wenn diese Gemeinschaften sich nicht auf dich einließen, wenn du ihr Leben nicht teilen dürftest, wäre die Welt ein sehr viel ärmerer Ort.«

Jetzt schlug ihr das Herz laut in der Brust, so viele Gefühle züngelten in ihr empor wie Flammen in einem Lagerfeuer. Er hatte ihr Herz beschrieben, das unter Deadlines, Liebeskummer und Familiendramen verloren gegangen war. Es war, als würden ihr die Augen geöffnet und ihre Seele würde freigelassen. Ein wirklich überwältigendes Gefühl. So überwältigend, dass ihre neu zum Leben erweckten Sinne wie Feiernde an Silvester tanzten.

»Und wenn ich niemandem etwas erzähle«, fuhr Jacques fort, »hat meine Geschichte und alles, was ich durchgemacht habe, keinen Wert. Vielleicht habe ich mich ohne jeglichen Grund hier eingeigelt.«

Er war so offen ihr gegenüber wie nie zuvor. Sie sah es an seinem Gesicht und spürte es an der Stimmung. Noch nie hatte sie sich so zu jemandem hingezogen gefühlt, trotz oder vielleicht gerade wegen allem, was er ihr gestanden hatte. Bevor ihr Kopf ihre Gefühle rationalisieren konnte, schloss sie den Raum zwischen ihm und sich. Und als ihr Mund auf seinen traf, schien es ihr, als sei es für ihn ebenso ein Schock wie für sie. Einen kurzen Moment lang spürte sie, wie seine Lippen den Kuss erwiderten, und es war, als würde ein bitterer Schmerz gelindert. Dann war es vorbei.

»Das … das geht nicht«, sagte er, immer noch nah, aber ohne ihre Lippen zu berühren.

»Warum nicht?«

»Weil es zu … zu emotional ist.«

Er hielt ihr Gesicht in seinen schönen großen Händen. Sie sah ihm in die Augen.

»Was soll das heißen?« Sie wagte nicht zu atmen.

»Das heißt … uns entgleitet die Kontrolle.«

»Bei dir klingt das, als wäre es was Schlechtes.« Sie wollte ihn unbedingt wieder küssen.

»Orla …«

»Was?«

Deutete sie seine Signale falsch, die sie wie Kugeln durchlöcherten?

»Möchtest du mich nicht küssen?«, fragte sie. Sie wusste nicht, ob sie auf eine Antwort von ihm vorbereitet war.

»Darum geht's nicht«, entgegnete er, das Gesicht noch immer ganz nah.

»Also willst du nicht?« Die Signale, die er aussandte, entpuppten sich gerade als Fehlzündungen.

»Nein! Ich meine, doch, aber … ich mache so was nicht.«

»Was?« Sein Daumen streifte ihre Unterlippe, und sofort war das Kribbeln wieder da.

»Ich küsse nicht einfach mal so eine Frau.«

»Gut zu wissen.«

»Ja.«

»Okay.«

Und dann presste er die Lippen so fest auf ihre, dass sie es nur so gerade noch schaffte, stehen zu bleiben. Als sie mit dem Rücken gegen die Wand prallte, entwich alle Luft aus ihrer Lunge, doch es war ihr egal, weil sein Körper gegen ihren drückte und sein Mund eine Leidenschaft vermittelte, die sie noch nie erlebt hatte. Seine Lippen wanderten zu ihrem Hals und wieder hoch, und sie fuhr mit den Fingernägeln über seinen Nacken und in seine Haare. Es war unglaublich sinnlich. Er hob sie hoch, und sie schlang instinktiv die Beine um ihn, zog ihn enger an sich, bis sie nichts mehr außer ihm fühlte. Und wieder war sein Mund auf ihrem, intensiv, innig …

Plötzlich erklang ein lautes Bellen, und Orla schrak zusammen. Jacques löste sich von ihr, sie rutschte aus seinen Armen. Er trat einen Schritt zurück und sah sie an, fast so, als wüsste er nicht, was gerade zwischen ihnen geschehen war.

»Das ist Hunter«, erklärte er. »Aber diese Art von Bellen bedeutet nichts Schlimmes.« Er seufzte. »Es heißt, Tommy oder Erin kommen.«

»Gut«, erwiderte sie, zupfte ihre Kleidung ein wenig zurecht und versuchte, sich zusammenzureißen. Innerlich zitterte sie noch immer, ihre Lust tanzte einen Merengue.

»Okay«, sagte er unnötigerweise. »Schließen wir hier ab und gehen zum Haus.«

»Ja«, stimmte Orla zu. »So machen wir das.«

Beide setzten sich gleichzeitig in Bewegung und wären fast zusammengestoßen.

»'tschuldigung«, sagte sie befangen.

»Nein, nein, das war meine Schuld. Geh du vor«, gab Jacques zurück.

Orla lächelte. Höflich. Als sei dieser Mensch, dessen Zunge gerade in ihrem Mund gewesen war und der mit dem Finger an ihrem Schlüsselbein entlanggestrichen hatte, ein Vertreter, der Anzeigen verkaufen wollte.

»Danke«, sagte sie, ging zur Tür und hastete nach draußen.

Seufzend ging sie durch die Hühner hindurch und tätschelte Nobles Hals. Es war eine Sache, nun ein wenig über Jacques' Vergangenheit zu wissen, doch etwas ganz anderes zu spüren, dass er wirklich verstand, was ihr der Journalismus bedeutete, und noch mal eine ganz andere Sache, daraus einen … nun ja, was zu machen? Sie wusste es nicht, höchstens einen Fehler. Vielleicht einen süßen Fehler. Aber grundsätzlich doch einen Fehler.

36.

»Hi, Mum!«

Es war noch früh, und Orla saß auf Jacques' Sofa. Ihr Laptop lag auf dem Couchtisch, auf dem Monitor waren ein paar hundert Wörter zu lesen. Nachdem sie am Vorabend ins Bett gegangen war, aber nicht hatte abschalten können, hatte sie noch spät eine E-Mail von Frances bekommen, in der ihre Chefin um ein Update und »Teaser-Content« bat, wie sie sich ausgedrückt hatte. Als Erins Handy gegen zwei Uhr nachts endlich aufhörte zu plingen und die Jugendliche knurrte, sie wolle, nachdem ihr Gespräch durch das Auftauchen von Noble unterbrochen worden war, nicht schon wieder »damit anfangen«, hatte Orla beschlossen zu schlafen und den Wecker früh zu stellen, um am Morgen etwas schreiben zu können. Nur dass es ihr nicht gelang sich zu konzentrieren, weil ihr Kopf mit anderen Dingen beschäftigt war – mit den Berichten ihrer Mutter und ihres Vaters beispielsweise, die nicht zueinanderpassen wollten, mit Burim, mit dem Umstand, dass sie Jacques in einem Raum voll geheimer Informationen geküsst hatte … Deshalb hatte sie beschlossen, die Geschichte mit ihren Eltern in Angriff zu nehmen, sobald ihre Mutter wach sein würde.

»Was ist passiert?«, fragte ihre Mutter ohne weitere Begrüßung. »Ist was mit Erin? Sie hat doch nicht wieder versucht, sich ein Piercing ins Ohr zu machen, oder? Ich habe ihr gesagt, dass sie nicht so ein Nook- oder Rook-Piercing bekommt, oder wie sich das schimpft. Seit wann haben die einzelnen Teile vom Ohr überhaupt Namen? Zu meiner Zeit gab es nur das Ohrläppchen, da kam das Loch rein, und der Rest war das Ohr.«

»Erin geht es gut«, versicherte Orla ihrer Mutter und stand auf. »Sie schläft noch.«

»Na klar«, gab ihre Mutter zurück. »Weil sie bis in die Puppen wach war und sich die Finger wund getippt hat mit diesem Typen. Schickt sie ihm Fotos? Ich hab ihr gesagt, wenn sie ihm Fotos von sich in Unterwäsche schickt, tauchen die mit Sicherheit irgendwann auf einer von den Seiten auf, wo sich die Freunde von Prinz Andrew rumgetrieben haben.«

»Mum, ich habe mit Dad gesprochen.« Orla ging zum Fenster und nahm die Aussicht in sich auf.

»Hast du nicht.«

»Doch«, beharrte Orla. »Er saß gerade im Bus. Mit einem Hund.«

»Aha, das ist also das neue Wort für ›Pub‹.«

Orla schüttelte den Kopf. »Nein, Mum, er war nicht im Pub und … und was er gesagt hat, macht mir Sorgen.«

»Was hat er wieder für einen Blödsinn erzählt? Hatte er schon ordentlich einen im Tee?«

»Nein, er klang nicht so, als hätte er getrunken.«

»Tja, er ist geübt darin, anderen was vorzumachen, oder?«

»Mum, hör auf!«, mahnte Orla. »Dad macht sich Sorgen um *dich*.«

»Ach, von wegen! Der Mann sorgt sich nur um einen

Menschen, um einen allein, nämlich um sich. War schon immer so. Wird immer so sein.«

»Mum, er hat mir erzählt, dass du dich von deinen Freundinnen zurückziehst und nicht mehr vor die Tür gehst. Und er hat mir versichert, dass er den Schmuck nicht verkauft hat.«

»Na, das muss er ja sagen, oder?«

»Warum muss er das?«

»Damit jemand anders in Verdacht gerät. Um davon abzulenken, was er im Schilde führt und mit wem er immer unterwegs ist.«

»Mum, sag mir bitte die Wahrheit!«, flehte Orla.

»Die will keiner wissen, Orla. Gerade dir mit deiner Schreiberei sollte das klar sein. Was die Leute wirklich wollen, ist eine Version der Wahrheit, die sie gut verdauen können. Wenn du mit irgendwas Anstrengendem kommst, ergreifen sie schneller die Flucht als die Gegner von Lennox Lewis.«

»Ich will die Wahrheit, Mum. *Deine* Wahrheit.«

Orla schaute auf den strahlenden weißen Schnee auf den Kiefern und lauschte dem Schweigen in der Leitung nach England. Doch dann …

»Du willst die Wahrheit wissen, ja? Gut, hier ist sie: An manchen Tagen würde ich ihn am liebsten umbringen, und das ist nicht in Ordnung, oder?« In der Stimme ihrer Mutter lag eine große Traurigkeit. »Ich meine, wie kann man so lange mit jemandem verheiratet sein und ständig daran denken, wie man sein Ableben herbeiführt?«

»Ähm … das weiß ich nicht.« Orla schluckte. Das meinte sie doch nicht ernst, oder? Plötzlich bekam sie es mit der Angst zu tun, und ihr normalerweise methodisch arbeitender Kopf hatte Schwierigkeiten, eine logische Erklärung zu finden.

»Siehst du! Das willst du lieber nicht hören, oder?«

»Doch, Mum, ich will es hören.« Egal, wie beunruhigend das Gespräch war, Orla musste unbedingt verhindern, dass ihre Mutter wieder dichtmachte. »Mach weiter. Erzähl.«

Dana seufzte. »Der Arzt meint, es könnten die Wechseljahre sein. *Könnten*. Wie soll man jeden Tag aufstehen und mit so einem ›Könnten‹ klarkommen, das frage ich dich!«

»Hast du dem Arzt das auch erzählt?«

»Schon beim ersten Mal, als ich allen Ernstes überlegt hatte, deinem Dad Schneckenkorn in den Cottage Pie zu mischen.« Jetzt kamen die Tränen. Bei einem Menschen, der so gut wie nie weinte. »Wie kann ich nur so was denken? Und so was tun wollen?«

»Mum, ich glaube, solche Gefühle sind in der Menopause nicht ungewöhnlich.«

»Woher willst du das wissen?«

»Na ja, das habe ich für den Artikel über chinesische Frauen recherchiert.«

»Ja, klar, die Chinesinnen. Die spazieren doch wie hübsche exotische Schmetterlinge mit festen Brüsten und knackigem Hintern durch die mittleren Jahre.«

»Ich glaube nicht, dass ich mich so ausgedrückt habe, aber ja, sie leiden im Klimakterium unter weniger Symptomen.«

»Also malt sich keine von denen aus, dass sie ihren Mann von der Leiter schubst, wenn er die Weihnachtsbeleuchtung aufhängt. Und keine fragt sich, ob Arsen noch nachweisbar ist, wenn man es in Cranberrysoße kippt.«

Das klang übel. Orla schluckte. »Mum, du musst noch mal mit deinem Arzt sprechen.«

»Damit er mir wieder so ein Mittel gegen Depressionen vorschreibt? Das einen so abschießt, dass man überhaupt nichts mehr mitkriegt? Dass man sogar über die Sparwitze von Lee Mack lacht?«

Orla fühlte sich so hilflos, so weit weg; in die winterliche Einöde rund um Jacques' Haus zu schauen, machte ihr noch deutlicher, wie groß die Entfernung zu ihrer Mutter war. Sie musste zurück nach England.

»Mum«, sagte sie. »Wir sind noch vor Weihnachten zurück.«

»Wirklich?!« Die Stimme ihrer Mutter stieg um eine Oktave, man hörte ihre Freude.

»Ja«, bestätigte Orla fest. »Ist mir egal, was ich dafür tun muss. Einem Rentier Geburtshilfe leisten, die Chefin überreden, dass ich einen Privatflug brauche – egal, was passiert, ich verspreche dir, dass Erin und ich zum Mittagessen am ersten Feiertag zurück sind.«

»Ach, Orla, mein Schatz, das wäre ja toll! Ich meine, um mir brauchst du dir keine Sorgen zu machen, aber dein Vater und Tante Bren werden sich so freuen und …«

»Aber ich möchte, dass du jetzt ehrlich zu mir bist«, unterbrach Orla ihre Mutter.

»Na gut.«

Sie holte tief Luft. »Hat Dad wirklich ein Alkoholproblem? Hat er tatsächlich Grannys Schmuck verkauft?«

Am anderen Ende herrschte langes Schweigen, bis ihre Mutter schließlich antwortete. »Nein.«

»Was, nein?«, hakte Orla nach.

»Beides nicht«, gestand ihre Mutter. »Aber sei nicht böse auf mich! Er hat eine ehrenamtliche Tätigkeit übernommen und viele neue Freunde gefunden, und jetzt braucht er mich nicht mehr, und ich hab die Sachen verkauft, weil, wenn er mich verlässt oder wenn ich ihn umbringe, brauche ich Geld für die Anwälte … oder für die Kaution … oder für einen Auftragskiller.« Es folgten wieder Tränen und schnelles Atmen.

»Mum, es ist gut«, sagte Orla und wünschte, sie könnte bei ihrer Mutter sein, um sie zu trösten. »Wenn ich zurückkomme, regeln wir das alles.«

»Aber das ist doch gar nicht deine Aufgabe! Ich habe dich gebeten, mir bei Erin zu helfen, aber das wollte ich eigentlich gar nicht, du musst dich um deine Karriere kümmern. Arbeit ist wichtig, und du willst doch zum *Time*-Magazin. Dein Traum.«

»Mum …« Orla sah mehrere Hühner zu der Spur stieben, die Jacques' Pick-up in den letzten Tagen in den Schnee gefahren hatte. »Familie ist wichtiger als alles andere. Hast du mir das nicht immer gesagt? Menschen sind wertvoller als Dinge.«

Ihre Mutter seufzte. »Blut ist dicker als Wasser, hat deine Granny immer gesagt.«

»Gut«, schloss Orla. »Dann ist das schon mal klar. Weihnachten feiern wir alle zusammen, und in null Komma nichts fühlst du dich wieder wie früher.«

»Wenn ich es mir aussuchen könnte, würde ich mich lieber wie Sharon Osbourne fühlen als wie ich selbst. Meinst du, dafür gibt es auch Tabletten?«

Jetzt lief Jacques am Fenster vorbei.

»Mum, ich gehe mit dir zum Arzt, und wir besprechen, welche Möglichkeiten es gibt. Ich melde mich wieder, ja? Dann sage ich Bescheid, wann ich komme.«

»Gut, mein Schatz, und mach dir wirklich keine Sorgen um mich.«

Mit diesen Worten im Ohr eilte Orla zur Haustür, wo ihre Stiefel standen.

37.

Jacques wusste immer noch nicht, wie die Hühner aus dem Schuppen hatten entkommen können, der besser gesichert war als ein Banktresor, aber sie liefen draußen herum, flitzten vor ihm über den glitzernden weißen Boden. Hunter hatte gebellt, um ihm Bescheid zu geben, und dann winselnd am Fenster seines Schlafzimmers gestanden. Jacques' erster Impuls war gewesen, aus dem Haus zu stürzen und alle zu fangen, doch dann hatte er überlegt: Wie trieb man Hühner zusammen, wenn man einen Hund hatte, der immer glaubte, man wollte mit ihnen spielen?

»Was soll ich tun?«

Da stand Orla, mit offener Jacke, ungeschnürten Stiefeln, ohne Mütze.

»Geh wieder rein!«, forderte Jacques sie auf. »Es ist zu früh. Zu kalt. Du frierst dir einen ab.«

»Ich lasse Ginger, Baby und Posh nicht im Stich … und Zayn Malik auch nicht.«

Er schüttelte den Kopf. »Du bist verrückt.«

»Sag mir, was ich tun soll, um sie zurück in die Scheune zu bekommen.«

»Ich habe keine Erfahrung im Einfangen von Hühnern. Sie sind noch nie ausgebüxt, und wenn ich sie im Winter in die Scheune bringe, habe ich dafür eine ganz bestimmte Vorgehensweise.«

»Und, wie ist dann dein Plan? Kannst du dir schnell was überlegen, bevor sie runter nach Saint-Chambéry laufen?«

»Mit Futter«, sagte Jacques. »Nur so geht es. Die Pellets sind in der Scheune.«

»Ich hole sie.«

»Und ich fange schon mal die ein, die am weitesten weggelaufen sind.«

Er sah Orla nach, die auf die Scheune zusteuerte, dann erst ging er in die andere Richtung davon.

Es dauerte einen Moment, doch als Orla zurückkam, hatte er unter jedem Arm ein Huhn, und ein paar weitere gluckten zu seinen Füßen.

»Wirf ein bisschen Futter auf den Boden, dann gehen wir los und locken sie sozusagen mit Brotkrumen zurück in die Scheune.«

»Okay.« Orla nahm eine Handvoll Pellets und tat, wie ihr geheißen. »Na los, Mädels, wir wollen zurück ins Warme. Kommt, hier gibt's Futter.«

Jacques beobachtete, wie Orla die Haare ins Gesicht fielen, während sie die Pellets verstreute und seine Hühner beschwingt ermutigte mitzukommen. Seine Gedanken kehrten zur vergangenen Nacht zurück. Er hatte Orla geküsst. Ohne jegliche Zurückhaltung. Es war mehr, als er sich je hätte träumen lassen. Noch nie zuvor hatte er so etwas getan, nicht mal bei Katie, außerdem hatte er Orla von seinem früheren Job erzählt und angedeutet, was er durchgemacht hatte. Er hätte nie gedacht, dass er das mal tun würde. Seit Delphine ihm am Vorabend gesagt hatte, sie sei krank, fühlte er alles irgendwie zehnmal so intensiv. Am Anfang war ihm die Situation unüberwindbar erschienen, dann hatten die auf ihn einprasselnden schlechten Nachrichten Klarheit geschaffen. Er hatte die Herausforderung mit Herz und Verstand angenommen und es gewagt, seinen Gefühlen zu vertrauen. Doch jetzt, im sehr kalten Licht des Tages, zweifelte er wieder an seinen Entscheidungen.

Die Hühner in seinen Armen protestierten.

»Und, wie lange trägt Noble noch?«, erkundigte sich Orla.

»Was?«

»Ich habe recherchiert. Normalerweise tragen Rentiere rund siebeneinhalb Monate, und du hattest recht: In der Regel werfen sie im Mai oder Juni.«

»Ähm, ja …«, setzte er an. »Ich würde sagen, das hier … müsste bald …«

»Ja?«

Ihr Gesicht war so voller Hoffnung. Er wusste, dass er ihr die Wahrheit sagen sollte, denn Orla war nicht dumm. Es würde nicht lange dauern, bis sie selbst dahinterkam. Aber Jacques musste erst ein klärendes Gespräch mit Delphine führen, bevor er etwas sagte oder tat. Herauszufinden, wie genau es *ihr* ging, war seine oberste Priorität.

»Könnte jeden Tag so weit sein, würde ich sagen«, schloss er.

»Super!«

»Aber ich muss noch mit dem Tierarzt in Grenoble sprechen. Er soll mir sagen, was wir tun müssen, ob es noch was gibt, woran wir denken müssen. Vielleicht kommt er rüber … wenn sich das Wetter noch etwas hält.«

»Und sobald das Junge geboren ist, können Erin und ich los und Weihnachten zu Hause sein.«

Jacques schluckte und umfasste die Hühner etwas fester. Sie dachte an ihre Abreise. Natürlich. Eigentlich hätte sie hier ja gar nicht wohnen sollen. Er wusste immer noch nicht, ob Delphines Fenster wirklich ausgetauscht wurden. Im Moment schien Saint-Chambéry ein reines Geflecht von Notlügen zu sein.

»Entschuldigung«, sagte Orla schnell. »Es sollte gar nicht so klingen, als wollte ich dringend weg. Ich fühle mich hier wirklich wohl, aber meine Eltern brauchen mich zu Hause.«

»Hat sich die Situation verschlimmert?«

»Nein, ich denke nur, dass es gut wäre, wenn ihnen jemand eine Weile zur Seite steht.«

»Und das bist du?«

»Erin kann ich damit nicht belasten.«

Er nickte. »Bei mir war das genauso. Mit unseren Eltern. Ich war der Ältere. Von dem man erwartet, die Probleme zu verstehen und sie Tommy in einfachen Worten zu erklären. Das ist eine große Verantwortung.«

»Ja.« Orla nickte.

»Und du machst dir auch Sorgen um Erin. Wegen dieses Typen und ihrer Shituationship.«

»*Sit*uationship«, korrigierte Orla und verstreute ein paar Pellets. »Obwohl es das ganz gut trifft. Ja, um sie mache ich mir auch Sorgen.«

»Ganz schön viele Sorgen für einen Menschen.«

»Ja«, stimmte sie zu. »Aber so ist das nun mal, wenn einem andere wichtig sind.«

Das saß. Tommy war ihm wichtig. Delphine war ihm wichtig. Allmählich auch Orla. Dabei war Jacques immer jemand gewesen, der solche Gefühle verdrängt hatte, weil man das in seinem Beruf nun mal so machte. Katie hatte das nicht verstanden. Hatte ihm vorgeworfen, kaltherzig zu sein. Vielleicht wollte er damals, dass sie ihn so sah.

»Du bist ein sehr fürsorglicher Mensch«, sagte er zu Orla.

»Nicht so sehr, wie ich mal war«, entgegnete sie. »Denn wenn man sich zu sehr sorgt, wird man ausgenutzt.«

»Bist du ausgenutzt worden?«

»Ja«, bestätigte sie und seufzte. »Weil ich es zugelassen habe.«

»Bei der Arbeit?«

Sie verstreute wieder Hühnerfutter und nahm sich Zeit mit der Antwort.

»Im Liebesleben.« Wieder seufzte Orla und schüttelte den Kopf. »Liebesleben … Das ist ein Witz. Das Daten heutzutage hat nichts mehr mit Liebe zu tun. Da ist das Wort schon fast zu einer Drohung geworden.«

Jacques wollte etwas Ermutigendes sagen, wollte ihre Theorie widerlegen. Denn wie konnte jemand, der so gefühlvoll über das Leben schrieb, so enttäuscht sein, wenn es um die Liebe ging? Normalerweise hatte er in dieser Hinsicht nichts zu geben. Außer in der vergangenen Nacht, auch wenn das heute beide zu ignorieren schienen. Vielleicht sollte er sich ein Herz nehmen und sie darauf ansprechen.

»Orla, wegen gestern Abend. Ich …«

»Du musst nichts dazu sagen«, unterbrach sie ihn und ging weiter, weil die Hühner sich um sie scharten.

»Nein?«

»Nein, ich meine, als du von deiner Vergangenheit erzählt und dann von meinem Schreiben gesprochen hast, wurde mir klar, was wirklich wichtig ist.«

»Und das wäre?«

»Unsere Selbstwahrnehmung«, antwortete sie. »In welcher Situation wir uns auch befinden – am wichtigsten ist es, sich daran zu erinnern, wer die Geschichte und wer der Erzähler ist. Ich bin die Erzählerin. Ein Sprachrohr für diejenigen, die keine Stimme haben.« Sie seufzte. »Und du warst auch mal ein Sprachrohr. Du warst ein verdeckter Ermittler.«

Jacques scheuchte die Hühner voran und schüttelte den Kopf. »Ich glaube, so einfach ist es nicht.«

»Wie meinst du das?«, fragte Orla. Ihre Schritte knirschten im Schnee.

»Man kann nicht immer Sprachrohr sein«, erklärte Jacques. »Manchmal ist man auch der Mensch, der etwas zu erzählen hat.«

»Also, bei mir ist es aber so.« Orla zuckte mit den Schultern. »Ich bin die hinter den Kulissen, die dafür sorgt, dass für die Hauptdarsteller alles glatt läuft.«

»Aber das bedeutet ja, dass du nie diejenige sein wirst, bei der etwas passiert.«

»Ich sage nur, mir ist bewusst, dass ich in erster Linie anderen helfe, und das ist auch okay, weil ich das mag und gut darin bin. Sobald ich den Fokus auf mich richte, geht alles schief.«

»Nein.« Jacques schüttelte den Kopf. Er merkte, dass er sauer wurde. »Das ist nicht alles, was du sein kannst. Das ist nicht alles, was du bist.«

Er setzte die Hühner ab, nahm Orla die Pellets aus der Hand, kippte einen großen Haufen auf den Boden und sah zu, wie alle Tiere herbeigelaufen kamen und sich auf das Futter stürzten.

»Vielleicht reicht es mir ja, wenn bei anderen was passiert«, überlegte Orla. »Wer im Scheinwerferlicht steht, geht das Risiko ein, dass man ihm sagt, er hätte kein Recht dazu.«

»Hat dir jemand dieses Gefühl gegeben?«, erkundigte sich Jacques aufgebracht.

»Bei dir hat das auch jemand getan«, erinnerte sie ihn. »Vielleicht sollte ich mir ebenfalls eine Festung im Wald bauen und nicht mehr rauskommen.«

Da packte er sie etwas heftiger als beabsichtigt und drückte sie mit dem Rücken gegen eine Tanne. »Red nicht so. *Du* darfst dich auf keinen Fall verstecken. Du bist zu schön, zu klug und zu charismatisch, um in dieser Welt zu verschwinden. Ich kann mir nicht vorstellen, dass es jemand wagt, dir etwas anderes einzureden.«

Jacques atmete heftig, genau wie am Abend zuvor, als sie sich geküsst hatten. Sie sah ihn mit ihren wunderschönen Augen an. Es wäre so leicht, sich dem Moment hinzugeben. Aber es bliebe trotzdem bei einem Moment.

»Orla«, sagte er leise und trat einen Schritt zurück.

»Ja?«

»Kann ich … darf ich dich zum Essen einladen?« In Erwartung ihrer Antwort hielt er den Atem an.

»Ja«, sagte sie. »Unter einer Bedingung.«

»Und die wäre?«

»Nur wenn wir etwas essen, das wir nicht vorher fangen müssen.«

Er lächelte. »Einverstanden.«

»Und darf ich noch mal nachhaken? Hast du gerade gesagt, ich wäre charismatisch? Wenn ja, würde ich das gerne in meinen Lebenslauf aufnehmen.«

»Wenn du mir jetzt noch bei den Hühnern hilfst, kannst du auch ›Landwirtschaftshelferin‹ dazuschreiben.«

Sie lachte. »Nur damit das klar ist, hier geht es um *deine* Story. Ich gebe sie nur wieder.«

»Daran arbeiten wir noch«, antwortete er.

Als Orla zwei Hühner und den abgestellten Futtersack hochhob, breitete sich ein warmes Gefühl in seinem Bauch aus, das er sehr lange nicht mehr gespürt hatte. Er hatte es ruhig angehen lassen und die stürmischen Gefühle im Zaum gehalten, aber nur weil alles in ihm rief, dass er mehr als nur einen Moment mit Orla Bradbee wollte.

38.

Delphines Dorfladen, Saint-Chambéry

»Was ist passiert?«, fragte Jacques, der zusammen mit Gérard die Arme bis zu den Ellenbogen in einer Kiste mit Lametta hatte. Die beiden unterstützten Delphine, indem sie im größten Karton kramten, den Jacques je gesehen hatte. Er war so riesig, dass er ohne weiteres Rentier, Schlitten, Geschenke und den Weihnachtsmann selbst hätte beherbergen können.

»Dieses Jahr übertreibt sie es wirklich«, bemerkte Gérard. Weihnachtskugeln rollten über den Boden. »In meiner Bar stehen noch mal drei von diesen Dingern!«

»Delphine, komm da raus!«, befahl Jacques. »Sag uns, was du suchst, dann können wir es holen.«

Dass Delphine überfordert war und sich ihr Zustand verschlechterte, war das Letzte, was er wollte. Im Moment wäre es ihm am liebsten, wenn sie die Füße hochlegte, sich ausruhte und um sich selbst kümmerte. Besser noch, wenn sich jemand anders um sie kümmerte, wie sie es sonst bei allen tat. Er dachte daran, was Orla über Menschen gesagt hatte, die hinter den Kulissen blieben, damit andere glänzen konnten.

»Ich suche gar nichts Bestimmtes!«, rief Delphine. Man hörte ihre Stimme nur gedämpft aus der Kiste. »Das soll alles raus! Das muss alles irgendwohin!«

Sie keuchte laut, der Karton kippte, und eine Lawine von Lametta, Glocken, Engeln, Weihnachtsmännern und Tannenbaumschmuck, die für drei *brouettes* gereicht hätten, quoll heraus. Delphine mittendrin.

Jacques fing sie auf, der Rest purzelte in den Gang. Es nahm kein Ende.

»Das ist ja ein richtiger Tsunami!«, rief Gérard vor dem Regal mit den Konserven.

Endlich war Schluss, und der gesamte Gang wurde von einem Berg Weihnachtsdeko blockiert. Warum hatte Delphine die Kiste unbedingt hier auspacken wollen? Es wäre doch viel vernünftiger gewesen, sie ins Lager zu bringen.

»Delphine«, sagte er. »Das kann hier nicht liegen bleiben. Da kommen deine Kunden ja gar nicht dran vorbei. Die verletzen sich noch.«

»Oder verirren sich!« Gérard zog einen reich verzierten Christmas Cracker aus seinem Bart.

»Ach, ja?« Delphines Augen blitzten. »Ja, ihr könntet recht haben. Da kann ich von Glück sagen, dass ihr beide hier seid und mir beim Schmücken helft.«

»O nein, Delphine, ich bekomme in einer Stunde Bier geliefert und muss vorher noch Fässer zur Seite räumen. Wegen des Wetters hat die Lieferung schon über eine Woche Verspätung, deshalb darf ich sie nicht verpassen, sonst gibt es kein Bier mehr in Saint-Chambéry.« Gérard ging um einen sehr großen aufblasbaren Engel herum.

»Gérard …«, setzte Jacques an.

»Dann musst du rüber in die Kneipe, Gérard«, unterbrach Delphine ihn. »Jacques kann mir helfen.«

Jetzt verstand er, was die Frau vorhatte. Sie hatte den Karton absichtlich hier ausgepackt, weil sie wusste, dass es ein Problem werden würde. Und dass Jacques nicht fahren würde, ohne ihr zu helfen. Gérard musste man nicht zweimal sagen, dass er sich diesem Schlachtfeld entziehen konnte. Der Barbesitzer befreite sich von einer bunten Lichterkette und schlich wie ein Gepard zum Hinterausgang, Richtung Freiheit.

»Ich möchte mit dir reden«, sagte Jacques, als er mit Delphine allein war. Man hörte nur die Geräusche aus dem Café-Bereich und von der leisen Weihnachtsmusik im Hintergrund.

»Ich weiß«, erwiderte Delphine. »Aber dir ist hoffentlich auch klar, dass dieses Gespräch mich früher ins Grab bringt als jeder Krebs. Deshalb machen wir es auf meine Art. Wir reden, und nebenbei bauen wir diesen Laden zu einem Weihnachtswunderland um.«

Sie hatte es die ganze Zeit geplant. Wie sie alles plante. Jacques hatte keine andere Wahl, als sich geschlagen zu geben. Er griff zu einer Kette mit pausbackigen Engeln.

»Wo sollen die hin?«

»So, jetzt kannst du mich fragen«, sagte Delphine, als Jacques auf einer Trittleiter die nächste Girlande an einem Dachbalken befestigte.

»Gut«, sagte er.

»Gut«, wiederholte sie.

Als sie angefangen hatten, hatte Delphine gesagt, sie wolle nicht sofort über ihre Krankheit sprechen, sondern erst mit der Arbeit vorankommen. Danach sei sie bereit, sich ihm anzuvertrauen. Er hatte sich vorgenommen, ihren Laden an diesem Tag auf keinen Fall ohne Antworten zu verlassen, aber ihm war auch bewusst, wie schwer das für sie sein musste. Von all den Fragen, die ihm unter den Nägeln brannten – welche sollte er als Erstes stellen?

»Hast du Schmerzen?«

»Manchmal«, sagte sie und seufzte. »Aber sie sind auszuhalten.«

»Bekommst du Medikamente dafür?«

»Ja.«

»Was denn?«

»Schmerzmittel. Sie halten den Schmerz im Hintergrund, sodass ich das meiste machen kann, ohne dass er alles bestimmt.«

»Wo genau sitzt er? Musst du operiert werden?«

»Im Magen. Und niemand *muss* operiert werden.«

»Was soll das heißen, Delphine?« Schnell kletterte Jacques die Leiter hinunter und stellte sich vor sie. »Soll das heißen, dass man dir mit einer OP helfen könnte, du aber keine willst?«

»Es ist sinnlos. Ich wäre zu lange weg aus dem Laden und dem Dorf, und die Erfolgsaussichten sind nicht besonders groß, außerdem gäbe es anschließend noch eine anstrengende Behandlung, für die ich Saint-Chambéry ebenfalls verlassen müsste, von daher …«

»Also willst du einfach aufgeben und … sterben?«

Das Herz schlug ihm bis zum Hals, es pochte so heftig, dass ihm die Haut wehtat. Das war schlimmer als der Krebs selbst. Wie konnte ein so vitaler Mensch wie sie einfach aufgeben?

»Ich habe entschieden, dass ich alles dafür tue, um mein Leben voll auszukosten, bis Gott beschließt, dass es Zeit für mich ist.«

»Delphine …«

»Hör auf!«, rief sie und stampfte mit dem Fuß auf. »Du kannst mich gern alles fragen, aber du hast mir nicht zu sagen, wie ich mich entscheiden soll.«

»Aber Delphine …«

»Jacques, bitte! Etwas mehr Respekt!«, verlangte sie energisch und fügte etwas leiser hinzu: »Als du herkamst, habe ich dich da gefragt, warum du klatschnass in der Kirche saßest und lediglich einen Rucksack dabeihattest? Habe ich je infrage gestellt, wo du dein Haus gebaut hast, oder irgendeine Bemerkung dazu gemacht, auf wie viele verschiedene Arten man deine Türen verschließen kann?«

»Nein«, gestand Jacques und griff zu einer Kette mit Sternen. »Aber du hast tausend Dinge wissen wollen, vom Lieblingsrezept meiner Mutter bis zu dem Umstand, ob ich schon mal von einem Bären verfolgt wurde.«

»Okay«, sagte Delphine. »Das stimmt. Aber ich habe nie gefragt, warum du manchmal offiziell wirkende Briefe aus Belgien bekommst oder warum du zwischen Freude und Angst hin- und hergerissen bist, wenn Tommy dich besucht.«

Zugegeben, auch das stimmte. Jacques hatte immer große Achtung davor gehabt, dass Delphine Situationen einfach hinnahm, ohne Genaueres wissen zu wollen.

»Du wechselst das Thema, Delphine. Wir haben gerade über deine Krankheit geredet.«

»Wir reden über mein Leben. *Mein Leben*. Und über meine Wünsche, die zuerst erfüllt werden müssen, wie jeder weiß. Denn das ist der einzige Punkt, wo ein Mensch, der im Sterben liegt, ein bisschen egoistisch sein darf.«

Der im Sterben liegt. Er wollte nicht, dass sie das von sich sagte. Sie war ein Mensch, der mitten im Leben stand und ihm darüber hinaus sehr nah war. Jacques schluckte und legte eine Hand auf die Trittleiter. »Was wünschst du dir denn? Abgesehen davon, dass ich Orla und Erin mit einem falschen Rentier bei mir unterbringe und du noch falschere neue Fenster hast.«

Delphine legte die Hand auf die Brust. »Wie kannst du nur sagen, das Rentier wäre falsch? Du hast es doch mit eigenen Augen gesehen! Wie geht es ihm heute? Verträgt es sich mit deinen Hühnern?«

Jacques schüttelte den Kopf. »Es ist und bleibt ein Männchen.«

»Und das hast du Orla erzählt?«

»Noch nicht«, gab er zu. »Aber ich werde jemanden, der mir etwas bedeutet, nicht weiter anlügen und …«

»Der dir etwas bedeutet.« Delphine schlug die Hände auf die Wangen, als hätte Jacques gerade einen Geheimcode verraten. Warum hatte er das gesagt?

Er räusperte sich und nahm die nächste Girlande von dem nur langsam schrumpfenden Haufen. »Es ist mir wichtig, dass beide einen guten Eindruck vom Dorf mit zurück nach England nehmen und dass Orla in ihrer Zeitschrift einen guten Artikel darüber schreibt. Genau wie du gesagt hast.«

»Ach, Jacques …« Delphine schob ihre Brille hoch. »Ich glaube nicht, dass es wirklich darum geht. Wenn ich euch beide zusammen sehe, spüre ich das Feuer. Manchmal sind die Flammen ganz heiß und die Leidenschaft ist so groß, dass ihr euch verbrennt, und manchmal spürt man eher ein warmes Glimmen, das nicht so heiß ist, aber wunderbar von innen wärmt.«

Ihre Worte wanden sich durch ihn wie die Glitzerbänder in den Regalen mit den Lebensmitteln. War es wirklich so, wenn Orla und er zusammen waren? Jacques konnte nicht leugnen, dass er Gefühle hatte, die er nur schwer unterdrücken konnte. Doch Delphine hatte sein Kennenlernen mit Orla manipuliert. Man hatte sie buchstäblich mit der Nase aufeinander gestoßen.

»Ich weiß, was du denkst«, fuhr Delphine fort und nahm eine große Plastikschneeflocke in die Hand. »Du glaubst, ich würde mir wünschen, dass du und Orla ein Paar werdet, heiratet und Kinder bekommt, die die Traditionen von Saint-Chambéry über Generationen weitertragen.«

»Tust du das nicht?«

»Nein«, entgegnete Delphine. »Weil ich nicht so naiv bin mir einzubilden, dass andere Leute ihr gesamtes Leben in diesem winzigen Dorf verbringen wollen, wo es die große weite Welt zu erforschen gibt.«

»Was wünschst du dir dann?«

»Ich wünsche mir für dich die Kraft, hier wegzugehen«, sagte Delphine. »Aber auch den Wunsch, hin und wieder zurückzukehren.«

»Delphine …« Er seufzte.

»Was?«, gab sie zurück. »Ich bin krank! Was bleibt mir anderes übrig, als Pläne für Menschen zu machen, die noch eine Zukunft haben?«

Er wollte nichts davon hören, dass seine Freundin, der Mensch, der mehr wie eine Mutter zu ihm gewesen war als seine eigene, nicht so lange da sein würde wie die Legende der *brouette*.

»Ich werde dir kein Versprechen abnehmen«, sagte Delphine. »Nichts, was den Ort betrifft. Oder Orla.«

»Aber?«, fragte er.

»Aber, denk mal nach, Jacques. Überleg. Wenn auch nur einer alten Frau zuliebe.«

Natürlich tat er das längst, und zwar von dem Moment an, als die Ankunft seines Bruders und einer Journalistin seine ausgeklügelten Abläufe auf den Kopf gestellt hatte und diese Journalistin nicht mehr nur Bewunderung, sondern noch ganz andere Gefühle in ihm auslöste, die er gar nicht benennen konnte. Sein Mund wurde trocken.

»Ich … ich habe Orla nach einem Date gefragt.«

Delphine schnappte nach Luft. »Wirklich?«

»Ja. Und … ich habe keine Ahnung, wohin ich mit ihr gehen soll. Grenoble kommt mir so abgeschmackt vor. Aber es ist die einzige Stadt in der Umgebung, wo etwas los ist und wo man eine Auswahl an Restaurants hat, dabei kenne ich die besten Läden dort gar nicht und weiß nicht, was sie gerne isst und …«

»Jacques«, unterbrach Delphine ihn lächelnd. »Hör dir mal selbst zu!«

»Das will ich lieber nicht.«

»Du bist aufgeregt, kannst nicht mehr vernünftig denken.«

»Weil ich so was nie mache!«, erinnerte er sie und warf die Hände in die Luft. Lamettaschlangen fielen zu Boden.

»Ah, das stimmt nicht«, widersprach Delphine. »Du hast das öfter gemacht, aber immer nur, weil ich dich dazu gezwungen habe.«

»Und darf ich dich erinnern, dass du Orla hierhergelockt hast?«

»Und wenn schon«, erwiderte Delphine. »Du hast sie zu einem Date eingeladen.«

Jacques nickte und riss sich zusammen.

»Also musst du nicht über Grenoble nachdenken«, sagte Delphine. »Du musst darüber hinaus denken. Du hast doch genug Erfahrung! Und Orla auch.«

Delphine zuckte zusammen, und er legte ihr die Hand auf den Arm. »Alles in Ordnung?«

»Doch, doch«, beharrte sie. »Alles gut.«

»Ich kann hier auch allein weitermachen, wenn du dich lieber …«

»Hinlegen willst?«, ergänzte Delphine. »Wenn ich tot bin, habe ich noch genug Zeit zum Liegen.«

»Red nicht so!«, flehte Jacques sie an. »Außerdem möchte ich gern, dass du etwas für mich tust, wenn ich etwas für dich tun soll.«

»Nein«, erwiderte sie bestimmt.

»Delphine …«

»Hmpf. Was denn?«

»Wenn ich mir alles durch den Kopf gehen lasse und nachdenken soll, dann möchte ich, dass du das auch tust.«

»Das ist nicht fair, Jacques.«

»Warum nicht?«

Sie schüttelte den Kopf, und wieder sah er ihre tapfere Entschlossenheit, wie bei allem, was sie tat. »Weil es was anderes ist.«

Jacques legte ihr eine Hand auf die Schulter. »Du musst das nicht allein durchstehen, Delphine. Geht es in Saint-Chambéry nicht letztlich darum? Dass man sich gegenseitig hilft? Dem Bedürftigen ein Dach über dem Kopf gibt? Den unterstützt, der in Not ist?«

Delphine rümpfte missbilligend die Nase. »Setz das nicht gegen mich ein!«

Er zuckte mit den Schultern. »Du lässt mir ja keine andere Wahl.«

Jacques merkte, dass sie über seine Worte nachdachte, während sie ein Knäuel rot-weißen Geschenkbands durch die Finger gleiten ließ. Er verlangte nur ein klein wenig Hoffnung, die entfernteste Chance, zu ihr durchzudringen und ihr helfen zu können, wie sie das bei ihm getan hatte.

»Ich lass es mir durch den Kopf gehen«, sagte sie schließlich. »Mehr nicht.«

Ein warmes Gefühl breitete sich in ihm aus. Am liebsten hätte er sie in den Arm genommen, obwohl solche körperlichen Liebesbeweise ihm nicht leichtfielen. Er bewegte sich kaum merklich auf sie zu.

»Wehe, du umarmst mich!«, rief Delphine, und ihre Stimme brach fast. »Wir haben genug mit der Dekoration zu tun!«

»Gut«, sagte er lächelnd und dachte daran, dass er auch für sein Date mit Orla noch einiges vorzubereiten hatte.

39.

Jacques' Haus, außerhalb von Saint-Chambéry

Mit Ruhe. So bekam man Sachen erledigt. Es half nichts, die Kaffeemaschine anzustarren, als sei sie der Endgegner. Orla würde sich mit ihr anfreunden. Lächeln, mit sanftem Schwung die Tasse unter den Ausgießer stellen, zuversichtlich auf die Tasten drücken und …

Ein wütendes Knirschen setzte ein. Orla zuckte zurück und drückte schnell auf »Abbrechen«.

»O mein Gott!« Erin lachte. »Das hätte ich filmen müssen!«

»Warum mag dieses Gerät niemanden außer dir?«, fragte Orla genervt.

»Was soll ich sagen?« Erin stand vom Küchentisch auf. »Es hat halt Geschmack. Soll ich dir helfen?«

»Immer mit der Ruhe, Erin«, erwiderte Orla. »Das klingt ja fast, als wolltest du persönlich Hand anlegen! Ob deine Fingernägel diese körperliche Arbeit überstehen?«

»Wenn du weiter so über mich lästerst, kannst du ja allein mit dem Ding um dein Koffein kämpfen.« Erin stützte die Hände in die Hüften.

»Nun«, sagte Orla, »eigentlich wollte ich *dir* einen Kaffee machen. Ich habe ganz hinten im Schrank einen Sirup gefunden und …«

»Sirup?« Erin kam näher.

»Ja.«

»Moment.« Erin schaltete wieder einen Gang zurück. »Das ist Bestechung und Korruption, hörst du? Damit willst du nur wiedergutmachen, dass du in Bezug auf Burim eine Bitch warst.«

»Also, ich würde das nicht unbedingt Bitch nennen, aber …«

»Ach, was soll's?« Erin kam näher. »Du weißt, dass du mich mit dem Sirup hattest. Hier, der Trick bei der Maschine ist der …« Sie drückte auf eine leere schwarze Fläche unter dem Display.

»Was macht man damit? Das ist doch keine Taste«, bemerkte Orla.

»Doch, das ist die Clear-Taste«, erklärte Erin. »Damit löscht man alles, was andere eingetippt haben. Die Leute drücken ja immer auf irgendwelchen Tasten herum, was die Maschine ganz wuschig macht.«

»Aber es ist und bleibt ein Gerät, oder? Da sitzt keine kaffeekochende Katze drin oder so.«

»Ich bin jetzt sechzehn, Orla. Du brauchst dir keine Märchen mehr für mich auszudenken. Also, hol dir eine Tasse aus dem Schrank, dann zeige ich dir, wie das geht.«

Kurz darauf hatten sie beide einen mit Sirup verfeinerten, höllisch guten Kaffee vor sich. Schweigend saßen sie eine Weile am Küchentisch und nippten an den Getränken.

»Dad hat gar kein Alkoholproblem. Mum hat die ganzen Sachen von Granny verkauft«, bemerkte Orla in die Stille hinein.

»Was?«, fragte Erin. Auf ihrer Nasenspitze hatte sie etwas Milchschaum.

»Tja«, sagte Orla nachdenklich.

»Aber … aber warum erzählt sie, es wäre Dad gewesen? Also, warum lügt sie?«

»Weil Menschen manchmal unter Druck Dinge sagen und tun, die sie sonst niemals sagen und tun würden.«

»Aber sie hat uns immer eingeschärft, der liebe Gott würde alles sehen«, sagte Erin.

»Ich weiß.«

»Und dass nur Diebstahl und Mord noch schlimmer wären als Lügen.«

»Ja«, bestätigte Orla. Das hatte ihre Mutter wirklich immer gesagt.

»Und für sie selbst gilt das nicht?«

»Wie gesagt, wenn Menschen in einer schwierigen Lage sind, geben sie oft eher anderen die Schuld, als sich selbst zu hinterfragen.«

»Was soll denn mit ihr sein?«, ereiferte sich Erin.

»Das wissen wir noch nicht, aber manchmal kommen Menschen, Frauen, in eine bestimmte Phase im Leben, und dann kann es sich anfühlen, als stünde alles auf dem Kopf.«

Erin trank einen Schluck Kaffee. »Wenn sie Antidepressiva nehmen muss, kannst du das ruhig sagen.«

»Ich weiß noch nicht, was sie braucht.«

»Einfach nicht mehr lügen?«, schlug Erin vor.

»Vielleicht ein bisschen Verständnis?«, bot Orla als Alternative an.

»Tja, vielleicht ginge das besser, wenn sie ihre Gefühle nicht so wegschließen würde wie die guten Kekse in der Dose.«

Darauf hatte Orla keine Erwiderung. Denn wie so oft war Erin sehr scharfinnig in ihrer Analyse.

»Burim versteht unsere Familie nicht«, fuhr Erin fort und rührte mit dem Finger im Schaum auf ihrem Kaffee. »Er sagt, in seiner Familie suchten sie ständig einen Grund, um sich zu treffen. Also nicht nur an Weihnachten und Geburtstagen, wenn sie Bock haben, sondern an fast jedem Wochenende oder bei Sportereignissen; sie sind einfach gern zusammen und unternehmen was gemeinsam.«

»Ich nehme mal an, dass Burims Familie nicht weit auseinander wohnt. Wir haben Tante Bren in Norfolk und den Rest in Irland.«

»Die Cousinen und Cousins aus Irland habe ich noch nie gesehen«, bemerkte Erin. »Und bei dir hört es sich an, als wäre das am anderen Ende der Milchstraße.«

»Was soll ich dazu sagen?«, fragte Orla. »Glück für Burim?«

»Jetzt machst du dich wieder lustig.«

»Nein, mache ich nicht, Erin. Nur hat halt jede Familie ihre eigene Dynamik. Und die in unserer ist gerade nicht die beste.«

»Ach, Blödsinn! Ist doch irgendwie peinlich. Burim erzählt, was seine Familie alles zu Weihnachten vorhat, und ich kann nur sagen, dass wir vielleicht Monopoly spielen, wenn Tante Bren nicht direkt nach dem Truthahn einschläft.«

»Gut« sagte Orla, »dann erzähl mal von Burim! Was hat er Weihnachten so vor?«

»Du willst was über Burim wissen?«

»Wollte ich schon immer, Erin. Ja, kann sein, dass ich erst misstrauisch war, als Mum meinte, du würdest dir mit jemandem schreiben, so ist das eben als große Schwester, aber jetzt, also, wenn es jemanden gibt, der meine kleine Schwester so glücklich macht, ja, dann möchte ich mehr über ihn erfahren.«

»Und du urteilst nicht über ihn?«

»Nein. Versprochen.«

Orla hielt die Luft an. Sie wusste, dass es Erin viel bedeutete, und da zu Hause in England alles irgendwie in der Schwebe war, konnte diese Situationship ihr womöglich ein wenig Halt geben, während Orla ihren Eltern half, ihre Probleme anzugehen. Doch konnte das wirklich klappen? Vor Henry hatte es nämlich auch noch Craig, Joe und Salvatore gegeben, die sie mit vereinten Kräften davon überzeugt hatten, dass Männer eine unzuverlässige Spezies waren, die genauso wenig klare Prioritäten hatten wie die Konservativen eine Meinung zu den Rechten von Transmenschen.

»Er sagt, er liebt mich«, platzte es aus Erin heraus. »Und ich glaube es ihm.«

»O-kay …«

Was auch immer Erin sagte, Orla musste ruhig bleiben. Ihre Schwester öffnete gerade eine Tür zu ihren Gefühlen, und das verdiente Respekt, keine Verurteilung. Genau so, wie Orla die Traditionen all der Menschen respektierte, die sie interviewte und beschrieb.

»Und er möchte Boxer werden. Bei Olympia. Dann wird er ein Profi und ganz reich.«

»O-kay …«

»Sagst du auch noch was anderes als o-kay?«

»Wahrscheinlich schon«, erwiderte Orla. »Erzähl weiter!«

»Er liebt seine Familie … seine Katzen … er mag alte Hip-Hop-Songs und hat einen Plattenspieler. Er fährt gern Auto, aber der Mercedes von seinem Dad ist total alt und bleibt ständig liegen. Er geht oft ins Fitnessstudio, trinkt keinen Alkohol, und seine Lieblingsmannschaft ist Man United.«

»O-kay … ähm, 'tschuldigung, ich meinte, wow, kann man ihn da vielleicht noch umpolen? Von Man United auf Chelsea, meine ich?«, schlug Orla vor.

»Und«, Erin hielt kurz inne. »Er ist … Albaner.«

»Oh«, entfuhr es Orla, bevor sie darüber nachdachte.

»Jetzt wäre es besser, wenn du o-kay gesagt hättest.« Man hörte Erin die Verärgerung an.

»Albaner«, wiederholte Orla. »Bist du dir sicher?«

»Orla! Natürlich bin ich mir sicher! Er lebt mit seinen albanischen Eltern in Albanien.«

»Okay, es ist nur …«

Erin verschränkte die Arme vor der Brust. »*Du* hast mir doch immer gesagt, wir sollten Menschen danach beurteilen, was sie tun. Oder wie sie mit anderen umgehen.«

Ja, das hatte Orla gesagt. Sehr oft in Erins Kindheit. Es war das Credo ihres Journalismus: positive Geschichten über andere Gemeinschaften, von denen man immer etwas lernen konnte. Ihre Schwester hatte sich das eingeprägt … und nutzte es jetzt als Argument. Orla wollte etwas dazu sagen.

»Orla, ich weiß, dass Craig scheiße zu dir war. Ich weiß auch, dass Salvatore dich echt fertiggemacht hat und er auch keine Villa in Portugal hat. Aber Henry … Ich glaube, der mochte dich wirklich. Deshalb hast du ihn wahrscheinlich hängen lassen. Weil es dir Angst gemacht hat.«

»Was?«, stieß Orla aus und stellte ihre Kaffeetasse ab, bevor sie sie fallenließ. Sie hatte keine Ahnung, wovon ihre Schwester redete und … woher wusste sie von Salvatores Villa in Portugal? Beziehungsweise von seiner nicht vorhandenen Villa in Portugal?

»Du hast Henry einfach nicht mehr geschrieben. Das war ein ziemlich trauriges Ende für eine Geschichte, die meiner

Meinung nach Potenzial hatte.« Erin nahm die Arme herunter.

»Ich habe nicht aufgehört, Henry zu schreiben«, widersprach Orla, doch es klang gestelzt, als wollten die Worte ihr nicht recht über die Lippen.

»Er hat dir innerhalb von drei Wochen sechs Nachrichten geschickt, und als du von deiner Reise nach Afrika zurückkamst, hast du ihm was ganz Belangloses geschrieben.«

»Und darauf hat er nicht mehr geantwortet.«

»Kannst du ihm das verübeln? Der Typ hat wochenlang die Hand nach dir ausgestreckt und wurde ignoriert. Was sollte er denn tun? Immer so weitermachen?«

Orla bekam einen trockenen Hals. Stimmte das? Hatte sie Henry geghostet, nicht andersherum? Der Kaffee schmeckte auf einmal bitter.

»Also, mir ist klar, dass du weißt, wie Situationships funktionieren, Orla. Ich denke nur, du hast deine eigenen Regeln aufgestellt.«

Sie wusste nicht, was sie dazu sagen sollte. Ihr Herz klopfte heftig, sie fühlte sich ein bisschen benebelt. War das eine neue Erkenntnis? Oder wusste sie ganz tief im Innern längst, dass es in Wirklichkeit sie war, die Verbindlichkeit mied, nicht die Männer in ihren DMs?

»Sag mal was«, drängte Erin, beugte sich vor und betrachtete Orla, als wäre sie versteinert. »Ich dachte, du würdest … jetzt mit Ausflüchten kommen oder … schimpfen, weil ich deine Nachrichten gelesen habe oder … sauer auf mich sein, weil ich ein bisschen deinen Ex gestalkt habe.«

Orlas Gehirn spielte jetzt ein Feuerwerk möglicher Szenarien ab. War sie einer richtigen Beziehung aus dem Weg gegangen und hatte eine Form bevorzugt, die sie neben der

Arbeit managen konnte? Brachte sie sich wirklich nicht richtig ein? Machte sie anderen etwas vor? Gab es Männer, die traurig darüber waren, wie Orla sie behandelt hatte? Sicher, ihr war die Karriere immer wichtig gewesen, sie war nie länger als ein paar Wochen im selben Land geblieben, aber sie war auch eine Frau, die sich kümmerte. Sie kümmerte sich um andere, doch, das tat sie. Ihre Geschichten waren der beste Beweis dafür. Dass sie ihre Familie beschützte, lag auf der Hand. Doch was Erin angedeutet hatte, nahm immer mehr Raum in ihr ein und schlug Wurzeln.

»Orla! Sag was!«

Sie öffnete den Mund, und nur ein Satz kam heraus.

»Jacques hat mich zu einem Date eingeladen.«

40.

Saint-Chambéry

»Was passiert mit diesen ganzen Geschenken? Oder sind das nur leere Kartons? Das habe ich schon oft überlegt, aber ich habe mich nicht getraut zu fragen, wenn Delphine in der Nähe war.« Tommy wandte den Blick von der *brouette* ab und sah sich über die Schulter um, als würde jeden Moment die Dorfälteste erscheinen.

»Die werden gespendet. An jedem Päckchen ist ein Anhänger mit einem Hinweis für den möglichen Empfänger.« Jacques nahm ein Päckchen aus der Schubkarre. »Hier steht … ›Für jemand jung Gebliebenen‹. Okay, das war kein gutes Beispiel, keine Ahnung, für wen das ist.« Er legte das Geschenk zurück.

Tommy nahm eins heraus und las den Anhänger. »Hier steht … ähm … mein Französisch ist nicht mehr so gut.« Er reichte das Päckchen an seinen Bruder weiter.

»Da steht: ›*Quelqu'un qui offrira un foyer aimant à un petit ami*‹. Das heißt: Für jemanden, der einem kleinen Freund ein liebevolles Zuhause bieten kann.«

»Warum sind das kleine Rätsel?«

»Weil es keine Überraschung wäre, wenn man draufschreiben würde, was drin ist.«

Tommy seufzte. »Eine gute Beschreibung fürs Leben.«

Jacques bemerkte die nachdenkliche Stimmung seines Bruders, legte das Päckchen zurück in die *brouette* und zog die Plane wieder darüber, die die Geschenke vor den Elementen schützte. Er stieß seinen Bruder mit dem Ellenbogen an. »Los, erzähl!«

»Hoho, mal langsam, bist du verrückt geworden?«

»Wieso?«

»Das hast du noch nie zu mir gesagt. Nein, das stimmt nicht. Du hast das schon zu mir gesagt, nur kam danach immer ›bloß nicht‹.«

»Dann solltest du die Gelegenheit ausnutzen«, schlug Jacques vor. Er wies auf die Bank neben dem Tannenbaum, die sie schmücken sollten, obwohl sie schon völlig mit Weihnachtsdeko überladen war. Tommy setzte sich, Jacques nahm neben ihm Platz.

»Na ja, hattest du schon mal das Gefühl, an einer Kreuzung im Leben zu stehen und nicht zu wissen, welchen Weg du nehmen sollst? Oder ob es überhaupt Wege gibt?«, fragte Tommy.

»Oha«, sagte Jacques. »Das sind große Fragen.«

»Hast du gehofft, ich würde wissen wollen, ob es den Weihnachtsmann wirklich gibt?«

»Nein, das ist auch eine große Frage.«

»Ich weiß nicht, was ich tun soll«, gestand Tommy. »Ich meine, ich habe meinen Trainerschein gemacht, aber will ich wirklich mein Leben lang Leuten beibringen, wie man Sport treibt? Außerdem: An etwas dranbleiben bedeutet, zuverlässig sein, oder? Das ist nicht mein Ding. Ich steige gern einfach ins Flugzeug oder aufs Schiff, wenn mir danach ist.«

»Aber Dad kann dich nicht dein Leben lang finanziell unterstützen, Tommy. Du bist jetzt achtzehn.«

»Und er hat noch genau so große Schuldgefühle wie damals, als Mom ging. Deshalb verteilt er immer noch Scheine.«

»Du solltest sie nicht annehmen.«

Tommy zuckte mit den Schultern. »Warum nicht?«

»Wenn man was umsonst bekommt, bedeutet das meistens, dass man nicht der Empfänger ist, sondern das Produkt.«

»Selbst, wenn es um Dad geht?«

»Vielleicht.« Jacques seufzte. »Keine Ahnung.«

Kurz schwiegen beide, und Jacques beobachtete, wie Tommy mit seinen Sneakern Kreise in den Schnee malte. Welchen Rat konnte er seinem Bruder geben? Er war in seinem Leben nicht gerade in der besten Position, um Weisheiten zu verteilen.

»Keine Ahnung«, begann Tommy von Neuem. »Ich hab überlegt, ob ich nicht vielleicht zur Polizei gehe.«

Jacques' Herz zog sich zusammen. »Im Ernst?«

»Und wenn?«

»Tommy, die Polizei … Da ist es anders, als du denkst. Man isst nicht die ganze Zeit Donuts, läuft durch die Gegend und legt bösen Menschen Handschellen an …«

»Für wie alt hältst du mich eigentlich? Für sieben?«

»Nein, aber du weißt doch, wie es für mich bei der Polizei war und …«

»Nein, weiß ich nicht«, gab Tommy zurück. »ich weiß nicht, wie es für dich bei der Polizei war, weil du nie darüber gesprochen hast.«

»Aus gutem Grund.«

»Aber, Jacques, das sagst du einfach, ohne es genauer zu erklären, und als ich Dad danach gefragt habe, hat er mir einfach noch einen Fuffi in die Hand gedrückt.«

Jacques wusste, dass sein Bruder recht hatte. Er hatte nicht nur Katie vor den Kopf gestoßen, als sie das Thema angeschnitten hatte, auch seiner Familie hatte er nichts von den dunklen Seiten seines Berufs erzählt. Er hatte lediglich Vorkehrungen getroffen, damit seine Verwandten sicher waren. Hatte sich nach Saint-Chambéry zurückgezogen. Den Kontakt auf ein Minimum beschränkt. Besuche zu verhindern versucht – und würde es immer noch tun, wenn jemand vorher fragte. Aber war es wirklich für alle sicherer, nichts zu wissen?

»Ich kann dir nicht sagen, was du mit deiner Zukunft anstellen sollst, Tommy«, begann Jacques. »Aber ich kann dich vorwarnen, was du besser nicht machst.« Er seufzte. »Zur Polizei zu gehen ist eine große Verpflichtung. Das ist etwas, wo man sich von Anfang an hundertprozentig sicher sein sollte.«

»Und das warst du dir sofort?«

»Dachte ich zumindest«, antwortete Jacques. »Aber im Nachhinein war ich, glaube ich, nicht darauf vorbereitet, wie es sich entwickelte.«

»Du hast doch als verdeckter Ermittler gearbeitet, oder? Das habe ich mir zusammengereimt«, sagte Tommy.

Jacques nickte. »Mehr als einmal. In unterschiedlichen Ländern. Der letzte Einsatz dauerte achtzehn Monate.«

»Scheiße. Das heißt, als du gesagt hast, du warst in Deutschland …«

»War ich auch in Deutschland.«

»Schon, aber ich hab da an Wurst, Bierzelte und ein bisschen Sightseeing gedacht …«

»Ich war bei einem Spiel von Borussia Dortmund«, bemerkte Jacques. »Wenn ich nicht gerade versucht habe, unerkannt zu bleiben und niemanden gesetzeswidrig umzubringen.«

»Mann, dein Leben hört sich an wie ein Actionfilm. Die Hauptrolle übernimmt Keanu Reeves.«

Jacques seufzte. »Es war aber alles andere als aufregend. Die meiste Zeit war es furchtbar. Bis das normal wurde, und das ist richtig gefährlich, weil die Linien verschwimmen.«

»Und das ist bei dir passiert? Musstest du aus der Deckung kommen, um dich … nicht zu verlieren?«

»Nein«, entgegnete Jacques barsch. »Ich wäre nie abgehauen, solange ein Auftrag nicht beendet war. Egal, wie es für mich ausgegangen wäre.«

Ihm war nicht klar gewesen, wie hart das klang. Doch es war die Wahrheit. Er wäre bereit gewesen, alles zu opfern, sogar sich selbst, um bestimmte Männer zur Rechenschaft zu ziehen.

»Du hattest ein Ziel«, sagte Tommy leise. »Das habe ich nicht.«

»Tommy … du bist doch noch jung.«

»Schon, aber ich hätte besser irgendeine Scheißidee, wie es weitergehen soll, oder?«

»So was kommt nicht über Nacht. Nicht jeder weiß sofort nach der Schule oder dem College, was er mit seinem Leben anfangen will.«

»Du schon.«

»Ja, Tommy, aber guck mich jetzt an!« Jacques machte eine ausholende Geste. »Jetzt verstecke ich mich in einer Berghütte im kleinsten Dorf in den französischen Alpen, habe mein Ziel aus den Augen verloren und sitze vor einer symbolischen Schubkarre und einem Weihnachtsbaum.«

Tommy zuckte mit den Schultern. »Könnte schlimmer sein.«

»Ja«, gab Jacques zu. »Es könnte schlimmer sein.« Er überlegte und betrachtete die Szene vor sich. »Es könnte sein, dass Hunter das kleine Kind umstößt, wenn es weiter vor ihm mit den Armen herumfuchtelt.« Er stand auf und stieß einen schrillen Pfiff aus. Sofort horchte der Hund auf, rannte zu ihm hinüber und hockte sich zu Jacques' Füßen, der sich wieder auf die Bank setzte.

»Siehst du«, sagte Tommy. »Dir liegt das Problemlösen im Blut. Ich dagegen, ich haue ab. Ich kann mich nicht entscheiden, was ich werden will, also haue ich ab, Dad geht mir auf die Nüsse, ich haue ab, Mom meldet sich bei mir und nervt, ich haue ab.«

Jacques sah seinen kleinen Bruder an und erhaschte einen Blick auf den verletzlichen jungen Mann unter dem großspurigen Panzer, den er der Welt zeigte.

»Vor mir läufst du nicht weg«, sagte er. »Du läufst immer zu mir, so sehr ich auch versuche, dich davon abzuhalten.«

Tommy stieß den Atem aus. »Tja, das liegt wohl daran, dass du der Einzige bist, der mir zuhört, und weil ich weiß, dass du mich vielleicht noch mehr brauchst als ich dich.«

Jacques begriff, wie klug das war, was sein Bruder gesagt hatte, und auf einmal verspürte er den unbändigen Drang, Tommy in den Arm zu nehmen. Er dachte gar nicht darüber nach, sondern tat es einfach, griff nach ihm und zog ihn an sich.

»Meine Scheiße, Jacques«, sagte Tommy. »Ist das ein Move, den du im Dienst gelernt hast? Ich krieg nämlich kaum noch Luft.«

»Oh, 'tschuldigung«, sagte er und lockerte seinen Griff ein wenig.

»Schon besser.« Tommy hustete. »Kleine Erinnerung daran, dass ich wieder mal ins Fitnessstudio gehen sollte.«

»Zwing dich nicht zu einer Entscheidung«, riet Jacques. »Nur, weil du jetzt erwachsen bist, musst du nicht irgendwas tun oder sein oder einen Berufswunsch haben.«

»Also noch weiter auf Dads Kosten leben?«

»Das habe ich nicht gesagt.«

»Ich weiß, dass ich mir einen Job besorgen sollte, aber ich will nicht irgendwas anfangen, das ich nicht durchhalte. Genau wie du gesagt hast.«

»Aha«, machte Jacques und fühlte sich älter denn je. »Es kommt natürlich darauf an, zu welchen Bedingungen du arbeitest. Was ist das Ziel? Nur du kannst entscheiden, was du wirklich willst.«

»O Mann«, sagte Tommy. »Du hörst dich schon an wie Delphine.«

Jacques schluckte. Seine Freundin. Die ihre eigene Krise hatte. Und er konnte mit niemandem darüber reden. Er brauchte *Ablenkung*.

»Also, es ist möglich, dass ich … eventuell Orla gefragt habe …, ob sie mit mir auf ein Date geht«, verkündete er.

»Boah! Hey, Bro, dein Ernst?«, rief Tommy.

Jacques holte tief Luft und nickte. »Ja.«

»Wow, hätte nicht gedacht, dass der Tag noch mal kommt.«

»Und deshalb habe ich keine Ahnung, was ich tun soll«, gestand Jacques.

»Hm, das ist nicht gut.«

»Tja, wie man an deiner Reaktion gemerkt hat, ist es lange her.«

»Und du fragst mich nach Vorschlägen? Ich hatte bisher zwei Dates in meinem Leben«, sagte Tommy. »Bei dem einen haben wir uns an der Mauer vom Parkplatz eine Pizza geteilt. Ihre Idee. Bei dem zweiten hab ich mich richtig ins Zeug gelegt und heiße Schokolade und Erdbeeren besorgt, aber die Schokolade war zu heiß, sodass wir fast Verbrennungen dritten Grades hatten.«

»Jetzt mache ich mir Sorgen um Sachen, an die ich vorher gar nicht gedacht habe.«

»Okay, also, nach den meisten Reels, die ich in meinen Feed gespielt bekomme, ist wohl ›Zuvorkommenheit‹ der Schlüssel zu einem erfolgreichen Date. Das bedeutet nicht, dass man zweihundert rote Rosen oder irgendwas von Pandora kauft, sondern dass man zuhört und sich die Kleinigkeiten merkt, die die Frau erzählt, und darauf auf romantische Weise reagiert.«

»Okay.« Jacques nickte, auch wenn sich sein Magen zusammenzog und ihm signalisierte, dass er sich weit außerhalb seiner Komfortzone bewegte.

»Dann dein Style.«

»Was ist damit?«

Tommy lachte, Hunter setzte sich auf und bellte. »Na ja … Du solltest was anziehen, das Orla beeindruckt.«

Jacques runzelte die Stirn. Er kleidete sich nach praktischen Gesichtspunkten, nicht nach modischen.

»O Mann, im Moment würde ich sagen, dass der Hund mehr Chancen auf ein Date mit Orla hat als du«, sagte Tommy und kraulte Hunters Fell.

»Das kann ich nicht leugnen«, erwiderte Jacques. »Auch wenn ich hoffe, dass ich nicht so viel sabbere wie Hunter.«

»Wegen des Essens oder wegen Orla?«, fragte Tommy grinsend.

»Hehe!«, mahnte Jacques. »Solche Jokes gefallen mir nicht.«

Tommy lachte. »Ich bin erwachsen, vergiss das nicht! Aber hör mal, Bro, ich versteh das. Du überlegst dir, wo du mit ihr hingehen willst und was du machst, und ich sorge dafür, dass du so schick wie möglich aussiehst.«

Hunter wuffte, als sei es damit beschlossen.

»Okay.« Jacques erhob sich. »Genug geredet. Wenn wir diesen Weihnachtsschmuck nicht bald aufhängen, ist Delphine auf dem Kriegspfad.«

»Ja, und das will niemand«, stimmte Tommy zu. »Komm, Hunter! Wir hängen noch mehr Lametta auf. Los, mein Junge!«

Jacques sah zu, wie sein Bruder loslief und der Husky nach seinen Schuhen schnappte. Er schaute quer über den Dorfplatz und spürte Veränderung in der Luft.

41.

Jacques' Haus, außerhalb von Saint-Chambéry

»Warum sind da so viele Hühner um dich herum? Ist das eine Legebatterie? Das wäre ja eine Story! Das Rentier fürs Herz und ein Bösewicht, der seine anderen Tiere nie ans Tageslicht lässt.«

So, wie Frances ohne Punkt und Komma redete, fragte sich Orla, ob ihre Chefin schon eine halbe Flasche Baileys intus hatte. Nachdem sie ihr ihren Text gemailt hatte, hatte sie eine Einladung zu einem Zoom-Meeting bekommen, und Orla hatte beschlossen, dafür in Jacques' Scheune zu gehen, da er ihr inzwischen fast alle Pincodes anvertraut hatte, bis auf den für das Zimmer, das sie heimlich »Erinnerungsraum« nannte. Sie hatte Frances noch nichts von Jacques erzählt.

»Nein!«, beeilte sie sich zu sagen. »Die laufen hier frei herum. Normalerweise draußen. Es ist hier bloß sehr kalt, deshalb sind sie drinnen, und im Winter legen sie keine Eier. Siehst du?« Sie drehte ihr Handy zur Scheune herum, damit ihre Chefin sehen konnte, wie Jacques' Federvieh herumstolzierte.

»Uah, ekelhaft. Zugegeben, nicht so ekelhaft wie der Stall in Padang Bolak, den du mir gezeigt hast, aber schon fies.«

Orla lachte. Diese Frau an leitender Stelle eines Reisemagazin stellte sich immer nur makellose Fünf-Sterne-Unterkünfte vor. Darunter machte sie es nicht.

»Zeig mal das Rentier! Und beeil dich, in zwanzig Minuten hat Sonil Training.«

Orla schaute wieder in die Kamera. »Oh, hast du ihm endlich den Zeitmanagement-Kurs genehmigt?«

»Nein.« Frances runzelte die Stirn. »Das Training für den Esswettbewerb von Cadbury's Heroes.« Sie senkte die Stimme. »Vor zwei Tagen war ich mit ihm bei meinem Zahnarzt, und jetzt kann er seinen Kiefer noch einen Zentimeter weiter öffnen.«

Dazu fiel Orla nichts mehr ein.

»Zeig mir mal das Rentier!«, wiederholte Frances.

»Ja, klar.« Orla drehte das Handy noch mal herum und richtete es auf das vierbeinige Tier, das den Kopf offenbar ausschließlich im Futtertrog hatte, seit Jacques ihn aufgestellt hatte. »Da ist es.« Sie schwenkte die Kamera ein bisschen hoch und runter, um das ganze Rentier draufzubekommen, und zeigte am Schluss den Kopf mit den wahnsinnig blauen Augen. »Kannst du sehen, wie blau die sind?«

»Ist das KI?«, fragte Frances.

»Nein, so sehen die Augen von Rentieren im Winter aus. Hat was mit der Anpassung an das geringe Licht zu tun. Im Sommer haben sie einen goldenen Farbton und im Winter eben diesen blauen.«

»Wow, das will ich auch haben! Das muss die Wissenschaft doch können! Wer hat gesagt, dass wir uns mit farbigen Kontaktlinsen begnügen müssen?«

»Ich … Daran hatte ich noch gar nicht gedacht.«

»Es sieht ein bisschen traurig aus, oder? Die Mundwinkel hängen so. Hat es Schaum vor der Nase?«

»Es ist kalt hier«, erinnerte Orla ihre Chefin. »Also, nicht mehr ganz so kalt wie am Anfang, als wir ankamen. Da haben selbst die Bewohner gesagt, es wäre fast zu kalt, um nach draußen zu gehen. Aber sie sind erfinderisch, weißt du, sie machen Feuer, wo es nur geht, denken sich verrückte Wettbewerbe aus und suchen sich Gründe zum Feiern.«

»Das klingt ja *furchtbar*! Du bist bestimmt froh, wenn das Baby rausgedrückt ist und du zurück in die Zivilisation kannst.«

Orla schluckte. Ihr Blick ging zum Fenster der Scheune. Die Umgebung draußen sah aus wie ein Gemälde: weiß glitzernder Boden, hohe Tannen, durch die Wolken fallender Sonnenschein und in der Ferne die eisigen Bergspitzen. Ja, vielleicht war die Gegend in gewisser Hinsicht karg, aber sie war auch unheimlich friedlich, und Saint-Chambéry war nur einen Steinwurf entfernt. Orla schüttelte sich. Was machte sie gerade? Tagträumen? Sie wohnte in London, wo sich alles tummelte, was momentan angesagt war. Sie lebte inmitten des Großstadttrubels, dort gab es mehr Baristas pro Quadratmeter als sonst wo auf der Welt – zumindest fühlte es sich so an. Und es zog sie in eine noch größere Metropole: New York. Orla sammelte sich.

»Das nennt man Kalb«, erklärte sie Frances.

»Was?«

»Ein Rentierbaby.«

Frances holte hörbar Luft. »Sag nicht ›Rentierbaby‹ zu mir! Ich bin noch so traumatisiert von der Netflix-Serie, dass ich letztens eine E-Mail von einer Kollegin aus dem Büro in Glasgow löschen musste, nur weil sie Martha hieß.«

Orla drehte die Kamera wieder zu sich herum. »Hör mal, Frances, wenn das Rentier noch länger braucht, bis das Kalb geboren wird … Ich meine, wenn es nicht in den nächsten … vier oder fünf Tagen wirft, dann … dann muss ich vielleicht zurückfliegen, bevor es zur Welt kommt.« Sie hielt die Luft an. Noch nie zuvor hatte sie versucht, einen Auftrag abzuändern, sich aus einer Story rauszuziehen, bevor sie abgeschlossen war.

»Was?« Frances beugte sich auf ihrem Bürostuhl vor, die Augen ganz nah an der Kamera.

Orla schluckte. Sie musste ehrlich zu ihrer Chefin sein. Sie wurde zu Hause gebraucht. Sie hatte ihrer Mutter versprochen, am ersten Weihnachtstag da zu sein. Bisher hatte sie im Job noch nie um etwas gebeten, im Gegenteil, sie hatte ja alles stehen und liegen lassen und war hierher geflogen.

»Ich muss zu Weihnachten auf jeden Fall zu Hause sein, am besten vorher. Meine Eltern machen gerade eine schwere Zeit durch, ich muss bei ihnen sein. Ich habe jede Menge Fotos und Videos von Saint-Chambéry; das Dorf und seine Traditionen bieten deutlich mehr, als zu erwarten war. Der kleine Supermarkt mit Café wird von Delphine betrieben, mit der du schon Kontakt hattest, und der Ort ist total skurril. Es gibt eine Bar, die ihr eigenes Cider verkauft, und auf dem Marktplatz steht eine uralte Schubkarre, außerdem war ich eisfischen und habe Füchse gefüttert und …«

»Deine *Eltern* machen eine schwere Zeit durch?« Frances sprach das Wort »Eltern« aus, als schmeckten die Buchstaben bitter auf der Zunge.

»Ja«, bestätigte Orla. »Und ich würde nichts sagen, wenn es nicht sehr wichtig wäre, dass ich zurückkomme.«

»Wie alt sind deine Eltern denn?«

Orla spürte, dass das Gespräch keine gute Wendung

nahm. Und sie ahnte, dass Frances nicht wirklich wissen wollte, wann ihre Mutter und ihr Vater geboren waren.

»Frances, ich würde nicht danach fragen, wenn es nicht wirklich wichtig wäre.«

»Und warum musste deine Schwester noch mal mit dir nach Frankreich fliegen? Konnte die nicht zu Hause bleiben und sich um deine *alternden* Eltern kümmern?«

Orla seufzte und versuchte, es nicht persönlich zu nehmen. Frances besaß keine Empathie, sie konnte sich nicht in andere hineinversetzen. »Erin ist sechzehn.« Und kaum hatte sie es ausgesprochen, wusste sie, was als Nächstes kam.

»Mit sechzehn hatte ich schon meine eigene Autowaschanlage.«

Wie oft hatten sich die Kolleginnen und Kollegen anhören dürfen, wie Frances' erste Schritte als Unternehmerin ausgesehen hatten? Autowäsche, Maniküre, Kleidung aus Recyclingmaterial …

»Ich weiß«, gab Orla zurück. »Aber nicht jeder ist so motiviert und inspiriert wie du. Leider.«

»Nein«, bestätigte Frances. »Und es ist schade, das von jemandem zu hören, dem ich eigentlich eine Empfehlung fürs *Time*-Magazin schreiben wollte.«

Wow. Orla biss sich von innen auf die Wange und versuchte verzweifelt, sich nicht anmerken zu lassen, wie sehr diese Bemerkung sie traf. Das war keine Zweifel an ihrer Professionalität. Das waren ein so unglückliches Timing, wie sie es noch nie erlebt hatte. Falls Frances damit andeutete, dahinter stecke etwas anderes als die schwierige Situation in ihrer Familie, für die ihre Chefin eigentlich ein bisschen mehr Verständnis aufbringen sollte, würde Orla das nicht akzeptieren.

»Schon gut«, sagte sie fest, aber höflich. »Du brauchst mir keine Empfehlung für nichts zu schreiben. Also, ich buche meinen Rückflug, und wenn das Rentier nicht geworfen hat, bevor das Gate in Grenoble schließt, dann muss ich mit dem arbeiten, was ich bis jetzt habe und daraus den bestmöglichen Artikel machen.«

»Ich will nicht den bestmöglichen Artikel! Ich will das Rentier, auf Video, in allen blutrünstigen Details, wie es das Baby rausdrückt, scheißegal, wie man das nennt. Ich will, dass das Video die Social-Media-Feeds nur so zuspammt, wie die Bilder von Leuten, die sich ihre dicken Pickel ausdrücken lassen!«

Noble brummte, und Orla teilte ihre Meinung. Der Auftrag mutierte gerade zu der Art von vulgärer Berichterstattung, mit der sie bisher glücklicherweise noch nichts zu tun gehabt hatte.

»Ähm … Frances … Ich … kann dich … kaum noch … hören.« Orla schüttelte ihr Handy und legte das Kinn auf die Brust, um undeutlich zu klingen.

»Was ist da los? Verstehst du mich? Orla!«

»Sorry … Ich … kann nicht …«

Sie zog ihre Stiefel fest über den Scheunenboden, damit es extra laut knirschte, dann drückte sie auf den roten Button und holte tief Luft. Okay, das hätte besser laufen können. Aber eigentlich hätte es auch schlimmer werden können. Also verbuchte sie es als Plus.

Sie kraulte Nobles Fell und ließ sich von der Wärme des Tieres trösten. Inmitten der Hühner beugte sie sich vor.

»Tut mir leid«, raunte sie dem Rentier ins Ohr. »Dass wir so über die Geburt von deinem Kleinen geredet haben, als wärst du in einer Realityshow.«

Noble neigte den Kopf, und in dem Moment stutzte Orla. Sie schluckte. Ihr war etwas eingefallen. Aber das konnte nicht sein, oder? Als sie länger darüber nachdachte, wurde ihr übel.

Sie zog ihr Handy aus der Tasche, gab etwas in die Suchleiste ein und fand die Bestätigung, die sie brauchte.

42.

»Erin! Hier ist Essen vom Thai!«, rief Tommy, als Jacques ihn hereinließ. »Ich habe mir gemerkt, was du am liebsten magst! Und wenn ich was Falsches geholt habe, kannst du meins probieren!«

Hunter lief vor und fing an zu jaulen. Jacques spürte ein angespanntes Kribbeln am Hals. Irgendwas stimmte nicht. Er hielt Tommy am Arm fest, dann legte er den Finger auf die Lippen, damit sein Bruder den Mund hielt.

»Was ist los?«, flüsterte Tommy und umklammerte die Tüte mit dem Essen.

»Warte hier!«, befahl Jacques. Vorsichtig ging er durch den Flur zum hinteren Teil des Hauses, geleitet von Hunters Geräuschen. Der Hund kam zurück und leckte ihm die Hand. Jetzt wusste er, dass keine Gefahr bestand, trotzdem fühlte er, dass irgendwas nicht stimmte. Als er in die Küche kam, sah er, was es war. Neben der Tür standen zwei Reisekoffer.

»Tommy, alles klar.«

»Ich wäre so oder so gekommen«, sagte sein Bruder direkt hinter ihm. »Was ist los? Können wir essen, bevor das kalt wird? Wo sind Erin und Orla? Oh … ist das … ihr Gepäck? Wollen sie abreisen?«

Orla und Erin kamen herein.

»Ja, wir sind so gut wie weg«, antwortete Orla. »Ich wusste nicht, wann du zurück sein würdest, deshalb habe ich dafür gesorgt, dass wir abgeholt und nach Saint-Chambéry gebracht werden.«

»Was?« Tommy wirkte wie vor den Kopf gestoßen. »Aber ich habe was vom Thai geholt! Der Foodtruck kommt auf dem Weg nach Grenoble nur alle verdammten Jubeljahre mal in Saint-Chambéry vorbei, und heute war es so weit!«

»Du hast was vom Thai?« Erin ließ ihre Jacke fallen und eilte zu Tommy.

»Frühlingsrollen mit Garnelen, Panang Curry, pikante Rindfleischstreifen, ungefähr fünf Portionen Nudeln und …«

»Hör auf«, befahl Erin. »Ich hole Teller.«

»Gabeln reichen«, erwiderte Tommy.

»Erin!«, unterbrach Orla. »Wir wollen los.«

»Ja, aber ich weiß nicht, warum, und du hast gesagt, Gérard würde noch mindestens eine Stunde brauchen.«

»Du hast Gérard angerufen, damit er euch abholt?« Warum Jacques gerade das fragte, wusste er selbst nicht. Sie wollten *abreisen*?

»Komm, Erin«, sagte Tommy. »Bring die Gabeln mit. Wir lassen euch was übrig. Oder auch nicht.«

Bevor jemand etwas sagen konnte, hatten Tommy und Erin die Küche verlassen und gingen, die Tüte mit den Gerichten auf dem Arm, zum Kinoraum. Hunter winselte, dann drehte er sich im Kreis und setzte sich auf seine Matte. Es war, als spürte der Hund die Anspannung.

»Das verstehe ich nicht«, bemerkte Jacques.

»Nein.« Olga verschränkte die Arme vor der Brust. »Ich auch nicht.« Sie seufzte. »Keine Ahnung, ich dachte, du und ich, wir wären so weit, dass wir Respekt voreinander hätten. Du hast mir ein bisschen was über deine Vergangenheit erzählt, ich dir ein wenig von meiner. Du hast irgendwas Seltsames mit meinem Ohr gemacht, was meinen Spannungskopfschmerz gebessert hat. Du hast mich sogar nach einem Date gefragt! Ha! Guter Witz! Weil ich dann herausgefunden habe, dass du mich angelogen hast.«

Er hatte sie angelogen? Das stimmte nicht. Er hatte ihr so viel über sein Leben als verdeckter Ermittler erzählt wie seinem Bruder erst heute. Gut, vielleicht nicht alle Einzelheiten, von Katie oder von der Trennung seiner Eltern, aber er hatte nicht gelogen.

»Warum sagst du nichts dazu?« Orla warf die Hände hoch. »Wenn das nicht der beste Beweis für ein schlechtes Gewissen ist, dann weiß ich es auch nicht!«

»Ich habe keine Ahnung, was du meinst«, erwiderte er.

»Ach, nein?« Orla schritt auf ihn zu. »Du weißt nicht, was ich meine? Muss ich dir jetzt noch erklären, in welchem Punkt du mich angelogen hast?«

»Ja, bitte«, erwiderte Jacques, »klär mich auf!«

»Erzähl mir doch mal genau, was da drüben in der Scheune ist!« Sie wies auf das Fenster.

Ihm war immer noch nicht klar, worauf sie hinauswollte. Redete sie von den Akten mit seinen verschiedenen Identitäten? War sie ohne ihn dort gewesen? Hatte sie etwas darüber gelesen, was er getan hatte? Ohne den Code war das nicht möglich. Trotzdem …

»Die Informationen in den Alben?«, fragte er.

»Darum geht's nicht!«, schrie Orla. »Das Rentier! Das *trächtige* Rentier, das im Mittelpunkt meines Artikels stehen soll! Das wir Noble genannt haben, weil es eine Königin ist!

Das Rentier, das weder an Weihnachten noch an Ostern oder am Sankt Nimmerleinstag werfen wird, weil es ein *Männchen* ist!«

Jacques schloss die Augen. Ah. Das. Er machte die Augen wieder auf und sah Orla an. So wütend hatte er sie noch nie erlebt. Es war eine ganz andere Art von Wut als bei ihrem Kennenlernen am ersten Tag im Schnee, und noch mal anders als in dem Moment, als ihr klar geworden war, dass sie in seinem Smart Home gefangen war. Er wandte sich von ihr ab, öffnete den Kühlschrank und holte eine Flasche Weißwein heraus.

»Woher weißt du es?«, fragte er.

»Woher ich es weiß?«, rief sie. »Ist das wirklich das Erste, was dir dazu einfällt? Ich hatte irgendwie gehofft, dass du es nicht wüsstest!«

»Also, ich habe auch eine Zeit lang gebraucht, bis es mir wieder eingefallen ist. Weibliche Rentiere werfen ihr Geweih nämlich schon im Herbst ab, Weibchen erst im Frühjahr.«

»Das weiß ich!«, schrie Orla. »Dies ist nämlich nicht mein erstes Rodeo in der Wildnis, und so stocksauer ich auf dich bin, weil du mich angelogen hast, genauso stocksauer bin ich auf mich selbst, weil es mir nicht sofort aufgefallen ist!«

»Tja«, bemerkte Jacques. »Wir waren so froh, dass wir überhaupt ein Ren hatten.« Er setzte den Korkenzieher auf die Weinflasche.

»Was machst du da?«, fuhr Orla ihn an.

»Ich mache eine Flasche Wein zu dem Essen vom Thai auf. Falls Tommy und Erin nicht schon alles verputzt haben. Ansonsten haben wir noch Brot, Käse und Paté, das passt genauso gut zum Wein.«

»Ich bin gleich weg«, sagte Orla, als der Korken ploppte.

»Hast du einen Flug bekommen?«, fragte Jacques. »Heute Abend?«

Orla seufzte. »Nein, es gibt keinen in den nächsten Tagen, aber ich suche uns eine Unterkunft in Saint-Chambéry, vielleicht auch bei Delphine. Denn ihre Geschichte mit den Fenstern ist mit Sicherheit genauso falsch wie die vom trächtigen Rentier.«

»Du bleibst hier.« Jacques holte zwei Gläser aus dem Schrank.

»Nein, ich fahre.«

»Nein, du bleibst hier.«

»Das steht nicht zur Diskussion, Jacques.«

»Gut, dann ist es abgemacht: Ihr bleibt hier, bis ihr einen Flug habt, und dann fahre ich euch zum Flughafen.«

»Das habe ich nicht gesagt.«

»Nein, *ich* habe das gesagt. Und ja: Das steht nicht zur Diskussion.«

43.

Warum duftete der Wein so gut? Als Jacques die Gläser einschenkte, roch es selbst Orla. Auch sie konnte ein Glas Wein gut vertragen, um damit klarzukommen, dass der ganze Artikel jetzt, da es kein Rentierkalb gab, viel schwerer in etwas umzuschreiben war, das Frances hohe Klickzahlen brachte. Jacques hielt ihr ein Glas hin, natürlich nahm sie es an. Auch wenn sie stinksauer auf ihn war.

Sie führte das Glas an die Lippen und nippte. Der Wein schmeckte köstlich; sie gab ein Geräusch von sich, das ihre Anerkennung verriet. »Der ist gut.«

»Ist von hier. Da sind die Wildblumen der Berge drin.«

Sie trank noch einen Schluck. Er war *wirklich* gut. Und er erinnerte sie an etwas, auf das sie nicht so richtig den Finger legen konnte. Jacques hatte einen Stuhl hervorgezogen und sich hingesetzt, und ehe Orla sich versah, hatte sie es ihm nachgetan. Schweigend saßen sie da, genossen den Wein, und ihre Blicke tanzten miteinander, als ginge es darum, wer zuerst einknickte und etwas sagte. Schließlich gab Orla nach.

»Und, hat Noble Fußfäule?«

»Nein«, antwortete Jacques. »Das habe ich mir ausgedacht, um mir Zeit zu verschaffen. Ich wollte erst mit Delphine darüber sprechen, dass das Ren ein Männchen ist.«

»Also noch eine Lüge.«

Er zuckte mit den Schultern. »Wenn du so willst.«

»›Wenn ich so will‹? Nein, will ich nicht. Ich will überhaupt nicht angelogen werden.« Orla trank noch einen Schluck.

»Bist du nicht froh, dass das Tier gesund ist? Du als Tierfreundin?«

»Natürlich bin ich froh darüber«, sagte Orla. »Aber mir wäre lieber gewesen, wenn es trächtig gewesen wäre.«

»Aber als du herkamst, habe ich direkt gesagt, dass es fast unmöglich ist, dass ein Rentier zu dieser Jahreszeit kalbt.«

»Und deshalb ist es in Ordnung, dass du mich anschließend belügst?«

Er schüttelte den Kopf. »Ich entschuldige mich dafür, dass ich nicht ehrlich zu dir sein konnte.«

»Du konntest nicht?« Orla sprang sofort auf seine Formulierung an. Sie wusste, dass sein Englisch hervorragend war. Es ging um etwas anderes.

»Nein.«

»Was soll das heißen?«

»Es heißt, dass … Der Grund dafür, warum du in Saint-Chambéry bist, ist leider nicht das Rentier.«

»Und auch nicht der Mann, der nicht spricht.«

»Doch, doch, das *ist* der Grund«, erwiderte Jacques. Sein Finger fuhr am Rand des Weinglases entlang. »Besser gesagt: *Ich* bin der Grund dafür, dass du hier bist.«

»Das musst du erklären«, sagte Orla. »Und ich bitte jetzt nicht mehr um Erlaubnis, dir Fragen stellen zu dürfen.«

Er umschloss das Weinglas mit den Händen und sah in die blasse Flüssigkeit, als müsse er tief in sich gehen, um zu überlegen, wie sie nun weitermachen sollten. Dann warf er

Orla einen besorgten Blick zu. Es war die Körpersprache eines Menschen, der kurz davor war, sich der harten Realität zu stellen. Bei der Erkenntnis drückte Orla den Rücken durch und setzte sich aufrechter hin.

»Delphine hat dich hierhergelockt, weil deine Artikel so ungefähr das Einzige waren, auf das ich mich gefreut habe, über das ich gelächelt habe oder das Gefühle in mir ausgelöst hat, seit ich in Saint-Chambéry bin.«

Seine Worte erschütterten sie. So sehr, dass sie anfing zu vibrieren. Dann riss sie sich zusammen. »Was? Das … verstehe ich nicht.«

Er seufzte wieder. »Delphine ist ein Mensch, der möchte, dass alle glücklich sind.« Er schüttelte den Kopf. »Nein. Nein, es ist viel mehr. Sie möchte, dass jeder sein Leben voll auskostet. Nach den Sternen greift. Alles abschüttelt, was ihn aufhält. Akzeptiert, was nicht zu ändern ist, und nach vorn schaut.«

Orla schluckte; seine Worte hallten tief in ihr nach, aber in diesem Kontext schienen sie zu weit hergeholt. »Also, ich verstehe nicht, was das damit zu tun hat, eine Geschichte über ein trächtiges Rentier zu erfinden und mich dazu zu bringen, von England hierherzureisen, nur weil du ein Abo von *Travel in Mind* hast und meine Artikel magst.«

»Nicht?« Kurz war sein Ausdruck voller Ernst, dann brach ein kleines Lächeln auf. »Delphine war das sofort klar.« Jacques stellte sein Weinglas auf den Tisch, reckte sich und legte die Hände an den Hinterkopf. »Du würdest herkommen, die Frau, über die ich mit ihr schon so oft gesprochen hatte, und dann müsstest du bei mir wohnen, weil ihre Fenster auf einmal ausgetauscht werden müssen, wir würden über das Rentier zusammenfinden, und durch die räumliche

Nähe bliebe uns gar nichts anderes übrig als … uns ineinander zu verlieben.«

Verlieben. Wie er das sagte, mit seinem liebenswerten leicht französischen, leicht kanadisch angehauchten Akzent, machte Orla am ganzen Körper Gänsehaut. Sie musste sich konzentrieren. Sie würde abreisen. Und *Liebe* … was bedeutete schon Liebe?

»Du hast mit Delphine über mich geredet?«, hakte sie nach.

»Über deine Geschichten. Wenn ich bei ihr einen Kaffee trinke, fragt sie mich immer, wo in der Welt du diesmal wärst. Es … Das klingt komisch, wenn ich es jetzt erzähle. War es aber nicht. Es war was anderes als das hier. Eine Möglichkeit, Belgien und Deutschland aus dem Kopf zu bekommen.«

Orla wusste, dass er nicht über Belgien und Deutschland als Touristenziele sprach.

»Aber, ehrlich, ich hätte mir nicht ansatzweise vorstellen können, dass sie sich so was ausdenkt.« Jacques schüttelte den Kopf. »Andererseits ist es Blödsinn, das zu sagen. Es ist genau das, was sie tun würde. Letztes Jahr zu Weihnachten hat sie einem Lokalreporter von einem alten Käse erzählt, der hier vergraben sein soll, damit der nächste nationale Käsewettbewerb in unserem Dorf stattfindet und die Geschäfte hier davon profitieren.«

»Und was war, als es keinen vergrabenen alten Käse gab?«, fragte Orla.

Jacques hob die Augenbrauen. »Meinst du, es gab keinen?«

»*Du* hast einen vergraben! Und als alt verkauft!«

Er schmunzelte. »Der beste Käse ist nun mal alt. Wir sind

hier in Frankreich. Es wurde *vin rouge* aufgemacht. Und am Ende des Tages glauben die Leute, was sie glauben wollen.«

Orla wusste, dass das stimmte. Wie oft hatte Frances sie gezwungen, Dinge in ihren Artikeln zu ändern, damit sie etwas verlockender klangen? Orla hasste schon die kleinsten Anpassungen oder Aufwertungen von Fakten, aber sie wusste auch, dass sie nicht die Bilanz verantworten musste und dass manches sich dadurch eben deutlich besser verkaufte. Solange das Kernthema und die Werte ihres Beitrags unangetastet blieben, war ihr klar, dass sie leichte redaktionelle Eingriffe zu schlucken hatte.

»Delphine muss sich sehr um dich sorgen«, bemerkte sie und nippte wieder am Wein.

»Das ist die Sache mit anderen Menschen«, sagte Jacques. »Man kann versuchen, sie auf Abstand zu halten, aber manche weigern sich einfach.«

Orla atmete durch. »War das auch bei deiner Freundin so?«

»Glaub schon«, erwiderte Jacques. »Aber manche stößt man so weit von sich, dass man sie nicht zurückholen kann, und man merkt, dass es besser ist, wenn sie gehen.«

Orla schluckte. Hatte sie das so ähnlich bei Henry gemacht? Sie hatte nicht mehr auf seine Nachrichten reagiert und gewusst, dass das, was sie ihm schließlich dann doch schrieb, zu spät kam. Vielleicht musste sie diese Wahrheit anerkennen.

»Ich glaube, dass der Schmerz über manche Dinge dazu führt, dass wir uns abschotten«, sinnierte Orla.

»Stimmt.«

»Und dass erlittene Verletzungen unser Urteil in jeder Hinsicht eintrüben können.«

»Ja, ständig.«

»Und dass sie uns als Mensch ändern.«

»Ja.«

»Bis wir aus dem Blick verlieren, wer wir sind, was wir wollen und worum es überhaupt geht.«

»Tja …«

Orla stand auf und ging zum Fenster. Hunter hob den Kopf und spitzte die Ohren. »Und dann wachen wir eines Tages auf, und unsere Eltern werden alt und können keine Entscheidungen mehr für sich treffen, und unsere Geschwister werden älter, aber die *können* plötzlich für sich selbst entscheiden, und man arbeitet und arbeitet, weil in jedem von uns ein winziger Teil steckt, der glaubt, dass das, was man macht, zum Beispiel die Geschichten anderer Menschen wiederzugeben, unverzichtbar ist, aber oft ist man traurig und noch öfter einsam, und wenn man in den Spiegel schaut, sieht man, wie die letzte Hoffnung in den Augen schneller verglüht als der Sonnenuntergang im Winter.«

»Nein«, sagte Jacques und erhob sich. »Nein, sag das nicht!«

»Und dann hinterfragt man wirklich den Sinn des Lebens.«

»Hör auf!«, sagte Jacques.

»Denn schließlich und endlich ist es egal, was man gesagt oder getan hat …, denn es ist alles … vorbei und …«

Ihr ging die Luft aus, und was sie als Nächstes hatte sagen wollen, blieb unausgesprochen, denn Jacques drückte seinen Mund auf ihren. So leidenschaftlich und gierig, so süß und intensiv und voller Wildblumenaroma, dass es ihr sofort zu Kopf stieg. Anstatt ihren gesunden Menschenverstand einzuschalten, genoss Orla das Gefühl, sich einfach fallen zu lassen. Sie erwiderte den Kuss, heftiger, und schlang die Arme um Jacques' Hals.

»*Das* ist der Sinn von allem, glaube ich«, flüsterte er ihr ins Ohr. »So eine unbestreitbare Verbindung.«

»Aber«, wandte sie ein, »was ist, wenn es eine Fehlinterpretation ist?« Sie schaute ihn an, einen Knoten im Hals aus Furcht vor seiner Antwort.

»Aber was«, flüsterte er, »wenn nicht?«

Mehr sagte er nicht, sondern nahm sie auf den Arm und trug sie zu seinem Schlafzimmer.

44.

Wo bist du?
Was machst du?
Hallooooo!
2 verpasste Anrufe
Willst du nichts vom Thai?
4 verpasste Anrufe

Während Orla Erins Nachrichten las, klingelte ihr Handy erneut. Nackt in Jacques' Bettzeug gewickelt, wusste sie nicht, was sie zuerst tun sollte – drangehen und lügen oder sich nicht melden, sich anziehen und hoffen, dass sie von Angesicht zu Angesicht besser lügen konnte. In ihrem Alter dürfte sie sich gar nicht in so einer Position befinden – noch weniger in einer von denen, die sie vor wenigen Minuten mit Jacques eingenommen hatte …

»Lass doch!« Er schlang den Arm um ihre Taille.

»Nein«, entgegnete Orla. »Das ist Erin, und wenn ich nicht drangehe, klopft sie wahrscheinlich gleich an die Tür.«

Als sie ein Geräusch im Flur hörte, zuckte sie zusammen.

»Entspann dich«, sagte Jacques. »Das war Hunter. Die Tür ist sonst immer auf.« Er drückte einen Kuss auf Orlas Schulter. »Mach dir keine Sorgen. Hier kommt keiner.«

Auch das stand im absoluten Gegensatz zu dem, was in der vergangenen Stunde passiert war … Orla befeuchtete ihre Lippen, überwältigt von feurigen Erinnerungen. Schnell riss sie sich wieder zusammen.

»Ich muss da drangehen, sonst ruft sie immer wieder an.«

Jacques zog den Arm zurück und legte sich wieder hin.

Orla holte Luft und meldete sich. »Hallo?«

»Wo bist du?«, rief Erin. »Hast du meine Nachrichten und Anrufe nicht gesehen?«

»Wo bist du denn?«, gab Orla zurück, um Zeit zu gewinnen. Sie schob sich schnell aus dem Bett, das Handy zwischen Schulter und Ohr geklemmt, und suchte ihre Kleidung zusammen.

»Was? Moment mal, ich habe dich zuerst gefragt!«

»Ich weiß, aber irgendwas sagt mir, dass du nicht mehr mit Tommy im Kinozimmer bist.« Orla schlüpfte in ihre Unterwäsche und ihre Jeans und hob den Pulli vom Boden auf.

»Und mir sagt irgendwas, dass du nicht in der Küche bist, nicht im Wohnzimmer, im Bad, in unserem Zimmer und auch nicht in dem komischen abgeschlossenen Raum, der angeblich ein Gym ist, wie Tommy behauptet.«

»O-kay …« Orla zog sich den Pulli direkt über, ohne BH darunter.

»Und das weiß ich, weil ich in all den Räumen war und dich nirgends gesehen habe.«

Denk nach, Orla, denk nach!

»Ich bin in der Scheune«, sagte sie.

»Ach ja?«, gab Erin zurück. »Das ist ja wild.«

»Warum?« Orla drehte sich zu Jacques um. Mit geschlossenen Augen lag er nackt im Bett. Was für ein wunderschöner Körper …

»Weil ich gerade in der Scheune bin und du nicht!«, rief Erin.

Erwischt. Doch eine gute Journalistin hielt bis zum bitteren Ende an ihrer Integrität fest. Orla holte Luft. »In welcher Scheune?«

»Was?«

»Bist du bei Noble und den Hühnern?«

»Natürlich!«

»Ah, siehst du, und ich bin in der anderen Scheune. Warte kurz, ich komme rüber.«

Bevor Erin noch etwas sagen konnte, beendete Orla das Gespräch, nahm ihre Socken und Schuhe und zog sie an.

»Hast du noch eine andere Scheune?«, fragte sie Jacques.

»Was?«

»Eine andere Scheune als die mit den Hühnern und dem Rentier? Hast du irgendein scheunenähnliches Gebäude, wo ich vorgeben kann, gewesen zu sein?«

Jacques antwortete nicht, doch sie spürte, dass er sich hinter ihr im Bett bewegte.

»Du erfindest lieber ein Nebengebäude, als jemandem zu sagen, dass du mit mir in meinem Schlafzimmer bist?«

Wenn er es so ausdrückte, klang es besonders fies. Aber so war es ja nicht. Es war einfach nur pragmatisch. Erin würde denken … Egal, Orla wusste nicht wirklich, wie Erin reagieren würde; das eine war so denkbar wie das andere; jubelnde Begeisterung oder blankes Entsetzen, als hätte man einem Kind gesagt, dass es keinen Weihnachtsmann gibt. Jacques konnte doch nicht wirklich wollen, dass sie gemeinsam Hand in Hand das Schlafzimmer verließen, wo sie noch nichts besprochen hatten. Sie waren ja noch nicht mal auf dem Date gewesen, zu dem er sie eingeladen hatte.

»Darf Tommy von dir aus wissen, dass wir hier waren und … das getan haben, was wir getan haben?«, fragte Orla.

»Ich würde Tommy nicht in sämtliche Details einweihen, aber ich denke mir auch keine landwirtschaftliche Lagermöglichkeit aus, als würde ich mich dafür schämen.«

Orla schnürte ihre Schuhe. »Ich schäme mich nicht.«

»Wofür?«

»Dafür«, gab sie zurück. »Was du gesagt hast.«

»Orla …«

»Was?«

»Wir hatten Sex.«

»Ich weiß«, sagte sie. »Ich war dabei.« Doch ihre Wangen leuchteten jetzt so rot, dass sie den Weg vom Haus bis nach Saint-Chambéry im Dunkeln gefunden hätte.

»Ich auch«, flüsterte Jacques ihr von hinten ins Ohr.

Sie stand auf. »Ich muss gehen. Wenn ich hierbleibe, dann wird Erin …«

»… wissen, dass du nicht in der Scheune warst, die es nicht gibt?«

»Ähm, ja.«

Orla fiel nichts Besseres ein. Sie war verlegen. Mit Jacques hatte sie eine Linie überschritten und konnte nun nicht sagen, wie es weitergehen sollte. Sie hatte nicht nachgedacht, sich einfach ihren Gefühlen hingegeben, und vielleicht hatte das Ganze auch etwas von Verantwortungslosigkeit. Sie war zum Arbeiten hier. In Begleitung ihrer sehr leicht zu beeindruckenden Schwester. Normalerweise machte sie einen großen Bogen um das Wort Beziehung. In wenigen Tagen würde sie wieder abreisen.

»Können wir später darüber reden?«, fragte sie.

»Wirklich?«, sagte Jacques. »Ich habe nämlich das Gefühl, dass du überhaupt nicht darüber reden willst.«

»Nein … also … schon, aber …« Ihr gingen die Worte aus, und für eine Journalistin war das das Schlimmste, was passieren konnte.

»Schon gut, Orla.« Jacques sprang aus dem Bett und suchte seine Unterwäsche zusammen. »Du brauchst nichts mehr zu sagen.«

»Nein, warte, ich …«

Doch ihre Worte prallten gegen die Tür zum angeschlossenen Badezimmer, durch die er verschwunden war.

45.

Gérards Bar, Saint-Chambéry

»Hoho, okay, den hast du viel zu schnell getrunken, und du hast gesagt, der mit Pfefferminz wäre der stärkste.«

Jacques beäugte die beiden Wodkas vor sich: einen mit Karamell- und einen mit Weihnachtsstollenaroma. Eigentlich hatte er nicht vorgehabt, am Abend noch mal ins Dorf zu kommen, doch im Haus hielt er es nicht aus, seit Orla ihm nach dem, was sie zusammen getan hatten, bewusst aus dem Weg ging. Er griff zum nächsten Glas.

»So, erzählst du mir jetzt, was hier los ist?«, fragte Tommy. »Denn ich mag Gérards Bar eigentlich, durch den ganzen Weihnachtsschmuck sieht's hier aber aus, als wären wir beim Weihnachtsmann persönlich. Und dass du dir die Schnäpse hinter die Binde kippst, als wolltest du dein Inneres auf links drehen, kann nicht gut sein.«

»Warum nicht?«, fragte Jacques.

»Warum nicht was?«

»Warum sollte es nicht gut sein, dass ich mein Inneres auf links drehe?«

»Weil du der gute Bruder bist und ich weiß, dass du schon eine halbe Flasche von dem guten Saint-Chambéry-Wein intus hast, sonst hätte ich nämlich gar nicht mit deinem Motorrad herfahren dürfen.«

Jacques nickte. »*Santé!*« Er hielt das Glas hoch und kippte es hinunter.

»So, das reicht.« Tommy schob die anderen Gläser weg.

»Gérard!«, rief Jacques. »Noch 'ne Runde!«

»*Non*, Gérard! *Arrêt!*«, verlangte Tommy.

»Du hast französisch gesprochen«, bemerkte Jacques.

»Ja, ein bisschen kann ich noch. Aber bitte, Jacques, lenk nicht vom Thema ab! Was ist mit dir und Orla los?«

»*Rien*. Nichts.« Er nahm das leere Glas und überlegte, ob er den klebrigen Rest herauslecken sollte.

»Du willst hier also sitzen und mich anlügen?«

»Ich will nicht darüber reden.«

»Ja, das ist das Mantra in unserer Familie, oder? Alles, nur nicht reden.«

Jacques stellte das Glas ab und atmete tief durch. Sein Bruder hatte recht. Vollkommen recht. Was sollte das hier, dass er Weihnachtsschnäpse exte und vor der Realität floh? So verhielt sich jemand, der seine eigenen Gefühle nicht im Griff hatte, jemand, der seine Urteile und Maßstäbe von den Taten anderer beeinflussen ließ. So ein schwacher Mensch war er nicht.

»Du magst sie, oder? Du hast sie zu einem Date eingeladen.«

»Ja.«

»Und jetzt kannst du nicht mit ihr in einem Zimmer sein, ohne dich über die Geräusche ihres Laptops aufzuregen? Ich meine, Herrgott, Erins Handy pingt 24/7, weil dieser verrückte Typ vom Balkan sie nur so mit Nachrichten bombardiert, und ich habe gelernt, dass jeder Spruch von mir nur dazu führt, dass ich angeschrien werde.«

Hatte Jacques wegen Orlas Laptop gemeckert? Er konnte

sich erinnern, genervt gewesen zu sein, weil sie nur noch auf das Ding starrte und kein Wort mehr mit ihm sprach. Sicher, es war ziemlich kindisch, dass er duschen gegangen war und sie in seinem Schlafzimmer zurückgelassen hatte. Als er wiederkam, war sie weg gewesen, spurlos verschwunden, aber das Bett war gemacht, als sei nichts zwischen ihnen vorgefallen.

»Hör zu, Bro, ich weiß, dass es schwer ist, aber Orla ist nicht Katie, okay? So viel ist mir klar, selbst wenn ich erst wenig Zeit mit ihr verbracht habe.« Tommy atmete durch. »Orla denkt nach. Sie ist tiefgründig, weißt du? Sie macht sich Gedanken. Ich meine, Erin hat mir ein paar Geschichten erzählt, und die hören sich an, als ob Orla so was wie ihre Mutter war.«

Jacques nickte. Das hatte er sich gedacht. Orla war das Rückgrat ihrer Familie. Der Mensch, zu dem die anderen in schweren Zeiten aufsahen. Es war buchstäblich die Liebe zu ihrer Schwester, die sie aus dem Bett getrieben hatte. Dagegen konnte er nichts sagen. Doch er spürte auch, dass ihre Bindungsprobleme viel tiefer gingen. Sie hatte angefangen, sich ihm zu öffnen, und er hatte geglaubt, sie hätten sich ihre Gefühle eingestanden.

»Meine Therapeutin sagt, man muss in der Lage sein, seine Gefühle von den Reaktionen zu trennen«, erklärte Tommy. »Sodass man sich nicht zu eigen macht, was andere tun, nur weil man sich wegen etwas so oder so fühlt.«

Kluge Worte. Doch Jacques' Alternative bestand meistens darin, dichtzumachen, sich zu verschließen und überhaupt nicht mehr zu reagieren. Aus dem Grund hatte Katie ihn verlassen. Der Grund war nicht, *wie* er auf ihre Gefühle reagiert hatte, sondern dass er *gar nicht* darauf reagiert hatte.

»Es ist nie zu spät, weißt du. Wirklich nie«, sagte Tommy. »Also, klar, der Tod könnte einem natürlich in die Quere kommen, aber abgesehen davon …«

Der Tod. Sofort war Jacques wieder bei Delphines Krebsdiagnose. Er hatte ihr versprochen, ihre Wünsche zu respektieren, aber vielleicht musste er sich erst mal über ihre Überlebenschancen erkundigen, ohne dass sie etwas davon mitbekam.

»Alles in Ordnung?«, fragte Tommy. »Oder merkst du was von den Shots?«

»Alles gut.«

Wieder gelogen.

»Das heißt, du willst immer noch nicht über Orla sprechen? Nicht mal mit mir?«

»Ich weiß nicht, was ich sagen soll.«

»Egal, was. Muss überhaupt nicht tiefgründig sein, irgendwas.«

Jetzt hörte es sich an, als sei Tommy der Therapeut. Wenn auch nicht die Sorte, die Jacques kannte. Die Seelenklempner, die von der Polizei gestellt wurden, schienen nur sicherstellen zu wollen, dass sein Kopf noch klar genug war, um wieder arbeiten zu gehen.

»Sie schreibt über Sachen, für die sie brennt«, sagte Jacques. »Aber es sind immer nur die Geschichten anderer Menschen. Sie hält sich für nichts Besonderes.«

Nach dem letzten Satz schluckte er. Er wog schwer.

Tommy legte ihm die Hand auf die Schulter. »Gut gemacht, Bro! Das ist ein Anfang.«

46.

Jacques' Haus, außerhalb von Saint-Chambéry

»Sitz, Hunter! Hunter, mach Männchen! Nein, *Männchen*. Braver Junge.«

Von dem Hundetraining, das Erin in Jacques' Wohnzimmer durchführte, bekam Orla kaum etwas mit. Vielmehr widmete sie ihre Aufmerksamkeit dem Display des Laptops vor ihr, wo sie ihre unzulänglichen Worte zwischen verschiedene Fotos gesetzt hatte, die sie hier gemacht hatte.

»Er wird besser. Jetzt frisst er nur noch die Leckerlis, statt meine ganze Hand abzuschlabbern«, bemerkte Erin.

»Schön«, sagte Orla. Das war ihre Standardantwort, seit Jacques und Tommy das Haus verlassen hatten. »Schön« und »wow« und ein paarmal »gut gemacht«. Im Moment nutzte sie nur einen Bruchteil ihres Wortschatzes, sowohl auf Papier als auch im Gespräch.

»Und, hattest du Sex mit Jacques?«, fragte Erin.

»Was?«, rief Orla.

»Jetzt ist sie wach. Und es gab mal eine andere Antwort als ›schön‹, ›wow‹ oder ›gut gemacht‹.«

»Schocktaktik, Erin, echt? Das ist doch normalerweise Mums Methode. Aber meistens kommt bei ihr irgendwas völlig Absurdes wie …«

»Hast du gehört, dass man jetzt Smoothies aus Autoreifen macht?«

»Genau.«

»Aber was ich gesagt habe, war nicht absurd«, beharrte Erin und strich Hunter über den Kopf. »Ist eine ernst gemeinte Frage.«

Ihre kleine Schwester sah Orla auf diese bestimmte Weise an, die sie mittlerweile perfektioniert hatte.

In Orla wuchs die Spannung, sie musste sich räuspern. Was sollte sie sagen? Sie atmete durch. Nur die Wahrheit befreite.

»Woher weißt du das?«

Erin schnappte nach Luft. »Bis eben wusste ich gar nichts. Jetzt aber schon. Deshalb sind sie also runter ins Dorf gefahren. Weil er dir aus dem Weg geht. Tja, du hast ihn ja auch ganz schön angeschnauzt.«

»Ja?«

»Na, er dich allerdings auch. Wie zu Hause, wenn Mum und Dad sich über irgendeine Rateshow im Fernsehen streiten.«

Na, super. Orla hatte sich also verraten, und jetzt eiferte sie auch noch ihren Eltern nach. Im Moment war sie kein besonders gutes Vorbild für ihre Schwester.

»Ist es also nicht gut gelaufen?«, fragte Erin. »Bist du ein bisschen außer Übung?«

»Nein! Ja, schon, aber …«

»Ich habe überall nachgelesen, und da steht immer, man könnte es nicht verlernen, wie Fahrradfahren, aber das verstehe ich nicht, weil Fahrräder immer zig Gänge haben und manche sogar einen Motor und einen Akku, das ist doch kompliziert.«

Orla suchte nach einer Antwort. Es war nicht kompliziert gewesen, sondern wirklich leicht, mühelos im besten Sinne und voller Leidenschaft.

»Okay, an deinem Gesichtsausdruck lese ich ab, dass es nichts mit Mountainbiken zu tun hatte.«

Hunter bellte. Aus einem nur ihr bekannten Grund belohnte Erin das mit einem Leckerli.

»Es hätte nicht passieren dürfen«, sagte Orla. »Das war eine schlechte Entscheidung von uns beiden. Wir fliegen in ein paar Tagen zurück nach London. Es ist sinnlos.«

»Es sei denn, du glaubst an die Liebe«, sagte Erin und bewegte die Hand vor Hunter, sodass er sich im Kreis drehte.

»Die aus dem Märchen? Ich glaube, wir wissen beide, dass die im realen Leben nicht existiert.«

»Vielleicht ja doch. Du musst ihr nur eine Chance geben. Wie ich bei Burim.«

Das war so eine altmodische Einstellung, dass Orla ihre Schwester wie in deren Kindheit mit einem Dornröschenschloss vor sich sah. Klein-Erin hatte die Puppen für den Ball ausstaffiert und glaubte fest daran, dass ein erster Tanz unweigerlich zum Happy End führte.

»Wenn du immer davon ausgehst, dass andere dich enttäuschen, wirst du niemals jemanden an dich heranlassen«, fuhr Erin fort. »Oder du rechnest damit, dass du im Stich gelassen wirst, obwohl in Wirklichkeit du den Typen fallen lässt.«

Sie war aus Jacques' Bett geflohen. Kaum hatte sie sich von ihm losgemacht, suchte sie auch schon eine Ausrede, um zu verschwinden.

»Du musst ihn ja nicht heiraten, Orla«, sagte Erin. »Aber jeder sieht, dass da was zwischen euch ist.«

»Wirklich?«, fragte sie.

»Ja! Tommy findet das auch. Jacques hatte wohl mal eine Freundin namens Katie, und die hat ihn überhaupt nicht verstanden. Klar, er ist ziemlich verschlossen, aber Tommy meint, es wäre schon was ganz Besonderes, wenn Jacques dir auch nur einen kleinen Teil von sich zeigt.«

Orla hatte tatsächlich das Gefühl, dass sie ihn allmählich besser kannte, dass er diese Tür nicht jedem öffnete und dass das, was er tief in sich verbarg, so sicher verschlossen war wie sein Smart Home.

»Übrigens«, sagte Erin und kraulte Hunter hinter den Ohren. »Ich glaube, Delphine hat Krebs. Wenn sie denkt, keiner hört zu, hustet sie ganz furchtbar, und wenn sie auf Toilette geht, übergibt sie sich oft. Außerdem hat sie Tabletten in der Handtasche. Ich habe sie gegoogelt.«

»Was?«, rief Orla.

»Ich wusste nicht, ob ich was sagen soll, aber, na ja, wenn Saint-Chambéry wirklich so eine enge Gemeinschaft ist, wie immer behauptet wird, dann müssten es ja alle wissen, oder? Und es muss ihr ganz gut gehen, sonst würde sie nicht herumlaufen, Veranstaltungen organisieren, die Leute herumkommandieren und mir erzählen, ich würde dieses Jahr die Schubkarrenkönigin. Ich meine, ich weiß ja nicht mal, ob wir zu dem Fest noch hier sind, aber eine Krone zu tragen fände ich schon cool.«

Das musste Erin falsch verstanden haben. Aber wenn nicht, schienen Orlas romantische Probleme plötzlich gar nicht mehr so wichtig zu sein.

47.

»Ist Delphine krank?«

Jacques zuckte zusammen. Er war gerade hereingekommen, während Orla mit Hunter im Flur stand. Er hatte sich noch länger draußen aufgehalten, sich vergewissert, dass sein Motorrad ordentlich verstaut war, dass es den Hühnern und dem Rentier gut ging. Tommy war schon reingegangen; er hatte nur das Motorrad fahren wollen. Alles, was danach kam, interessierte ihn nicht. Jacques' Herz klopfte laut angesichts der unmittelbaren Konfrontation, auf die er nicht vorbereitet war.

»Was?« Er streichelte den Hund.

»Ach, Jacques.« Orla schüttelte den Kopf. »Lüg mich nicht wieder an! Ich habe wirklich genug von Männern, die nicht die Wahrheit sagen. Besonders, da einer mit deiner Vergangenheit das deutlich besser können müsste.«

Er schluckte. Vielleicht war es gut, dass sie ihn durchschaute. Es bedeutete möglicherweise, dass er endlich normal sein konnte, nicht mehr der verkniffene, zugeknöpfte Klon seiner selbst, der nicht ein Mindestmaß an Gefühl zeigte. Dann überlegte er, warum sie das fragte. War etwas passiert? Ging es Delphine gut? Er war doch gerade erst mit Tommy aus dem Dorf gekommen.

»Alles okay?«, fragte er, während sich Hunter in die Küche zurückzog.

»Das frage ich dich.«

»Ja, klar.«

»Und? Sind wir wieder so weit, dass ich um Erlaubnis bitten muss, um Fragen zu stellen?«

»Nein, nein«, beeilte er sich zu sagen. »Aber Delphine hat hier doch nicht angerufen, oder? Braucht sie Hilfe?«

»Nein, sie hat nicht angerufen.«

»Gut.« Jacques schälte sich aus seiner Jacke und trat die Stiefel auf der Matte aus.

»Und?«, fragte Orla.

»Sie hat mich gebeten, mit niemandem darüber zu sprechen.« Jacques hängte seine Jacke auf.

»Also stimmt es!« Orla holte tief Luft. »Sie hat Krebs?«

»Moment mal, was?« Woher wusste Orla das?

»Erin hat Tabletten in ihrer Handtasche gesehen und im Internet recherchiert. Außerdem meinte sie, Delphine hätte einen schlimmen Husten.«

Sie hatte einen Husten? Seit wann denn das? Bedeutete das, es wurde schlimmer? Bevor Jacques es merkte, war er schon in der Küche. Auch den Whisky schenkte er wie fremdgesteuert ein. Er reichte Orla ein Glas und trank dann aus seinem eigenen.

»Sie will keine Operation, die ihr das Leben retten könnte.«

»Was?!«

Jacques nickte. »Sie will lieber ein letztes Weihnachtsfest, wo alles perfekt ist, mit den Leuten, die ihr wichtig sind, als im Krankenhaus zu liegen und Schmerzen zu haben. Außerdem könnte es ja sein, dass die Operation ihr nicht hilft.«

»Das ist doch irre!« rief Orla. »Heutzutage sind Operationen bei solchen Geschichten doch viel erfolgreicher!«

»Du kennst Delphine. Du weißt, wie sie sein kann.« Er lehnte sich gegen die Arbeitsfläche. »Sie ist verdammt stur.«

»Hm«, machte Orla und schüttelte den Kopf. »Tja, sie weiß aber noch nicht, wie energisch ich werden kann, wenn ich von einer Sache überzeugt bin.«

Jacques sah das Feuer in ihren Augen, ihre absolute Entschlossenheit – wie die Leidenschaft, als sie sich auf ihm gewunden hatte. Er schluckte, der Whisky brannte in seinem Magen.

»Wir müssen recherchieren.« Orla schlug auf die Arbeitsfläche. »Wir müssen in Erfahrung bringen, wie genau die Therapie abläuft, und dann suchen wir nach Statistiken zu den Erfolgsaussichten. Wenn man Beweise vorgelegt bekommt, fällt es einem viel schwerer, dagegen zu argumentieren.«

Wie in seinem Beruf. Auch er hatte Risiken eingehen müssen, damit die Verbrecher nicht wieder den Kopf aus der Schlinge ziehen konnten.

»Mittlerweile spielt es eine große Rolle, wie sich der Patient mit den Behandlungen fühlt! Als ich im Amazonas-Regenwald war, war ich oft bei einem Clan, der alle möglichen pflanzlichen Heilmittel entdeckt hatte, und damit meine ich so wirksame Stoffe, dass ein Pharmaunternehmen das näher erforschen wollte. Wer weiß, wenn wir mit Delphine über natürliche Behandlungsmethoden reden, ist sie vielleicht zugänglicher.«

Hoffnung. Sofort verbreitete Orla Hoffnung. Das war auch etwas, das er aus ihren Artikeln kannte. Jacques seufzte, zog einen Stuhl hervor und ließ sich darauf sinken, als wäre sein Körper plötzlich so schwer wie ein Stein.

»Warum sagst du nichts?«, fragte sie. »Du kannst doch nicht wollen, dass diese Frau, der du so wichtig bist, nur noch ein letztes Weihnachtsfest hat und dann nicht mehr lebt? Ich meine, sag mir Bescheid, wenn ich mich irre, aber sie ist so ziemlich der einzige Grund, der dich davon abgehalten hat, zu einem Einsiedler zu werden.«

»Du hast recht.« Jacques starrte in sein Glas.

»Wo ist dann das Problem? Wir sollten zu ihr fahren. Runter ins Dorf. Mit ihr reden.«

Er schüttelte den Kopf. »Nein, denn wenn wir jetzt zu ihr gehen und ihr das alles erzählen, würden wir das für uns tun und nicht für sie. Das hat sie selbst zu mir gesagt.«

»Okay, gut.« Orla zog den Stuhl ihm gegenüber hervor und setzte sich. »Ich verstehe, was du damit sagen willst, aber weißt du, manchmal ändern Menschen ihre Meinung, wenn man ihnen einen neuen Blickwinkel zeigt, eine andere Perspektive.«

»Ich glaube, der Fachausdruck dafür lautet ›Nötigung‹, oder?«

»Das ist eine ziemlich gewagte Interpretation.«

Er sah sie an. »Ich habe mich sehr lange an der Schwelle zur Nötigung bewegt, Orla. Am Ende des Tages muss jeder in der Lage sein, für sich zu entscheiden, unabhängig davon, was wir zwei für das Beste halten mögen. Egal, ob gut oder schlecht.«

»Das weiß ich!«

»Wirklich?«

»Natürlich!«

»Auch dann, wenn du die Ehe deiner Eltern zu retten versuchst? Oder wenn du Erin sagst, was für Gefühle sie für den Mann in ihrem Handy haben soll?«

Er sah, wie sich ihre Augen bei seinen Worten verdunkelten und das Feuer erlosch wie die Flamme einer Kerze. Das war nicht seine Absicht gewesen, eigentlich hatte er auf ihre Welle der Begeisterung springen und mitsurfen wollen.

»Du findest es also falsch, anderen zu helfen? Hast du das in deinem Beruf nicht auch gemacht?«

»Ich habe nicht gesagt, dass wir es nicht versuchen sollen.«

»Was dann?«

»Nur dass Helfen etwas ganz anderes ist, als etwas selbst in die Hand zu nehmen.«

»Du hältst mich für jemanden, der sich zu sehr einmischt.«

»Ich glaube, es fällt dir schwer zu akzeptieren, dass man anderen Fehler zugestehen muss. Dass sie sich falsch entscheiden und auch versagen können.«

»Aha«, sagte Orla. »Und du fühlst dich jetzt qualifiziert, solche Einschätzungen abzugeben, weil wir miteinander geschlafen haben?«

Jacques schüttelte den Kopf und atmete durch geschlossene Zähne ein. »Überhaupt nicht. Aber zumindest stehst du jetzt dazu, dass es passiert ist.«

»Das habe ich nie geleugnet!«, setzte sie nach. »Ich wollte es bloß nicht vor meiner leicht zu beeindruckenden sechzehnjährigen Schwester raushängen lassen.«

»Weil du denkst, dass man so was verbergen und sich dafür schämen muss?«

»Weil wir uns noch nicht lange kennen und ich so was normalerweise nicht mache, und weil ich sie die ganze Zeit bequatsche, mit ihrem Typen nicht so weit zu gehen.«

»Du mischst dich ein«, sagte Jacques.

»Du gehst mir jetzt wirklich auf die Nerven!«

»Gut! Mir ist nämlich klar geworden, was in all deinen Reportagen fehlt!«

»Ah, natürlich, jetzt bist du mit meiner übergriffigen Persönlichkeit fertig und fängst an, auf meiner Karriere rumzuhacken, ja? Du hast gesagt, du würdest meine Artikel mögen!«

Sie sprang vom Stuhl auf. Jetzt würde sie entweder den Raum verlassen oder Jacques mit irgendeinem Obst aus der Schale bewerfen. Egal. Er würde das durchziehen.

»Du schreibst nur über positive Sachen.«

Sie beugte sich vor. »Das stimmt nicht!«, schleuderte sie ihm entgegen.

»Doch, klar. Ich weiß nicht, ob du die Vorgabe bekommen hast oder ob am Ende gekürzt wird, aber …«

»Was?«

»Die Menschen und Tiere und die außergewöhnlichen Orte, über die du schreibst, müssen doch auch problematische Seiten haben.«

»Natürlich haben sie die!«

»Warum deutest du so was dann immer nur kurz an? Je schwieriger die Reise, desto stärker wirkt doch wohl das glückliche Ende.«

»Ich schreibe ständig über schwierige Reisen!«

»Aber du gehst in den schwierigen Teil nie voll rein«, sagte er. »Deine Worte plätschern darüber hinweg und tragen den Leser zu den guten Dingen; sie lenken seine Aufmerksamkeit auf neu entstehende Gemeinschaften, auf sich fortpflanzende Tiere oder auf Fortschritte in der Umwelt.«

»Willst du lieber lesen, dass es mit der Welt in wenigen hundert Jahren vorbei ist? Darüber gibt es genug andere Artikel.«

»Du hörst mir nicht zu«, sagte er.

»Und du lenkst nur ab. So wie du es tust, seit ich hier bin. Hauptsache, du kannst die anderen mit deinen vielen Identitäten verwirren, damit sie nicht merken, wie unfähig du darin bist, dich der Realität zu stellen.«

»Man soll nicht von sich auf andere schließen – heißt das Sprichwort nicht so?«

»Ah, jetzt glaubst du auch noch, wir wären uns ähnlich?«

Jacques stand auf und ging um den Tisch herum zu ihr. »Ich glaube, wir verstecken beide unsere Gefühle, damit wir nur uns selbst verletzen.«

»Ich höre nicht mehr zu«, erklärte Orla. »Ich habe auch keine Zeit für so was. Ich bin wach geblieben, um dich nach Delphine zu fragen, das habe ich gemacht, und du bist anderer Ansicht. Du hast meine Arbeit verrissen, das Einzige, worauf ich stolz bin, und du hast mich als jemanden hingestellt, der lieber Dinge zukleistert, anstatt sich ihnen zu stellen, und …«

Er konnte nicht anders: Im Bruchteil einer Sekunde legte er sie flach auf den Tisch, exakt genauso wie vor ein paar Tagen.

»Du weißt, dass ich deine Artikel unglaublich finde«, sagte er, und beugte sich über sie. »Sie haben mir die Welt hier nach Saint-Chambéry gebracht.« Er strich Orlas Haare glatt, sie sah zu ihm hoch. »Aber du bräuchtest keine Angst zu haben, die Risse ebenfalls zu zeigen, mitsamt dem Ausbessern und dem Ergebnis.«

Sie bebte leicht. »Niemand will die Risse sehen.«

»Doch, doch«, entgegnete Jacques. »Das ist mir auch jetzt erst klar geworden. Als ich mir Gedanken darüber gemacht habe, was dich so weit gebracht hat. Erst dadurch wird eine Geschichte richtig interessant.«

»Wirklich?«

»Ja, Orla. Erst als ich gemerkt habe, wie es ist, auch die Risse von jemandem unbedingt kennenlernen zu wollen, habe ich verstanden, dass ich lernen muss, auch meine eigenen zu zeigen.«

Er schaute ihr in die Augen und erblickte jemand ganz anderen als sonst. In diesem Moment war sie verletzlich, so pur, wie er sie noch nie gesehen hatte. Und ihm gefiel, wie sich die Ehrlichkeit in ihrem Blick spiegelte.

»Und diese Anteile willst du *mir* zeigen?«, fragte Orla.

»Ja.«

»Aber was ist, wenn ich dir meine nicht zeigen kann?«

»Vielleicht ist das für uns beide eine Aufgabe, der wir uns das ganze Leben lang stellen müssen. Aber das ist in Ordnung.«

Er zitterte leicht, als er seine Lippen auf ihre senkte.

»Boah! Guck weg!«

Tommy war mit Hunter hereingekommen, der bellend an den beiden hochsprang. Jacques machte einen Schritt nach hinten und drehte sich zu seinem Bruder um, während Orla sich aufrichtete.

»Was ist?«, fragte Jacques.

»Wegen Erin«, sagte Tommy. »Sie hat mir geschrieben. Eigentlich soll ich nichts sagen, aber, sie ist echt durchgeknallt, deshalb …«

»Raus damit!«, befahl Jacques.

»Sie ist weg«, sagte Tommy.

»Weg?«, rief Orla. »Weg wohin? Vor einer Stunde war sie noch in unserem Zimmer.«

»Sie will Burim treffen.«

48.

Orlas Herz raste. So ähnlich wie der Pick-up, den sie fahren musste, weil Jacques zu viel getrunken hatte. Sie hatte Panik. Wegen ihrer Schwester. Wegen ihrer mangelhaften Fähigkeit, dieses Fahrzeug auf der Schneedecke sicher zu steuern. Sie wusste nicht mal, ob sie den richtigen Weg nahm. Abgesehen von der ziemlich kurzen Nachricht, die Erin Tommy geschickt hatte, wusste sie nicht viel. Warum hatte sich ihre Schwester an Tommy gewandt? Warum war sie nicht zu ihr gekommen? Gut, vielleicht unterstützte sie die Geschichte mit Burim nicht zu hundert Prozent, aber sie wollte doch nicht, dass Erin Angst hatte, ihr etwas zu erzählen!

»Da ist ein Kaninchen!«, rief Jacques.

Orla riss das Lenkrad herum und rang nach Luft, als es ihr gelang, dem Tier gerade noch auszuweichen. »Hast du ihr Handy schon geortet?«

»Nein.«

»Versuch's noch mal!«

»Tue ich gerade.«

»Du musst die Seite aktualisieren.«

»Orla, guck bitte auf die Straße!«

»Und du guck auf das Handy! Sie schaltet es nie aus. Sie unterdrückt ihren Standort absichtlich! Das ist gefährlich, weil sie sich hier nicht auskennt und weil es hier buchstäblich nichts gibt als Natur und wilde Tiere, und was ist, wenn ich in die völlig falsche Richtung fahre? Was, wenn sie in die andere Richtung gelaufen ist, weg von Saint-Chambéry und der Zivilisation?!« Orla würde jeden Moment hyperventilieren.

»Hör mir mal zu!«, sagte Jacques mit fester, beruhigender Stimme. »Im Moment ist es egal, in welche Richtung sie gegangen ist.«

»Was? Nein, das ist nicht egal! Sie hat nur eine leichte Jacke an! Es ist noch so kalt und dunkel … An manchen Tagen findet sie kaum den Weg aus ihrem Zimmer!«

»Orla, sie kommt klar.« Jacques legte ihr die Hand auf die Schulter. »Und es ist egal, in welche Richtung sie gegangen ist, weil wir, sobald wir in Saint-Chambéry sind, andere um Unterstützung bitten können. Dann machen wir einen Plan und schicken die Leute in unterschiedliche Richtungen.«

Das klang vernünftig. Nur dass Jacques, als er »die Leute« sagte, an die Alten wie Gérard und Delphine dachte, und gerade Delphine hatte zu viel am Hals, auch ohne die Suche nach Erin.

»Gut.« Orlas Atem wurde etwas ruhiger. Doch schon prasselten wieder Gedanken auf sie ein: Sollte sie ihre Mutter oder ihren Vater anrufen? Nein. Noch nicht. Sie wusste ja nichts Näheres. Wie weit konnte Erin in einer Stunde gekommen sein?

»Erzähl mal von diesem Typen, Burim. Wie heißt er weiter?«

Die Frage lenkte Orla ab. Sie richtete den Blick auf die abschüssige vereiste Fahrbahn, doch in ihrem Kopf drehte es sich wie der Schneebesen der KitchenAid. »Ich … keine Ahnung.«

»Erzähl das, was du weißt!«, forderte Jacques.

Ein kurzer Seitenblick, und sie sah, dass er sein Handy in den Händen hielt. »Was machst du da? Postest du was auf Social Media?« Das war eine gute Idee von ihm. Nur dass Tante Bren noch öfter auf Facebook als auf den Klatschseiten im Internet war. Sie würde es sehen und Orlas Eltern erzählen.

»Ich habe kein Social Media«, erinnerte er sie. »Aber ich kenne eine Menge Leute. Sag mir, was du weißt.«

Denk nach, Orla, denk nach! »Er hat mittelbraune Haare ... meine ich ... nicht dunkelbraun, nicht hellbraun. Er trägt Unterwäsche von Lacoste.«

»Hat er ein Auto?«

»Weiß ich nicht. Doch, sein Vater hat ... einen alten Mercedes.«

»Beruf?«

»Er oder sein Vater?«

»Beide.«

»Das weiß ich echt nicht.« Sie seufzte und zerbrach sich den Kopf. »Er lebt in Albanien. Er geht ins Fitnessstudio. Er will Boxer werden. Er mag Avocados. Argh! Warum ist das Erin alles so wichtig und uns keine Hilfe?«

»Schon gut«, versicherte Jacques ihr. »Wir finden die beiden.«

»*Chocolat chaud.*«

Ehe Orla sich versah, hatte Delphine ihr einen Becher in die Hände gedrückt. Das Supermarktcafé war jetzt die Einsatzzentrale, und Jacques stand in der Mitte, teilte Abschnitte auf Karten ein und informierte die Helfer, wie Erin aussah und welche Farbe ihre Jacke hatte. Auf einmal fühlte sich das alles real an. Ihre kleine Schwester war verschwunden. Sicher, es war noch nicht lange her, aber während die Minuten vergingen, machte sich Orla immer mehr Sorgen. Denn sie wusste, dass es ihre Schuld war. Sie hatte nicht gut und lange genug zugehört, hatte nicht auf die Details geachtet, auf die Tiefe von Erins Gefühlen für Burim. Sie hatte auf Grundlage ihrer eigenen Erfahrungen Vermutungen über die »Situationship« der beiden angestellt. Und die Beziehung der beiden dadurch nie richtig ernst genommen.

»Orla, du musst das trinken«, beharrte Delphine und legte Orlas Finger um den Becher.

So herrlich die heiße Schokolade auch duftete und so sehr Orla auch vor Kälte und Anspannung zitterte, wusste sie, dass sie nichts hinunterbekommen würde. Dennoch sah sie Delphine an und hielt den Becher wie angewiesen fest.

»Mit Erin wird alles gut sein«, sagte Delphine, zog einen Stuhl hervor und bugsierte Orla dorthin.

»Nein, das geht nicht.« Ihr Gesäß schwebte über der Sitzfläche.

»Du *musst* sitzen«, befahl Delphine. »Denn wenn das Mädchen wieder da ist, braucht sie dich – und zwar ausgeruht.«

»Aber ich kann nicht rumsitzen und heiße Schokolade trinken, wenn hier Leute sind, *Fremde*, die ihr Äußerstes tun, um meine Schwester zu finden!«

»*S'il te plaît.* Setz dich wenigstens kurz. Jacques hat alles im Griff. Und diese Menschen sind keine Fremden. Wenn du nach Saint-Chambéry kommst, gehört ein Teil von dir hierher.« Delphine lächelte. »Das Dorf passt auf uns auf. Deshalb bin ich auch überzeugt, dass alles gut ist mit Erin. Sie wird dieses Jahr die Königin der *brouette*.«

Orla schluckte. »Aber, Delphine, du weißt doch, dass wir bald abreisen.«

Die alte Frau setzte sich zu ihr und winkte ab. »Habe ich nicht gerade gesagt, dass das Dorf auf uns aufpasst? Vielleicht ist das der Grund, warum du noch keinen Flug gefunden hast oder warum Erin losgegangen ist, um ihre Liebe zu finden.«

Liebe. Erin konnte nicht verliebt sein. Sie und Burim hatten sich noch nie gesehen. Doch in diesem Moment war Orla alles egal; sie wollte nur sichergehen, dass es ihrer Schwester gut ging.

»Du weißt es«, sagte Delphine. »Oder?«

Orla wusste nicht, was sie antworten sollte. Sprach Delphine gerade von ihrer Krankheit? Davon, dass Noble ein Männchen war? Dass Jacques mit den Spätfolgen seines Berufs kämpfte? Vielleicht passte Saint-Chambéry auf sie auf, aber es barg auch viele Geheimnisse. Orla schwieg in der Hoffnung, dass Delphine sich weiter erklärte.

»Jacques hat dir von meinem Krebs erzählt.«

»Ähm, ich …«

Delphine seufzte, atmete beklommen aus und griff nach einer Lamettaschlange über der Rückenlehne des Stuhls, um sie durch ihre Finger gleiten zu lassen. »Das wusste ich. Wenn er tatsächlich die Gefühle für dich hegt, die ich vermute.«

»So ist das nicht«, verteidigte Orla sich. »Ich habe ihn gezwungen. Eigentlich hat Erin …«

Wieder winkte Delphine ab. »Ist egal. Bald weiß es eh jeder. Aber du irrst dich, hörst du, wenn du meinst, es wäre nicht so. Ich sehe, wie Jacques in deiner Nähe ist. Wie ihr zusammen seid. Es ist die Verbindung, die sich jeder wünscht, die aber unglaublich selten ist.«

Orla schluckte, ihr Blick wanderte zurück zu Jacques. Er stand neben einem der großen Tannenbäume, schrieb etwas auf Zettel und verteilte sie. Mit ernstem Gesichtsausdruck wies er auf den Ausgang.

»Ihr seid euch ähnlich, aber es gibt auch Unterschiede. Beide seid ihr Freigeister. Aber das ist für jeden von euch eine Form von Schutz. Bei ihm, weil es sein Beruf und die furchtbaren Dinge, die er mitgemacht hat, in ihm verankert haben. Bei dir, weil du im Stich gelassen wurdest, als du verletzlich warst, weil du dich deiner Traurigkeit nicht stellen willst und dich deshalb lieber in die Angelegenheiten anderer Leute einmischst.«

Sie mischte sich ein? Warum kannten die Leute in diesem Dorf sie besser als sie sich selbst?

»Jacques hält zu allem Abstand. Ich habe erst peu à peu mehr von ihm erfahren.« Seufzend richtete Delphine den Blick auf den großen, breitschultrigen Mann, der die Suchaktion koordinierte. »Aber in ihm ist ein Kern aus purer Güte. Er war mal ganz groß und dehnbar, aber durch die Umstände ist er geschrumpft, ganz schrumpelig geworden. Doch der Kern ist noch da, die Güte ist nicht weg, sie muss nur wieder wachsen.«

Orla zitterte immer noch. Sie dachte an Erin draußen in der Kälte, an ihre eigenen vereisten Gefühle, sie dachte daran, dass sie diesen auf ihre Arbeit zugeschnittenen, einsamen Weg eingeschlagen hatte und nur Gesellschaft zuließ, wenn es ein Problem zu lösen galt.

»Trink die Schokolade, Orla«, sagte Delphine noch mal. »Es gibt nichts, was durch etwas Süßes nicht besser würde.«

Orla führte den Becher zum Mund und trank einen Schluck. Mit Erin wird alles gut. *Bitte, lass mit Erin alles gut sein.*

49.

Jacques fühlte sich verantwortlich. Er war zu beschäftigt gewesen und hatte das Geschehen aus den Augen verloren, hatte zugelassen, dass er Gefühle für Orla entwickelte, und nun war jemand unter seinem Dach – vorübergehend in seinem Verantwortungsbereich – verschwunden. *Aus seinem Safe House.* Welch Ironie der Geschichte! Und zu allem Überfluss hatte er dummerweise zu viel getrunken, um fahren zu können. Eigentlich müsste er die Suche in einem von Gérards Schneemobilen anführen und dafür sorgen, dass Erin gefunden wurde. So einfallsreich sie auch war, und so genau er auch wusste, was Tommy in einer ähnlichen Lage tun würde, konnten die französischen Berge doch brutal sein, der Temperaturabfall extrem, und mittlerweile war es stockdunkel. Jacques zog seine Jacke zu und tätschelte Hunters Kopf. Er hoffte inständig, nicht auf Hunters Fähigkeiten zurückgreifen zu müssen, unter Schnee verschüttete Menschen zu finden.

»Ich komme mit.« Orla tauchte neben ihm auf.

»Nein, Orla.«

»Das kannst du mir nicht verbieten, schließlich geht es um meine Schwester.«

»Und wenn ich sie zurückbringe, ist sie unterkühlt und müde und wird dich brauchen, damit du ihr die Haare kämmst und sie beruhigst, was ich nicht gut kann.« Er sah sie ernst an.

»So was Ähnliches hat Delphine auch gesagt.«

»Und Delphine hat fast immer recht.« Jacques schluckte. »So, jetzt lass mich das tun, was ich gut kann.«

Hunter bellte einmal, als würde auch er Orla ermahnen.

»Manchmal«, sagte sie, nahm eine Mütze vom Tisch und zog sie über, »müssen wir Dinge tun, für die wir unsere Komfortzone verlassen müssen. Oft stellen wir dann fest, dass es gar nicht so schlimm ist, wie wir gedacht haben. Es geht darum, die Risse zu akzeptieren, oder?«

Er wusste nicht, ob sie über sich selbst oder ihn sprach. Aber er spürte, dass sie seinem Rat nicht folgen würde. Vielleicht war es klug, ihre Entscheidung zu akzeptieren, sich zu konzentrieren und Orla wie die übrigen Freiwilligen einzuweisen.

»Gut«, sagte Jacques. »Aber in den Bergen tust du, was ich sage. Es ist gefährlich und …«

»Können wir los?« Zum tausendsten Mal schaute Orla auf ihr Handydisplay und aktualisierte ihre Ortungssoftware. »Es fühlt sich nämlich an, als hätten wir viel zu lange hier rumgesessen, und Erin kann ziemlich schnell sein, wenn sie will.«

»Orla, das ist mein Ernst.«

»Meiner auch.« Sie ging zur Tür.

* * *

Hunter bellte einmal. Es war ein Laut, der Unsicherheit ausdrückte. Irgendetwas stimmte nicht, aber es war nicht dringend genug, um alle in Panik zu versetzen.

»Gut, Hunter«, sagte Jacques, kraulte den Hund am Kopf und prüfte den Boden rund um das Tier.

»Was ist?«, fragte Orla mit klappernden Zähnen.

Jacques untersuchte den Schnee. Da lag etwas, was nicht dorthin gehörte. Kekskrümel. Nein, keine Kekse. *Plätzchen*. Delphines Plätzchen.

»Jacques«, drängte Orla. »Was ist?«

»Krümel von Delphines Plätzchen.«

»Erin liebt die. Delphine hat ihr gestern noch welche gegeben.«

»Sie ist hier gewesen.«

Hunter bellte wieder, einige Meter weiter.

Jacques folgte ihm. »Hier sind noch mehr.«

»Glaubst du, sie hat uns eine Spur hinterlassen?« Orla stürzte nach vorn.

Jacques streckte den Arm aus. »Nicht rennen! Damit zerstörst du alle Spuren, die noch auf dem Boden sein könnten.«

»Ich will sie doch nur finden«, sagte Orla mit bebender Stimme.

»Ich weiß«, gab er zurück. »Wir auch.«

»Ich will sie nicht verlieren.«

Da nahm er ihren Arm, hin- und hergerissen zwischen dem Bedürfnis, sie zu beruhigen und ihr seine Solidarität zu versichern. »Du verlierst sie nicht.«

Sie kämpfte mit sich. Er sah es an ihrem Blick. Er wollte sie an sich ziehen, die Arme um sie legen, ihr sagen, dass alles gut wird …

Da ertönte ein kurzer Pfiff. Dann noch einer. Und ein dritter.

»Was war das?«, fragte Orla mit gequältem Gesichtsausdruck.

»Die Gruppe vor uns hat etwas gefunden.«

»Was denn?« Orla wirkte eher verängstigt als erleichtert. »Was?«

Er wusste, welche Anweisungen er gegeben hatte. Drei Pfiffe bedeuteten etwas Ernstes.

»Was denn, Jacques?«, wiederholte Orla.

»Komm!«, drängte er. »Komm, Hunter. Gehen wir!«

* * *

Orlas Herz hämmerte in ihrer Brust, während Jacques versuchte, die Gruppe vor ihnen über ein Walkie-Talkie zu erreichen. Ihr wollte nicht einleuchten, warum man nicht per Handy kommunizierte. Das Rauschen und die verzerrten Stimmen waren kaum zu verstehen. Sie kämpfte sich durch den Schnee, so schnell sie konnte, Hunter immer dicht bei ihr, bis er sie zur Seite drängte, als müsste er vorgehen. Aber sie wollte vorne sein. Sie wollte die Erste sein, die zu der Stelle kam, wo drei laute Pfiffe nötig waren.

»Ich kann dich nicht verstehen. Wiederhole! Over.«

Jacques war immer noch mit dem Zwei-Wege-Funkgerät beschäftigt, und Orla wurde allmählich klar, wie verlassen die Umgebung von Saint-Chambéry wirklich war. Alle Bäume sahen gleich aus. Der Schnee war überall weiß. Man konnte den Himmel jetzt nur vom Boden unterscheiden, weil es Nacht war. Und der Wald machte unheimliche Geräusche – Eulen riefen, irgendetwas heulte, Zweige knackten.

»Können wir uns ein bisschen beeilen? Vor uns war doch nur eine Gruppe, oder?« Orla überholte Hunter wieder und machte größere Schritte.

»Warte, Orla«, sagte Jacques. »Es bringt nichts, wenn wir

uns beeilen. Wir wissen ja noch nicht mal, was die andere Gruppe gefunden hat. Und wenn wir zurückgehen müssen, zerstören wir möglicherweise Spuren, und dann haben wir gar keine Anhaltspunkte mehr.«

»Das ist mir egal! Wenn sie nicht meine Schwester gefunden haben, dann irgendwas, das mit meiner Schwester zu tun hat, und ich will wissen, was es ist!«

Sie verstummte, als Jacques' Walkie-Talkie wieder zum Leben erwachte.

»*Nous avons trouvé quelqu'un. Sur.*«

»Was heißt das?«, fragte Orla.

»Sie haben jemanden gefunden«, erklärte er.

Orla schnappte nach Luft und riss ihm das Funkgerät aus den Händen. »Wer ist es? Wen habt ihr gefunden? Over.«

Jacques nahm das Funkgerät wieder an sich. »Man muss auf diese Taste drücken.« Er tat es und sprach hinein: »*Est-ce la fille? Erin?*«

Orla hielt den Atem so lange an, dass ihre Rippen sich zusammenzogen, als seien sie in ein Korsett wie in *Bridgerton* geschnürt. Warum dauerte es so lange, bis die Antwort kam?

»*C'est un homme. Il dit qu'il est albanais.*«

Orla kannte das französische Wort für »Mann«. Es war nicht Erin. Doch als ihr das Herz schwer wurde, blieb sie am letzten Wort des französischen Satzes hängen. Bevor sie Jacques danach fragen konnte, übersetzte er: »Es ist ein Mann. Er sagt, er käme aus Albanien.«

War das etwa … Burim?

50.

Orla wusste nicht genau, wie sie sich Burim vorgestellt hatte, aber bestimmt nicht wie diese Person vor ihr, die zitternd und bibbernd auf der Heckklappe eines Pritschenwagens saß. Die zerrissene Jeans, die der junge Mann trug, war absolut ungeeignet für den französischen Winter. Sie hatte ihn sich größer und breiter vorgestellt, doch dieser Junge – dieser junge Mann – war keine eins siebzig groß, hatte einen Bürstenschnitt und eine Zacke in der Augenbraue. Aber ihr war auch klar, was Erin angezogen hatte. Er sah sehr gut aus, hatte Lippen, um die ihn Frauen beneidet hätten, und seine Augen waren hellbraun.

»Hier, trink das!« Orla reichte ihm einen Plastikbecher mit einer Flüssigkeit. Den hatte Jacques ihr gegeben, nachdem er festgestellt hatte, dass Burim nicht wusste, wo Erin war. Dann war er losgezogen, um weiter nach ihr zu suchen.

»Was ist da drin?«, fragte Burim und betrachtete den Becher, als enthalte er Gift.

»Kaffee, glaube ich.«

»Glaubst du?«

»Hier, du frierst! Trink einfach!«

»Aber da ist kein Alkohol drin?«

»Nein.«

Da nahm er den Becher und trank, als hätte er seit Stunden nichts mehr bekommen. Was wahrscheinlich auch so war.

»Hör zu, Burim, ich weiß, dass ich das schon gefragt habe, aber weißt du wirklich nicht, wo Erin ist?«

»Nein«, antwortete er, und man hörte die Sorge in seiner Stimme. »Habe ich schon gesagt. Wir haben einen Ort auf der Karte ausgesucht, in der Mitte zwischen dem Haus, wo sie wohnt, und dem Flughafen. Aber als ich ankam, war sie nicht da, und ich konnte sie nicht anrufen. Ich habe achtundvierzigmal angerufen, dann war mein Akku leer.«

»Okay«, sagte Orla. »Das heißt, du bist den ganzen Weg von Grenoble hierher zu Fuß gegangen?«

»Manchmal auch gelaufen.«

War das sein Ernst? Sie wusste, wie weit das war. Was für eine verrückte Idee. Eine Idee, die man nur hatte, wenn man völlig dumm war oder … verliebt. Orla schluckte.

Burim gab ihr den Becher zurück. »Wir müssen weiter.« Er sprang von der Ladefläche des Pritschenwagens.

»Du kannst nicht laufen«, sagte Orla. »Du warst stundenlang in diesem Wetter unterwegs und …«

»Ich kann nicht hier warten, wenn Erin draußen in der Kälte ist. Warum ist sie nicht da, wo sie sein wollte? Warum geht ihr Handy nicht?«

»Keine Ahnung«, sagte Orla. »Vielleicht ist ihr Akku auch leer.«

»Wir müssen sie finden.«

Da widersprach sie auf jeden Fall nicht, aber Jacques hatte ihr gesagt, sie sollte hier bei Burim bleiben, bis die Truppe den Bereich gründlich abgesucht hatte.

»Burim, hat dir Erin noch irgendwas anderes über den

Treffpunkt gesagt, was uns helfen könnte, herauszufinden, wohin sie gegangen ist?«

Er machte gleichmäßige Schritte, die eingekerbte Braue hochgezogen, als helfe ihm das beim Nachdenken. »Sie hat gesagt, Saint-Chambéry ist ein sicherer Ort. Dort sind alle willkommen. Dass dort eine nette Frau lebt, die Tarantino mag und ein Geschäft hat, wo es heiße Milchshakes gibt. Sie hat gesagt, dort ist es ruhig, aber manchmal ist ruhig auch schön.«

Orla schluckte. Das alles hatte Erin Burim über das kleine Dorf erzählt, von dem sie angenommen hatte, es hätte für ihre anspruchsvolle Schwester nicht genug zu bieten.

»Sie hat gesagt, dort gibt es keinen Laden, wo sie sich die Nägel machen lassen kann.«

Okay, das klang schon mehr nach Erin.

»Ich habe gesagt, ihre Nägel sind mir egal.« Dann brummte Burim, und Orla wich zurück. »Wo ist sie? Glaubst du, sie ist bei einem Mann? Wenn sie bei einem anderen ist, muss ich gegen ihn kämpfen.«

In dem Moment erwachte Orlas Handy in ihrer Jeanstasche zum Leben. *Jacques*.

Während Burim die Fäuste fliegen ließ, als übte er für ein Duell, holte Orla ihr Handy hervor und meldete sich.

»Hallo?«

»Ich weiß, wo Erin ist«, sagte Jacques nur.

»O mein Gott! Gott sei Dank! Geht es ihr gut? Wo ist sie?«

»Sie hat Tommy angerufen. Ich habe ihren Standort. Komme jetzt mit einem Truck zu dir und hole dich ab.«

Er hatte nicht gesagt, ob es ihr gut ging. *Warum nicht?* Orlas Herz schlug schneller als je zuvor.

»Jacques, geht es ihr gut? Bitte antworte mir!«

»Ja, es geht ihr gut, Orla. Versprochen. Tommy ist auch auf dem Weg zu ihr. Jetzt spar dir den Akku.«

»Warum denn noch?«, fragte sie verwirrt. »Was verschweigst du mir?«

Sie hörte, wie er tief Luft holte, und verschiedene Szenarien flogen ihr durch den Kopf. Sie würde einen Rettungswagen rufen müssen. Sie würde sich bei ihrer Reiseversicherung melden und einen Rückflug nach Großbritannien fordern müssen. Sie würde ihre Eltern benachrichtigen müssen.

»Orla«, sage Jacques. »Erin hat ein trächtiges Rentier gefunden. Es kalbt jeden Moment.«

51.

»Das gefällt mir nicht. Jetzt ist es zu ruhig. So ruhig war es eben nicht.«

»Tommy, mach dich locker! Es geht ihm gut. Es lässt sich Zeit. Wir müssen Abstand halten.«

»Kann man nicht auf den Bauch drücken? Damit das Baby rauskommt?«

Burims Bemerkung brachte ihm verwunderte Blicke von Jacques und Tommy ein, dann widmete sich Orla wieder ihrer Schwester und strich ihr übers Haar. Sie saßen auf Campingstühlen neben einem Feuer, das Jacques schneller entfacht hatte als ein Kandidat in 7 *vs. Wild*. Sie waren hoffentlich weit genug entfernt, um das Rentierweibchen nicht zu stören, aber nah genug, sollte es Unterstützung brauchen.

Orla hätte nicht glücklicher sein können, dass es Erin gut ging, doch in Gedanken war sie noch mit dem beschäftigt, was alles hätte schiefgehen können. Und bisher hatte Erin nur sehr wenig gesprochen, abgesehen von ihren Informationen über das Rentier, bevor Jacques die Führung übernahm. Als der Trupp sich ihr genähert hatte, war sie zu Burim gelaufen, und bei der Umarmung der beiden, die aussah, als würde sie bis in alle Ewigkeit dauern, waren Orla die Tränen gekommen. Das erste Treffen des Pärchens im wahren Leben an einem Berg vor einem gebärenden Rentier. Vielleicht nicht gerade das romantischste Szenario, das man sich vorstellen konnte, aber auf jeden Fall einzigartig.

»Ich weiß, dass du sauer auf mich bist«, unterbrach Erin das Schweigen zwischen ihnen.

»Bin ich nicht«, entgegnete Orla.

»Orla, du bist meine Schwester. Ich kenne dich in- und auswendig. Oft spüre ich deine Gefühle schon lange vor dir.«

»Ich habe nur … Warum hast du mir nicht erzählst, dass du dich mit Burim treffen willst?«

»Magst du ihn?«, fragte Erin, plötzlich lebhaft, und drehte sich zu Orla um. »Ich weiß, dass er ein bisschen komisch sein kann, aber … das mag ich gerade.«

»Ich kenne ihn noch nicht«, antwortete Orla diplomatisch. »Und ich habe dich gefragt, warum du mir nichts von euren Plänen erzählt hast.«

»Was glaubst du wohl, hm? Weil du mich für verrückt erklärt, mich in dem Geheimzimmer in der Scheune eingeschlossen und mir mein Handy weggenommen hättest.«

»Stimmt doch nicht«, schoss Orla zurück. »Das hätte Mum getan. Ich wäre nicht so streng.«

»Doch, das wärst du, und das weißt du auch. *Ich* weiß, dass du das getan hättest. Das Risiko konnte ich nicht eingehen. Burim kann nicht nach England kommen, ich bin in Frankreich, das ist doch perfekt. Wir reden jetzt schon seit Monaten darüber, uns zu treffen, und jetzt war die Gelegenheit da, uns tatsächlich zu berühren und einander in die Augen zu sehen.«

Orla schaute zu Jacques hinüber. Er war der erste Mensch seit langer Zeit, zu dem sie eine persönliche Beziehung aufgebaut hatte. Sie hatte ihn berührt, ihm in die Augen gesehen …

»Und ein paar von den Sachen zu machen, über die wir gesprochen haben.«

»Was?« Orla riss sich aus ihrem Tagtraum.

»Nicht das, was du meinst. Noch nicht. Aber vielleicht bald.« Erin seufzte. »Ich habe ihm von hier erzählt. Von Saint-Chambéry und dem ganzen schrägen Scheiß, den sie hier machen. Kleine Säckchen werfen und Weihnachtsgeschenke in eine Schubkarre legen. Von Jacques' Kinoraum und Delphines heißen Milchshakes.« Sie hielt inne. »Mit Delphine wird doch alles gut, oder? Ich weiß ja, dass sie anstrengend und voreingenommen ist, aber sie gehört doch zu diesem Ort, und wenn wir zu Besuch kommen, muss sie natürlich auch hier sein und …«

»Wenn wir zu Besuch kommen?«, hakte Orla nach.

»Ja? Was ist daran komisch? Ich meine, mir ist klar, dass wir zurück nach England müssen und dass Mum und Dad irgendeine Ehekrise am Laufen haben, aber natürlich kommen wir wieder hierher. Zuerst mal wegen dir und Jacques. Es sei denn, du lädst ihn nach England ein. Und Tommy ist ja auch oft hier, und auch wenn er mir meistens tierisch auf die Nerven geht, ist er eigentlich ganz cool. Und natürlich wegen der Milchshakes. Die wird Burim lieben.«

Orla wusste nicht, was sie zu alldem sagen sollte. Nach Saint-Chambéry zurückzukehren hatte bisher nicht auf ihrer Agenda gestanden. Bis vor Kurzem hatte sie noch nicht mal gewusst, dass das Dorf überhaupt existierte. Sie war schon an vielen Orten in der Welt gewesen, aber nie irgendwohin zurückgekehrt. Die Erkenntnis traf sie plötzlich mit aller Wucht. War das mit allem anderen in ihrem Leben auch so? Sie tauchte kurz hinein, nahm sich, was sie brauchte, und blendete das größere Ganze aus? War es das, was ihre Schwester meinte? War es das, was sie tat?

Das Rentierweibchen gab ein Geräusch von sich, und Erin sprang von ihrem Hocker auf und eilte zu Burim, der ihr schützend einen Arm um die Schultern legte. Orla stand ebenfalls auf und näherte sich dem Tier.

»Kommt das Baby jetzt?«, fragte Burim. »Das ist total cool, Erin.«

»Hab ich doch gesagt, dass es cool ist hier«, sagte sie und drückte ihn an sich.

»Es ist nicht cool«, rief Tommy dazwischen. »Es ist arschkalt!« Er pustete sich in die Hände. »Allerdings ist es cool, dass wir jetzt nicht mehr die ganze Zeit das Ping von Erins Handy hören müssen.«

»Ihr drei könnt doch zurück zum Haus gehen«, schlug Jacques vor. »Fahrt mit Gérards Truck ins Dorf und nehmt dann meinen. Macht euch was zu essen.«

»Und wenn was passiert und du den Pick-up brauchst?«, wandte Tommy ein.

»Ruf ich dich an. Komm, Tommy, Erin und ihr Freund sind seit Stunden unterwegs. Macht zu Hause den Kamin an und kocht was. Ich halte euch auf dem Laufenden«, versicherte Jacques.

»Wer ist dein Freund?«, fragte Burim verwirrt.

»Er meint dich.« Erin lachte.

»Aber ich bin dein Boyfriend, oder?«

Erin schnappte nach Luft und schlug die Hände vor den Mund. »Hast du mich gerade gefragt, ob ich deine Freundin sein will?«

»Wir heiraten irgendwann«, sagte Burim. »Ist doch klar.«

Erin kreischte und schlang wieder die Arme um ihn.

»Oh, wow«, sagte Tommy. »Kann es nicht erwarten, nach Hause zu kommen und das dritte Rad am Wagen zu sein.«

»Die Anstandsdame, bitte, Tommy«, korrigierte Orla voller Ernst.

Es war sogleich viel ruhiger, als Tommy, Erin und Burim gegangen waren. Nur das Knistern des Feuers und ein gelegentliches Geräusch vom Rentier durchbrachen die Nacht. Orla hatte Fotos für die Zeitschrift gemacht, obwohl es ihr irgendwie aufdringlich vorkam. Dabei war genau das doch die ganze Zeit ihr Ziel gewesen. Der Grund, warum sie überhaupt hier war.

»Ich fasse es nicht«, sagte Jacques und setzte sich auf den Hocker neben ihr.

»Ich auch nicht«, bestätigte Orla. »Dass Burim die weite Strecke von Albanien herkommt.«

»Oh … Ich meinte eigentlich das Rentier, aber …«

Orla lächelte. »Weiß ich. Heute Abend ist … viel passiert.«

»Ja«, stimmte er zu.

»Geht es allen gut?«, fragte Orla. »Allen, die mitgekommen sind, um nach Erin zu suchen, meine ich? Ich habe ein schlechtes Gewissen, dass sie so viel auf sich genommen haben, obwohl es ihr die ganze Zeit gut ging.«

»Wäre es dir lieber, es ginge ihr schlecht?«, fragte Jacques mit leicht hochgezogener Augenbraue.

»Nein, natürlich nicht, ich … ich falle nur anderen nicht gern zur Last.«

»Orla«, sagte er, und sein kantiger Kiefer leuchtete im Licht des Feuers auf. »Das Wichtigste, was du über Saint-

Chambéry wissen musst, ist, dass es für keinen eine Last ist, sich zu kümmern.« Jacques streckte die Beine aus und reckte die Arme über den Kopf. »Das ist mir auch schwergefallen, als ich herkam. Sieh dir mein Haus an! Ich habe es mit der Absicht gebaut, niemanden in die Nähe zu lassen, schon gar nicht hinein. Doch selbst hier, im letzten Winkel des Waldes, kriegen sie dich.«

Sie lachte. »Bei dir hört es sich an, als hätten sie dich gefangen.«

»Tja …« Er sah sie wieder an. »Vielleicht stimmt das auch.«

Sowohl sein Blick als auch seine Worte brachten ihren Magen zum Brodeln.

»Aber diesmal ist es anders«, fuhr er fort. »Am Anfang war ich entschlossen, mich nicht einfangen zu lassen, von nichts und niemandem. Jetzt habe ich das Gefühl, dass damals ein anderer Mensch entschieden hat, ein Mensch, der so kaputt war, dass er glaubte, er würde nie wieder auch nur ansatzweise heilen.«

»Und jetzt?«, fragte Orla leise.

»Jetzt stelle ich fest, dass ich mir große Sorgen um Delphine mache, dass ich Tommy öfter sehen will und mich frage, ob es an der Zeit ist, Kontakt zu meiner Mutter aufzunehmen oder meinen Vater besser zu verstehen … und ob ich mich einer Autorin des *Travel-in-Mind*-Magazins öffnen soll.«

»Ach, wirklich«, sagte Orla mit heißen Wangen, die jedoch nichts mit dem Feuer zu tun hatten.

»Orla, ich kenne die Regeln in diesem Spiel nicht. Ich weiß nicht, ob ich für eine irgendwie geartete Beziehung tauge, aber ich weiß, dass ich es ewig bereuen würde, wenn du abreisen würdest, ohne dass ich dir das gesagt habe.«

Ihr Herz brannte, ohne dass ihr eine Antwort einfallen würde.

»Ich möchte dich kennenlernen, Orla. Ich möchte alles über dich wissen. All die kleinen Dinge, die dich ausmachen. Sogar die, von denen du selbst vielleicht noch nichts weißt.«

»Jacques …«

»Nein, lass mich ausreden.« Er rückte auf seinem Hocker nach vorn und griff nach ihren Händen. »Ich kenne mich selbst nicht besonders gut, Orla. Ich weiß nicht, was mich ausmacht. Das weißt du besser als jeder andere. Aber was jetzt anders ist: Ich will nicht länger Angst vor diesen Anteilen in mir haben. Ich möchte sie kennenlernen. Auch die schwierigen, kaputten, die ich am liebsten rauswerfen würde.« Er holte tief Luft. »Und selbst wenn ich das falsch einschätze, selbst wenn du keinen gemeinsamen Weg für uns siehst, hast du mir doch geholfen, eine Zukunft für mich zu erkennen, in der ich keine Angst mehr habe, der zu sein, der ich bin.« Er atmete nochmals durch. »Jacques Barbier.«

Sie drückte seine Hände. Sie wusste, was diese Worte für ihn bedeuteten und wie tief diese Gefühle saßen.

»Jacques Barbier ist ein wundervoller Mensch«, sagte Orla. »Innen wie außen. Er sieht aus wie eine Mischung aus Wolf und Bär mit einem Touch des Mannes aus der YSL-Werbung. Von innen ist er Feuer und Karamell … Stein und Luft … heißer Kaffee und eisgekühlter Champagner. Sein Herz steckt in einer Hülle aus Kevlar, doch darunter ist eine heilige Reinheit, die man nur sehr selten findet.«

»Diesen Menschen kenne ich nicht«, entgegnete er.

»Das bist *du*«, sagte Orla. »Und das war eine Kostprobe des nächsten Texts, den ich meiner Chefin für den Artikel schicken werde.«

»Was?«, rief Jacques.

»Ich weiß, dass du nicht der Mann mit dem trächtigen Rentier bist, über den ich schreiben sollte. Als ich kein tragendes Ren fand, hatte ich die Wahl: Ich konnte lügen oder einen ganz anderen Beitrag schreiben. Einen über dich und alles, was du mitgemacht hast. Der Welt deine Geschichte erzählen. Gut, das ist nicht besonders weihnachtlich, wie Frances es gerne möchte, aber ich finde es noch viel besser.«

Er schüttelte den Kopf. »Orla …«

»Nein, hör zu, ich drücke mich falsch aus. Es geht nicht *wirklich* um irgendeinen Artikel, verstehst du? Es geht um das, was ich für dich empfinde und niederscheibe. Das mache ich nämlich, wenn mir etwas wichtig ist: Ich schreibe. Ich habe schon fünftausend Wörter über dich zusammen. Um ehrlich zu sein, könnte ich eine ganze Zeitschrift über dich füllen, oder ein Buch, und es wäre wirklich großartige Literatur, meine beste Arbeit, und … Wenn du der einzige Mensch sein solltest, der es jemals liest, wäre das völlig in Ordnung für mich.« Sie rutschte vom Hocker in den Schnee und kniete sich vor ihn. »Du hattest recht mit dem, was du über mich gesagt hast. Mit allem. Und ich weiß, dass mein persönliches Puzzle auch zusammengesetzt werden muss, also können wir uns vielleicht eine Ecke nach der anderen gemeinsam vornehmen.« Sie drückte seine Hände. »Ich möchte alle Teile von dir kennenlernen, Jacques Barbier. Und ich möchte dir helfen, sie wieder zusammenzusetzen.«

Sie sah ihm in die Augen und hoffte, dass sich ihr Mut gelohnt hatte. Und als er sie küsste, mit warmen, feuchten Lippen und wunderbar wendiger Zunge, verflüchtigten sich alle Zweifel, die sie noch gehabt haben mochte, in die Bergnacht.

52.

»Orla, wach auf!«

Sie kam zu sich. Ihre Augen waren verklebt, ihre Wangen gerötet. Langsam fiel ihr wieder ein, wo sie war. An Jacques geschmiegt, lag sie auf einer Zeltplane in einem Schlafsack, den er aus einem Rucksack geholt hatte, der ein ganzes Arsenal an Notfallausrüstung zu beinhalten schien. Nun war er aufgestanden und rüttelte vorsichtig an ihrer Schulter. Sie vermisste seine Körperwärme.

»Das Baby kommt«, sagte er.

»Ist doch noch gar nicht Weihnachten«, stöhnte sie und beeilte sich, aus dem Schlafsack zu schlüpfen.

Dabei war es eigentlich egal. Frances' verzweifelte Versuche, Leser zu gewinnen, interessierten sie nicht mehr. Und Jacques hatte schon mehrmals erklärt, dass Rentiere normalerweise im Frühjahr kalbten und dass es nicht weniger als ein Wunder war, wenn sich dieses hier so entgegen der Natur verhielt.

»Nein«, stimmte er zu. »Aber es wird heute geboren, und wir können es Jesus nennen.«

»Das ist in vielerlei Hinsicht unangemessen. Nein.«

Orla holte ihr Handy aus der Tasche und wollte Fotos machen. Frances hatte gesagt, sie wollte die Geburt in ihrer ganzen Blutigkeit; schließlich war sie eine Frau, die sich gerne TikToks von spritzenden Pickeln ansah und einen Kollegen dazu anhielt, eine Vielzahl weihnachtlicher Süßigkeiten in seinem Mundraum unterzubringen.

»Sie legt sich nicht hin«, bemerkte Orla.

Das Rentier lief unruhig hin und her, und man konnte erkennen, dass etwas hinten aus ihm herauskam.

»Rentiere legen sich zum Gebären nicht ab«, sagte Jacques. »Wenn sie bereit zum Kalben sind, gehen sie auf Abstand zur Herde. Aber dann kann es immer noch ein paar Stunden oder sogar Tage dauern, bis das Baby kommt.«

»Echt? Glaubst du, die Mutter war schon länger hier?«

»Ich weiß es nicht. Vielleicht. Siehst du, sie dreht wieder um. Und man kann schon mehr vom Kalb sehen.«

»Glaubst du, alles ist in Ordnung?« Orla wünschte sich sehr, dass alles gut war. Ihr Drang, näher heranzugehen und da zu sein, falls eingegriffen werden musste, war gewaltig.

»Alles in Ordnung.«

»Bist du dir ganz sicher? Ich weiß nicht, ob ich einfach hier sitzen und zugucken kann, wenn etwas passiert. Es ist doch sehr selten, dass ein Rentier vor den Augen von Menschen kalbt, oder? Was ist, wenn unter den Wehen etwas Unerwartetes passiert?«

»Orla«, Jacques griff nach ihrer Hand, »ich werde nicht zulassen, dass diesem Rentierweibchen irgendwas geschieht. Das verspreche ich dir.«

Sie glaubte ihm von ganzem Herzen. Er war nicht der Typ, der etwas versprach, ohne es zu halten.

»Ich weiß, was ich bei den Füchsen gesagt habe, aber … mach ruhig Fotos für deine Zeitschrift«, ermutigte Jacques sie.

Orla machte Anstalten, das Handy zu benutzen, dann hielt sie inne. Dieser Moment war etwas Besonderes. Er verlangte von ihr, da zu sein, ganz beim Tier, dieses Wunder der Natur nicht über das Display eines Handys zu verfolgen. Das Rentier hatte sich von der Herde getrennt, um Ruhe zu haben, Ruhe, die Jacques und sie allein schon durch ihre Anwesenheit störten. Auf einmal dachte Orla an die Tausende von Usern, die diesen besonderen persönlichen Moment bei Sekt und Schinkensandwich am Weihnachtsmorgen konsumieren würden. Es fühlte sich an wie eine Missachtung all dessen, wofür diese Geburt stand – die karge Berglandschaft, eine Mutter und ihr Neugeborenes zwischen hohen Tannen, eine sternenbeleuchtete, dunkle Dezembernacht. Es war etwas Zartes und Feines, nichts, das sie mit der Masse teilen wollte. Sie steckte ihr Handy wieder ein.

»Jetzt kommt es«, sagte Jacques und legte Orla den Arm um die Schultern. »Siehst du?«

»Ja«, sagte sie. »Ich seh's.«

Eng an Jacques gedrückt, beobachtete sie, wie das Rentierbaby in den Schnee fiel und die Mutter es ableckte. Als sich das Kleine nicht bewegte, hielt Orla den Atem an. Doch dann reagierte es, regte seinen glitschigen Körper und machte die Mama auf sich aufmerksam. Und auf einmal wusste Orla ganz genau, wie es weitergehen würde. Sie war sich so sicher wie noch nie zuvor in ihrem Leben.

53.

Saint-Chambéry

Drei Tage später

»Setz dich hin, Delphine!« befahl Erin.

»*Mon Dieu*! Du redest mit mir, als ob du was zu sagen hättest!«

»Ich bin die Königin der *brouette*!«

»Eine Ehrung, die du mir und dem restlichen Komitee von Saint-Chambéry zu verdanken hast.«

»Also dir.«

»Und Gérard. Und Madame Voisin.«

»Die das tun, was du sagst.«

Delphine seufzte nachgiebig, ließ sich auf den Stuhl im Gästezimmer sinken und gab den heißen Lockenstab an Orla weiter.

»Ich weiß nicht, ob ich wirklich Locken haben will.« Erin betrachtete sich im Spiegel. Sie schwang den Reifrock des alten Festkleids, als sei es eine Prada-Kreation, in der sie gleich den Laufsteg betreten würde. Orla machte sich Sorgen um die Robe, wenn sie an das Talent ihrer Schwester dachte, mit Essen oder Getränken zu kleckern und irgendwo hängen zu bleiben. Delphine hatte ihr eine lange, verworrene Geschichte über die Entstehung des Kleids erzählt, und wie viele Versionen es davon schon gegeben hatte. Die, die Erin jetzt trug, musste demnach mindestens hundert Jahre alt sein.

»Was?«, rief Delphine. »Wir haben uns jetzt fast eine Stunde lang unterschiedliche Frisuren angeschaut und uns für Locken entschieden.«

»Aber die Königin der *brouette* muss perfekt aussehen.«

Okay, jetzt übertrieb Erin es vielleicht ein bisschen. Orla sah auf die Uhr. Nur noch eine Dreiviertelstunde, bis der Umzug begann, und es war noch so einiges zu tun. Doch sie konnte Delphine keinen Druck machen. Die alte Frau hatte nicht das kleinste bisschen Verantwortung für die letzten Festvorbereitungen abgeben wollen, aber das hatte Jacques nicht zugelassen. Vielleicht war es gegen Delphines Wunsch gewesen, doch manchmal wussten Menschen, die immer das Kommando gehabt hatten, nicht, dass es auch anders ging. Deshalb musste man ein wenig nachhelfen.

»Ah!«, rief Delphine, als wollte sie schon wieder aufspringen. »Nur noch eine Dreiviertelstunde, dann fängt der Umzug an.«

»Alles gut, Delphine«, sagte Orla in der Hoffnung, dass ihre Stimme beruhigend und entspannt klang. »Jacques und Gérard haben das im Blick, und Tommy und Burim sind für den Kaffee zuständig, damit die Blaskapelle keine Frostbeulen bekommt.«

»Madame Voisin isst bestimmt was von den Plätzchen.« Delphine verschränkte die Arme vor der Brust.

»Ja, und wir hatten vereinbart«, fuhr Orla fort, »dass du dich nicht mehr um solche Kleinigkeiten kümmerst. Denn die Leute sind nun mal so, und wenn ihre Absichten zu fünfzig Prozent positiv sind, ist das schon genug.«

»Ich vereinbare ein bisschen zu viel«, antwortete Delphine bissig.

Orla bezweifelte, dass »vereinbaren« wirklich das richtige Wort war, doch immerhin hatte Delphine widerstrebend zugehört, als Orla und Jacques mit ihr über ihre Krankheit gesprochen hatten. Es war, als hätte die Geburt des Rentiers etwas in Orla freigesetzt, als sehe sie die Welt mit völlig anderen Augen. Es musste nicht alles seinen vorbestimmten Weg gehen. Sie musste nicht so reagieren wie immer. Eine neue Geschichte konnte geschrieben werden. In der Hinsicht waren Delphine und sie sich ziemlich ähnlich. Delphine konnte sich keine schönere Zukunft nach den Wochen und Monaten vorstellen, in denen sie kämpfen musste; sie sah nur das Hier und Jetzt und die für sie nachteiligen Änderungen – das Worst-Case-Szenario. Dennoch war die Cafébesitzerin einverstanden gewesen, dass Jacques sie zu dem Arzt in Grenoble begleiten würde, und Orla hatte schon einen Essensplan mit gesunden Lebensmitteln ausgearbeitet, die Delphines Wohlergehen fördern und die Selbstheilungskräfte ihres Körpers aktivieren sollten.

»Hallo!«, rief Erin. »Ich bin die Königin der *brouette*! Die jetzt quasi Ringellöckchen hat! Das ist nicht cool!«

»Weil wir noch nicht fertig sind.« Delphine stand wieder auf. »Die müssen noch richtig gelegt werden.«

»Also, flachgelegt werde ich von Burim jedenfalls nicht, wenn das scheiße aussieht.«

»O-kay!«, mischte sich Orla ein, bevor Delphine einen Kommentar abgeben konnte. »Warum kämmen wir die Locken nicht ein bisschen aus und gucken dann mal, wie es uns gefällt.«

»Gib mir den Lockenstab!«, verlangte Delphine.

Orla rückte ihn nicht heraus. »Hast du heute Morgen schon deinen Pflaumen-Kürbis-Smoothie getrunken?«

»Ja.«

Orla glaubte ihr nicht, was man ihrem Gesicht auch ansah.

»Doch, habe ich«, bestätige Delphine mit Nachdruck.

»Ob das wirklich stimmt …«, bemerkte Orla.

»Doch … nur war er ein bisschen *fade*. Deshalb habe ich Zucker reingetan.«

»Delphine! Du sollst dich gesund ernähren! Wenn schon, dann nimm Honig!«

»Was heißt ›*fade*‹?«, fragte Erin.

»Geschmacklos«, erklärte Delphine. »Ih!«

»Ich glaube, ›ih‹ ist international verständlich. Burim sagt das auch.«

Und Burim war immer noch da. Glücklicherweise wussten das jetzt auch seine Eltern. Er war zwar erwachsen, trotzdem sollte er nicht allein in ein anderes Land fliegen, ohne den Menschen, mit denen er zusammenlebte und die ihm wichtig waren, Bescheid zu sagen. Orla hatte ihn so lange genervt, bis Burim das geklärt hatte. Doch sie wusste immer noch nicht, wie es mit ihm weiterging, wenn sie mit Erin am nächsten Tag zurück nach Großbritannien flog. Orla musste zugeben, dass der Junge sich wirklich um Erin kümmerte und ihr unentwegt seine Zuneigung zeigte. Er trug ihre Schwester wie eine Prinzessin auf Händen. Aber war das hier für ihn vielleicht nur ein kurzes, aufregendes Abenteuer? Orla atmete durch und reichte Delphine den Lockenstab. Das waren die Gedanken der alten Orla. War es denn wichtig, wie lange die Beziehung der beiden hielt? Schließlich gab es nie eine Garantie. Vielleicht war es das Klügste, nur im Moment zu leben. Sie wusste ja genauso wenig, was die Zukunft für Jacques und sie bereithielt.

Unvermittelt klingelte ihr Handy, sie holte es aus ihrer Jeanstasche und eilte schnell auf die andere Seite des Zimmers, während sich Erin und Delphine aufs Neue um die Frisur stritten.

»Hallo, Frances.«

»Ähm, Orla, ich bin verwirrt. Ich habe hier einen Artikel vor mir, den du geschickt hast, und abgesehen von einem Absatz über das Rentier tauchen hier nirgends die Worte ›Feiertage‹, ›Jesuskind‹, ›herzerwärmend‹ und ›viral‹ auf.«

Orla holte tief Luft und stellte sich ans Fenster, vor dem eine schwarze Plane hing. »Gefällt er dir?«

»Nein, er gefällt mir überhaupt nicht! Aus genau den Gründen, die ich gerade aufgezählt habe!«

»Hast du den Artikel denn richtig gelesen?« Orla tastete nach der Plane vor dem Fenster und erinnerte sich daran, wie die Worte aus der Tiefe ihres Herzens herausgesprudelt waren.

»Hab ihn überflogen. Wir sind in der Vorweihnachtszeit. Alle, die hier sind, müssen für drei arbeiten, weil die ganzen Verrückten, die ihren Jahresurlaub nicht im Sommer genommen haben, ausgerechnet jetzt frei nehmen müssen! Und du bist in Frankreich und schreibst Sachen, die nichts mit deinem Auftrag zu tun haben. Ich frage mich langsam, was dir da unten eigentlich für eine beschissene Laus über die Leber gekrochen ist!«

Orla grinste. Sie hatte mehr oder weniger gewusst, was für eine Reaktion sie mit der Story, für die sie sich entschieden hatte, bei Frances auslösen würde. Darin ging es nämlich weniger um die wundersame Geburt als um die kleine

Gemeinschaft von Saint-Chambéry und um Selbstfindung. Eigentlich war ihr Frances' Meinung ziemlich egal; sie hatte den Artikel einfach so schreiben *müssen*. Sie hatte sich dazu gezwungen gefühlt. Es war das erste Mal seit langer Zeit, dass sie dieses Gefühl gehabt hatte.

»Hast du auch meine andere E-Mail bekommen?«, fragte Orla.

»Was? Nein. Keine Ahnung«, entgegnete Frances. »Hast du nicht gehört, was ich gesagt habe? Dass wir hier alle für drei arbeiten?«

»Ist wohl besser, wenn du die andere E-Mail liest«, beharrte sie.

»Mensch, Orla, ich habe keine Zeit für so was! Sag es mir einfach so!«

»Also, ich …«

»Weil dieser Schund bis heute Abend komplett umgeschrieben werden muss und ich bessere Fotos haben will! Ich meine, was soll das mit dieser hässlichen Schubkarre?«

Jetzt war Orlas Kampfgeist geweckt. Klar, sie hatte anfangs auch gedacht, die *brouette* sei seltsam, aber sie bedeutete den Menschen hier sehr viel. Sie war Teil ihrer Geschichte und, ja, es war vielleicht keine prächtige goldene Statue, doch die Schubkarre war genauso wichtig und durch ihre bescheidenen Ursprünge vielleicht noch viel wichtiger.

»Liebe Frances«, setzte Orla an. »Mit dieser E-Mail kündige ich meine Anstellung bei der Zeitschrift *Travel in Mind*. Ich habe meine Zeit in der Redaktion genossen, aber jetzt bin ich bereit für einen Neuanfang.«

Am anderen Ende der Leitung herrschte Schweigen. Dann ging es los: »Soll das ein Witz sein? Hat Alan dir das eingeredet? Gestern wollte er mir nämlich erzählen, dass die

Pflanze auf Moiras Schreibtisch, die jeden Tag gegossen werden muss, künstlich ist.«

»Das ist mein voller Ernst«, sagte Orla. »So ernst war es mir tatsächlich noch nie.« Sie strich mit den Fingern über die Plane vor dem Fenster.

»Geht es dir ums Geld?«, fragte Frances. »Was für eine dumme Frage! Natürlich geht's ums Geld! Geht es immer! Also, ich kann natürlich nichts garantieren, aber ich bin mir sicher, dass eine Gehaltserhöhung von … zehn Prozent machbar sein müsste?«

»Darum geht's mir nicht.«

»Zwanzig Prozent!«

»Frances, du hörst mir nicht zu.«

»Steckt das *Time Magazine* dahinter? Haben die dich rumgekriegt? Ich dachte, das hätte ich das letzte Mal klipp und klar gesagt, als sie bei uns rumschnüffelten, und …«

»Was?«, rief Orla. Hatte sie richtig gehört? Hatte das Verlagshaus ihrer Träume wirklich versucht, sie abzuwerben? Und Frances hatte es verhindert?!

»Am Anfang dachte ich, die meinen es nicht ernst, aber meinten sie wohl doch … Und jetzt das! Wann geht's denn nach New York?«

So heftig, wie der Schock Orla getroffen hatte, ebbte er wieder ab.

»Ich habe keine neue Stelle«, antwortete sie.

»Was? Bist du wahnsinnig?«

»Nein«, erwiderte sie. »Ich sehe tatsächlich so klar wie nie zuvor.«

Sie untersuchte die schwarze Plane vor sich, die leicht vom Wind bewegt wurde, etwas genauer. *Ist denn da* … Orla zog sie zurück, und da war es: ein völlig intaktes Fenster und ein kleiner sich drehender Ventilator, der den Eindruck von Wind vermittelte.

»Delphine!«, rief Orla. »Du hattest nie vor, die Fenster austauschen zu lassen!«

»Orla? Bist du jetzt endgültig verrückt geworden? Wer ist Delphine?«, rief Frances ins Telefon.

54.

»Ich will ja nichts sagen, aber gegen Burim hab nicht mal ich eine Chance«, sagte Tommy zu Jacques, während sie bei den Festvorbereitungen halfen. Es war überraschend mild, tatsächlich ein paar Grad über null, sogar der Schnee auf dem Boden taute allmählich auf. Das veranlasste Burim offenbar, sich den Pullover auszuziehen und im Unterhemd mit Gérard die Geschenke aus der *brouette* auf der zentralen Bühne aufzustapeln.

»Hey«, sagte Jacques. »Du kannst den Dojo benutzen, wann immer du willst.«

»Danke, Bro. Jetzt weiß ich, dass es nötig ist.«

»Du weißt auch, dass ich das nicht so gemeint habe.«

»Ja, klar. Fühle mich bloß im Moment ziemlich einsam. Erin und Burim. Du und Orla. Madame Voisin und Gérard.«

»Was?«, rief Jacques entsetzt.

Tommy lachte. »Okay, das habe ich mir ausgedacht, aber stell dir das mal vor!«

»Ja, nee«, entgegnete Jacques. »Will ich lieber nicht.«

»Was möchtest du dir denn vorstellen?« Tommy rückte eine Glöckchenkette an der Absperrung gerade.

»Frieden auf Erden. Dass wir das Fest überstehen, ohne dass jemand vom Blitz getroffen wird wie letztes Jahr. Dass

Orla nicht den Wurfsäckchen-Wettbewerb gewinnt, weil sie mir das dann ewig unter die Nase reiben wird«, erwiderte Jacques.

»Da muss sie aber ziemlich laut schreien, damit du sie aus England hörst.«

Und sofort hatte ihn der Gedanke eingeholt, dass Orla und Erin am nächsten Tag abreisen und zurück in die Heimat fliegen würden. Natürlich hatte er von Anfang an gewusst, dass es unvermeidlich war, aber es hatte sich viel geändert. Im Trubel der letzten Tage – Burim als zusätzlicher Gast, die Gespräche mit Delphine, damit sie ihre Meinung über die Behandlung änderte, die Vorbereitungen für das Fest, um ihr etwas Arbeit abzunehmen – war keine Zeit gewesen, sich darüber zu unterhalten, wie es weitergehen sollte.

»Ich weiß«, sagte Jacques.

»Was soll das heißen?«, fragte Tommy, hob einen weggeworfenen Pappbecher auf und zerdrückte ihn.

»Keine Ahnung.«

»Also, weißt du es jetzt oder nicht?«

»Tommy, wir haben viel um die Ohren. In nur dreißig Minuten kommt die Königin der *brouette* mit einer brennenden Fackel und zündet das Feuer an.«

»Da ich weiß, wie viel Haarspray Erin drin hat, steckt sie wahrscheinlich eher ihr Haar an als alles andere. Es sei denn, sie wird noch vorher vom Blitz getroffen.« Tommy lachte. »Dann würde Burim den Blitz zum Duell herausfordern.«

Jacques sah zu, wie sein Bruder den Weihnachtsschmuck zurechtzupfte, Müll aufhob und Süßigkeiten verteilte, dann kontrollierten sie gemeinsam die Balustrade, hinter der sich Dorfbewohner und Touristen für die Festlichkeiten sammelten. Er war ein *guter* Mensch und hatte ein reines Herz. Auch wenn Tommys Lebensweg noch nicht feststand und er sich deswegen Sorgen machte, war Jacques der Meinung, dass sein kleiner Bruder noch alle Zeit der Welt hatte, um sich zu überlegen, was er wollte. Kein Stress.

»Und, weißt du, wie es weitergeht?«, fragte Jacques. »Oder machst du Pläne, so wie Burim? Nur mit etwas weniger Bizeps.«

»He!« Tommy stieß ihn mit der Schulter an.

»War ein Witz«, erwiderte Jacques.

»Also, ich dachte, ich lasse mir von dir einen Truthahn braten und bleibe vielleicht bis Neujahr.«

»Ich weiß gar nicht, ob dieses Jahr ein Truthahn zu bekommen ist. Gérard hat Delphine Hummer versprochen. Keine Ahnung, ob er es wirklich schafft, welchen zu besorgen, aber …«

»Delphines Wunsch ist uns doch Befehl, oder?«

So, wie Tommy es sagte, war es rührend. Das Leben ihrer guten Freundin war weiterhin in Gefahr; diese Bedrohung schwebte immer noch über dem wunderschönen, übertriebenen Weihnachtsschmuck, den sie im Dorf hatte aufhängen lassen. Allerdings hatte Delphine ihre anfangs sture Haltung dank Orla allmählich aufgegeben. Jacques hatte verfolgt, wie Orla jeweils zum richtigen Zeitpunkt den Druck erhöht hatte, wie sie Delphine zuerst subtil, dann eindringlicher und schließlich massiv bearbeitet hatte, bis die alte Frau bereit war, Hilfe und Ratschläge anzunehmen, wie es weitergehen konnte. Nun bestand auf jeden Fall deutlich mehr Hoffnung als zuvor.

»Delphine bekommt immer, was sie will«, erinnerte Jacques seinen Bruder, als sie zum größten Tannenbaum zurückgingen. »Das ist auch noch so, wenn die neue *brouette* aus dem Dienst genommen wird.«

Er schaute zu der Schubkarre voller Geschenke und den Podesten hinüber, auf denen sich ebenfalls in Papier eingeschlagene Kartons zum Verschenken stapelten, dann zu den funkelnden Bäumen, die vom Stamm bis zu den Glitzersternen auf der Spitze mit Weihnachtskugeln und Lametta behängt waren. Sehr bald war Weihnachten in dem Dorf, das zu seiner Heimat geworden war. *Heimat*. Ein Wort, das Jacques in seiner Welt lange nicht gekannt hatte.

»Ich dachte, … also, ich habe überlegt, dass ich nach Neujahr noch ein bisschen bleibe«, setzte Tommy wieder an. »Ich meine, ich will dir nicht im Weg sein oder so, und wir wissen natürlich nicht, wie es mit Delphine weitergeht, aber ich könnte im Café und im Laden helfen und mich um Hunter kümmern.«

»Das musst du nicht tun, Tommy«, sagte Jacques. Sie zogen sich hinter die Absperrung zurück.

»Dass ich das nicht *muss*, weiß ich auch«, erwiderte sein Bruder. »Aber vielleicht *will* ich es ja. Vielleicht will ich mir ein bisschen Zeit nehmen und überlegen, wie es weitergehen soll. Vielleicht will ich in Ruhe überlegen, was ich nach Saint-Chambéry mache.«

»Ja?«, fragte Jacques.

»Ja. Ich meine, warum auch nicht? Vielleicht kann Delphine mir zeigen, wie man die heißen Milchshakes zaubert.«

»Okay.« Jacques schlug seinem Bruder auf den Rücken. »Das ist ein Plan.«

»He, Moment, ich habe nur gesagt, dass ich das gerne tun würde. Das muss nicht *dein* Plan sein. Denn ich schätze mal, dass zu deinem Plan Orla gehört, oder? Finde ich gut. Wie gesagt, Hunter und ich kommen schon klar.«

Natürlich wusste Jacques nicht, wie es weitergehen würde.

Er wusste nur, was er für Orla empfand. Er glaubte auch zu wissen, wie ihre Gefühle aussahen, aber die äußeren Umstände waren noch mal etwas anderes.

»Verstanden.« Jacques nickte. »So, jetzt muss ich zu Madame Voisin. Warum hilfst du nicht Burim?« Er wollte los.

»Jacques! Du brichst das Gespräch ab! Das geht nicht!«, rief Tommy ihm nach.

55.

Erin, die hinter einem festlich geschmückten Traktor auf einem eimerförmigen Anhänger betont langsam auf den Dorfplatz zuschritt, hätte kaum königlicher aussehen können. Alle klatschten und warfen Blumen und Glitter, und die Blaskapelle führte den Traktor in einem Kreis um das Dorfzentrum. Sie spielte ein altes französisches Weihnachtslied, das Orla ziemlich düster fand. Doch ihre Schwester strahlte – hauptsächlich in Burims Richtung, der ihr zuwinkte, bis er sich dabei ertappte und schnell eine lässigere, gangstermäßigere Pose einnahm, das Kinn in die Hand gestützt. Wer ebenfalls strahlte, war Delphine. Orla beobachtete, wie sie klatschte und Madame Voisin gutmütig mit dem Ellenbogen anstieß, wie sie leidenschaftlich mit Gérard sang und jeder Teil ihres Körpers Licht und Leben verströmte. Diese Frau war hier geboren und aufgewachsen, hatte hier geheiratet und ihren Mann begraben, und jetzt kümmerte sie sich um den Erhalt der Gemeinschaft und ihrer Traditionen und versuchte gleichzeitig, Touristen den Zauber von Saint-Chambéry zu vermitteln. Und dann hatte sie ein trächtiges Rentier erfunden, um eine Journalistin von London herzulocken und sie mit dem hiesigen Einsiedler zu verkuppeln.

Während Erin die brennende Fackel emporreckte wie das

olympische Feuer, wanderte Orlas Blick zu Jacques. Sie hatte noch niemanden wie ihn kennengelernt. Außer vielleicht sich selbst. Aber wenn sie ehrlich war, lernte sie sich selbst auch gerade erst richtig kennen. Dadurch, dass sie immer weiter in sein Inneres vordrang, hatte sie keine andere Wahl mehr, als sich selbst zu zeigen. Es war beängstigend, doch gleichzeitig auch befreiend, schließlich hatte sie viel zu lange für die anderen nur eine Rolle gespielt. Und Jacques hatte ihr geholfen, sich dieses Geschenk zu machen. Als Orla die fast schon vertraute Wärme in ihrem Innern spürte, die seine Nähe in ihr auslöste, trafen sich ihre Blicke. Sofort stieg ihr Herzschlag in ungeahnte Höhen, und unzählige Gedanken schwirrten ihr durch den Kopf wie die Schneeflocken in Saint-Chambéry. Als Jacques sie angrinste, lächelte sie. Beide wussten es.

»Ah, Erin! Du siehst aus wie eine Prinzessin!«

»Ich bin eine *Königin*, Mum! Die Königin der *brouette*!«, rief Erin auf FaceTime. »Ich weiß, dass das Teil wie eine Schubkarre aussieht, aber sie ist echt wichtig in der Geschichte von Saint-Chambéry. Also, eigentlich das Wichtigste. So ähnlich wie das London Eye.«

Bei dem Vergleich zuckte Orla zusammen, aber sie musste ihr Handy stillhalten. Obwohl Erin ihre Eltern am nächsten Tag sehen würde, konnte sie ihnen ihr königliches Outfit nicht vorenthalten. Offizielle Pflichten hatte sie erst wieder, wenn sie später der Gewinnerin oder dem Gewinner des Säckchen-Weitwurfs den Preis überreichen durfte. So ehrgeizig Orla normalerweise auch war, machte sie sich keine Hoffnung auf den Sieg. Außerdem hatte Delphine ihr erzählt, dass Philippe mit einem anderen Finalisten – Sébastien – bis spät in die Nacht trainiert hatte.

»So ein wunderschöner Weihnachtsbaum«, meldete sich ihr Vater zu Wort. »Der ist aber nicht von dem Verkaufsstand neben Aldi, oder?«

»Dad, dieses Dorf liegt buchstäblich inmitten von Tannenbäumen!«, rief Erin. »Und gestern habe ich ein Rentier im Wald gefunden, das ein Baby bekommen hat!«

»Erin!«, rief Delphine über den Platz. »Hier sind Kinder, die ein Foto mit der Königin der *brouette* machen wollen!«

»Ich komme!« Erin grinste ins Display. »Sorry, bin heute heiß begehrt, aber wir sehen uns ja morgen!« Mit den Worten raffte sie ihr Kleid und lief zu Delphine hinüber.

»Das sieht nach großem Trubel aus bei euch«, bemerkte ihre Mutter. »Und Erin wirkt … glücklich.«

»Ich glaube, sie ist auch glücklich, Mum«, bestätigte Orla, und ihr Blick huschte zu ihrer Schwester, der ein Baby hingehalten wurde. Sie sollte damit fotografiert werden, als sei sie eine Parlamentskandidatin.

»Gut«, sagte ihre Mutter. »Dann nehme ich an, der Marokkaner hat das getan, was alle tun, und Erin verlassen.« Sie runzelte die Stirn. »Falls man jemanden verlassen kann, dem man bisher nur Nachrichten geschickt hat. Gibt es dafür nicht ein eigenes Wort? Geistern? Gespenstern?«

Jetzt wanderte Orlas Blick zu Burim. Er saß auf einem Hocker, den rechten Ellenbogen auf den Tisch gestützt. Bisher war er noch ungeschlagen im Armdrücken, für das Gérard Wetten annahm.

»Ähm, wegen der Geschichte, ähm, hör mal, das ist so …«

»Also, wir wollten eigentlich nichts sagen, bis ihr nach Hause kommt, aber … wir gehen zur Therapie«, warf ihr Vater ein.

»Ach, echt?«

»Genau genommen, zu zwei verschiedenen«, fügte ihre Mutter hinzu. »Eine für meine Probleme in den Wechseljahren und eine für unsere Ehe.«

»Wir lachen viel«, sagte ihr Vater. »Zum Beispiel darüber, dass aller guten Dinge drei sind und was wohl als Nächstes kommt.«

»Genau«, bestätigte ihre Mutter. »Denn wenn es nichts zu lachen gibt, keine Ahnung. Es ist doch alles einfacher, wenn man lacht, oder?«

»Stimmt.« Orla nickte. Dann sah sie ihre Eltern genauer an. Sie saßen eng nebeneinander – möglicherweise, weil sie beide ins Display schauten, aber es schien mehr dahinterzustecken – und spiegelten die Körpersprache des anderen. Zwischen ihnen herrschte spürbar weniger Spannung.

»Und, was ist mit dir, Schatz?«, fragte ihr Vater. »Hast du alles zusammen für deinen Artikel? Mum hat mir davon erzählt.«

Orla nickte. »Alles fertig. Ihr kennt mich, wohin ich auch gehe, fallen mir Geschichten in den Schoß.«

Es blieb noch genug Zeit, ihren Eltern zu erzählen, dass sie bei *Travel in Mind* gekündigt hatte. Fürs Erste wollte sie nur, dass sie positiv nach vorn schauten und wussten, dass ihre beiden Töchter Spaß hatten und diesen besonderen Tag in Saint-Chambéry genossen. Außerdem hatte Orla noch nicht mal Erin und Jacques von ihrer Kündigung erzählt.

»Ach, übrigens, die Heizung funktioniert wieder«, sagte ihre Mutter.

»Terry hat ein Ersatzteil zu einem guten Preis bekommen und wollte kein Geld fürs Einbauen. Ich habe ihm sogar meine Golfschläger angeboten«, berichtete ihr Vater.

»Das klingt gut.«

»Aber erzähl es Erin noch nicht«, warf ihre Mutter ein. »Wenn sie das hört, läuft sie direkt wieder bauchfrei herum und dreht die Heizung hoch.«

»Gut«, sagte Orla. »Entschuldigung, ich muss jetzt Schluss machen. Ich nehme gleich an einem Säckchen-Weitwurf teil.«

»Einem was?«, fragte ihr Vater.

»Das erkläre ich euch, wenn ich zu Hause bin«, entgegnete sie. »Hoffen wir, dass der Pokal in mein Handgepäck passt.«

»Wir freuen uns auf dich, Schatz«, sagte ihr Vater. »Stimmt's, Dana?«

»Ja, wirklich«, pflichtete ihm seine Frau bei. Tränen stiegen ihr in die Augen, doch sie lächelte. »Bei Bren sieht das etwas anders aus, seit sie mir erzählt hat, dass sie ein Brettspiel mitbringt, bei dem es darum geht, ob man aussieht wie der eigene Hund oder nicht. Ich meine, wir haben nicht mal einen Hund.« Sie schniefte. »Aber Erin und du, ihr müsst unbedingt die neunundzwanzig Programme der Lichterkette angucken, ja?«

»Klar«, versicherte Orla. »Wir sehen uns morgen, Mum! Bis dann, Dad!«

Sie legte auf und verstaute ihr Handy. Anschließend drehte sie sich um und prallte gegen eine Wand. Besser gesagt: gegen eine Wand von Mann.

»Oh, Entschuldigung! Ich hab dich nicht gesehen!« Sie konnte sich so gerade auf den Füßen halten.

»*Désolé*. Sorry.« Jacques lächelte. »Wie damals, als wir uns kennengelernt haben.«

»Als Gérard dich mit dem Auto angefahren hat?«

»Ja.«

Orla lächelte, und jetzt drangen die Töne eines fröhlicheren Weihnachtsliedes von der Blaskapelle herüber, die inzwischen auf dem Dorfplatz Aufstellung genommen hatte. »Seitdem ist eine Menge passiert.«

»Stimmt«, bestätigte er. »Aber eins ist nicht passiert.«

»Hm?«

Er nahm ihre Hände in seine und zog sie an sich. »Wir hatten noch kein Date.«

»Oh.« Orla verspürte eine nervöse Erwartung. »Tja, ich dachte irgendwie, die Ereignisse hätten das überflüssig gemacht und …«

»Oh, *non*, *non*, *non*«, widersprach Jacques. »Ich sage nichts, was ich nicht auch meine. Das habe ich früher getan, als ich andere Identitäten angenommen habe, aber jetzt … bin ich nur noch ich, und was ich sage, das halte ich auch ein.«

Er drückte ihre Hände. »So«, begann er. »Wenn du den Säckchen-Weitwurf gewonnen hast, haben wir unser Date.«

Sie konnte ihm nichts vormachen; die Worte »unser Date« aus seinem Mund lösten etwas in ihr aus. Ein echtes Date. Wie ihre echte Verbindung. Weit und breit keine Textnachricht.

»Wo gehst du mit mir hin?«

»Das bleibt vorerst ein Geheimnis.«

»Okay, ich dachte bloß, mit den Geheimnissen wäre bei uns jetzt Schluss.«

»Ein bisschen geheimnisvoll darf ich es aber machen, *non*?« Er überlegte. »Aber ich habe dich gar nicht gefragt … Vielleicht willst du es gar nicht mehr und …«

»*Non*. Nein, meinte ich. Also, eigentlich meine ich: ja!«, sagte Orla. »Natürlich will ich.«

»Gut«, antwortete Jacques. »Dann haben wir ein Date.«

56.

Orla wusste nicht, warum sie die Luft anhielt. Dieser Säckchen-Weitwurf war eine reine Spaßveranstaltung. Es gab keinen richtigen Preis für den Sieger, nur einen Pokal – eine kleine geschnitzte *brouette* mit den verschiedenen Säckchenformen – und die Ehre, der diesjährige Gewinner zu sein. Doch ihre Unterstützer – Erin, Burim, Jacques, Tommy und selbst Hunter – schienen ganz versessen darauf zu sein, dass sie gewann. Natürlich war es unwahrscheinlich. Orla hatte erst einmal im Leben mitgespielt und dabei ein Loch in ihre Jacke gekokelt und fast Gérards Bar in Brand gesteckt. Vielleicht fand das Finale deshalb draußen statt, rund um eine Feuerstelle. Die Mitglieder der Blaskapelle hatten ihre Instrumente nach Hause gebracht und mischten sich zum Feiern unter die Leute. Orla betrachtete das Wurfsäckchen in ihrer Hand, fünfeckig wie der See. Nach Jacques' Einschätzung die schlechteste Form. Er hatte ihr geraten, es nicht an einer Ecke festzuhalten, sondern ganz in die Hand zu nehmen. Orla hatte sich zusammenreißen müssen, um nicht darüber zu lachen, wie ernst er die Sache nahm.

»Zeit!«, rief Gérard schroff.

Uh. Das hieß, sie hatte noch zehn Sekunden, bis sie das Säckchen werfen musste. Orla ging in Position, schaute zum

Turm der kleinen Kirche auf der anderen Seite des Platzes hoch und versuchte sich zu erinnern, wie genau die Feuerstelle aussah und wie weit sie entfernt war. *Es ist egal. Es ist egal.*

Sie holte aus und schleuderte das Säckchen über die Schulter nach hinten. Es folgten eilige Schritte, Hände wurden auf Tische und Absperrungen gestützt, dann ein Ruf. Kein Jubel. Kein Bedauern. Weder das eine noch das andere. Orla drehte sich um. Ihr Säckchen war genau auf dem Rand der Feuerstelle gelandet, weder in den Flammen noch außerhalb. Wie im äußersten Ring beim Bogenschießen oder auf der Dartscheibe.

»Fünf Punkte!«, verkündete Gérard, als Orla zurück an den Tisch ging.

»Super!« Tommy klopfte ihr auf den Rücken.

»Wirklich spitze«, stimmte Burim zu und schlug etwas zu hart zu.

»Nur noch ein Wurf wie dieser, und du hast gewonnen«, sagte Jacques.

»Echt?«, staunte Orla.

»Sébastien wirkt nicht gerade glücklich«, bemerkte Erin. »Er geht zu Gérard. Soll ich in meiner Eigenschaft als Königin nachfragen, was los ist?«

»Nein«, sagte Orla. »Alles gut. Komm doch mit mir in die Bar, dann holen wir noch eine Runde.«

»Soll ich dir helfen?«, fragte Jacques.

»Nein, nein«, wiegelte Orla ab. »Das schaffen wir schon, Erin, oder?«

»Na, ich bin ja die Königin! Ich kann heute alles!«

Orla ging vor zur Bar, aber Erin hielt sie zurück, bevor sie die Tür erreicht hatten.

»Hey, was ist los? Du bist doch nicht so nervös wegen des Säckchen-Wettbewerbs, oder?«

»Nein«, gestand Orla. »Es geht um … Ich muss dir etwas erzählen, bevor ich es Jacques sage.«

»Bist du schwanger?«

»Mein Gott, Erin! Pst! Wenn das einer hört!«

»Also stimmt es?«

»Nein! Bist du verrückt? Natürlich nicht!«

»Ooh, jetzt bin ich aber enttäuscht.« Erin lachte. »Na, was kann es dann schon Neues geben?«

»Ich habe bei der Zeitschrift gekündigt. Ich arbeite nicht mehr für *Travel in Mind*.« Es fühlte sich seltsam an, es auszusprechen.

»Das ist alles?«, fragte Erin. »Also, die Nachricht reißt mich nicht gerade vom Hocker.«

»Ach, nein?«

»Nein, und ich sag es mal ganz ehrlich: Die waren eh scheiße zu dir. Du hast viel zu viel gearbeitet, von morgens bis abends, jeden Tag ohne Ausnahme. Jetzt kannst du dir einen Job suchen, der dir mehr Spaß macht.«

Ein Job, der ihr mehr Spaß machte. Hatte es ihr denn nicht gefallen? Oder hatte sie es anfangs gemocht, bis ihr dieses Gefühl abhandengekommen war?

»So, sollen wir jetzt die Runde holen?«, fragte Erin, unbeirrt wie immer.

»Nein, warte, eine Sache noch.«

»Ich bekomme Babyfieber …«

»Nein, es geht um Burim.«

»Der ist doch nicht im Babyfieber, oder?«

»Ich hoffe nicht! Noch nicht, zumindest. Und das wird er eher nicht mit mir besprechen.«

Erin lachte. »Aber du magst ihn, oder? Das merke ich.«

»Ja, ich mag ihn«, bestätigte Orla. »Er ist sehr höflich. Und er steht fest zu seinen Überzeugungen, wenn es um Fußball oder irgendetwas geht, das Tommy von sich gibt.«

»Ha! Ja, das ist mir auch schon aufgefallen. Aber es ist gut, ihn auf Trab zu halten.«

»Ich sehe auch, wie viel du ihm bedeutest.«

»Und jetzt kommt die Stelle, wo du dich in Mum verwandelst, mir die ganzen Nachteile einer Fernbeziehung aufzählst und mich fragst, ob ich weiß, dass Tante Bren mal was mit einem U-Boot-Matrosen hatte.«

»Nein.« Orla lehnte sich gegen eins der großen Fässer vor Gérards Bar. »Das tue ich nicht. Ich wollte nur sagen, dass wir morgen nach Hause fliegen und …«

»Burim fliegt morgen auch nach Albanien«, sagte Erin leise. »Sein Flug geht ein paar Stunden nach unserem.« Sie seufzte. »Er kann noch nicht nach England kommen. Das verstehe ich. Aber mach dir keine Sorgen, ich brenne nicht nach Albanien durch oder so. Es ist, wie es ist, und wir müssen einfach gucken, wie es läuft.«

Das war für Erins Verhältnisse sehr reif; Orla tat es im Herzen weh. Sie legte die Arme um ihre Schwester und zog sie an sich. »Ich hab dich so lieb, Erin. Das weißt du doch, oder?«

»Ja, das weiß ich«, erwiderte Erin. »Und ich weiß, dass du dieses Kleid zerknitterst, wenn du mich noch länger so fest drückst. Ich möchte nicht, dass es Falten *und* Flecken hat, wenn ich es Delphine zurückgebe.«

»Ist da etwa schon ein Fleck drauf?« Orla ließ ihre Schwester los.

»Das war nicht meine Schuld. Das Baby, das ich eben auf

den Arm nehmen sollte, hat einfach seine Flasche auf mir ausgekippt.«

Orla schüttelte den Kopf, musste aber grinsen. Beide Bradbee-Schwestern waren durch die Zeit in Saint-Chambéry erwachsener geworden.

»Orla!«, hallte es aus vielen Kehlen über den Platz.

»Sieht aus, als müsstest du noch mal werfen«, bemerkte Erin. »Ich hole die Getränke. Und wenn du Sébastien besiegt hast, machst du dich besser für dein Date fertig.«

»Was?«, rief Orla. »Wieso weißt du davon?«

Erin lachte. »Los, geh zur Feuerstelle und wirf, Orla Orange.«

Ihren Spitznamen aus dem Mund ihrer Schwester zu hören versetzte ihrem Herzen einen Stich, aber jetzt war nicht die Zeit für Sentimentalitäten, jetzt galt es, einen Wettbewerb zu gewinnen und einen hübschen Mann zu daten.

57.

Jacques war nervös. Die Art von Nervosität, die sich in einem breitmachte, wenn man aus einem ganz anderen Grund vor einer Kirche stand und wartete. Doch für ihn war dieser Termin wichtiger als jedes andere Treffen, das er je gehabt hatte. Er wollte, dass Orla und er an diesem Ort ihr erstes richtiges Date hatten. Er pustete in seine kalten Hände und sah wieder auf die Uhr. Er hatte ihr geschrieben: *Um Mitternacht in der Kirche*. Es war drei Minuten vor.

Plötzlich stand Orla neben ihm. »In der Kirche«, sagte sie.

Er drehte sich zu ihr um. »Du bist zu früh.«

»Und du stehst schon seit fünf Minuten hier«, erwiderte sie.

»Hast du mich beobachtet?«

»Ich habe dafür gesorgt, dass die Königin der *brouette* in einer Kutsche nach Hause gefahren wird. Und mit Kutsche meine ich deinen Pick-up mit Tommy am Steuer und Burim und Hunter auf der Rückbank. Keine Ahnung, wie wir zurückkommen.«

»Das regelt sich schon«, antwortete Jacques und nahm ihre Hand. »Komm. Ich zeige dir die Kirche.«

Er schob die kleine Holztür auf und musste sich wie immer bücken, um hindurchzugehen. Hinter der Schwelle erhob sich die Decke zu einem Spitzdach, gestützt von Holzbalken, die mit goldenen Lichterketten geschmückt waren. Holzbänke standen auf dem Steinboden; und wie Delphine und ihre Helfer versprochen hatten, war am hinteren Ende, direkt unter der Kanzel, ein Tisch für zwei gedeckt, gegenüber dem einzigen Bleiglasfenster und direkt neben der jahrhundertealten, originalen *brouette* in einem Glaskasten.

»Ist das hübsch hier«, bemerkte Orla, als sie mit Jacques durch den Gang schritt.

»Es sieht noch genauso aus wie damals, als ich zum ersten Mal herkam«, erklärte Jacques. »Abgesehen von dem Tisch natürlich.« Er zog einen Stuhl für sie hervor, sie setzte sich. Auf dem Tisch standen Teller, Gläser, eine Flasche Wein und in der Mitte eine flackernde Kerze.

»Danke«, sagte Orla.

Er nahm ebenfalls Platz, nervöser als je zuvor, aber auch sicherer in Bezug auf das, was er sagen wollte. Der Rotwein war schon offen, Jacques schenkte zwei Gläser ein und sah zu, wie Orla einen Schluck trank.

»Wieder die Zaubertrauben von Saint-Chambéry?«, fragte sie.

»Ich glaube, ja.« Er lächelte sie an. »Orla, du siehst wunderschön aus heute Abend.«

»Obwohl ich beim Säckchen-Weitwurf verloren habe?«, gab sie zurück.

»Du hast den zweiten Platz gemacht«, erinnerte er sie.

»Mich stört es nicht.«

»Ich weiß«, bemerkte er. »Du hast Sébastien ja gewinnen lassen.«

Sie schüttelte schnell den Kopf, aber lächelte in sich hinein. »Das fünfeckige Ding ist mir aus der Hand gerutscht. Du hattest recht, die Form ist wirklich ungünstig.«

Jacques schüttelte ebenfalls den Kopf und lächelte.

»Und, warum in der Kirche?«, fragte Orla. »Ist sie dir wichtig?«

»*Diese* Kirche ist mir wichtig«, gestand er. »Hier bin ich als Allererstes hin, als ich nach Saint-Chambéry gekommen bin.«

»Echt?«

Jacques nickte. »Ich bin damals stundenlang durch Europa gefahren, über mehrere Grenzen, ohne auf die Karte zu gucken, ohne einen Plan, ohne eine Idee, hatte nur den Kopf voll verquerer Gedanken und furchtbarer Bilder meiner Zukunft. Und plötzlich blieb mein Pick-up einfach hiervor stehen.« Er seufzte. »Es war Sprit im Tank, es funktionierte alles, soweit ich das beurteilen konnte, aber das Ding wollte keinen Meter mehr vorwärts. Also bin ich ausgestiegen, hab die Kirchentür aufgedrückt und bin reingegangen.« Er erschauderte bei der Erinnerung an diesen Tag. »Und als ich auf diese alten Bodenplatten trat, fühlte es sich an, als würde mich etwas stützen und zu einer Bank führen, wo ich mich hinsetzte. Ich kann es nicht richtig erklären, aber es war, als würde das Universum einspringen, weil ich die Kontrolle über mich verloren hatte.«

Sie griff nach seiner Hand und schlang die Finger um seine, sie fühlten sich so zart und weich an.

»Ich habe hier bestimmt eine Stunde lang gesessen, vielleicht auch zwei, ganz reglos und still, ohne zu denken oder zu fühlen, ich habe nur existiert, und die Kirche hat mich existieren lassen, hat mich hier sitzen lassen.« Jacques lächelte. »Dann kamen Delphine und der Rest des Chors reingeplatzt, und es wurde sehr laut. Ich glaube, mein Leben war noch nie so still wie an diesem ersten Abend hier, bevor Delphines Chorprobe begann.«

»Und der Rest ist Geschichte«, bemerkte Orla.

»Ja«, bestätigte Jacques. »Es ist verrückt, dass du das sagst, denn bei unserem Date geht es genau darum. Deshalb …« Er stand auf und ging zu einem Korb, der ein paar Schritte entfernt auf der ersten Bank stand. »Ich kann mich erinnern, dass du mal über einen Mann in Südamerika geschrieben hast. Er aß nur Suppe, und zwar jeden Tag im selben Restaurant, fünf Teller voll. Einen für jede geliebte Person, die er verloren hatte.«

Orla war gerührt. »Dass du dich daran erinnerst!«

»Ich habe doch gesagt, dass ich alles von dir gelesen habe.«

»Ja, aber es ist ein Unterschied, ob man es nur liest oder sich auch daran erinnert.«

»Ja?«, gab er zurück. »Wenn man die Geschichten auf die richtige Weise liest …«

Er holte eine Thermoskanne und wiederverschließbare Dosen aus dem Korb, stellte sie auf den Tisch und gab eine leckere Suppe auf. Er wusste, dass sie lecker war, denn es war eine seiner Leibspeisen. Er setzte sich wieder.

»Aber so sehr ich die Geschichte auch liebe und so sehr ich den Südamerikaner respektiere, möchte ich nicht, dass wir etwas essen und traurig sind, weil gewisse Menschen nicht mehr bei uns sind, aus welchem Grund auch immer«, erklärte Jacques. »Unsere drei Gänge heute Abend stehen für die Vergangenheit, die Gegenwart und die Zukunft.«

* * *

Orla merkte, dass ihr Tränen in den Augen brannten. Dieser Mann war alles zugleich: stark und zart, rücksichtsvoll und einfühlsam; sie konnte gar nicht ausdrücken, was er ihr inzwischen bedeutete.

»Jacques«, sagte sie. »Ich muss dir etwas erzählen.«

»Magst du keine Suppe?« Er schien unsicher zu werden.

»Nein, nein, ich liebe Suppe, und sie riecht wirklich vorzüglich«, versicherte sie ihm schnell. »Ich wollte nur … Ich wollte dir nur sagen, dass ich … ähm … nicht mehr für *Travel in Mind* schreibe.«

Er antwortete nicht. Sie beobachtete ihn, während er die Nachricht verdaute. Sein Ausdruck verriet nichts.

»Hast du eine neue Stelle?«, fragte er dann. »Die hast du dir verdient. Egal, was du als Nächstes machst, das wird super. Dann kannst du …«

»Nein.« Sie griff wieder nach seiner Hand und verschränkte die Finger mit seinen. »Nein, ich habe noch nicht entschieden, wie es weitergehen soll. Aber das fühlt sich richtig gut an. Bisher bin ich einfach immer geradeaus gegangen, ohne groß drüber nachzudenken, ob es der richtige Weg ist oder ob ich mal einen Umweg nehmen oder die Richtung ändern soll. Ich habe mir nie Zeit genommen, einfach nur zu existieren und dazusitzen.«

Sie schaute hoch zum Bleiglasfenster. Das Mondlicht fiel auf die Darstellungen eines Fuchses, eines Fischs und eines Wolfs, und nie war ihr alles so klar erschienen wie jetzt.

»Du hast doch eben gesagt, als du in Saint-Chambéry angekommen bist, hätte die Kirche dich einfach existieren lassen, und genau das muss ich mit meinem Leben auch tun.« Sie lächelte. »Ich möchte herausfinden, wer Órla Bradbee ist, wenn sie nicht gerade die Welt bereist. Ich möchte wissen, wie sie als Frau ist. Ich möchte wissen, wie sie als Schwester und als Tochter ist, ohne dass irgendetwas anderes meine Zeit beansprucht. Und, also, ich würde auch gerne herausfinden, wie sie als … als Freundin ist.«

»Wirklich?«, fragte Jacques.

»Also, nur falls du jemanden kennst, der vielleicht eine Freundin haben möchte. Und mit jemanden meinte ich niemanden aus Saint-Chambéry, denn Sébastien hat mir heute Abend erzählt, dass er Single ist.« Orla holte Luft. »Ich meinte dich.«

Ihr Herz setzte mehrere Schläge aus. Erst als Jacques aufstand und zu ihrer Tischseite herüberkam, schlug es wieder regelmäßig und kräftig. Er zog sie vom Stuhl hoch und legte ihr zärtlich die Hände auf die Wangen.

»Ich möchte keine Situationship«, bemerkte er.

»Ich auch nicht«, hauchte Orla. »Auch wenn ich morgen wegfliege, Jacques: Ich komme wieder. Das verspreche ich dir: Ich komme zurück.«

»Orla Bradbee, würdest du mir dann auch erlauben herauszufinden, wie ich als Freund bin … als dein Freund?«, fragte er.

Es war wunderbar, wie er das sagte. Sie lächelte. »Hmm, mal sehen … Wenn ich jetzt nein sage, drückst du mich dann auf den Tisch?«

»Das mache ich vielleicht, egal, was du sagst.«

»Dann: ja«, erwiderte sie. »Dann lautet meine Antwort: ja!«

Kaum hatte sie das Wort ausgesprochen, traf sein Mund auf ihren, sie schlang die Arme um seinen Hals und ließ sich eng an ihn ziehen. Der Auftrag, den sie nicht hatte annehmen wollen, hatte sich als etwas viel Besseres entpuppt: als Neuanfang, von dem sie nicht mal zu träumen gewagt hätte.

Epilog

Saint-Chambéry

Frühling

»Wir sind heute hier zusammengekommen, um uns von einer wahren Dienerin der Gemeinde zu verabschieden. Viele sind ihr vorausgegangen, und viele werden ihr folgen, aber wir werden uns immer an ihre Zeit bei uns erinnern.«

Schniefend wischte Madame Voisin eine Träne weg, während Gérards Worte über den Dorfplatz hallten, wo sich die Bewohner versammelt hatten.

»Das ist die seltsamste Beerdigung, die ich je erlebt habe«, bemerkte Erin ein bisschen zu laut. »Ist das überhaupt eine Beerdigung? Also, kommt noch ein Begräbnis oder eine Kremierung oder so was?«

»Ich glaube, sie hauen sie einfach kaputt und werfen sie aufs Feuer«, meinte Tommy. »Deshalb hat Jacques die Axt dabei.«

»Brutalos«, zischte Erin.

»Pssst!«, machte Orla. »Die anderen gucken schon.«

Erins Handy piepste, einmal, zweimal, ein drittes Mal.

»O Mann, als wäre Burim hier bei uns«, bemerkte Tommy.

»Wir übergeben unsere Freundin der Gemeinschaft, den Armen unserer Vorväter«, tönte Gérard.

»Delphine«, sagte Erin und beugte sich leicht über den Rollstuhl. »Kannst du alles sehen?«

»Ich sehe nur, dass nichts so ist, wie es sein sollte, und dass Gérard seine Rolle viel zu wichtig nimmt. Und das nur, weil er die *brouette* gebaut hat. Dabei ist keine bisher so schnell kaputtgegangen wie diese hier!«

»Tja«, meinte Tommy, »die neue ist von Jacques und mir, und du lebst auf jeden Fall noch lange genug, um zu sehen, wie lange sie durchhält, oder?« Er legte Delphine die Hände auf die Schultern.

»Nicht, wenn ich noch mehr Grünkohl essen muss«, stöhnte sie. »Oder mir angucken muss, wie du die Croissants anbrennen lässt. Die werden nicht getoastet, wie oft muss ich das noch sagen?«

»Ich mag sie gern dunkelbraun«, bemerkte Erin. »Mit Käse.«

»Ja, ich auch«, stimmte Tommy ihr zu. »Burim hat aus dem Croissantteig sogar eine Pizza gemacht, als er das letzte Mal hier war. Die war geil.«

Orla grinste und beobachtete, wie die *brouette*, in der in der Weihnachtszeit die Geschenke gelegen hatten, außer Dienst gestellt und auf den Holzhaufen geworfen wurde. Der Ersatz war bereits geweiht. In den Wochen nach ihrer Abreise kurz vor Weihnachten war viel passiert. Orla hatte das Fest mit Erin und Tante Bren bei ihren Eltern verbracht, und sobald die Feiertage vorbei waren, hatte sie ihren Eltern geholfen, sich auf ihre Therapie vorzubereiten, hatte einige der Themen mit ihnen besprochen und sie zu der wechselseitigen Verpflichtung bewegt, in Zukunft Mitgefühl und Respekt für- und voreinander zu haben. Dann hatte Sunil nach dem erfolglosen Versuch, so viele Cadbury's Heroes wie möglich zu essen, tatsächlich einen Guinness-Rekord mit anderen Pralinen aufgestellt. Auf der anschließenden Weihnachtsfeier hatte Orla die Gelegenheit genutzt, ihre Zeit bei *Travel in Mind* auf positive Weise zu beenden, und sich von ihren Kolleginnen und Kollegen verabschiedet.

Im Januar war sie zu Delphines Operation nach Saint-Chambéry zurückgekehrt und hatte Tommy und Jacques geholfen, den Dorfladen und das Café am Laufen zu halten.

Einige Wochen später war Orla in den Februarferien gemeinsam mit Erin wiedergekommen, und Burim war zu Besuch da gewesen. Erin würde nie Klassenbeste werden, aber sie gab sich Mühe mit ihren A-Levels, und da es mit ihren Eltern allmählich aufwärtsging, lief es zu Hause auch wieder besser. Die Beziehung zwischen ihrer Schwester und Burim schien trotz der Entfernung stärker zu sein als je zuvor.

Jetzt war schon März. Delphine wurde noch behandelt, aber ihre Chancen auf eine vollständige Genesung standen gut. Ihr Meckern und Stöhnen hatte fast schon wieder das normale Level erreicht, das konnte nur Gutes bedeuten.

»… und mit einem mächtigen Hieb sagen wir danke und überantworten dich der Ewigkeit!«, rief Gérard.

Jacques holte mit der Axt aus. Die *brouette* brach entzwei, und Hunter bellte laut.

* * *

»Käse! Käse!«

Furchtlos und aufgeregt sprang Orla über das schneebesprenkelte Gras zum Höhleneingang, ganz anders als damals, als Jacques sie zum ersten Mal zu den Füchsen gebracht hatte. Er musste lachen. Innerhalb von Sekunden kamen die

Tiere. Inzwischen waren es fünf, die sich um die Leckereien balgten.

»Wir wäre es, wenn wir ihnen Namen geben?«, fragte Orla, während ein Fuchs ein Stück Käse annahm und ihr die Finger leckte.

»Nein«, sagte Jacques streng. »Darüber haben wir schon zigmal gesprochen. Die Füchse sind wilde Tiere. Man darf sie nicht streicheln oder umarmen. Sie müssen ohne uns überleben können.«

»Sagt der Mann, der immer noch Noble bei den Hühnern in der Scheune hat.«

»Aber nicht mit Absicht«, gab er zurück.

Der Tierarzt war nach Weihnachten vorbeigekommen und hatte Noble untersucht. Er hatte ihn auf knapp fünfzehn Jahre geschätzt – ziemlich alt für seine Art. Auch hatte er bestätigt, dass Noble ein gezähmtes Exemplar war und dass er in Freiheit nicht überleben würde. Da Delphine genug Probleme hatte, gab es keine andere Lösung, als das Rentier zu behalten.

»Die Füchse glauben jedenfalls, sie würden ›Käse‹ heißen«, neckte Jacques Orla.

»Was bedeutet schon ein Name?«, gab sie zurück. »Was zählt, ist der Mensch. Oder, in diesem Fall, der Fuchs.«

Jacques verstand genau, was sie meinte. Im Laufe der Jahre hatte er so viele Namen gehabt, dass er den Überblick verloren hatte, wer er wirklich war. Doch er wusste, dass er das mit der Zeit und mit genügend Mut herausfinden würde.

»Weißt du«, sagte er, während sich die Füchse auf der Suche nach Futter an ihnen vorbeischlängelten. »Es gibt schon gute Gründe, warum ein Name etwas bedeutet.«

»Wirklich?«, fragte Orla. »Wolf?«

Jacques lächelte. »Ich meine, er hat beispielsweise Bedeutung, wenn man, keine Ahnung, ein Rechtsgeschäft abwickelt.«

Orla schnappte nach Luft. »Soll das heißen, du willst dich in Gérards Bar einkaufen? Er hat mich nämlich danach gefragt und meinte, der Name würde bleiben, deshalb …«

»Ich frage dich, ob du gerne herausfinden würdest, wie ich als Mann bin.« Er schluckte. »Blöde Frage, schätze ich.«

Sie schnappte wieder nach Luft, sah ihn mit großen Augen an und blinzelte. Schwieg. Vielleicht war es zu früh gewesen. Er wusste nur, dass es ihm immer schwerer fiel, sie gehen zu lassen, und dass sie ihm von dem Moment an fehlte, wo sie weg war.

»Ich … ich weiß nicht, was ich sagen soll.«

»War es ein Fehler, dich zu fragen?«, wollte er wissen. »Wenn es zu früh zu viel Druck ist, können wir auch so tun, als hätte ich von Gérards Bar gesprochen.«

»Nein«, sagte Orla und schüttelte den Kopf. »Das ist es nicht.«

»Dann sag!«

Sie seufzte. »Ich möchte nur jedes Stück meines neuen Wegs genießen, jede Sekunde unserer gemeinsamen Reise. Ich möchte nicht hetzen, ich möchte es auskosten.« Sie lächelte. »Bisher wissen wir nur, wie wir miteinander in Saint-Chambéry sind. Wir sind noch nicht woanders gewesen. Wir müssen mal gemeinsam verreisen, uns andere Orte ansehen, ich meine, was ist, wenn ich dich in Japan nicht mag?«

»In Japan könntest du mich nicht ausstehen. Ich kann nicht mit Essstäbchen umgehen.«

»O mein Gott! Hör auf!«

»In Kanada würdest du mich vielleicht auch hassen. Wenn

ich mit dir zu all den Orten fahre, wo Tommy sich mal was gebrochen hat.«

»Ich wüsste gerne, ob ich dich in London mag«, sagte Orla ernst. »Ich möchte wissen, wie du mit meinen Eltern klarkommst.«

Jacques seufzte. »Ich glaube, ich muss mir mehr Sorgen darüber machen, wie sie mit mir klarkommen.«

»Da habe ich überhaupt keine Bedenken«, meinte Orla zuversichtlich und legte ihm die Arme um den Hals.

»Also war das ein Nein?« Fragend hob er die Augenbraue.

»Das war kein Nein.« Sie lächelte. »Das war ein ›Irgendwann‹. Auf jeden Fall irgendwann.«

»Habt ihr das gehört, Käse, Käse und Käse?«, fragte Jacques die Füchse, die auf dem Boden nach Resten schnüffelten. »Sie hat gesagt: Auf jeden Fall irgendwann.«

»Du bist verrückt.« Orla sah ihm tief in die Augen.

»Und du bist … alles«, erwiderte er, und das Herz lief ihm über.

Dann küsste er sie mit aller Leidenschaft, die er besaß, und mit aller Liebe, die zwischen ihnen gewachsen war, seit sie sich kennengelernt hatten. Vielleicht hatte es als ein Winter in den Bergen begonnen, aber es gab noch viele Kapitel in ihrer gemeinsamen Geschichte, die geschrieben werden mussten.

Danksagung

Ein Dankeschön an diese wunderbaren Menschen, die dafür sorgen, dass ich stets motiviert und konzentriert bin:

Tanera Simons und Laura Heathfield von Greenstone Literary – mein tolles Agenturteam, das immer hinter mir steht. Ich kann es nicht erwarten, diese Reise mit euch beiden fortzuführen!

Boldwood Books – fürs Veröffentlichen von mehr Mandy-Baggot-Büchern als jeder Verlag zuvor und dass ihr superfantastisch seid!

Robin Baggot – für deine unglaubliche Arbeit auf meinen Social-Media-Kanälen!

All meinen Leserinnen und Lesern – danke, dass ihr jede einzelne Geschichte liebt und mir den besten Beruf aller Zeiten ermöglicht: solche Liebesgeschichten zu schreiben!

Autorin

Mandy Baggot ist preisgekrönte Autorin romantischer Frauenunterhaltung. Sie hat eine Schwäche für Kartoffelpüree und Weißwein, für Countrymusic, Reisen – und natürlich für Weihnachten. Die Autorin lebt mit ihrem Ehemann und ihren beiden Töchtern in der Nähe von Salisbury.

Weitere Informationen zu Mandy Baggot unter:
www.mandybaggot.com

Mandy Baggot im Goldmann Verlag:

Winterzauber in Manhattan. Roman
Winterzauber in Paris. Roman
Winterzauber in Notting Hill. Roman
Winterzauber im Central Park. Roman
Winterzauber in Mayfair. Roman
Winterzauber an der Seine. Roman
Winterzauber in den Hamptons. Roman
Winterzauber in London. Roman
Winterzauber in Athen. Roman
Winterzauber in den Alpen. Roman

(Alle auch als E-Book erhältlich)